LA CORTE DE LA REINA VAMPIRA

LA CORTE DE LA REINA VAMPIRA

KATEE
ROBERT

Traducción de Ana Robla Vicario

Matchstories

Título original: *Court of the Vampire Queen*

Ediciones Martínez Roca, un sello editorial de Editorial Planeta, S. A.
Avda. Diagonal, 662-664, 08034 Barcelona (España)
www.editorialplaneta.es
www.planetadelibros.com

Primera edición: marzo de 2026
ISBN: 978-84-270-5504-9
Depósito legal: B. 449-2026
Composición: Realización Planeta
Impresión y encuadernación: Liberdúplex, S. L.
Printed in Spain - Impreso en España

Para todos y todas las fans de Damon, Spike
y, sobre todo, de Dimitri Belikov

Advertencia de contenido

La corte de la reina vampira es un libro oscuro e increíblemente *spicy* que presenta contenido sensible, como sexo explícito, consentimiento ambiguo, fetichismo de sangre, abuso parental, embarazo y sus síntomas, conversaciones sobre el aborto, intento de agresión sexual, pero también un romance paranormal tan peligroso como irresistible.

ACTO I

OFRENDA

1

No quiero estar aquí.

La lluvia me golpea en la cara y el viento me azota la larga melena como si fuese un flagelo. Siento que llevo horas andando, pero sospecho que a la luz del día descubriré que desde la alta verja de hierro hasta los escalones de la casa que se alza imponente ante mí apenas hay un kilómetro de distancia. El edificio parece sacado de una novela gótica, con pináculos puntiagudos y ventanas estrechas, oscuro y vagamente descolorido, como si llevara irguiéndose en esta loma desde tiempos inmemoriales.

Probablemente porque así ha sido.

Agarro bien la maleta y subo los escalones. No tiene sentido dar la vuelta y salir corriendo. Ya lo intenté, y lo único que conseguí fue una nueva cicatriz en la rodilla y una cojera que ha hecho que el camino hasta aquí me resultara atroz. El único motivo por el que mi padre se molestó en curarme un poco fue para no entregar mercancía defectuosa. Aunque al hombre que habita en esta casa no le importan unas pocas cicatrices; lo que le interesa es lo que tengo bajo la piel.

En concreto, mi sangre.

No llamo a la puerta. El vampiro sabe que voy a venir. No hace falta que me porte como una invitada educada ni que finja que estoy aquí por voluntad propia. Me interno tres pasos en la casa y la puerta se cierra con un portazo tras de mí, sofocando el estruendo de la tormenta y dejándome sola en medio de un silencio escalofriante. Echo un vistazo por encima del hombro, aunque no espero ver nada.

Los vampiros se mueven más deprisa de lo que es capaz de captar el ojo humano y, aunque solo soy un cincuenta por ciento humana, esa mitad de mi genética me impide ver más que un borrón en movimiento. Otro motivo más por el que se me puede considerar un producto defectuoso. Si al menos tuviera los reflejos y la fuerza propios de los vampiros, se compensaría un poco la carencia de poderes mágicos, pero tal y como soy apenas se puede decir que sea mejor que una humana corriente. Que una presa.

Al ser consciente de ello, se me forma un nudo en la garganta, lo que me impide soltar un alarido de sorpresa cuando me giro y me encuentro a un hombre inquietantemente cerca de mí. No, un hombre no. Un vampiro. Se aprecia en su piel pálida, el asomo de un colmillo marcándose en su labio superior. Es una ligera muestra de pérdida de control, que me hace preguntarme cuánto tiempo ha pasado desde la última vez que mandaron una ofrenda a esta casa.

Posee esa belleza característica de todos los vampiros: una apariencia inmaculada que oculta un enorme poder. Este tiene el pelo castaño oscuro, que le cae en mechones ondulados hasta los hombros, unos ojos negros insondables y un cuerpo musculoso que da la impresión de ser demasiado delgado para su complexión. Permanece completamente inmóvil, como ningún mortal podría.

—Mis disculpas.

Parpadeo. De todo lo que esperaba que pudiera decir, eso no figuraba en la lista.

—¿Cómo?

—Te ha enviado Cornelius.

No es una pregunta, y no logro reprimir el leve escalofrío que me provoca oír el nombre de mi padre, el recordatorio de quién es el culpable de mis circunstancias actuales.

—Sí.

—Sabes por qué.

Ahora entiendo su quietud. Está tratando de contenerse para no atacarme. Se me acelera el corazón, y veo lo suficiente en la penumbra para notar como se le ensanchan las fosas nasales cuando inhala mi aroma. Se me acaba el tiempo. Quiero mantenerme callada, pero da lo mismo. A pesar de mis esfuerzos, la voz me sale un poco temblorosa por los nervios.

—Me ha entregado a ti.

—Sí —susurra, casi como en un suspiro—. Ya hablaremos de eso... después.

—Después de...

Esta vez no logro sofocar el grito de sorpresa. En un segundo está a un par de metros y al siguiente me sacude con la fuerza de un camión descontrolado. Aun así, se las arregla para controlar la caída y evitar que me golpee contra el suelo de mármol, pero no tengo la oportunidad de agradecerle la consideración, porque se abalanza sobre mí y me muerde el cuello.

—¡Joder! —Mi reniego se convierte en un gemido. Sabía que debería habérmelo esperado, pero que te cuenten el placer que provoca la mordedura de un vampiro de estirpe no tiene nada que ver con sentir lo increíble que resulta en realidad. Es como si cada succión de su boca me recorriera el cuerpo entero hasta alcanzarme el clítoris, disolviendo cualquier resistencia por mi parte. No quiero querer esto, pero a mi cuerpo le da igual. Me arqueo contra él y levanto los brazos para atraerlo hacia mí.

Con una mano me sujeta la cabeza y me aparta el pelo para dejarme el cuello expuesto, y con la otra me serpentea la espalda hasta llegar a la parte baja y empujarme contra su cuerpo. Como si no estuviera ya pegada a él.

De repente me asalta la idea lejana y espantosa de que me voy a correr si no para.

—¡Espera!

—Lo siento. —Más que oír su murmullo, lo noto. Me acaricia el cuello con la lengua y después pasa al otro lado—. No puedo parar.

—Pero...

Me muerde otra vez y gimoteo. Joder, es una sensación impresionante. Tengo el vestido levantado de cualquier manera hasta las caderas y le rodeo la cintura con las piernas para acercarme más a él. Siento como mi sangre le va calentando el cuerpo frío, y la muestra más clara es la dureza que noto contra mi entrepierna. Mueve las caderas para frotarse contra mí y gruñe sobre mi piel, pero no aparta las manos de donde las tiene. No me toca como desearía desesperadamente que lo hiciera.

—Más —gimo.

Me chupa con ansia el cuello y yo recorro su espalda con las manos hasta agarrarle el culo, para sujetarle mientras me restriego como una posesa. Da igual que vaya a arrepentirme de esto más tarde, que lo odie tanto a él como a mí misma por haber perdido el control de esta manera. Ahora mismo, tener un orgasmo me resulta una necesidad mucho más urgente que preservar el orgullo. Ya lo recuperaré cuando acabe todo esto.

Me estimulo contra él y durante una fracción de segundo me planteo deslizar la mano a la parte delantera de sus pantalones, pero eso implicaría poner fin a esta deliciosa fricción, y no estoy dispuesta a permitirlo. Otra vez será.

Para esto he venido, lo haya elegido o no.

Me doy cuenta de que ya no me está chupando la sangre, pero el subidón de endorfinas no se me ha pasado ni por asomo. Debería parar. Sé que debería parar, pero la ligera presión de sus dedos en la parte baja de mi espalda me exhorta a seguir. El placer se va acumulando en mi interior, cada vez con más intensidad, y durante un instante en el que me falta el aliento pienso que no voy a llegar, que me voy a quedar al borde del abismo para siempre.

Pero el orgasmo me arrolla incluso con más fuerza que la sacudida anterior del vampiro y me corro como nunca me he corrido, gritando y jadeando mientras me refriego contra él como si realmente quisiera esto. La última oleada de placer me azota y después me desplomo de nuevo contra el frío suelo de mármol, aturdida y mareada.

—Me has sacado demasiada sangre —murmuro, arrastrando las palabras.

Me pasa la lengua por el cuello y emite otro de esos gruñidos que no quiero que me gusten tanto.

—No sabes a humana.

Me resulta extraño mantener esta conversación en el suelo con su entrepierna entre mis muslos, pero no me veo con fuerzas para quitármelo de encima.

—Es que no lo soy. —Me humedezco los labios, de repente muy secos—. Soy mitad chupasangre.

—Ah. —Inhala y, muy despacio, con muchísimo cuidado, me suelta y se incorpora.

Un rubor nuevo tiñe sus pálidas mejillas, y sus ojos resplandecen, poderosos. Se arrodilla entre mis piernas y me acaricia con la mirada de una forma que casi puedo sentir: primero unos segundos en mis labios y en mi cuello sanguinolento, luego en mis pechos, a punto de salirse del ridículo vestido que llevo y, por último, en las bragas que el susodicho vestido ridículo ya no me cubre. Las tengo empapadas.

Hago el amago de taparme, pero me sujeta las muñecas y es evidente que me puede. Inhala hondo una vez más y sé con total certeza que está oliendo mi excitación. Pasa a agarrarme las muñecas con una mano y la otra la alarga a mis braguitas.

—¡Espera!

Los ojos del vampiro son de un negro azabache y tiene los colmillos al descubierto. El destello de control de antes, de arrepentimiento, brilla ahora por su ausencia. Dioses, estoy metida en un buen lío. Su mirada baja a mis muslos de nuevo.

—Sabes por qué estás aquí —murmura, rozando con los nudillos la tela húmeda en una suave caricia que noto en mi parte más sensible. A pesar de que me acabo de correr, tengo que obligarme a reprimir el deseo de levantar las caderas a modo de invitación. Sé que son las secuelas del mordisco, pero me odio un poco igualmente.

Se detiene, le tiemblan las manos como si estuviera bregando consigo mismo. Podría haberme roto las muñecas, haberme herido mucho más, y yo no podría haber hecho nada por evitarlo.

—Dilo.

No quiero hacerlo. No quiero hacerlo por nada del mundo. Pero las palabras se escapan de entre mis labios, casi como si las hubiera atraído con su voz grave.

—Estoy aquí para saciar tu hambre.

—Mis hambres, mi pequeña dhampira. Todas y cada una de ellas. —Me acaricia de nuevo—. Alza las caderas.

Obedezco al tiempo que me quejo.

—Has dicho que íbamos a hablar.

—Sí, después. —Aun así, vacila. Le cae una gota de sangre por la barbilla y en medio del aturdimiento me doy cuenta de que se ha mordido a sí mismo—. Di que sí.

El hecho de que no se limite a tomar por la fuerza lo que a todas luces desea me confunde, aunque al mismo tiempo lo odio por obligarme a decirlo. ¿De veras pararía si se lo pidiera? Nunca lo sabré.

—Sí.

Sus ojos van directos a mi cara cuando coge las braguitas y tira con cuidado para deslizármelas por las piernas. Podría habérmelas roto, seguro que le habría costado menos esfuerzo, y es justo esa pequeña muestra de contención lo que hace que todo sea peor. O mejor. No tengo ni idea, la verdad.

No he elegido estar en esta casa, ser una ofrenda, pero eso no impide que mi cuerpo se estremezca de puro anhelo. Me muerdo el labio inferior mientras él baja por mi cuerpo. Sé que debería ponérselo difícil, que no debería haber dejado que la palabra «sí» saliera de mi boca, pero me recompensa con otra de esas caricias suaves en mi sexo, y el contacto me cortocircuita el cerebro.

—Por favor —susurro.

El vampiro se recoloca y ataca, rápido como una serpiente, hundiéndome los colmillos en la sensible piel del muslo.

El orgasmo es inmediato.

El clímax se alarga en oleada tras oleada de placer hasta que acabo gimoteando y suplicando, aunque no tengo del todo claro qué le estoy pidiendo: que pare o que siga. Da lo mismo. Antes de que pueda decidirme, levanta la cabeza.

Y se va. Veo una sombra fugaz subiendo por la escalera de caracol, dejándome sola en la entrada. Mojada. Sangrando. Con la cabeza embotada, incapaz de comprender. ¿Qué coño acaba de pasar?

2

Me he debido de desmayar, porque en un momento estoy tirada en el frío suelo de mármol y al siguiente parpadeo en medio de una habitación en penumbra. Me quedo completamente inmóvil por costumbre, esforzándome por bajarme el pulso y mantener una respiración calmada. No me cuesta ver en la oscuridad, gracias a mi sangre de vampiro, por lo que distingo todos los detalles de un dormitorio que debió de ser el colmo del lujo en algún momento de los últimos siglos. No se ha mantenido demasiado bien desde entonces. Hay polvo en cada una de las superficies del mobiliario de madera maciza, y el dosel de la cama está lleno de agujeros y tan desgastado que parece casi transparente.

Cuento hasta cien con lentitud y luego lo hago de nuevo.

Nada se mueve en la habitación, solo mi pecho que sube y baja a un ritmo regular.

No puedo quedarme aquí tumbada para siempre, por mucho que una parte de mí solo quiera hacerse un ovillo y esperar a que todo esto acabe. Igual otra mujer en mi posición lo haría; a lo mejor fue lo que hizo la última ofrenda que enviaron a este lugar.

Pero yo no soy así.

Mi vida ha sido un infierno desde que fui lo suficientemente mayor para ser consciente de mi posición en la colonia de vampiros que rige mi padre. Soy lo peor que podría ser. Una bastarda, fruto del monstruo que tengo por padre y de una de sus amantes humanas, a quien él hace creer que está allí por propia voluntad cuando en realidad no es más que una exótica mascota con la que poder demostrar su poder. Y, por si fuera poco, al contrario que el resto de los dhampiros descendientes de vampiros de estirpe, carezco de poderes mágicos. No encajo en ninguna parte, así que cada cosa que hacía era una ofensa que merecía castigo.

Durante todos esos años, no entendía por qué no me mataba y se libraba de mí de una vez por todas.

Ahora sí.

Esto es lo que pretendía hacer conmigo desde el principio: entregarme como ofrenda. No soy más que un vientre que preñar con un vástago de una de esas estirpes de vampiros en declive que mi padre tiene en tan alta estima. Y, si me muero antes de cumplir mi función, no le causará desvelo alguno.

En otras circunstancias (básicamente si hubiera heredado sus poderes mágicos, como debería haber ocurrido), si me quedara embarazada, me convertiría en su heredera. En cambio, ahora solo le sirvo como medio para extender su dominio sobre otra estirpe más. Resulta bastante cruel, pero hace mucho tiempo que he dejado de esperar nada semejante al afecto por parte de mi padre.

La rabia me impulsa a incorporarme y me toco con sumo cuidado el cuello. Las heridas de las mordeduras son como pequeñas perforaciones. El vampiro no llegó a rasgarme la piel, aunque tampoco pienso darle las gracias por el detalle.

El vampiro.

Malachi Zion.

Si mi padre está en lo cierto, la estirpe de este vampiro se remonta a uno de los siete vampiros primigenios. Solo hay dos tipos de vampiros: los convertidos y los de estirpe. Con el tiempo, el número de vampiros convertidos ha superado con creces el de los nacidos o de estirpe, que ya escaseaban incluso antes de que los vampiros se retiraran y se ocultaran de los humanos, por lo que ahora son casi inexistentes. Es decir, que los linajes de esas familias están en peligro de extinción.

Y aquí es donde entro yo, se supone.

Suspiro y salgo muy despacio de la cama. El muslo me molesta, pero el dolor de la rodilla destrozada es mucho peor. La caminata hasta aquí no ayudó. Renqueo hasta mi maleta, justo al lado de la puerta. A simple vista no parece que nadie la haya tocado, pero cuando la tumbo y la abro me encuentro todas las cosas revueltas.

—Qué vampiro más fisgón... —murmuro entre dientes. Al poco de rebuscar, se confirma mi temor: se ha llevado mi puñal. Contemplo con furia el desorden de ropa—. ¿A santo de qué lo coge? Tiene como doscientos años, y yo soy medio humana. No podría matarle ni aunque quisiera.

Si está poniendo la oreja y me oye despotricar, no hace nada para demostrarlo. Mejor. Aunque mi parte vampira ayuda a acelerar la curación, sigo un poco mareada por la pérdida de sangre. Tengo que comer algo, pero dudo mucho que haya nada de comida en la cocina de esta casa.

Aun así...

La alternativa es quedarme escondida en mi cuarto hasta que al vampiro se le antoje un tentempié y venga a buscarme de nuevo. El cuerpo se me estremece de solo pensarlo; me gusta demasiado la idea. Ya había oído hablar de lo placentero que resulta que te muerda un vampiro de estirpe, incluso había sido testigo de ello durante las «ceremonias» de mi padre, en las que recorre la sala y muerde a algunos de sus acólitos, pero lo atribuía a la obsesión que tienen los vampiros con las cosas de vampiros. Las pocas veces que no he sido lo bastante rápida para eludir los colmillos de los convertidos, me dolió muchísimo.

Le echo un vistazo a la cama, el recordatorio de que no estoy aquí solo como donante de sangre. Todo parte del plan maestro de mi padre para restaurar la supremacía de la raza vampírica o alguna sandez por el estilo. En ningún momento me ha preguntado qué es lo que yo quiero, pero, al fin y al cabo, para él una dhampira bastarda y sin magia no es una persona de pleno derecho, sino tan solo una herramienta. Aprieto los puños con fuerza.

La casa debe de estar bajo vigilancia. Mi padre es demasiado inteligente para dejar nada a la suerte. Se imagina que, si me mete aquí, es solo cuestión de tiempo que Malachi me preñe o me mate. Cualquier cosa le sirve. Si me quedo embarazada, sospecho que no sobreviviré al parto. Dará igual que mi hijo o hija herede los poderes o que nazca sin magia como su madre: ya habré cumplido mi propósito.

A la mierda.

Voy a encontrar la manera de salir de aquí, aunque tenga que pasar por encima de Malachi y de todos y cada uno de los vampiros que custodien la casa. Debo ser paciente y esperar el momento oportuno para actuar. Dudo que pueda matarlos, pero al menos debería ser capaz de ingeniármelas para incapacitarlos durante el tiempo suficiente y salir pitando.

Pero lo primero es lo primero. No puedo hacer nada si estoy desfallecida.

Miro la cama una vez más y niego con la cabeza. Aun sin tener en cuenta el polvo y las sábanas carcomidas por polillas, no hay motivo para ponérselo fácil al vampiro. Ni para arriesgarme a caer en la tentación. No pienso dormir aquí.

Escarbo en la maleta hasta encontrar una barrita energética. He metido solo unas pocas, lo cual significa que en algún momento tendré que ver cómo hacer con el tema comida; no entra en mis planes morirme de hambre. Un tenue hililllo de luz se cuela por la ventana. Me incorporo con esfuerzo y me desplazo para mirar afuera. Ya ha amanecido, y por lo visto estoy en el primer piso. Trato de abrir la ventana, pero está cerrada a cal y canto. Genial. No sé qué esperaba. Si se le ha hecho alguna reforma a esta casa desde que se construyó, no se nota ni lo más mínimo.

Aprieto los dientes y abro la puerta del dormitorio. No ocurre nada. Tampoco ocurre nada cuando salgo al pasillo. Tiene el mismo aspecto que la entrada y el cuarto: viejo, polvoriento y andrajoso. La moqueta que piso es negra o morada o puede que gris. Cuesta distinguirlo en la penumbra y con el desgaste de los años. Las paredes se encuentran igual de descoloridas, aunque entreveo que originalmente eran verdes. Están cubiertas de cuadros, pero los ignoro por ahora. La curiosidad mató al gato, y no quiero correr esa suerte.

Encuentro sin problemas las escaleras principales. El lugar parece tener una distribución bastante lógica, lo cual es un alivio en cierto modo. No es que sepa exactamente qué hacer con esa información; por mucho que fantasee con escaparme, hay obstáculos que me lo impiden.

El primero y más insalvable son los propios vampiros. Son más rápidos y más fuertes que yo, y todos ellos, desde Malachi hasta mi padre pasando por los guardias que sin duda patrullan los alrededores de la propiedad, tienen un interés personal en que permanezca atrapada donde estoy.

Pero no es solo eso. Lo único que sé sobre la sociedad humana es lo que he averiguado a través de los pocos criados de mi padre y de los libros que mi madre de alguna manera logró colar en la colonia. Podría bastar para despertar mis ansias de libertad, pero no soy tan ingenua como para pensar que estoy mínimamente preparada para formar parte de su mundo.

Estas verdades no impedirán que busque una forma de huir, pero sí que cometa alguna insensatez. Como tratar de fugarme ahora, esta misma mañana.

La cocina está algo más modernizada que el resto de la casa. Los electrodomésticos son reconocibles, y cuando acciono el interruptor veo que hay electricidad. Examino las polvorientas lámparas colgantes.

—Vaya, parece que el chupasangre no le hace ascos a las comodidades modernas, después de todo. —Por lo visto dispone de algún medio para abastecerse; bueno es saberlo.

—Eres encantadora, pequeña dhampira —oigo detrás de mí.

Me asusto como un gato, pegando un brinco de casi dos metros. El vampiro no se mueve del marco de la puerta por la que acabo de entrar. Se le ve... desenfadado. Y con mejor cara. Sus mejillas han recuperado el rubor gracias a mi propia sangre.

Ese pensamiento hace que me recorra por el cuerpo una oleada de placer, directa hacia mi entrepierna. No he odiado ser su almuerzo tanto como querría, y aunque trato de convencerme de que opondría toda la resistencia posible antes que dejar que me mordiera de nuevo, una parte de mí lo quiere y lo quiere ya.

Una parte de mí quiere... más.

Le lanzo una mirada fulminante, avergonzada de ser yo ahora la que tiene las mejillas coloradas.

—Si me sacas más sangre, me acabarás matando, y mi padre no dudará en hacerte esperar antes de mandarte un remplazo —le advierto.

El vampiro, Malachi, se aparta del marco de la puerta y se adentra con un paso deliberadamente lento en la cocina. Parece concentrado, como si fuera más natural para él moverse demasiado rápido como para que lo perciba.

—Estás aquí por un motivo. Recuérdalo.

—¿Por qué no me tatúas «ofrenda» en la frente para asegurarte de que no lo olvide?

Sus cejas se alzan ligeramente.

—La última no era tan contestona —comenta.

—Y mira cómo acabó —replico.

No sé mucho de la chica que estuvo en mi lugar antes de mí, solo que había sido elegida para perpetuar la estirpe de Malachi y que a mi padre le enfurecía su imposibilidad de concebir... y de mantenerse con vida. Ni siquiera tengo claro cuánto tiempo ha pasado desde entonces.

—Gracias —prosigo—, pero si voy a morir en esta casa, me niego a acobardarme el tiempo que me queda.

Sus sensuales labios se curvan, y me resulta detestable que me parezcan sensuales.

—¿Estás enfadada porque no te tomara antes?

Se me desencaja la mandíbula.

—¡Sí, hombre! ¡Tú estás mal de la cabeza! —exclamo levantando las manos en un gesto de indignación mientras él se aproxima un paso más—. Ni siquiera quería que me mordieras.

—Ya...

Otro paso. Retrocedo, pero él me sigue por la cocina hasta que me acorrala en la esquina de la encimera, y no hay nada que pueda hacer para evitarlo. Por fin se detiene a apenas quince centímetros de mí y apoya los brazos a ambos lados de mi cuerpo. Desde tan cerca es imposible no fijarse en que, a pesar de lo deteriorada que está la casa, su ropa es nueva y tiene un sutil olor a tabaco y a algo especiado. Lleva unos pantalones entallados y una camisa que no desentonaría en una novela histórica de piratas. Deja al descubierto parte de su pálido torso, en el que se ven varias cicatrices abultadas.

Parece que alguien ha tratado de arrancarle el corazón.

—He probado a un montón de humanos a lo largo de mi vida —murmura como si estuviera rumiando para sí mismo—. Incluso a unos pocos dhampiros antes de ti. —Me recorre el cuerpo con la mirada y la clava unos segundos en mis pechos—. Ninguno sabía tan bien como tú.

Parpadeo.

—¿Me lo tengo que tomar como un halago?

—No es un halago, es un hecho. —Se acerca un par de centímetros más—. Me intriga.

—Apártate. —La voz me sale ronca. Siento un cosquilleo en la piel, y desearía poder decir que se debe a una sensación de peligro o de miedo. Pero mentiría. Me esfuerzo por no apretar los muslos recordando el placer de ayer.

Malachi se inclina un poco hasta mirarme directamente a los ojos. Los suyos son tan oscuros que parecen tragarse la luz de la estancia. Veo el hambre que se esconde tras ellos, y para mi espanto sospecho que él ve esa misma hambre reflejada en los míos.

Las comisuras de sus labios se curvan.

—No quieres que me aparte —dice.

—Espera.

—Siempre me pides que espere, pequeña dhampira, no que pare. ¿Quieres que vaya más despacio aún? —Levanta la mano derecha con una lentitud insoportable. Me quedo inmóvil mientras él me recorre la clavícula con el pulgar hasta llegar al fino tirante de mi vestido.

Ahora es cuando debería decirle que pare. No sé si obedecería, pero aun así debería pronunciar las palabras. Debería expresar cuánto aborrezco que me toque, cuánto deseo que no me vuelva a poner las manos encima.

Pero no lo hago.

Contengo la respiración y alzo la barbilla.

Me pasa con suavidad el tirante por el hombro y me lo baja hasta que la tela del vestido cae, dejando al descubierto mi pecho. El aire fresco de la cocina hace que se me endurezca el pezón. O eso es lo que me digo mientras me observa. Con la misma dilación exagerada de antes, repite los movimientos en mi otro hombro hasta que quedo desnuda de cintura para arriba.

Malachi levanta la mirada hasta mi rostro y lo que sea que ve en él hace que se relama.

—Sabes por qué estás aquí.

Anoche me dijo esa frase varias veces, como si estuviera comprobando que todo me parece bien, lo cual resulta risible. Es igualito que mi padre, que todos los otros vampiros con los que me he visto obligada a interactuar durante mis veinticinco años de vida. Tiene claro lo que quiere, y no dudará en aplastar a quienquiera que se interponga en su camino. Incluyéndome a mí. Especialmente a mí.

Mi ira florece de nuevo, dispuesta a estallar a la más mínima provocación. Lo fulmino con la mirada.

—Que sí, que soy tu banco de sangre particular, tu vientre de alquiler. Chúpame, fóllame, haz lo que te dé la gana. Para ti no soy una persona real, no soy más que una «pequeña dhampira».

—Bueno, ahora eres mi pequeña dhampira. —Me agarra la cintura con las manos, ejerciendo una ligera presión con los dedos.

Se me pasa por la cabeza la idea casi histérica de que podría literalmente descuartizarme en cualquier momento sin que yo pudiera hacer nada al respecto. Eso sí que le jodería a mi padre. Me río, no lo puedo evitar. Una risa iracunda y sardónica.

—Me habrán vendido como si fuera un objeto, pero no soy tuya. Nunca lo seré.

—Bueno, supongo que el tiempo lo dirá, ¿verdad? —Salva la ínfima distancia que queda entre nosotros y la rabia se me escapa en un suspiro que es casi un gemido.

Malachi tiene una fuerza asombrosa. No sé por qué me sorprende, todos los vampiros son más fuertes de lo que parecen. Incluso yo, aunque no pueda compararme con un purasangre. Pero me toca de una manera, como si tratara de moderarse constantemente para no hacerme daño, que lleva a mi cuerpo a una espiral vertiginosa de deseo.

Estoy jodida a base de bien.

3

—Hoy me siento generoso.

Levanto la mirada al bellísimo rostro de Malachi.

—¿Cómo? —replico.

Debería oponer resistencia, pero me cuesta incluso resistirme al deseo de arquearme contra su robusto cuerpo. Esboza una media sonrisa que deja a la vista la punta de un colmillo.

—Esta vez podrás elegir dónde te muerdo, mi pequeña dhampira. Pero solo si te das prisa.

—No puedes hacerlo —digo, pero suena más a pregunta que a orden. Me humedezco los labios y, para mi pesar, noto que él no pierde ojo del gesto—. A menos que de verdad quieras matarme.

—No es tu sangre lo que ansío. —Se inclina hacia mí y me roza la oreja con los labios—. Quiero sentir cómo te corres de nuevo.

Abro la boca, pero no logro pronunciar palabra. Cuando mi padre me impuso este destino con esa frialdad tan propia de él, sabía qué podía depararme: dolor, tormento, quizá incluso la muerte. Esto, en cambio, me pilla por sorpresa. Ni siquiera sé exactamente qué es «esto».

—¿Qué?

—Puedo morderte aquí —murmura antes de darme un beso lento en el cuello, pasando la boca por el lugar donde me mordió anoche y siguiendo hacia abajo hasta detenerse en la parte superior de mi pecho—. O aquí. —Alza la vista a mi cara un segundo antes de descender para lamerme el pezón—. O aquí.

—Hazlo. —Mi voz me suena ajena, pero es que no me siento yo misma en absoluto. Me cuesta horrores no tocarlo cuando, sin apartar los ojos de los míos, me hunde los colmillos en la suave piel del pecho izquierdo, justo por encima del pezón.

El placer me comba la espalda y suelto un alarido. Dioses, no debería sentirse tan bien... Pero justo entonces su boca me apresa el pezón y es aún mejor. Me agarra el otro pecho con una mano y me rodea la cintura con el brazo que le queda libre para atraerme hacia él. Me acaricia con la lengua y me derrito.

No me doy cuenta de en qué momento suelto la encimera. Estaba aferrada a ella como si fuera un salvavidas, pero ahora mis dedos se enredan por su melena larga y oscura para mantenerlo pegado a mí. Me fallan las rodillas, así que se tumba en el suelo despacio y me coloca a horcajadas sobre él con cuidado. Siempre con muchísimo cuidado. No está chupándome apenas sangre, solo unas pocas gotas. Me sujeta con firmeza, pero sin hacerme ningún daño.

Igual que antes, cada succión de su boca hace que me recorra el cuerpo un relámpago de deseo que me va directo al clítoris. Gimo y me arqueo para arrimarme aún más a él.

—Por favor... —susurro. Me siento vacía. Necesito correrme. Necesito acostarme con él, con furia y sin control. Solo siento eso: necesidad.

Me mueve un poco con las manos con las que me agarra la cintura hasta que me siento sobre su entrepierna. Está empalmado de nuevo y, en medio del aturdimiento, noto que la tiene enorme, pero apenas soy capaz de registrar ese pensamiento. No cuando me mece contra él, haciendo que mi ingle recorra toda la dureza que se marca bajo sus pantalones. No me basta con esto, pero me gusta demasiado como para detenerme.

Sigue torturándome con este movimiento una y otra vez, el placer acumulándose con cada caricia, con cada succión de su boca.

Se aleja de mi pecho y suelto un quejido en señal de protesta, pero Malachi pasa de inmediato al derecho. Esta vez la mordedura es un poco más brusca, lo que me lleva a un orgasmo brutal. Chillo y me restriego contra él, sintiéndolo con tal intensidad que tiene que sujetarme con más fuerza para que no me desplome. Me lame el pezón una última vez y luego levanta la cabeza.

Yo bajo la vista y contemplo las dos marquitas de sus colmillos en mis pechos. De cada perforación sale un hilillo de sangre, y la sola imagen está a punto de devolverme al estado lujurioso de antes, sobre todo cuando él se inclina y me pasa la lengua por la piel para limpiarme.

Ahora es el momento de decir algo. De recordarle que no estoy aquí por voluntad propia. Que no quiero nada de esto, a pesar de lo que haya podido parecer.

Malachi me mira y esboza esa sonrisa lenta suya.

—No te preocupes, pequeña dhampira. Voy a hacértelo, y pronto. Esto no era más que una pequeña muestra de cómo va a ser.

No tiene sentido protestar. Va a follarme, claro que sí. Era algo inevitable desde el instante en el que atravesé la puerta de esta casa, aunque ahora mismo casi parece cosa del destino. Un destino que no estoy demasiado segura de querer evitar. Si ya es así de increíble con un par de mordiscos y casi toda la ropa puesta, no sé cómo será cuando estemos desnudos y yo enteramente a su disposición.

¿Sobreviviré?

Los vampiros pueden entrar en frenesí durante el sexo. Es poco habitual, siempre y cuando todas las partes estén bien alimentadas, pero Malachi lleva muchísimo tiempo solo en esta casa. No entiendo por qué no caza, y la última ofrenda que le mandó mi padre llegó antes de que yo naciera, así que, por muy bien que parezca controlarse ahora, no puedo dar por hecho que vaya a seguir así.

Podría matarme.

—Déjame —murmuro sin fuerzas.

Se aparta poco a poco hacia atrás, apoyando las manos en el suelo. Me observa como si fuera un perrito que ha hecho algo inesperado.

—Te ha gustado, ¿verdad?

Sí, claro que sí. Muchísimo. Y quiero que vuelva a pasar lo antes posible, pero tengo suficiente instinto de supervivencia como para admitirlo en voz alta.

—Las mordeduras de vampiro son orgásmicas, así que claro que a mi cuerpo le ha gustado.

—Ya.

Debería levantarme, sobre todo porque sigo sintiendo su erección latiendo contra mí, pero las piernas no me responden. O eso es lo que me digo mientras lo fulmino con la mirada.

—Y deja de aparecer por sorpresa cuando menos me lo espero. Ya sé que necesitas sangre, y por eso estoy aquí, pero a menos que quieras que la ofrenda te dure literalmente dos días, tienes que parar con los sustos.

Alza las cejas, vuelve a mirarme como si estuviera a punto de echarse a reír en mi cara.

—Lo tendré en cuenta.

—Y necesito comida —añado. Después apoyo las manos en sus hombros para levantarme, pero de alguna manera se me cruzan los cables y me restriego de nuevo contra él. Solo un poco. Me muerdo el labio inferior—. ¿Qué me estás haciendo?

—Nada —responde, retirando muy despacio, con mucho cuidado, las manos de mis caderas—. Nada de nada.

—No te creo. —El deseo vuelve a acumularse en mi cuerpo, caliente y maleable. Tengo que salir de aquí, y tengo que hacerlo ya, o corro el peligro de cometer alguna estupidez imperdonable, como alargar la mano entre los dos para liberar su erección y hundirme en él. Quiero tenerlo dentro. Lo necesito más que el respirar.

Me pongo de pie a toda prisa.

O al menos lo intento.

La rodilla mala me cede a medio camino y Malachi me agarra antes de que me estampe contra el suelo, sosteniéndome por las rodillas. Apenas me he dado cuenta de lo que ha ocurrido cuando él se mueve y me pone de pie, apoyada contra la encimera. Me levanta el vestido para dejar mi rodilla a la vista. Frunce el ceño.

—Esto te lo has hecho hace poco.

—Sí —contesto. No tiene sentido negarlo. La verdad está escrita en mi piel con feas cicatrices amoratadas.

—Tenía entendido que los dhampiros sanabais deprisa.

—No tanto como los vampiros.

—Eso no es una respuesta —replica.

Es más terco que una mula. No entiendo adónde quiere ir a parar con este interrogatorio.

—Sí, me regenero rápido.

—Y aun así tienes una lesión de este calibre. —Su rostro adquiere un aspecto severo—. ¿Por qué?

Por el amor de los dioses... Le doy un empujón, pero es como tratar de mover una montaña. Me embarga un profundo sentimiento de frustración.

—Como supongo que ya te habrás imaginado, no he venido aquí por decisión propia. Traté de huir, y mi padre se aseguró de que no pudiera volver a hacerlo nunca más.

Se queda quieto de esa manera tan intimidante que hace que todos mis instintos me pidan a gritos salir corriendo. En otras circunstancias la sola idea me haría reír. Salir corriendo, claro, seguro que saldría de maravilla.

Malachi me acaricia con el pulgar la parte más abultada de la cicatriz, el lugar donde mi padre me golpeó una y otra vez hasta machacarme los huesos.

—Es imposible curar rápido una lesión así.

—Gracias por la información, doctor Malachi, pero ya lo sé. Aun con mi regeneración acelerada, soy consciente de que no voy a volver a andar bien.

Prefiero no pensar mucho en ello, porque no quiero terminar de hundirme. Me he pasado toda la vida corriendo, aunque fuera dentro de los límites de la colonia. Me he librado de palizas y de cosas peores gracias a mi capacidad de huida. Pero eso ya se ha acabado.

Él me apoya una mano en el centro del pecho y dice:

—Quédate quieta.

—No soy un perro al que puedas dar órdenes.

—Quédate quieta —repite.

No sé por qué se molesta en pedírmelo. Se mueve tan rápido que apenas tengo tiempo de tensarme antes de volver a sentirlo entre mis muslos, esta vez con un puñal en la mano. Se me hiela la sangre.

—Un vampiro con un puñal. Lo nunca visto. —Lo cual me recuerda... Amusgo los ojos, tratando de ignorar el filo que reluce entre nosotros—. Devuélvemelo. Es mío.

—Lo haré cuando esté seguro de que no vas a tratar de sacarme el corazón con él.

—Bueno, parece que alguien se me ha adelantado y te ha hecho un estropicio. —Señalo las cicatrices de su pecho con la barbilla—. No me importaría tener la oportunidad de hacerlo como los dioses mandan.

Él suelta una risita áspera.

—¿Cómo te llamas, pequeña dhampira?

Aunque me gustaría no contestar solo por fastidiarlo, no tiene sentido. Voy a pasar aquí un tiempo indefinido, así que, lo quiera o no, será mejor tener un trato cordial con mi captor.

—Mina.

—Mina... —pronuncia despacio—. Te pega.

—Si tú lo dices...

Malachi da la vuelta al puñal con un movimiento ágil y se lleva la hoja al cuello.

—Pareces una chica lista —dice.

Parpadeo.

—Ah...

—Demasiado lista para rechazar una ayuda, aunque sea yo quien te la ofrezca.

No sé si tiene razón o no, pero no puedo evitar quedarme mirando su cuello mientras se pasa la punta del puñal por la piel, dejando un fino rastro de sangre. Los colmillos me duelen al verlo. No necesito sangre como los vampiros de verdad, pero el deseo sigue estando ahí.

—¿Qué estás haciendo?

—La sangre es poder, pequeña dhampira. —Se acerca a mí, prácticamente pegándose a mi cuerpo, hasta que su cuello queda a apenas unos centímetros de mi boca—. Bebe de mí y se te curará la rodilla.

—Imposible. —Lanzo la palabra como si fuera un salvavidas—. Ya está curada.

—Ya verás. —Ladea la cabeza para dejar el cuello completamente expuesto—. Bebe.

No debería. Sería otra forma más de atarme a él. Puede que el poder de su estirpe no sea el de hechizar y crear ilusiones, como sí ocurre en la estirpe de mi padre, pero compartir sangre es lo que hacen los vampiros para manipular a los humanos. Jamás he bebido de uno. No sé lo que ocurrirá si lo hago.

Pero si no miente... Si de veras me puede curar la rodilla...

Mi lengua se mueve como por voluntad propia y le recorre el corte del cuello. Tan solo con probarlo un poco es como si una bomba nuclear detonara en mi interior. No pienso, no trato de racionalizar lo que estoy haciendo; me limito a actuar.

Lo muerdo.

No muestro ningún tipo de delicadeza, como hizo él cuando me tenía contra el suelo la primera vez. Me muero por más. Su sangre es como un relámpago en mi lengua. Me despierta todas y cada una de las terminaciones nerviosas. Siento el poder recorriendo mi cuerpo entero. Necesito más.

Malachi hunde la mano en mi pelo y me retira con suavidad de él.

—Ya es suficiente —sentencia.

—Pero... —No puedo apartar los ojos de su cuello: las heridas se le cierran delante de mis narices—. Más.

—Hoy no. —Retrocede despacio, como si le doliera poner distancia entre nosotros—. Duerme un poco, Mina. Vas a necesitarlo.

Inhalo hondo. Incluso el aire sabe diferente con su poder corriendo por mis venas.

—No quiero dormir. Quiero... —Lo miro. Es realmente atractivo, de un modo salvaje. Me resulta innegable, igual que su fuerza y la manera en que sus ojos se tornan negros cuando me mira—. Quiero follar.

—No, eso tampoco.

—¿Por qué no? —replico.

¿Así es como se siente estar borracha? Es completamente distinto al gozo de su mordida, que es más bien físico y se calma en cuanto sus colmillos se alejan de mi piel. Este sentimiento, en cambio, ha arraigado en mis venas, abrasándome hasta la mismísima alma. Me estremezco.

—Es para lo que he venido, ¿no? —insisto.

—Sí. —Me analiza, pero estoy demasiado atontada para leer la expresión de su rostro—. Pero aún no. Si sigues teniendo ganas cuando te despiertes, serán bienvenidas.

—Tengo ganas ahora.

Me aparto de la encimera, pero de repente el mundo me da vueltas, las extremidades me fallan y lo último que siento antes de que la oscuridad se cierna sobre mí son los fuertes brazos de Malachi envolviéndome.

4

Me despierto en la misma cama que esta mañana, solo que esta vez no siento como si me hubiera arrollado un camión, sino que me encuentro genial. Como si hubiera disfrutado de una noche entera de sueño reparador y de un mes de comida nutritiva y equilibrada. Me incorporo despacio y miro hacia abajo. Sigo con el vestido puesto, pero un vistazo basta para confirmarme que las dentelladas han desaparecido como si nunca hubieran estado ahí.

Doblo la rodilla, pero, aunque el dolor es algo menos intenso que de costumbre, no me parece que haya cambiado nada. Igual era todo un embuste, aunque mentiría si dijera que no me siento mejor de lo que me he sentido en meses.

Aunque igual de eso se trata.

Morderlo me droga tanto como que me muerda él. La primera dosis ha sido gratis, pero me pedirá sexo a cambio de otra.

La sola idea me inunda de terror. Acostarme con Malachi implica llevar a cabo el plan que mi padre tenía en mente. Aunque eso ya no me afecta tanto como antes. Malachi no es para nada como me lo esperaba. A ver, es un vampiro con todas las de la ley: arrogante, intimidador y sin escrúpulos para conseguir las cosas por la fuerza. Pero si fuera un monstruo como mi padre, habría hecho conmigo todo lo que hubiera querido aquella primera vez en el vestíbulo. Me habría encadenado a una cama en alguna habitación y se habría puesto al lío hasta que yo acabara embarazada o muerta.

No obstante, que Malachi haya decidido comportarse con algo más de clemencia no significa que sea mejor persona. No puedo olvidarme de eso, por mucho que una parte de mí se derrita ante la posibilidad de que sus manos vuelvan a tocarme.

Me pongo en pie con cuidado y la rodilla no me falla como suele hacer nada más me levanto. Algunos movimientos me causan un poco de dolor, pero sin duda tengo más movilidad que antes.

A lo mejor no me estaba engañando, después de todo.

La idea me descoloca por completo. No tiene ningún sentido. Estoy aquí, más o menos dispuesta a cumplir con mi cometido. Puede que me resista en la medida de lo posible, pero es inevitable que tarde o temprano acabe en su cama, sobre todo después de sentir cómo es que me muerda. Así que no tiene absolutamente ningún motivo para curarme. Ni uno solo. Y menos aún después de confesarle que mi padre me hizo trizas la rodilla por mi tendencia a tratar de huir.

No entiendo a este vampiro, y eso me asusta más que ninguna de las cosas que han ocurrido.

Me paseo por el dormitorio. La maleta ha desaparecido, lo cual en un primer momento me aterra, pero me la encuentro metida en el armario junto con toda mi ropa; alguien se ha tomado la molestia de deshacerla por mí y colocar mis camisas, pantalones y vestidos con esmero.

—Qué maniático.

No pienso ponerme ropa limpia sin antes haberme aseado, así que me alejo del armario y me dirijo a la otra puerta, que aún no me he molestado en abrir. Como suponía, da a un baño. No espero gran cosa de la fontanería del lugar, pero, cuando abro el grifo de la enorme bañera de cobre, el agua sale caliente y cristalina.

Echo un vistazo a la puerta. Podría tratar de bloquearla, aunque ¿qué sentido tiene? Si quiere entrar, va a hacerlo, por mucho que ponga una silla contra el pomo.

¿Se tomará que no asegure la puerta como una invitación?

Me niego a darle muchas vueltas a ese pensamiento mientras me quito la ropa y me meto en la bañera. El agua está tan caliente que suelto un siseo cuando la noto contra la piel, pero me sumerjo de todas formas y recuesto la cabeza. No me había dado cuenta del frío que tenía hasta ahora, cuando el calor empieza a extenderse por mi cuerpo.

El chirrido del suelo de madera hace que abra los ojos para encontrarme a Malachi apoyado en la pared frente a la bañera. Amusgo los ojos.

—¿Has hecho ese ruido a propósito?

—No parece gustarte que te sorprenda.

—Vaya, me pregunto por qué.

Se cruza de brazos y me fijo en que él también ha cambiado desde la última vez que lo he visto. Ahora lleva unos pantalones de tiro bajo y... nada más. Está demasiado delgado para las espaldas anchas y la robusta estructura que tiene, lo cual no hace sino confirmar mis sospechas de que lleva mucho tiempo sin alimentarse con regularidad. Y está cubierto de cicatrices. La que tiene justo encima del corazón es la peor de todas, pero también hay marcas de cortes y puñaladas, y unos cuantos agujeros de bala. Y eso solo contando con lo que veo desde donde estoy.

Frunzo el ceño.

—Si tus poderes de regeneración son tan alucinantes, ¿cómo es que estás tan magullado?

—Me sorprende que no lo sepas. Si la herida se hace con plata, no siempre sana bien. —Se toca la del corazón—. Las cicatrices son más bien superficiales, eso sí.

Pues no lo sabía... ¿Cómo es posible que no lo supiera?

Me lo quedo mirando.

—¿Has venido a por tu ración diaria? —pregunto.

—No pareces muy reacia a la idea.

No, «reacia» no es la palabra que usaría. Lo odio, pero solo verlo hace que el deseo se apodere de mí. No tiene sentido tratar de negarlo, además porque sus sentidos están lo suficientemente desarrollados como para captar todas las señales.

—Bueno, pues terminemos con esto de una vez.

Los labios de Malachi se curvan.

—Qué ofrenda tan noble —se mofa.

—Eres más fuerte que yo, más rápido que yo, y tienes el poder de convertirme en una víctima más que dispuesta con solo hundirme los colmillos en la piel. No serviría de nada oponer resistencia, y procuro guardarme las fuerzas para las batallas que pueda ganar. —Suena bastante lógico, aunque yo no me sienta capaz de razonar.

El muy capullo se ríe. Una risa oxidada, como la última vez.

—No, Mina. No he venido a por mi «ración diaria».

Me llevo las rodillas al pecho y me niego a ponerle nombre al sentimiento que me embarga.

—Entonces ¿qué haces aquí?

—Supongo que te debo una disculpa. —Me observa durante unos largos segundos—. Te tomas tu papel de una manera muy distinta a todas las personas que han venido a esta casa antes que tú. Si no hubiera estado muerto de hambre, me habría dado cuenta.

Muerto de hambre. Lo sabía.

—¿Por qué esperas a que te venga la comida? Eres capaz más que de sobra de encargarte tú mismo de procurártela.

Ignora mi pregunta y tamborilea con los dedos sobre su antebrazo.

—El caso es que, si quieres ser libre, por mi parte tienes la puerta abierta.

Ah, conque otra vez con jueguecitos... Lo fulmino con la mirada.

—Deberías hacer algo con ese sentido del humor tan malo que tienes. Sabes tan bien como yo que no me puedo ir.

—No estaría yo tan seguro —replica sin moverse—. Márchate, yo no te lo voy a impedir.

—¿Y los guardias que ha dispuesto mi padre en el perímetro?

Su boca se tensa.

—Yo me encargo. Puedo distraerlos el tiempo suficiente para que te escabullas.

Durante un segundo, casi le creo. No hay nada que anhele más que la libertad. Si de veras tengo una oportunidad...

Pero entonces la cruda realidad se impone.

No tengo adónde ir. Ni dinero. Ni sabría pasar desapercibida entre los humanos sin levantar sospechas ni hacer nada que me pusiera en el punto de mira del Gobierno. No tardaría mucho en acabar en una celda acolchada, y eso en el mejor de los casos. En el peor me espera un laboratorio científico donde harían experimentos conmigo durante el resto de mi vida. Con algo de preparación, podría salir al mundo sin causar estragos, pero ahora mismo carezco de los conocimientos y los recursos necesarios.

Por no hablar de que mi padre no me dejaría en paz. Si se entera de que me he escapado, mandará batidas de caza para atraparme. Me encontrarían allá donde me escondiera y, cuando me trajeran de vuelta a rastras, estaría en peor situación aún que ahora mismo.

No. Por mucho que fantasee con huir, no es una opción real. Nunca lo ha sido.

Cierro los ojos y trato de contener el ardor que siento tras los párpados. No sé si lo hace aposta, pero me resulta particularmente cruel ofrecerme lo que siempre he deseado y forzarme a rechazarlo.

—No voy a hacerlo —digo al fin.

—La oferta sigue en pie.

Aprieto la boca: no soporto la manera en que me tiembla el labio inferior. La rabia es un sentimiento que me queda muy lejos ahora mismo. Todo me queda lejos ahora mismo.

—Eres un cabronazo —mascullo.

—Me han acusado de cosas peores.

Vuelvo a mirarlo al fin. Desesperada por centrarme en otra cosa, repaso lo que ha dicho. Cómo se ha disculpado. Cómo ha eludido mi única pregunta. ¿Por qué pasa tanta hambre si es perfectamente capaz de salir a cazar? Frunzo el ceño.

—Tú también estás aquí atrapado, ¿verdad? —aventuro.

Malachi se encoge de un hombro.

—Es complicado.

«Complicado». Huele a líos políticos entre vampiros de lejos. No le doy muchas vueltas, lo dejo para otro día; de repente me siento demasiado agotada para continuar sonsacándole cosas.

—Supongo que, después de haberme restregado por la cara que estoy aquí atrapada, al menos podríamos acostarnos —sugiero.

Él suelta una risa.

—Disfruta de tu baño, pequeña dhampira. —Con un borrón de movimiento, se va y la puerta se cierra tras él.

Cada vez que pienso que ya sé qué esperarme, él hace algo para ponerlo todo patas arriba. No entiendo qué está ocurriendo, y dudo mucho que nada vaya a cambiar en el futuro próximo.

Tardo tres minutos en darme cuenta de que la idea del baño relajante se ha ido al traste. Me aseo rápido y salgo de la bañera. Tras meditarlo un poco, me pongo unos pantalones de yoga y una camiseta ancha antes de salir de la habitación. Necesito comer.

Y tal vez una parte de mí quiere provocar otro encuentro con Malachi, quizá precisamente porque nunca sé si va a atacarme, a seducirme, a pedirme perdón... Ha hecho aflorar mi cualidad más imperdonable.

La curiosidad.

Me dirijo a la cocina y me detengo en el umbral. Casi parece una habitación distinta a la que he visto antes. Todas las superficies están relucientes y hay un ligero aroma a limón. Lo único que no ha cambiado es la pintura descolorida de las paredes. Voy al frigorífico, lo abro y me quedo pasmada al verlo lleno hasta los topes de una enorme variedad de comida y bebida.

—¿Qué coño...?

Me he pasado durmiendo la mayor parte del día, y esperaba que Malachi hubiera hecho lo mismo. La luz del sol no supone apenas ningún inconveniente para los vampiros, por mucho que digan las leyendas de los humanos, pero la mayoría prefieren mantener un horario nocturno para evitar la insoportable luminosidad. Así que o hay otra persona en la casa aparte de nosotros o... o ha limpiado la cocina y ha llenado la nevera para mí.

¿Cómo narices ha conseguido provisiones si no puede salir de aquí?

—Qué artero... —murmuro.

Reprimo la extraña calidez que se extiende por mi pecho. Claro que va a asegurarse de que me alimente. No le sirvo de nada si me muero de inanición y, por mucho poder que corra por sus venas, sigo necesitando comida real para sobrevivir. El banco de sangre se agota si me muero. Por eso lo ha hecho. Creer otra cosa es montarse películas.

Sé que negarme a comer para fastidiarlo es una tontería, así que cojo unas cuantas cosas para hacerme un desayuno ligero pero alto en proteínas. Se me hace raro sentarme a la mesa de la cocina y comer despacio en lugar de engullir antes de que alguien decida dejarme sin alimentos. Mi padre siempre me ha permitido comer a regañadientes, como si mi necesidad de nutrirme le incomodara. No parecía importarle que hubiera otros humanos en la colonia con las mismas necesidades biológicas que yo. Cada recordatorio de mi humanidad le irritaba.

Al menos hasta que encontró algo en lo que podría ser de utilidad.

Parpadeo mirando mi plato vacío. No sé cuánto tiempo llevo delante de él, abstraída. Sacudo la cabeza y me pongo a fregar los platos y a dejarlo todo recogido. Echo otro vistazo a la cocina y frunzo el ceño. ¿Qué se supone que tengo que hacer en el tiempo que pasa entre mordida y mordida de Malachi? En la colonia, después de desayunar, me ponía de inmediato a llevar a cabo la insignificante tarea que se me hubiera adjudicado ese día. Antes de la lesión de la rodilla, además, me escabullía a entrenar un rato. A los vampiros recién convertidos les encantaba batirse conmigo, porque era la excusa perfecta para darme una buena paliza. Siempre serán más rápidos que yo, pero debo decir que mis habilidades han mejorado muchísimo gracias a ello.

Sin nada mejor que hacer, decido explorar el lugar. La casa es más o menos como me la esperaba: habitación tras habitación carcomida por el tiempo, con las paredes desconchadas o descoloridas y polvo cubriendo todas las superficies. Salta a la vista que necesita una reforma urgente.

Me detengo en la puerta trasera y contemplo el terreno que hay en la parte de atrás de la casa. Un anillo de árboles oculta la valla que sé que rodea la propiedad entera, una monstruosidad de hierro altísima e imponente diseñada para disuadir hasta al más curioso de los exploradores. Estoy bastante segura de que puedo deambular por cualquier parte que esté dentro de los límites de la propiedad sin preocuparme de toparme con ningún guardia, pero no me apetece comprobarlo. Aún no.

En su lugar, me doy la vuelta y subo las escaleras. Más habitaciones, la mayoría de ellas dormitorios, pero me toca el premio gordo al abrir una puerta al fondo de la casa. Cruzo el umbral y tengo la extrañísima sensación de que he entrado en un edificio completamente distinto. Esta estancia sí que ha sido reformada... y convertida en un gimnasio bastante moderno. Las paredes están casi recién pintadas de blanco y han arrancado la moqueta polvorienta para remplazarla por un suelo de madera con señales de uso, pero no excesivas. En un rincón veo una zona de pesas, con un montón de peso a ambos lados de la barra. En la pared de enfrente hay una cinta de correr bastante sofisticada, colocada de cara a la ventana. En el centro hay un tatami similar al que teníamos en la colonia para practicar lucha.

Vaya...

Paso un dedo por la cinta de correr, y noto una sensación agridulce emergiendo en mi pecho. Hubo un tiempo en el que habría dado el brazo izquierdo por tener acceso a equipamiento como este, por la oportunidad de entrenar como los dioses mandan. Puede que ahora mismo sienta que tengo la rodilla bien, pero sospecho que no es más que una ilusión causada por haber bebido de la sangre de Malachi. Da igual lo que él crea, ni la sangre de vampiro puede arreglar algo que ya se ha curado. Tendría que volver a romperme la rodilla, y aun así dudo que quede hueso suficiente para que pueda sanar bien esa segunda vez. No, simplemente está actuando como los vampiros actúan de forma natural: con una crueldad nata.

Siento un hormigueo en la nuca y hablo sin girarme:

—Creía que habíamos quedado en que no ibas a volver a acecharme así.

—No es culpa mía que tus sentidos de dhampira no estén lo bastante desarrollados para oírme venir, ni siquiera cuando no trato de amortiguar mis pasos.

Me doy la vuelta y veo que Malachi se ha vuelto a cambiar. Ahora va con unos pantalones anchos y, de nuevo, ha olvidado ponerse una camiseta. Incluso se ha hecho una coleta para recogerse el pelo largo. Es evidente que ha venido a hacer ejercicio.

Me aclaro la garganta.

—No pretendía interrumpirte, solo estaba viendo la casa —me excuso, y vacilo antes de añadir—: Eh..., gracias por la comida. Y por limpiar la cocina para que pueda prepararme algo sin temor a intoxicarme por plomo o lo que sea que pueda haber en las paredes de esta casa.

Él se adentra unos pasos en la sala.

—¿Te gustaría hacer un *sparring* conmigo, pequeña dhampira?

5

Parpadeo. ¿Quiere hacer un *sparring* conmigo?

—¿Qué?

—Me sería útil para saber qué nivel tienes —se explica.

Sus palabras siguen una lógica, pero eso no significa que tengan ningún sentido.

—¿A ti qué te importa el nivel que tenga? Solo estoy aquí por dos motivos.

Igual su oferta va por ahí. No es más que una forma de recordarme cuál es mi lugar. No soy tan ingenua como para albergar la falsa esperanza de que sea distinto de todos y cada uno de los vampiros que he conocido hasta la fecha. Las probabilidades son ínfimas.

—Hazme el favor. —El tono afilado de su voz me informa de que no es una petición, sino más bien una orden.

Podría tratar de salir por patas, pero acabaríamos peleando mientras intento huir de la habitación. No obstante, la idea de que vuelva a ponerme las manos encima hace que mi traicionero corazón se acelere.

—Solo quieres morderme otra vez —replico.

—Si quiero morderte, te morderé. —Se acerca a mí, haciendo que retroceda en dirección al tatami—. Estoy convencido de que tu padre no te ha dejado totalmente indefensa. Enséñame de lo que eres capaz.

Exhalo una risa breve.

—Tienes a mi padre en una alta estima que no se merece.

Él aprieta la mandíbula.

—Créeme, se merece todo lo que opine de él.

No sé bien qué se supone que ha querido decir con eso, pero da igual porque arremete contra mí. Se mueve lo suficientemente despacio para que lo vea venir, aunque a duras penas. Me echo hacia atrás y casi puedo sentir en mi mejilla el movimiento del aire cuando descarga su puño.

—Pero ¿qué coño...?

—No discutas y pelea, Mina.

Trato de conectar un *jab* de derecha, pero él lo esquiva sin problemas. Es tan rápido que es como si yo estuviera moviéndome en el agua en comparación.

—Ni siquiera un dhampiro tiene nada que hacer en una pelea contra un vampiro —me quejo.

—No me vengas con excusas. —Me acierta en el abdomen, pero el puñetazo es lo bastante flojo para hacerme retroceder solo un paso—. Otra vez.

Lo fulmino con la mirada.

—Esto no tiene ningún sentido —refunfuño.

Malachi alza una ceja.

—¿Eso crees? Ya he aprendido muchas cosas de ti. —Me señala el cuerpo con la mejilla—. Tienes una técnica malísima, no has recibido buena instrucción y sigues protegiéndote en exceso la rodilla lesionada a pesar de que ya apenas te duele.

Bajo las manos.

—Lo que decía: ningún sentido.

—¿Vas a pasarte la vida huyendo de la confrontación, Mina? —me espeta con una voz calmada y extrañamente seria—. ¿De verdad estás tan segura de saberlo todo sobre el mundo con..., cuántos, veinticinco años? ¿Te atreves en serio a decir que no te queda nada por aprender?

Abro la boca para discutir, pero me contengo antes de que se me escape alguna palabra fuera de tono. Es como si hubiera metido el dedo en una llaga cuya existencia desconocía por completo. Lo único que digo es:

—¿Por qué te importa tanto?

—Tienes potencial.

Eso no es una respuesta. No la que busco.

—¿Qué quieres decir con eso?

—Hubo un tiempo en el que los dhampiros eran mucho más comunes de lo que son ahora. No sé qué te habrá contado el necio de tu padre, pero no has tocado techo ni por asomo. —Me observa con detenimiento, y cada palabra que pronuncia es como un misil teledirigido a mi corazón—. Con una buena alimentación y una ingesta regular de sangre de vampiro, podrías perfectamente ser tan fuerte y tan rápida como un vampiro convertido. Incluso como un vampiro de estirpe, salvo por los poderes mágicos.

—No me mientas. —Sueno demasiado violenta, pero me da igual. Lo que está diciendo... Sé bien que la esperanza puede usarse como un arma para destrozar a tu oponente. Eso es lo que Malachi está haciendo conmigo, tiene que serlo—. Soy consciente de cuál es mi papel en todo esto. No hace falta que seas tan cruel.

Él se me queda mirando un rato largo.

—Dame la oportunidad de convencerte —dice al fin.

—¿Por qué? Aunque lo que me estás diciendo fuera cierto, ¿por qué querrías hacerme más fuerte? De ser así, podría defenderme de ti, incluso matarte.

Sus labios se curvan.

—Tengo mis motivos.

Entre los cuales sin duda se incluye atormentarme. Niego con la cabeza.

—No. Puedes hacer lo que quieras con mi sangre y con mi cuerpo, pero mi mente la dejas en paz.

—¿Y si te propongo un trato? —contrataca.

Siento como si me hubieran salido raíces de las plantas de los pies y me tuvieran clavada en el sitio cuando lo único que quiero hacer es huir de este vampiro y de esta conversación. Aunque, bien pensado, ¿de qué serviría? Aun sin contar con mi rodilla mala, es más rápido que yo. Siempre va a serlo. Trago con dificultad.

—¿Qué trato?

—Entrenas conmigo, intercambiamos sangre y, mientras lo hagamos, nos olvidamos de lo del sexo.

Me lo quedo mirando.

—Mientes.

—Con el tiempo descubrirás, Mina, que yo nunca miento. —Se encoge de un hombro—. En ocasiones me guardo la verdad, pero te doy mi palabra de que, siempre y cuando cumplas tu parte del trato, no intentaré nada contigo. —Deja asomar la punta de un colmillo—. A menos que me lo pidas con amabilidad.

—Eso no va a pasar —replico, aunque por dentro no lo tengo tan claro.

Lo deseo, eso es innegable, ya sea algo inducido por su mordedura o por instinto. Es guapísimo y fuerte, y veo en sus ojos una inteligencia y una perspicacia que me atraen aunque no lo quiera. No puedo echarle la culpa de todo eso a su embriagante mordida, por mucho que me convenga.

—Razón de más para que aceptes el trato.

Es demasiado bueno. ¿Por qué me propone algo así?

—Me corro cada vez que me muerdes —arguyo frunciendo el ceño.

—Eso no lo puedo controlar.

—¿Y si te suplico que me folles mientras estoy drogada después de que me hayas mordido?

De nuevo veo un destello de colmillo.

—No lo haré a menos que me lo pidas cuando no tengas mis colmillos clavados.

No sé si creerle, pero sería una tonta si no aceptara. ¿Y si no está mintiendo?

—Trato hecho —digo al fin.

—Comencemos, pues.

No sé qué esperaba, pero Malachi procede de inmediato a corregirme la postura antes de pasar a pelear a cámara lenta mientras me analiza y me señala los errores. Creía que había aprendido algo en la colonia, pero cada palabra hace que la seguridad en mí misma se vaya al traste.

Después de una hora, retrocede.

—Suficiente por hoy.

Estoy empapada en sudor y temblando como una hoja. No sé si me quedan fuerzas para volver al dormitorio, pero ni de broma pienso admitirlo en voz alta.

Malachi se dirige a un taburete bajo que hay colocado contra una de las paredes y me hace un gesto impaciente con los dedos para que me acerque. Me tenso. Ya sé lo que viene ahora. Me va a morder.

—¿Por qué no podemos hacerlo de pie? —me extraño.

—Porque vas a volver a desmayarte y no tengo ningún interés en rebanarte el cuello sin querer.

Me pongo roja de inmediato. La vergüenza es aún mayor porque no le falta razón. No controlo mi cuerpo cuando me muerde. Arrastro los pies hacia él despacio y no me quejo cuando me coge la mano y tira de mí para que me siente a horcajadas sobre su regazo. Me recorre la espalda de abajo arriba con una mano robusta, me coge el pelo con el puño y me ladea la cabeza con cuidado. Antes de que me dé tiempo a prepararme, me hunde los colmillos en la piel.

Dioses, es increíble.

Me agarro a sus hombros y me relajo apoyándome en su cuerpo. Él me mantiene sujeta, confinada entre sus brazos, y no termino de decidir si es algo bueno o algo malo. ¿Por qué me resisto a esto? Ahora mismo me resulta tan embriagador que me cuesta recordar los motivos.

Cada succión es como si me estuviera acariciando los pechos, el clítoris, el sexo. Coloca su mano libre en la parte baja de mi espalda y me urge a pegarme a él. No puedo sino obedecer a su petición silenciosa. Lo necesito. Muevo las caderas para frotarme contra su cada vez más voluminosa erección. La sensación es increíble. Demasiado placentera. Si Malachi nos desnudara y me tumbara en el suelo, no tendría ninguna objeción. Sabiendo eso, y de algún modo confiando en que no lo va a hacer..., me vuelvo más atrevida. Le entierro los dedos en el pelo y gimo.

Malachi gruñe contra mi piel, pero en lugar de succionar con más fuerza levanta la cabeza y pasa la lengua por el lugar donde me ha mordido.

—Sabes demasiado bien, joder —masculla—. No lo entiendo.

—Sigue —murmuro.

—No.

Se echa para atrás, zafándose sin problemas de mi agarre, y levanta la mano para cogerme por la barbilla. Me acaricia el labio inferior con el pulgar, exhortándome a abrir la boca, y presiona la yema contra uno de mis caninos. Son un poco más largos que los de un humano, pero ni de lejos como los de un vampiro. Frunce el ceño.

—Dudo que puedas atravesar la piel bien con estas cositas.

—Vaya, no sabía que te importara tanto el tamaño —replico.

Esboza una sonrisa breve y casi me da algo al verla.

—Tendremos que improvisar —murmura. Después, se pasa la lengua por un diente para hacerse un corte, todo ante mi atenta mirada. Me coge por la nuca y dice—: Ven aquí.

Ni siquiera tiene que tirar de mí, porque ya estoy moviéndome para sumergirme en su boca. Sabe a sangre y a hombre y, dioses, quiero más. Desearía poder decir que es por el líquido que me recorre la lengua y me enciende las venas como si me hubiera tragado un relámpago. Eso al menos sería más justificable que la verdad.

Me gusta besar a Malachi.

Me mantiene sujeta contra él y conquista mi boca. Nuestras lenguas y dientes se chocan en un momento de batalla al mismo nivel que nuestra pelea de antes. A lo mejor no debería querer esto. A lo mejor debería anhelar algo más suave, como el único beso que he disfrutado antes de este. Apenas un roce de labios, un instante fugaz lleno de deseo. Al menos por mi parte... Al menos hasta que me di cuenta de que Darrien solo me había besado por una apuesta con sus amigos.

El recuerdo me saca de golpe del momento. Por muy devastador que sea este beso, Malachi no me está besando porque se haya dejado llevar por la pasión hasta necesitar tener mi boca contra la suya. No, está jugando una partida de ajedrez y yo voy siete movimientos por detrás.

Me obligo a levantar la cabeza. Solo entonces me percato de que ya no saboreo su sangre. Se ha curado mientras nos besábamos. Si no me hubiera apartado, ¿me habría parado él por voluntad propia? Bajo la vista a su precioso rostro, los ojos empañados de una violenta oscuridad por el deseo, y no tengo una respuesta.

Me relamo y siento su sabor en mis labios.

—Ya está bien —murmuro.

—Si estás satisfecha... —Su voz es tan áspera como me siento yo. Me acaricia la parte baja de la espalda, un contacto muy sutil que hace que me entren ganas de montarlo.

Quiero pedirle que me muerda de nuevo, que haga lo único que podría sacarme de este torbellino de pensamientos durante el tiempo suficiente como para que me corra. Peor aún: me da igual si me muerde o no. Quiero que siga tocándome, que no paremos de hacer esto hasta que ninguno de los dos sea capaz de razonar.

Pero ese es justo el problema. Puede que yo pierda la cabeza, pero Malachi no. Estoy segurísima. Dejando de lado aquella primera vez en el vestíbulo, ha mantenido el control perfectamente durante los demás encuentros. No como yo.

Me pongo de pie como puedo y por poco me caigo de culo. Para variar, Malachi no se mueve para sujetarme, sino que se limita a observar mientras trastabillo hasta que recupero el equilibrio. Me llevo los dedos a los labios.

—Devuélveme el puñal y no tendremos que volver a «improvisar» —digo.

Él sonríe, mostrando un colmillo.

—No.

—Conque todo esto no es más que una trampa... Dices que no vas a acostarte conmigo y luego te propasas a la primera de cambio. —Trato de dar la impresión de estar enfadada, pero mi cuerpo sigue lamentando la pérdida de nuestra cercanía. Me duele de una forma que temo que solo él pueda aliviar.

—No seas ingenua, Mina. Un beso no es sexo. —Se inclina

hacia delante y apoya los antebrazos en sus rodillas. La postura debería parecer despreocupada, pero todos y cada uno de mis instintos depredadores me dicen que está a medio segundo de abalanzarse sobre mí—. Cuando te lo haga, no va a haber un poco de lengua y ya. —Esboza otra de sus sonrisas lentas—. Pero si estás necesitada y quieres que te bese en otra parte y mejor, yo encantado.

Retrocedo un paso con cautela. Ahora es cuando tengo que retirarme, aprovechar la salida que me ofrece y poner algo de distancia entre nosotros. Es lo que una mujer sensata haría en mi lugar. Claro que una mujer sensata habría salido por patas a la primera ocasión sin importar las consecuencias, y yo aquí sigo. Para bien o para mal, lo estoy eligiendo.

Me humedezco los labios.

—Demuéstramelo.

6

No me da apenas tiempo a pronunciar palabra antes de tenerlo sobre mí. Me coloca en el suelo con cuidado, como suele hacer, para protegerme de cualquier posible impacto. Malachi se apodera de mi boca con un beso salvaje. Sus colmillos rozan mi lengua, o tal vez sea su lengua; joder, puede que sean ambas. Lo único que sé es que el sabor a sangre echa leña a un fuego que ya es casi un incendio de puro deseo.

Antes de que pueda sumergirme en la sensación, él comienza a bajar por mi cuerpo, besándome los pechos por encima de la fina tela de la camiseta, hasta llegar a mi entrepierna. Me incorporo y me apoyo sobre los codos, sin aliento y algo sorprendida.

—Eh... —murmuro.

Él pasa un dedo por la costura de mis pantalones de yoga y se detiene justo encima de mi clítoris.

—¿Has cambiado de idea? —pregunta.

—No. —La palabra sale de mi boca antes de que pueda plantearme si es inteligente agitar una bandera roja delante de un toro.

—Bien. —Se mueve tan rápido que no puedo verlo. En un segundo estamos mirándonos a los ojos y al siguiente me ha rasgado los pantalones. El movimiento hace que mis caderas se acerquen a él y entonces su boca se precipita sobre mí.

Me tenso ante la posibilidad de un mordisco. Ante la expectativa, más bien. Solo que, en lugar del punzante placer de sus colmillos, noto la calidez suave de su lengua. Me lame de abajo arriba. Dioses, es tan horrible y tan increíble al mismo tiempo... Gruñe contra mi sexo y los brazos me fallan.

—Joder...

Entonces me vuelve a recorrer con la punta de la lengua hasta llegar a mi clítoris, una y otra vez. Pensaba que lo sentiría distinto a cuando me muerde, y así es... pero no tanto como me imaginaba. Es demasiado increíble. El deseo, líquido y fluido, me embriaga, extendiéndose y acumulándose en mi cuerpo.

No tomo la decisión consciente de moverme, pero paso de tratar de recuperar el equilibrio a hundirle las manos en el pelo y atraerlo a mí, mientras alzo las caderas hacia su boca.

—Dioses, esto es impresionante... —jadeo.

Él emite otro de esos ruiditos ávidos y entonces me introduce la lengua. Me embiste con ella, y la intrusión hace que suelte un chillido de sorpresa. Malachi se retira ligeramente y levanta la cabeza para mirarme con ojos oscuros y salvajes. Por un segundo, juraría ver llamas en el fondo de ellos, pero parpadeo y la ilusión desaparece. Me pasa los pulgares por los laterales de mi sexo.

—Mina. —Mi nombre suena a pecado en sus labios.

Trago con dificultad para poder hablar.

—¿Sí?

—¿Eres virgen?

La verdad es que no tengo ninguna gana de responder a esa pregunta. Está demasiado cargada de implicaciones con las que no quiero tener nada que ver. La cultura de los vampiros, al contrario que la de los humanos, no le da la misma importancia a la virginidad, al menos según el material audiovisual que he consumido, pero sigue siendo un tema relevante.

Me mira fijamente.

—Contéstame.

—Sí. —La palabra sale de mi boca en contra de mi voluntad.

Malachi apoya la frente en mi abdomen durante unos segundos eternos.

—Vale... —Exhala ásperamente—. De acuerdo.

No sé cómo interpretarlo. Solo sé que podría morirme si me deja así.

—Por favor —suplico.

—Dame un segundo.

¿Que le dé yo a él un segundo? ¿A qué juego se piensa que está jugando ahora?

La respiración se me corta en la garganta.

—Malachi. —Entierro los dedos en su pelo, pero no tengo fuerza suficiente para moverlo—. Malachi, por favor...

Él vacila, pero luego devuelve la boca a mi entrepierna. Lo retoma desde donde lo ha dejado, con su lengua en mi interior, y luego pasa de nuevo al clítoris. Cada círculo que traza aviva mi necesidad. Tiene que sujetarme bien por las caderas para que no me aparte de su lengua al retorcerme de placer.

Entre gemido y gemido, llego al orgasmo. Chillo mientras la gran ola rompe en mi interior con una fuerza que me deja sin aliento. Es impresionante, tanto como cuando me muerde, pero al mismo tiempo mejor. Y justo entonces me muerde y yo pierdo la maldita cabeza.

No sé si estoy gritando, no podría decirlo con seguridad. Lo único que distingo es que consigo colocarlo encima de mí, o a lo mejor ya se estaba moviendo por sí mismo. Me conquista la boca mientras lo noto entre mis muslos, embistiéndome y restregándose contra mi entrepierna; sus finos pantalones son el único obstáculo que impide que lo hagamos como los dioses mandan.

Quiero quitárselos. Quiero tenerlo dentro. No siento más que deseo.

Abro la boca para decírselo, pero me topo con su lengua, que me roba las palabras, los pensamientos, la cordura. Uno de los dos gruñe. Tal vez yo. No puedo parar, muevo las caderas para acompañar cada acometida suya. Su lengua sabe a sangre y a mí, y notarlo no hace sino contribuir a la pasión que me invade. «Más, más, más. No pares».

Me corro de nuevo y él se queda quieto contra mí. Levanta la cabeza; esta vez sé que no me estoy imaginando el fuego en sus ojos. Respiro con tanta dificultad que apenas puedo jadear.

—¿Malachi?

Me acaricia el muslo con una mano y me levanta la pierna para que le rodee la cintura con ella. Sus pantalones están húmedos, pero no sé si es por mí o por él. Deja caer la cabeza en mi cuello y sigue moviéndose contra mí, meciéndose a un ritmo casi demente. Me aferro a él, aguantándome a duras penas las ganas de suplicarle que me haga suya.

La primera señal de que algo no va bien es el calor abrasador que siento en el brazo.

Abro los ojos y chillo:

—¡Fuego!

Malachi no para de frotarse contra mí. No parece darse cuenta de las llamas que consumen el suelo de madera en un círculo casi perfecto a nuestro alrededor. El fuego no se está acercando a nosotros, pero la habitación está ardiendo. Le tiro del pelo.

—¡Malachi!

Sigue sin haber respuesta.

En medio del pánico, hago lo primero que se me ocurre. Cuelo como puedo la mano entre nuestros cuerpos y se la agarro con fuerza. Él se aparta, con los ojos completamente negros. El humo me irrita la garganta.

—Hay un incendio, Malachi.

Él parpadea y sacude la cabeza. Con un gesto de la mano, las llamas se extinguen como por sí solas.

—Lo siento —dice.

Me quedo mirando el suelo calcinado. Sé que cada una de las siete estirpes tiene diferentes propiedades mágicas asociadas, pero mi padre decidió que no necesitaba más información al respecto. No se le ocurrió que podría ser buena idea decirme que la de Malachi es el fuego, ni más ni menos. Trago con dificultad, y la saliva me sabe a ceniza.

—¿Va a pasar esto cada vez que nos liemos?

Él se desploma sobre mí y suelta una risa ronca.

—No. He perdido el control —me explica.

Eso no me tranquiliza ni un poco.

—A ver si lo he entendido bien... Ni siquiera hemos llegado a follar y tú has perdido el control hasta el punto de provocar un incendio.

No parece tener ninguna intención ni ganas de quitarse de encima de mí.

—Tu sangre es embriagante, pequeña dhampira. Es demasiado fácil perderse en ti.

Parpadeo hacia el techo.

—O sea, ¿que es culpa mía que hayas perdido el control y casi nos mates por el camino?

—No. —Por fin se incorpora y me levanta con él; ambos nos quedamos sentados—. Solo digo las cosas como son. Pero en ningún momento has corrido ningún peligro. No habría dejado que el fuego te tocara.

Es cierto que hay un círculo perfecto de suelo intacto a nuestro alrededor.

—Podría haber muerto por una inhalación excesiva de humo. O el suelo podría haberse venido abajo con tan mala suerte que acabáramos ambos empalados. Así que, lo siento, pero sí, creo que sí he estado en peligro.

Él frunce el ceño observando el suelo chamuscado como si nunca se hubiera planteado esas posibilidades. Claro que ¿por qué iba a hacerlo? Por mucho que me llame «dhampira», que se beba mi sangre, parece que a veces se le olvida que no estoy al mismo nivel que él. Me lo tomaría como un halago si no pusiera en riesgo mi vida.

Por fin, Malachi niega con la cabeza.

—No volverá a ocurrir.

—Pero...

—No volverá a ocurrir —repite con firmeza.

A lo mejor debería dejarlo correr, pero no consigo hacerlo.

—Has bebido de mi sangre varias veces en los últimos días y esto no había pasado antes. —Tampoco había bebido de mi orgasmo hasta ahora, pero eso no debería bastar para socavar su autocontrol hasta este punto, ¿verdad?

Nunca había oído hablar de que un vampiro pudiera perder la cabeza de este modo durante el sexo, y mucho menos durante los preliminares. A ver, soy consciente de que dispongo de información limitada, pero seguro que habría rumores si fuera un riesgo real, ¿no? Puede que los vampiros sean inmortales, aunque eso no significa que no puedan morir. Cualquiera de las siete estirpes tiene poder de sobra para matar. Si perdieran el control cada vez que alguien se corre, sus linajes se habrían extinguido hace mucho tiempo.

Malachi se pone de cuclillas y se pasa una mano por la cara.

—He subestimado el poder de tu sangre y, como consecuencia, mi poder ha aumentado.

Me llevo las piernas al pecho, consciente de pronto de que los pantalones de yoga ya no tapan mis partes pudendas.

—Creía que ya habías tomado sangre de dhampiros... ¿Cómo es posible que no te lo esperaras?

—Porque ninguno de los dhampiros que he probado hasta ahora había tenido este efecto sobre mí. —Su mirada oscura se torna contemplativa, y advierto que sus pupilas recuperan su forma habitual, ya no ocupan todo el espacio de sus ojos—. Es extraño.

En lo que se refiere a los vampiros, «extraño» nunca es nada bueno. Algo semejante al miedo me recorre las venas.

—Para ya —pido.

—¿Cómo?

—No sé a qué estás jugando, pero para ya. No soy especial, ni soy un misterio por resolver, ni ninguna de las chorradas que estés a punto de soltar —le espeto. Porque debe de ser un juego, es lo único que tiene sentido. Si quiero conservar la cordura, no puedo prestar atención a sus cavilaciones. El enigma que se está inventando es demasiado tentador.

Todo el mundo quiere ser especial, único. Y yo la que más. Cuando eres una dhampira, sobre todo una sin un ápice de magia, nunca estás a la altura hagas lo que hagas. Nunca eres lo suficientemente fuerte, lo suficientemente rápida... Nunca eres suficiente, y punto. Que Malachi actúe así es cruel.

—¿No crees que si mi sangre fuera una especie de catalizador mágico alguien se habría dado cuenta a estas alturas? —insisto.

Su expresión es severa.

—¿Cuántos vampiros han consumido tu sangre más de una vez?

Una pregunta pertinente, sin duda, pero aun así duele.

—Mi padre me designó como ofrenda desde el momento en que nací, de ahí que no haya estado ofreciéndome a su gente así como así. —Aparto la vista—. Me han mordido un par de veces entrenando. —Y algunas más sin entrenamientos de por medio—. Pero no ha ocurrido en muchas ocasiones.

—Y eran vampiros convertidos.

—Sí.

—Entonces ¿cómo ibas a saber que tu sangre potencia los poderes de una estirpe?

Abro la boca, pero la cierro sin contestar. Buena pregunta, de nuevo. Pero todavía cruel.

—No soy especial —sentencio.

Él frunce el ceño.

—Sí, Mina. Sí que lo eres. Aun dejando de lado el tema de la sangre.

Ya basta de tonterías.

Me pongo de pie y me dirijo a la puerta. Apenas doy un paso cuando Malachi me coge en volandas. Me fulmina con la mirada cuando protesto.

—Te vas a quemar los pies —me aclara.

—Acabo de beber bastante de tu sangre. Se curará.

—Me da igual —replica, y no me deja bajar ni cuando salimos de la sala. Se limita a moverse a esa velocidad vertiginosa hasta que llegamos a mi cuarto. Se detiene en el umbral y me deposita en el suelo. Amusga los ojos al ver la cama—. Pediré cosas nuevas para el dormitorio.

Eso me saca una risa.

—Vaya, ¿te das cuenta ahora de que a lo mejor no me apetece dormir en una cama vieja y polvorienta? Fantástico.

Se me queda mirando.

—¿Estás enfadada por lo del fuego o qué ocurre?

Me resulta tremendamente tentador confesarle qué es lo que me trae de cabeza; pero si de verdad creo que me está tomando el pelo, decirle lo que siento solo serviría para ponérselo más fácil aún. No puedo arriesgarme.

—Estoy cansada. Buenas noches, Malachi. —Y le cierro la puerta en las narices.

Aun así, lo oigo claramente a través de la madera maciza.

—Yo no soy el enemigo.

Quiero creerle. Lo quiero tanto que casi puedo saborear ese deseo como un intenso regusto a sangre en la lengua. Pero hay una lección que he aprendido bien de mi padre, una que no puedo permitirme olvidar. Ni siquiera con Malachi. Especialmente con Malachi.

«Todo el mundo es el enemigo».

7

El resto de la semana transcurre con una rutina cada vez más familiar. Me levanto, voy a la ahora reluciente cocina a desayunar y tomarme un café, y luego exploro la casa. En algún momento, aparece Malachi para llevarme a entrenar. Cuando estoy temblando del cansancio, me muerde. Siempre llego al orgasmo. Y siempre lo muerdo yo a él también.

Pero no vuelve a besarme ni a ofrecerse a «besarme en otra parte y mejor».

Aunque trato de convencerme de que lo agradezco, cada día que pasa siento más irritación. Lo deseo y no quiero desearlo, y era más fácil convivir con mis pensamientos cuando me decía que no tenía otra opción. Malachi está desmontando esa narrativa sin dificultad, y yo no estoy de humor para sentirme agradecida. Es más, lo único que siento es enfado hacia mí misma. No debería querer esto. No debería desearlo, porque hacerlo es servir a los propósitos de mi padre, que es lo último que quiero.

Estoy tan distraída con estos pensamientos que tardo más de lo que debería en darme cuenta de que no estoy sola en la biblioteca. Distingo al vampiro rubio y salto del sofá en el que estaba sentada de inmediato, pero no llego a dar ni un paso antes de tenerlo justo delante de mí. Me entierra los dedos en el pelo, me empuja de nuevo al sofá y sigue mi movimiento. Me coloca una pierna entre los muslos y me sonríe con malicia.

—Menuda delicia estás hecha...

El miedo me forma un nudo en la garganta, pero me niego a mostrárselo a este desconocido.

—No sé quién coño eres, pero tienes cinco segundos para quitarte de encima antes de que te arranque la cabeza.

—Uy, qué violenta —dice despacio, como saboreando las palabras—. Me gusta.

En la luz titilante de la chimenea, los rasgos de su rostro se ven exagerados. Pómulos marcados, mejillas hundidas, ojos inquietantemente blanquecinos que parecen rodeados por sombras. Tiene una cresta rubia corta y, aunque es más bajo que Malachi, es sin duda más fuerte que yo.

No soporto que todo el mundo sea más fuerte que yo.

—¿Quién se supone que eres?

Esboza una sonrisilla maniaca, dejando a la vista los colmillos.

—Puedes llamarme Wolf.

«Wolf». El nombre me quiere sonar de algo, pero no termino de recordar por qué. Cuesta concentrarse cuando estás en peligro inminente de que te sajen el cuello. No es uno de los hombres de mi padre, eso sí que lo sé, lo cual significa, por otro lado, que no puedo anticipar sus movimientos.

Aunque no es una locura suponer que le interesa mi sangre, y menos aún cuando se queda mirando el pulso de mis venas bajo la piel.

—Malachi te mataría —le advierto.

—Qué va. —Se ríe—. Somos viejos amigos. ¿Verdad, Malachi? —pregunta alzando la voz.

—Wolf. —No he visto a Malachi entrar, pero, claro, he estado un tanto distraída.

Giro la cabeza todo lo que puedo y me lo encuentro de pie a unos metros de distancia, con las manos en los bolsillos, como si no estuviera presenciando la intrusión de un desconocido que me tiene inmovilizada contra el sofá.

—Cuánto tiempo —comenta.

—Porque tú lo has querido —replica el rubio, que se pasa mis muñecas de una mano a otra y se vuelve para mirarlo—. Imagina mi sorpresa cuando me entero de que has vuelto a aceptar ofrendas del canalla de Cornelius. Ay, Malachi... A nadie le gustan los hipócritas.

—No te costaría entender mis motivos. —La mirada de Malachi se vuelve hacia mí—. Tienes algo que me pertenece.

Wolf se ríe de nuevo. El sonido es directamente pecaminoso; suena igual de bien que sabe el buen chocolate: excesivo y un poco agridulce.

—Llevas demasiado tiempo solo, amigo mío. Te has vuelto avaro y se te ha olvidado cómo ser un buen anfitrión. —Se relame—. Estoy muerto de sed.

Malachi duda unos segundos eternos, y una esperanza traicionera me invade el pecho. No va a permitir que este desconocido me muerda, ¿verdad? Tiene que estar dándose cuenta de que no me hace nada de gracia la idea...

—Sírvete tú mismo —dice no obstante, dejándose caer en la silla que hay justo enfrente de nosotros—. Pero solo morder, ¿eh?

Wolf me mira, y la crueldad de sus ojos blanquecinos solo encuentra rival en la diversión que se asoma a ellos.

—¿En serio pensabas que intervendría? Pobrecilla, cómo le habrás comido la cabeza, Malachi.

—Wolf —contesta él con un tono de advertencia que el rubio no parece percibir.

Wolf me pasa un dedo por el cuello. Sus ojos se clavan en los míos y su sonrisa se enternece muy ligeramente.

—No te preocupes, amor. Te gustará.

Es decir, que él también es un vampiro de estirpe. Me da igual.

—No es más que una reacción química que no significa absolutamente nada. No quiero —me defiendo.

Él me observa, ignorando de manera intencionada la forma en que Malachi se tensa en la silla en nuestra visión periférica. Inhala hondo y se queda de piedra.

—Vaya, conque no eres humana... Una dhampira. —Se acomoda encima de mí, usando su cuerpo para inmovilizarme. Huele ligeramente especiado, como a clavo y canela o algo similar. Odio no odiarlo del todo.

Wolf me frota el cuello con la nariz y me dice al oído, en una voz muy baja para que lo oiga solo yo:

—Mira qué rápido te ha regalado. ¿No te molesta? ¿Ves lo quieto que se ha quedado en la silla? No quiere que te muerda, y aun así no va a hacer nada por impedirlo. ¿Cómo te hace sentir eso?

—Enfadada —mascullo.

—Eso pensaba. —Noto su aliento en la oreja—. Yo haré lo que él no ha hecho: pedirte permiso. Déjame morderte. —Suelta una risita grave—. Se pondrá hecho una fiera.

Está tratando de manipularme, pero, por mucho que lo sepa, le está funcionando. Estoy cabreadísima con Malachi, y también conmigo misma, por esperar que sea mi salvador cuando todas y cada una de las experiencias que he tenido con vampiros me han demostrado que no se puede confiar en ellos. Lo había olvidado, y la punzada de dolor que me provoca esa certeza es lo que me incita a hacer algo que no habría hecho en ninguna otra circunstancia.

—Hazlo —accedo.

—Qué traviesa. —No me da tiempo a prepararme antes de que me hunda los colmillos en el cuello.

Al instante siento un placer intenso y embriagador recorriendo todo mi ser. Como está sujetándome las muñecas, no puedo alargar las manos hacia él, y casi que mejor. Lo que no me impide hacer es arquearme contra su cuerpo y gemir. Estoy tan enfadada que ni siquiera intento contenerme.

¿Que Malachi quiere ofrecerme a este vampiro como un anfitrión ofrece una selección de vinos? Bueno, pues que lo vea en primera fila.

Esperaba que Wolf tratara de propasarse, pero, aunque noto que se empalma contra mí, mantiene las manos donde estaban en un comienzo: una sujetándome las muñecas y la otra apoyada junto a mi cadera. El único movimiento que hace es acariciarme la piel expuesta del costado, donde la camiseta se me ha subido mientras me resistía, aunque lo siento como si me estuviera tocando en otra parte. O igual es todo cosa del mordisco, ya que cada succión es como si tuviera la boca en mi entrepierna.

Gimo de nuevo. En la distancia, oigo un chasquido, pero estoy demasiado extasiada por la mordida de Wolf como para tratar de mirar. Él se pega con firmeza a mí entre mis muslos. Casi no me toca, pero da igual, porque eso basta para precipitarme al orgasmo. Me corro con tal intensidad que no puedo parar de jadear. Apenas me doy cuenta de que aparta los colmillos cuando siento una especie de chispazo que no acierto a distinguir. Entonces me pasa la lengua para limpiar hasta la última gota de sangre de mi piel.

Por fin, tras lo que parece una eternidad, me suelta, se yergue y se recuesta contra el otro brazo del sofá con un gruñido.

—Malachi, qué callado te lo tenías —murmura.

Giro la cabeza, sorprendiéndome de que no me duela el movimiento, y veo que Malachi ha destrozado los reposabrazos de la silla en la que está sentado. Los trozos de madera del suelo son apenas astillas.

Me embarga una ligera satisfacción. No había ninguna alternativa buena en este escenario, pero esta es la que he elegido y espero que se haya muerto de rabia al ver a Wolf encima de mí. Me incorporo y me apoyo en el otro brazo del sofá. Estoy un poco mareada por la pérdida de sangre, pero cuando me llevo la mano al cuello no noto ninguna herida.

Wolf me dedica una sonrisa lobuna, haciendo honor a su nombre.

—Pareces sorprendida, amor. ¿Malachi no te cierra las marcas de los colmillos con su sangre cuando bebe de ti?

—No. —Lo que hace es dejarme tomar de su sangre, pero no estoy de humor para hablar de ello, así que me dispongo a levantarme—. Sois los dos unos capullos.

—No te vayas. —Wolf habla con un tono más serio ahora—. Tenemos que tratar un tema que te concierne.

Maldigo entre dientes y miro a Malachi. Él hace un asentimiento de cabeza breve. No es una orden, sino una petición, pero no cambia el hecho de que estoy cabreada con él. Sin embargo, me recuesto en el sofá y levanto las rodillas. Wolf sigue demasiado cerca, su aroma especiado me inunda la nariz. Hace que me entren ganas de suspirar y gritar al mismo tiempo, y no entiendo por qué percibo su olor con tanta intensidad. No lleva perfume ni hay ningún matiz artificial en su fragancia, pero es la primera vez en mi vida que siento mi olfato tan afinado.

Apoya los pies en la mesita de centro y me doy cuenta con retraso de que lleva un atuendo extraño: unos pantalones pitillo metidos por dentro de unas botas que sospecho que llevan puntera de acero, una camiseta estampada y una cazadora de estilo gótico que completa el conjunto. Me pilla mirándolo y me guiña un ojo antes de centrarse otra vez en Malachi.

—Sabes que el motivo por el que la ha mandado venir a

ella en lugar de a una pobre humana cualquiera es porque quiere hacerse con tu estirpe, ¿verdad?

Malachi no se mueve.

—Sí, soy consciente.

—En cuanto la dejes preñada, vendrá a recoger a su hija y entonces tendrá a tu vástago bajo su control... y lo usará para manipularte.

Ese es exactamente el plan de mi padre, aun así, no puedo evitar observar a Wolf con más detenimiento. Me había dado la impresión de ser un vampiro un tanto atolondrado, pero ahora su tono ha cambiado y suena tan serio como Malachi. Tamborilea con los dedos en el brazo del sofá.

—Tienes que romper el conjuro.

¿El conjuro? ¿De qué está hablando?

Miro a Malachi, pero él actúa como si yo no estuviera presente. Se apoya en el respaldo de la silla como si los restos hechos trizas de los reposabrazos no estuvieran a sus pies.

—Ten cuidado, Wolf. Cualquiera podría pensar que te importa.

—Que el cabronazo ese tenga acceso a más estirpes es una mala noticia para todos. Al habértela colado a ti se ha envalentonado. Está yendo a por algunos de los otros.

—Vaya, que está yendo a por ti —replica Malachi.

Wolf esboza una sonrisa sangrienta.

—Lo está intentando. Solo que, al contrario que algunos que me sé, yo no dejo que el honor se interponga en mi búsqueda de poder.

Me quedo de piedra, pero la mente me va a mil tratando de ponerse al día y atar cabos. Algunas cosas resultan bastante sencillas. Mi padre es el culpable de que Malachi no pueda salir de la mansión. Me lo había planteado, pero no muy seriamente. Los vampiros son criaturas excéntricas, por decirlo suave. No me parecía una locura que Malachi no tuviera problemas con no salir de la casa y recibir sus «comidas» a domicilio. Vale que entre envío y envío haya estado muriéndose de hambre, pero tiene cierta lógica preferir ese sufrimiento antes que integrarse en la sociedad humana con todas las mejoras tecnológicas que han desarrollado en la última generación. Sospecho que ese es el motivo principal por el que los humanos han mantenido a raya a los vampiros, sean conscientes de su existencia o no.

Los humanos se adaptan y evolucionan. Constantemente.

Los vampiros no. Bueno, tienen la capacidad de hacerlo, pero les resulta más difícil porque su naturaleza está tan arraigada en ellos como la inmortalidad. O quizá todos los seres inmortales lidian con los mismos problemas a la hora de evolucionar. No lo sé.

El caso es que lo que ha dicho Wolf desmiente mis sospechas. Por lo visto mi padre tiene a Malachi aquí confinado para asegurarse el control sobre su estirpe, pero los guardias vampiros que ha dispuesto en el perímetro no son lo único que le impide escapar. Y pretende hacer lo mismo con las otras estirpes en peligro de extinción.

Lo cual significaría que Malachi está igual de atrapado que yo.

No puede ser. Debo de estar entendiendo algo mal.

—Si hay un conjuro, ¿por qué no usas tus poderes para salir? —intervengo.

Wolf es quien responde:

—Los conjuros no funcionan así, y menos aún los que usa tu padre. —Dice la última palabra como si fuera un insulto—. Ha utilizado un conjuro de sangre, y para romperlo haría falta un sacrificio humano o un ser con más poderes que un vampiro.

Un sacrificio humano. Un ser con más poderes que un vampiro.

La cabeza no para de darme vueltas, o puede que sea la habitación. No estoy segura. Ya no estoy segura de nada.

—Mataste a la última mujer que te envió. ¿Por qué no aprovechaste su muerte para huir?

Malachi hace un gesto que casi parece un estremecimiento.

—Yo no la maté —afirma—. Se suicidó.

—¿Qué?

Wolf se estira y bosteza.

—Los conjuros de sangre no tienen efecto en mí, por eso el cabronazo de tu padre no ha sido capaz de retenerme.

Si los conjuros de sangre no tienen efecto en él, eso significa que...

Antes creía tener miedo, de verdad, pero ahora apenas puedo respirar con el nudo de pánico que se me forma en la garganta. Aunque nunca me han enseñado gran cosa sobre las estirpes, ni qué poder tiene cada una de ellas ni qué miembros de cada linaje siguen vivos, una cosa sí sé.

Hay siete estirpes. Siete poderes. Los elementales: tierra, aire, agua, fuego. Son peligrosos, pueden hacer que el propio mundo que te rodea se vuelva en tu contra. Pero los otros tres... Cuerpo, sangre, espíritu. Mi padre posee el último, y he visto las ilusiones que es capaz de crear cuando se enfada. Lo he sentido en mis carnes, he experimentado cómo me ponía delante de las narices mis mayores y más ocultos miedos. Ha hecho que mi propia mente conspire contra mí. Si puede hacer tantísimo daño solo con la mente, ¿qué podrá hacer Wolf con el poder de la sangre?

Estoy encerrada en esta casa con dos depredadores que ahora mismo me miran como si fuese un delicioso tentempié.

8

—Me voy a la cama —digo poniéndome de pie, pero me topo con Wolf justo delante de mí, que se mueve tan rápido que tengo que echarme hacia atrás a toda prisa para no chocarme contra su pecho. Acabo sentada en el sofá de nuevo, mirándolo.

Sus ojos blanquecinos se vuelven casi rojos.

—No tan rápido.

—Wolf.

Se acerca a mí despacio.

—Eres excesivamente cuidadoso, Malachi. Esta chica sabe increíble y seguro que sentirla es todavía mejor... Te está comiendo la cabeza porque llevas solo demasiado tiempo. Es un lobo con piel de cordero, y lo sabes. Mátala para no caer en sus fauces.

No está de broma. Lo dice totalmente en serio. No le va a quitar el sueño matarme, y no sé por qué me sorprende. No sé por qué me sorprende nada a estas alturas.

—¡Espera! —suplico.

—Aléjate de ella, Wolf. —Las llamas de la chimenea crepitan de una manera que solo puede describirse como amenazante—. Ahora mismo.

Durante un segundo creo que no va a obedecer. El rojo de sus ojos se acerca al carmesí y tiene un aspecto directamente salvaje durante un instante. Pero solo un instante. Parpadeo y me lo encuentro con una expresión relajada, sonriéndome.

—Ah, bueno. Otra vez será —dice.

No me puedo mover. Debería luchar, debería gritar, debería intentar algo, lo que sea, pero lo único que soy capaz de hacer es respirar con dificultad. Malachi es peligroso, pero, aunque no lo entienda, hace las cosas por un motivo. Wolf es un perro rabioso, un huracán caótico que azota aquí y allá sin previo aviso. Cuando creo que ya le he pillado el truco, se da la vuelta y me tira por un acantilado.

—Largo de aquí. —La amenaza velada en la voz de Malachi hace que se me ponga la piel de gallina.

Wolf asiente.

—Ya seguiremos hablando mañana. —Se gira y se marcha a la velocidad de un humano. No sé por qué, pero me resulta más aterrador que si solo lo viera desaparecer en un instante.

En una fracción de segundo Malachi pasa de estar sentado en la silla a cogerme en brazos.

—Mina —murmura.

—Suéltame. —Pretendía que sonara a orden, pero es más bien un susurro suplicante. No puedo parar de temblar. ¿Qué coño acaba de pasar? No entiendo qué está ocurriendo, no sé quién está involucrado y no sé qué esperarme.

En lugar de obedecer, me estrecha entre sus brazos y se sienta en el sofá, colocándome en su regazo.

—Lo siento —musita.

—No, no lo sientes. Deja de decir eso cuando no es verdad. —Dioses, la voz me suena lastimosa y me arde la garganta. No pienso llorar delante de este vampiro, me niego a exponer otra debilidad más en su presencia. Ya me tiene sometida en casi todos los sentidos; no quiero darle esto también.

Pero mi cuerpo no parece estar al tanto de mis intenciones.

Algo cálido y húmedo se me escapa de la comisura del ojo. Agacho la cabeza, y Malachi me lo permite, pero aprovecha la oportunidad para apretarme con más firmeza contra su pecho.

—Lo siento —repite—. Nadie va a matarte.

Eso me saca una risa áspera. Mi voz no suena como de costumbre.

—Si no lo haces tú, lo hará Wolf. Y si no lo hace él, lo hará mi padre una vez que haya cumplido con mi propósito.

Creía que tendría más tiempo, alguna oportunidad de encontrar la manera de huir. Me he autoengañado pensando en las posibilidades que había a mi disposición, pero ya no tiene sentido mentir más. Soy un peón en los juegos de poder de otras personas, destinada a verme arrastrada de un lado a otro del tablero sin ningún tipo de capacidad de decisión.

Los brazos de Malachi me envuelven con más fuerza.

—No voy a dejar que ocurra.

—¿Y qué vas a hacer? Estás atrapado en un conjuro de sangre y la única forma de salir es matarme. —Otra vez me sale esa risa. Dioses, sueno como una trastornada, pero no puedo evitarlo—. Jaque mate.

—No. —Me acaricia el pelo con una suavidad sorprendente—. Hay otro modo. Solo es que no lo he encontrado todavía.

Quiero creerle, pero la vida me ha hecho escarmentar. No va a venir ningún héroe a salvarme. No hay un giro de guion que haga que ganen los buenos. Lo único que importa es el poder, y yo no tengo ninguno. Ni siquiera Malachi, un vampiro de estirpe, tiene poder suficiente para salir de este entuerto.

Aunque eso no es lo único que me angustia ahora mismo. Sería más inteligente por mi parte que así fuera, que lo único que me importara fuera salir de aquí, reclamar mi libertad. Pero en mi interior me siento dolida, y odio esta sensación de traición.

—Me has ofrecido a otro —murmuro.

Él se tensa y luego suspira.

—Es complicado.

—A mí no me parece tan complicado. Creía... —No, no puedo ponerle palabras a esa sandez. Por mucho que sienta que se han desdibujado los límites entre nosotros, la realidad es que Malachi es el depredador y yo soy la presa. Puede que insista en hacer tratos y darme su palabra, pero no son más que engaños. Es igual que cuando estaba con mi padre: él tiene todo el poder y yo ninguno.

Trato de ponerme recta, pero él me mantiene pegada a su cuerpo. Frunzo el ceño contra su pecho.

—¿Hasta dónde llegan los privilegios de los invitados? —pregunto—. Si a Wolf le entran ganas, ¿puedo esperar que aparezca en mi dormitorio y me haga lo que quiera? Ya que soy un bien que se puede compartir y eso.

Malachi farfulla algo en una lengua que no identifico, pero por el tono suena como una maldición.

—No.

—Lo que tú digas. —Intento parar de hablar, pero no consigo echar el freno a mi boca. El dolor, la frustración y la rabia me suben por la garganta y se convierten en veneno antes de colarse entre mis labios—. Igual tampoco está tan mal. Puesto que a ti no te interesa el sexo, me va bien tener a alguien con quien acostarme. Wolf da un poco de miedo, pero está buenísimo, y la verdad es que no soportaría morirme siendo virgen.

La única advertencia que me llega es la tensión de su cuerpo debajo del mío. En un segundo paso de estar acurrucada en sus brazos a estar sentada a horcajadas encima de él. Malachi me agarra por las caderas con tanta fuerza que casi me hace daño. Sus ojos se tornan casi del todo negros, pero ahora sé diferenciar las llamas que asoman a su mirada de las que son un reflejo de un fuego real. Da igual que técnicamente esté arriba, no tengo más control desde esta posición que si me tuviera inmovilizada contra el sofá, como antes hizo Wolf.

Me mira con furia.

—¿Qué parte de «darte espacio para que te acostumbres a estar aquí» se traduce en esa cabeza hueca tuya como «no quiero acostarme contigo»?

—¿Ahora es cosa mía? ¡Fuiste tú el que propuso ese trato tan ridículo! —Estoy gritando, pero me la suda—. Y sí, pensaba que igual no eras del todo un monstruo, pero entonces aparece Wolf como una especie de fantasma punki cachondo y tú te pones en plan «mi dhampira secuestrada sabe increíble, pruébala». ¿Qué coño pretendes que piense, Malachi? Ni siquiera me hablas. Lo único que hemos hecho en toda la semana ha sido practicar lucha y mordernos el uno al otro.

—En toda la semana —masculla con los dientes apretados—. Llevas siete putos días aquí. Te has pasado toda la vida bajo el control de Cornelius y luego te ha mandado conmigo para estar de nuevo encerrada. Perdón por querer que me eligieras en lugar de limitarte a cumplir con tu cometido porque no tenías otra opción.

Me río en su cara.

—¿Que te eligiera? ¿De qué cojones estás hablando? —replico—. Elegirte implicaría acabar con el corazón roto. En el mejor de los casos, no conseguirías dejarme embarazada y yo moriría de vieja dentro de cien años o los que fueran mientras tú seguirías viviendo en esta casa, donde mi padre te tiene confinado. A mí me saldrían arrugas y canas, y tú te mantendrías igual de joven que ahora. Dime que eso no es otro tipo de infierno.

Algo en las comisuras de su boca se suaviza.

—Te lo has planteado.

—No, qué va. —No es del todo mentira—. Solo digo las cosas tal y como son. Encima, yo no suelo tener suerte; lo más probable es que ocurra lo peor, y lo sabes. O me quedo embarazada, mi padre viene a por mí, me encierra el tiempo suficiente para dar a luz y luego me mata, o no me quedo embarazada, decide que se ha cansado de esperar, viene aquí y también me mata. ¿Entiendes lo que estoy diciendo, Malachi? Lo mires como lo mires, yo siempre acabo muerta.

—No voy a dejar que eso ocurra. —La seguridad que destila su voz casi hace que me crea sus palabras. Casi.

—¿Qué pasa, que eres un dios en lugar de un vampiro? —Niego con la cabeza—. Estamos los dos aquí atrapados. Deberías haberme contado tu parte.

—Tienes razón —admite.

Parpadeo. Esto no me lo esperaba.

—¿Cómo?

—Que tienes razón. No lo he gestionado como debería.

Sus manos se aflojan en mis caderas y tira de mí hacia él para estrecharme. Me resulta imposible ignorar la tremenda erección que noto. Por lo visto, ahora que está bien alimentado, no le hace falta morderme para que se le levante. Me da un escalofrío.

Cuela los pulgares por debajo de mi camiseta y me acaricia la piel.

—Debería haber sido sincero contigo —continúa.

—Ajá.

—¿Por qué no empezamos ahora? —Me sostiene la mirada—. El único motivo por el que estoy procurando no hacer nada más que morderte es que no creo que pueda resistirme a seducirte y hacer que quieras acostarte conmigo antes de estar preparada. Me muero por ti, Mina, pero quiero que me elijas porque me deseas. No quiero que te ciegue la sed de sangre y que lo hagas en un momento en el que no tienes capacidad de decisión.

Antes ha dicho algo similar, aunque una parte de mí creía que era otra forma de manipularme. Ahora no lo siento así. Coloco las manos en su pecho con cuidado.

—¿Y qué pasa con Wolf? —pregunto.

Algo parecido a la culpa asoma a su rostro antes de que lo reprima.

—Somos amigos. A veces algo más.

«Amigos. A veces algo más».

La verdad me da un guantazo en la cara.

—No quieres compartirme solo como comida.

Me mira a los ojos.

—Wolf y yo nos acostamos, Mina. Llevamos haciéndolo desde que éramos adolescentes.

No le pregunto cuánto hace de eso. Las estirpes llevan muchísimo tiempo en peligro de extinción. Malachi podría tener cien años o quinientos. El abismo que nos separa ya es enorme sin tener en cuenta la edad.

Trato de poner en orden mis pensamientos, entender lo que está diciendo y lo que no.

—O sea, que vas a seguir acostándote con Wolf, pero también quieres hacerlo conmigo, y te pondría que yo también lo hiciera con Wolf —resumo despacio.

—Algo así.

—Yo...

—No tienes por qué decir nada ahora. —Me suelta y, aunque sigo pegada a él, de algún modo me siento a la deriva—. Solo quería aclarar cómo están las cosas.

—¿Vais a hacerlo esta noche? —se me escapa antes de que pueda pensar detenidamente por qué quiero saberlo.

Malachi me levanta con cuidado y me deja de nuevo en mi lugar del sofá.

—Depende de lo que Wolf me diga cuando hable con él.

Eso no es un sí, pero tampoco un no. Algo parecido a los celos cobra vida en mi pecho, aunque sea una emoción estúpida que no tengo derecho a sentir. Malachi no es mío. No lo he elegido. E, incluso si lo hubiera hecho, Wolf lleva con él no solo desde antes de esta semana, sino desde antes de que yo naciera.

Es demasiado. No sé qué pensar, qué sentir.

—Ya...

Me pasa un mechón de pelo por detrás de la oreja.

—Wolf es un bravucón, pero no va a tocarte sin permiso —afirma.

—Sin permiso tuyo —replico amargamente.

Malachi exhala una risa breve.

—Qué rápido se te olvida que has sido tú quien le ha pedido que te muerda, pequeña dhampira. —Abro la boca para protestar, pero se me adelanta—. Los motivos dan igual, la realidad es que lo has hecho y que te ha mordido. Si no hubiera sido por eso, te habría dejado tranquila.

Me cuesta creerlo.

—Me tenía inmovilizada contra el sofá.

—Mmm... —Se queda mirando el fuego de la chimenea—. Eso no cambia nada. Pero Wolf sí que estará dispuesto a manipularte para conseguir lo que quiere, así que si no quieres acostarte con él, ten cuidado con lo que dices cuando te hunda los colmillos.

Esta conversación se ha vuelto excesivamente extraña en demasiadas ocasiones y me cuesta seguir el hilo. Contemplo su perfil.

—¿Y si me acuesto con él?

Malachi me mira a los ojos.

—Algún día te darás cuenta de que yo no soy como tu padre. No tengo deseo alguno de poseerte, Mina. —Alarga la mano y me coge la barbilla—. Solo te deseo.

—Ni siquiera me conoces —repongo.

—Te conozco lo suficiente.

No sé por qué me obceco tanto en apartarlo, en mantener esta apariencia fría frente a él, pero no soy capaz de parar. Me apoyo en la mano con la que me sujeta la barbilla.

—¿Y qué pasa si me deja embarazada él, Malachi? —le pico—. Si lo consigue antes que tú porque estás demasiado ocupado siendo un caballero como para reclamar lo que quieres.

Sus pupilas se dilatan y oigo el fuego crepitar detrás de mí.

—¿Quieres que te folle, pequeña dhampira? Solo tienes que pedírmelo. Esa ha sido en todo momento la única condición. —Se inclina hacia mí y me mantiene inmóvil—. Pero tienes que pedírmelo. No hemos empezado con buen pie, y yo ya no tengo ningún interés en representar el papel de bestia depredadora. Si lo hacemos será porque tú lo elijas, no porque yo te haya coaccionado. Hasta que no estés dispuesta a admitir eso, no va a ocurrir.

Maldito sea. Eso es precisamente lo que no quiero admitir. Por mucho que lo odie, resulta más sencillo fingir que no tengo elección. ¿Cómo, si no, voy a poder aferrarme a la rabia, el único sentimiento que me ha mantenido con vida hasta ahora?

—Te estabas muriendo de hambre cuando llegué, ¿no? —digo para cambiar de tema.

—Los vampiros no podemos morirnos de hambre —contesta.

No, solo se convierten en cadáveres desecados y exangües. Es una de las formas favoritas que tiene mi padre de castigar a los vampiros que se atreven a contrariarlo. Cuando tenía diez años, liberó a uno que llevaba aprisionado casi un siglo. Estuve semanas enteras con pesadillas.

—No, morir no, pero sí podéis estar famélicos —insisto.

Malachi aparta la vista.

—Mi condición no es excusa para atacarte.

Tal vez no, pero lo cierto es que ese hecho crea una vía de entendimiento que no estoy segura de querer. Si Malachi está aquí confinado por un conjuro de sangre, depende por completo de mi padre para alimentarse. La última ofrenda la mandó antes de que yo naciera. Aunque le durara unos cuantos años, cuando yo llegué Malachi debía de llevar sin sangre al menos dos décadas. Visto desde esa perspectiva, que fuera capaz de contenerse para no dejarme seca, que tratara de prepararme para lo que iba a suceder, resulta bastante asombroso.

Me acaricia el labio inferior con el pulgar y deja caer la mano un poco a regañadientes.

—Vete a la cama, Mina.

Estoy a punto de pedirle que venga conmigo. Me muero de ganas. Mentiría si dijera que no es así. Puede que incluso él me guste, aunque me cueste aceptarlo. Pero, sea como sea, no puedo pronunciar las palabras que nos sacarían de este punto muerto.

Me pongo en pie con piernas temblorosas.

—Buenas noches, Malachi.

—Buenas noches, Mina.

9

No puedo dormir. Debería haber sabido que era una causa perdida antes siquiera de intentarlo, pero la esperanza es lo último que se pierde. Incluso en momentos como este. No puedo parar de pensar en toda la información nueva que he recibido esta noche, tratando de ponerla en orden para descubrir qué parte es mentira y qué parte es pura manipulación. La posibilidad de que sea todo verdad...

No sé qué pensar.

Aunque sé que debería quedarme en la seguridad relativa de mi dormitorio, los pensamientos desbocados acaban pidiéndome que me mueva. Igual si quemo un poco de esta energía fuera de control, veo algo de sentido en medio de este caos.

O eso es lo que me digo cuando salgo descalza al pasillo. El amanecer ya irradia en el horizonte, otra noche más toca a su fin. Apoyo la frente en el grueso cristal de la ventana y respiro despacio. El frescor no logra calmar mi mente, mis emociones.

Deseo a Malachi.

Me cuesta horrores admitirlo, aunque solo sea para mí. No me gusta. Es inapropiado y desastroso, pero es la verdad. Lo que dije antes, no obstante, también lo era: no hay manera de que lo que haya entre nosotros pueda acabar bien. Es un imposible.

A fin de cuentas, todo en mi vida es un imposible. Nunca he tenido elección ni alternativa, nada que haya sido mío y solo mío. Cada cosa que he hecho ha sido una reacción para mantenerme con vida.

¿Qué pasaría si simplemente dijera que sí, si aceptara lo que me ofrece Malachi, si saltara a la piscina y buscara al menos algo de placer?

Levanto la cabeza y suspiro. Estoy buscando una excusa para acostarme con él. A lo mejor debería dejar de racionalizarlo todo y limitarme a hacerlo.

No decido dirigirme a las escaleras, mi cuerpo se mueve como por voluntad propia, y cada paso me acerca al cuarto de Malachi en la segunda planta. ¿De veras voy a hacer esto? No lo sé. No tengo ni idea.

Un sonido interrumpe mi tormento interior. Un gruñido leve. Me paro en seco. Casi parece un quejido de dolor, pero, a pesar de mi inexperiencia, reconozco cómo suena el sexo. Debería darme la vuelta, aprovechar la humillación que me arde en las mejillas y alejarme del dormitorio, como me pide el bochorno que siento.

Pero no lo hago. Recorro el pasillo y veo que la puerta está entreabierta, como invitándome a alargar un par de dedos y abrirla unos cuantos centímetros más. Lo suficiente para ver la cama. Lo suficiente para ver lo que le está haciendo a Wolf en ella.

Me quedo sin aliento, los pies se me clavan en el suelo. Los veo desnudos. Wolf está a cuatro patas, y los músculos de su esbelto cuerpo se definen como si estuvieran esculpidos en piedra mientras se impulsa contra Malachi. No. No es eso lo que está haciendo. Se está impulsando contra el pene de Malachi.

¿Y Malachi?

Dioses, es una obra de arte. El pelo grueso le cae sobre un hombro y su imponente físico está en tensión de la cabeza a los pies. El culo se le contrae con cada embestida al trasero de Wolf. Es salvaje, y ambos parecen enfadados, como si se hubieran estado peleando y hubieran acabado acostándose a regañadientes.

Debería marcharme. Debería salir por patas. Debería hacer cualquier cosa menos quedarme aquí de pie contemplando la escena como una *voyeur* despreciable.

Espero que emerja un sentimiento de angustia o traición, pero no ocurre. Al fin y al cabo, ya me lo dijo. Wolf y él son amigos y a veces algo más. Con independencia de lo que Malachi sienta hacia mí, es evidente que también desea a Wolf. No conozco su historia, no sé cómo es posible que sean tan distintos y que aun así se aprecien tanto.

Entonces Wolf gira la cabeza y se encuentra con mi mirada. Sus ojos están del mismo carmesí que antes en la biblioteca y sonríe con malicia, dejando a la vista un colmillo. Abre la boca, pero no me quedo a oír lo que sea que pretende decir.

Me doy la vuelta y me voy.

Cada paso viene acompañado de una recriminación. Necia. Cobarde. Timorata. Digo que deseo a Malachi, pero, en cuanto se me brinda la oportunidad de unirme, salgo corriendo como una niñita asustada.

Me paro en seco en lo alto de las escaleras. ¿Qué estoy haciendo? ¿Tomo una decisión para arrepentirme al instante? ¿En serio soy ese tipo de persona? Cierro los ojos y hago unas cuantas respiraciones profundas. Mañana hablo con Malachi como una persona sensata y ya está. Es la manera lógica de proceder. Cada cosa a su tiempo.

—No me esperaba que fueras tan gallina.

Me sobresalto y pierdo el equilibrio. El estómago me da un vuelco cuando empiezo a caerme por las escaleras y trato de encogerme para minimizar el daño que estoy a punto de sufrir.

Pero unas manos ásperas me agarran por los brazos y tiran de mí a la relativa seguridad del rellano del segundo piso. Mi espalda se topa con un pecho desnudo. No me hace falta mirar para saber que es Wolf. Es más bajo y delgado que Malachi. Y, aunque solo nos hemos visto una vez, me resulta fácil reconocer la crueldad gratuita en su tono de voz.

—Suéltame.

—¿Qué forma es esa de dar las gracias a quien te ha salvado? Puede que seas más resistente que un humano, pero, si te rompes el cuello, no hay nada que hacer. —Wolf no me suelta. Hunde la nariz en mi cuello e inhala hondo—. Dioses, qué bien hueles. Más bien, qué bien huele tu sangre. No tengo ni idea de cómo te las has apañado para sobrevivir tanto tiempo siendo un caramelito con patas. —Me roza el cuello con los labios—. A estas alturas, alguien debería haberte dejado seca.

Trago con dificultad, y el movimiento de la nuez hace que sienta aún más sus colmillos contra mí.

—Wolf...

—Me encanta cómo dices mi nombre, amor. —No se aparta, pero tampoco termina de atravesarme la piel para chuparme la sangre—. Pero eso me hace pensar que me gustaría aún más si lo dijeras teniéndome dentro.

Me da un escalofrío.

—Te he visto ocupado —repongo.

—Y lo estoy. Solo hemos parado a descansar un rato. —Afloja un poco el agarre y alarga las manos para acariciarme el lateral de los pechos—. Sería una lástima que malinterpretaras lo de antes. Estaba invitándote a unirte. —Tira de mí para estrecharme con más firmeza contra su pecho. Noto su polla dura en mi trasero, y justo en ese momento me doy cuenta de que sigue desnudo—. Ven con nosotros.

«Ven con nosotros».

La idea de meterme en la cama con este par de superdepredadores y vivir el tiempo suficiente para llegar a la culminación... Me muerdo el labio. Eso es justo lo que mi parte oscura y pecaminosa quiere hacer. No me cae bien Wolf, y no estoy segura de fiarme de Malachi, pero a mi cuerpo eso le da igual; anhela el placer de un modo que me asusta. Con solo probarlo podría acabar atada a ellos de por vida. No puedo arriesgarme. Me niego.

—No —contesto.

—Mmm... —No para de acariciarme los brazos, un gesto relativamente inocente si ignorara el cuerpo desnudo y la enorme erección que noto a mis espaldas—. Malachi ha dejado bien claros sus deseos. Tu vida precariamente corta está a salvo conmigo. —Sus labios me rozan el cuello con cada palabra—. Vida. Cuerpo. Placer.

Sus palabras son como un hechizo, y siento como si mi pulso respondiera con una oleada de placer en cada latido que no quiero sentir. Si no supiera lo que me espera...

Me aparto con brusquedad y él me deja ir. El sentimiento no se calma con unos pocos pasos de distancia entre nosotros. Es como si estuviera acariciándome sin tocarme, y un calor se extiende por mis pechos y mi entrepierna. Me llevo la mano al corazón al caer en la cuenta.

—Sangre —murmuro.

—¿Eh?

Me lo quedo mirando.

—El poder de tu estirpe es el de la sangre. —Ya me lo imaginaba, pero la confirmación me deja de piedra. Podría matarme sin necesidad de mover un dedo siquiera. Con solo pensarlo, podría hacer que toda la sangre de mi cuerpo se escapara por mis poros, dejándome exangüe en segundos. Me da un escalofrío—. Para ya.

—Si insistes. —Se encoge de hombros—. Aunque me han dicho que da bastante gusto.

No le falta razón. Pero ese no es el problema. Estoy en inferioridad de condiciones en todos los sentidos, y cada segundo que paso en esta casa no hace sino dejarme claro que nunca tendré el control de la situación. El fuego de Malachi ya da bastante miedo por sí solo, pero ¿cómo puedo enfrentarme a la propia sangre que corre por mi cuerpo?

—No vuelvas a hacerlo —insisto.

—Vale, vale —replica, soltando otro de esos suspiros exagerados, pero después sonríe con picardía y sus ojos blanquecinos resplandecen—. Prometo no volver a hacerlo... hasta que follemos.

—¿Quién ha dicho que vayamos a hacer nada?

Wolf se pasa una mano por la cresta y la sonrisa se le ensancha.

—Un efecto secundario bastante divertido de mis poderes es que percibo la sangre. ¿Y sabes qué hace que la sangre corra a toda prisa, amor? —No espera a que responda—. El deseo.

No tiene sentido tratar de discutírselo, sobre todo porque esta vez no puedo echarle la culpa a ningún mordisco. No, solo es que estoy mal de la cabeza; me excita ver a dos hombres que podrían desmembrarme mientras lo hacen.

—Sentir deseo y actuar en consecuencia son dos cosas muy distintas —replico.

—Sin duda —dice, encogiéndose de hombros como si se la sudara lo que digo.

De alguna manera, en medio de la conversación, se me ha olvidado que está desnudo. Ahora que la impresión causada tras la revelación de sus poderes ha cesado, me resulta imposible centrarme en su cara. Su piel es varios tonos más clara que la de Malachi, de una palidez que parece casi irreal y, aunque es menos corpulento que él, la definición de sus músculos hace que los resiga con la mirada de arriba abajo, hasta llegar adonde su erección se proyecta hacia delante.

Joder.

—Otra ventaja es que con solo un poco de sangre en el cuerpo puedo aguantar días si lo deseo —dice con un tono tan lujurioso que duele—. Piensa en todo el placer que podría ofrecerte, amor. Vente a la habitación con nosotros.

Niego despacio. La idea de pasarme días enteros follando me vuela la cabeza. No puedo... No debo... Trago con dificultad.

—He dicho que no.

—En efecto. —Se gira y empieza a dirigirse sin prisa hacia el dormitorio de Malachi—. Bueno, pues entonces tómatelo como una invitación a mirar. Prometo portarme lo mejor posible.

—En tu caso, no es mucho decir.

Él se ríe.

—Ya, es verdad. —Wolf se detiene en la puerta—. Pero Malachi se porta bien por los dos. —Se adentra en la habitación antes de que pueda dar con una respuesta.

¿Qué se puede decir a eso?

Entrar en ese cuarto sería un error, pues se trataría de mi elección. No podría fingir que me he visto obligada ni que estaba bajo la influencia de nada más que mi propia lujuria. Si cruzo esa línea, no hay vuelta atrás.

Pero ¿no es eso para lo que he venido aquí esta noche? No me esperaba que estuviera Wolf, aunque debería haberlo previsto. Malachi ya me dejó claro que tienen una larga y complicada historia juntos. No sabía que eso significaba que vinieran en pack, pero al parecer así es. ¿Puedo vivir con eso?

No lo sé. Otra de tantas cosas que no sé.

Aunque...

Solo estoy alargando la agonía, posponiendo lo inevitable, porque lo cierto es que ya he tomado la decisión. Joder, es la primera decisión que he tomado en mi vida, pero al menos es mía y solo mía. Cierro los ojos e inhalo despacio. No estoy segura de atreverme a meterme en la cama con ellos, pero ¿mirar?

Me encantaría. No me había dado cuenta de cuánto me gustaría hasta que Wolf me ha ofrecido la opción. Es una forma de tantear el terreno. Sé que estoy justificándome por hacer lo que quiero, pero da igual, porque el hecho es que vuelvo sobre mis pasos a su puerta.

Me los encuentro con las cabezas muy juntas y hablando en voz muy baja. Se giran a la vez y reprimo el impulso instintivo de salir corriendo. Trago saliva.

—Me gustaría... mirar —digo—. Si os parece bien a los dos.

Wolf sonríe con suficiencia.

—Sabes que a mí me parece perfecto, amor.

Trato de fulminarlo con la mirada, pero el esfuerzo se queda a medio gas. Lo cierto es que, a mi pesar, empieza a gustarme su actitud irreverente. Un poquito. No sé qué dice eso de mí, pero no me apetece lo más mínimo ponerme a analizarlo ahora mismo. Miro a Malachi.

—¿Te importa?

Escruta mi expresión y parece encontrar lo que buscaba, porque asiente despacio.

—No, me parece bien.

10

No sé qué me esperaba, pero desde luego no que los dos vampiros se liaran como si yo no estuviera presente. Echo un vistazo a mi alrededor, me decido por el sillón que hay cerca de la cama y me desplomo en él. Wolf hunde los dedos en el pelo de Malachi y le tira de la cabellera, echándole la cabeza hacia atrás para profundizar en el beso. Son como dos titanes luchando, dos depredadores poderosísimos dejándose la piel por dominar al otro.

Es muy pero que muy sexy.

Parecen totalmente absortos el uno en el otro, lo cual me permite acostumbrarme a lo extraño de la situación y empezar a disfrutar. Malachi se mueve de esa forma tan brusca que apenas veo un borrón, empujando a Wolf contra la cama con tanta fuerza que este suelta un gruñido. El sonido me provoca un rayo de puro placer.

Cambio de posición en el sillón y aprieto los muslos con fuerza, aunque tampoco así puedo aliviar la presión que se me acumula dentro. De hecho, la empeora. Dioses, tengo que controlarme como sea.

Pero... ¿de verdad tengo que hacerlo?

Malachi agarra a Wolf del cuello con una mano enorme y le obliga a girar la cabeza hacia mí.

—Mira lo que has conseguido. —Su voz suena diferente, más profunda y ronca, y al oírla estoy a punto de gemir—. Has empezado algo que ninguno de los dos va a poder acabar esta noche.

Wolf sonríe, impenitente.

—Habla por ti. No todos tenemos esa vena noble tuya tan insoportable —replica.

Malachi gruñe, literalmente.

—Mina, tócate ahora mismo o iré yo a hacerlo por ti.

Me sobresalto.

—¿Qué?

—Ya me has oído.

Me siento tentada de comprobar si va de farol, pero no estoy nada segura de que sea el caso. Tampoco sé si quiero jugar con fuego. Malachi se las ha arreglado para mantener el control hasta ahora, pero si sigo provocándolo, puede que me obligue a cumplir las promesas veladas que le hago.

Me paso la mano por el bajo de la camiseta ancha que llevo y comienzo a tocarme con suavidad. Se me escapa un suspiro antes de que pueda evitarlo. La muestra de mi necesidad me empapa tanto las yemas de los dedos que me sorprende no haber mojado el sillón. Me recuesto contra el respaldo y me estimulo el clítoris con el dedo corazón. Esta vez no puedo reprimir un gemido.

Los hombres que tengo delante gimen a su vez, y los sonidos que se entremezclan con el mío me hacen levantar la vista. Me quedo de piedra. Los dos tienen la mirada fija en mi mano, y en sus ojos veo el reflejo de sus respectivos poderes mágicos. Malachi le acaricia la mandíbula a Wolf con el pulgar.

—Levántate la camiseta, pequeña dhampira —me pide—. Deja que te veamos.

Estamos adentrándonos en terreno minado. Un paso en falso y todo esto podría estallarnos delante de nuestras narices. O tal vez solo delante de la mía. ¿Cómo de lejos puedo llevarlos antes de terminar en la cama con ellos y desechar toda duda? ¿Es eso lo que quiero?

Me levanto la camiseta sin atreverme a reconocer la respuesta a esa pregunta; me quedo expuesta de cintura para abajo. Tras un instante de vacilación, me abro un poco de piernas y muevo las caderas para que puedan verlo todo. Wolf trata de incorporarse, pero Malachi lo mantiene inmovilizado contra la cama y cuela una mano entre sus cuerpos. No logro ver lo que está haciendo, pero unos segundos más tarde Wolf se tensa y gime. Malachi empieza a moverse y... ¡joder! Está tirándose a Wolf.

Dioses...

Me toco más rápido, sin apartar la vista de los movimientos de su pelvis, admirando cómo los músculos de Wolf se tensan mientras trata de acoger todo el tamaño de Malachi. El rubio suelta una maldición entre dientes.

—La tiene enorme, amor —murmura—. Es increíble sentirlo dentro de mí. —Esboza una sonrisilla y sus ojos se tornan carmesí—. Imagínate cómo sería tenerlo dentro de ti.

No sé si soy capaz de imaginármelo, pero mi mente está más que dispuesta a intentarlo. El deseo se acumula en mi interior y me obligo a bajar el ritmo, a prolongar la sensación. No quiero terminar demasiado rápido.

—Me lo estoy imaginando —susurro.

Malachi disminuye la velocidad también, prestándome toda su atención a pesar de estar completamente asentado en el culo de Wolf.

—Esto no va contigo —masculla.

—Es una pena —comenta Wolf.

—Esto no va contigo —repite Malachi, esta vez con más firmeza. Una sonrisa lenta aparece en las comisuras de sus labios, y en su rostro aparece una expresión retorcida—. Pero si te apetece puedes disfrutar de la boca de Wolf mientras le hago mío.

«Eso sería muy mala idea».

Ignoro la voz en mi cabeza y asiento.

—Sí, me gustaría —contesto.

—Eso pensaba. —Sale de Wolf y le agarra la mandíbula con fuerza, obligándole a mirarle a los ojos—. Como te propases, te destripo.

Wolf se ríe.

—Tú siempre destripando, Malachi. Con lo que duele.

—Y por eso sirve como medida disuasoria y como castigo. —Se aparta de encima de él y le da un cachete en el costado—. Al suelo, delante de ella —le ordena.

Wolf obedece a su manera, tomándose su tiempo. Se arrodilla frente a mí, me observa unos segundos y luego agarra mi camiseta y me la quita a toda prisa por la cabeza. En apenas un instante estoy desnuda y, cuando instintivamente trato de recuperar la prenda, me sujeta con un brazo.

—No, no. Dale a nuestro Malachi algo que mirar —dice con otra de sus sonrisas contagiosas—. Le encantan los pechos femeninos, y los tuyos son de lo que no hay.

Todavía estoy tratando de dar con una respuesta cuando se agacha a la altura de mi entrepierna y me ataca con la boca. No hay otra forma de describirlo, porque no tiene ningún cuidado. No tantea, directamente me devora. Suelto un gemido y siento que los músculos se me derriten a pesar de que todas mis terminaciones nerviosas se activan a la vez.

Malachi se pone de rodillas detrás de Wolf. Distingo precariamente un tubo de lubricante y, cuando me quiero dar cuenta, le embiste de nuevo. Debe de ser una sensación impresionante, porque siento sus gemidos contra mi sexo y empieza a meterme la lengua.

No sé adónde mirar, no sé qué sentir. Wolf me agarra con fuerza los muslos con ojos carmesí mientras me lleva poco a poco al orgasmo. Veo su cuerpo esbelto y atlético, que se tensa con cada empellón de Malachi.

Y luego está el propio Malachi.

Tiene una mano en la cadera de Wolf y la otra en su hombro, sujetándole con firmeza mientras le penetra con acometidas cortas y salvajes. Pero sus ojos están fijos en mí. Me acaricia la boca, el cuello y los pechos con la mirada, antes de bajar por mi vientre hasta llegar al lugar entre mis muslos donde Wolf tiene enterrada la cabeza.

—Sabe a gloria, ¿verdad? Está tan dulce ahí como en las venas.

Wolf emite un sonido afirmativo, pero no levanta la cabeza. Me estimula el clítoris con la lengua, buscando el movimiento y el ritmo exactos que hacen que me contraiga en respuesta, insistiendo sin piedad. Levanto el brazo y busco con la mano el respaldo del sillón para agarrarme a él. En esta nueva postura todo mi cuerpo queda expuesto, y el fuego que asoma a los ojos de Malachi delata cuánto le gustan las vistas.

Unas palabras se instalan en la punta de mi lengua, unas palabras de las que no sé si me arrepentiré. «He cambiado de idea. Hazme tuya. Hazme tuya hasta que se nos olviden todas las razones por las que esto es un error».

El orgasmo me asola antes de que puedan escapar de mi boca, y se me arquea la espalda. No puedo evitar gemir con fuerza mientras las oleadas de placer me recorren todo el cuerpo. Malachi maldice entre dientes, coge a Wolf por la nuca y lo aparta de mí. O al menos lo intenta. Pero Wolf se resiste y me arrastra con él, tirándome del sillón. Suelto un grito, pero es demasiado tarde. Ya estoy en el suelo con ellos.

Malachi blasfema y Wolf me inmoviliza bajo su cuerpo.

Me quedo quieta al sentir su erección contra mí, su cara tan cerca de la mía. Su belleza es de otro mundo, y sé que debería tener miedo, pero soy incapaz. Me humedezco los labios y él se fija en mi gesto. Con un empellón estaría dentro de mí. Siento a Malachi sujetándolo por las caderas, manteniéndolo a unos centímetros de distancia.

—Yo no me muevo, amor. —Su voz suena pecaminosa, tan tentadora como el mismísimo Lucifer—. Restriégate contra mí todo lo que quieras.

Decir que esto es una imprudencia sería quedarse cortísima, pero antes de arrepentirme ya estoy asintiendo con la cabeza. A mi cuerpo no podrían importarle menos los riesgos. Su miembro duro contra mi sexo es una tentación que no estoy dispuesta a resistir.

—Sí.

Malachi coge a Wolf por el cuello, tira de él para atrás y se inclina hasta que su cara está a casi un beso de la mía. Me mira, pero sus palabras no son para mí.

—Su virginidad es mía, Wolf. Como se la quites esta noche, te desgarro la puta garganta.

Algo parecido a la sorpresa se refleja en la cara de su amigo, pero solo dura un instante, y al segundo aparece lo que empiezo a reconocer como su expresión habitual: una sonrisa burlona.

—Y yo que pensaba que estábamos compartiendo juguetito.

—Lo haremos —dice Malachi con indiferencia, como si fuera algo ineludible. No estoy segura de que le falte razón—. Pero no la primera vez.

Trago con dificultad.

—¿Y yo tengo voz y voto en esto? —le espeto.

Su rostro se vuelve intimidatorio.

—Esta noche no —sentencia.

Me dispongo a protestar, pero ¿qué sentido tiene? Solo está acatando mis deseos, por mucho que me esté cuestionando los límites que yo misma me he impuesto. Alargo la mano por detrás de Wolf para acariciar la boca de Malachi con los dedos. Él se queda muy quieto, dejándome pasar el pulgar por su labio inferior. Después le rozo la mandíbula y contesto:

—Vale.

—¿No me lo vas a discutir?

—No, no te lo voy a discutir. —Cambio ligeramente de postura, demasiado consciente de la cercanía del cuerpo de Wolf al mío, de la forma en que Malachi se esfuerza por no poner peso de más sobre mí—. Gracias.

Él me coge la muñeca y gira la cabeza para darme un beso en la palma.

—Ahora sé una buena chica y frótate contra Wolf hasta que se corra —dice, y comienza a embestir de nuevo al rubio, que se choca un poco contra mí con cada empellón. Me pone muchísimo.

Me arqueo hacia arriba al tiempo que Wolf empuja hacia abajo, reduciendo la distancia entre nosotros de manera que no haya forma de que me penetre sin querer. Muevo las caderas para recorrerle la erección arriba y abajo una y otra vez. Es una locura, y la sensación se ve aún más exacerbada por la certeza de estar jugando con fuego. Un paso en falso y cruzaremos la línea roja que Malachi nos ha marcado. No es que quiera cruzarla precisamente, pero saber que existe intensifica el placer.

Wolf me agarra por las caderas, guiándome para que me restriegue de arriba abajo por toda su longitud, y mis pensamientos se dispersan como pétalos en el viento.

—Seguro que te sientes muy vacía ahora mismo, ¿verdad? Necesitada —murmura.

Es cierto, pero mi respiración agitada me impide confirmárselo. Cada roce me va llevando al límite.

—Dioses, Wolf —jadeo.

Él se queda petrificado.

—Joder, no me esperaba que me gustara tanto oírte decir mi nombre. —Me da un beso en el cuello—. ¿Qué necesitas, amor?

Contesto antes de que me dé tiempo a plantearme la sensatez de lo que voy a pedir.

—Muérdeme.

Sin dudar ni un instante, me hunde los colmillos en el cuello. Le agarro las caderas y busco el orgasmo desesperadamente. Me restriego una vez, dos... y entonces me corro, chillando entre jadeos. Pero no para. El orgasmo me sobreviene una y otra vez, y no puedo parar de retorcerme, de frotarme contra él, tratando de acercarme más a algo que no acierto a concebir.

—Wolf. —El bramido de Malachi me devuelve de golpe al presente. Está más lejos de lo que me esperaba, de pie en la puerta del baño con un trapo en la mano.

Wolf y yo nos quedamos muy quietos. El corazón me late tan fuerte que casi me mareo. O igual es por la sensación de peligro que me recorre las venas al notar la punta de Wolf contra mi entrada.

—Espera.

—Está tan mojada... —No veo la expresión de Wolf, pues tiene el rostro pegado a mi cuello, pero su voz es feroz—. Tan estrecha, Malachi. Tan necesitada de que la follen. —Contrae las caderas, acercándose muy ligeramente a mí—. Igual el castigo merece la pena. —Me acaricia el costado con una mano, pero no tengo claro si está tratando de calmarme o de contenerme.

Una leve contracción más y lo noto casi dentro. Es tan increíble, tan horrible... Dioses, no sé si quiero que pare.

Pero no tengo la oportunidad de decidirme. Un destello de movimiento y siento que algo cálido y húmedo me cae sobre el pecho y el abdomen. Me quedo helada, y los colmillos me duelen al percibir el aroma metálico que llena el aire.

Wolf se desploma a mi lado, sangrando a borbotones por la garganta. La herida empieza a curarse mientras lo miro, y se cierra mucho más rápido de lo que me esperaba que fuera posible. Eso no cambia el hecho de que Malachi acaba de... desgarrarle la garganta.

Para cuando me quiero dar cuenta, Malachi está encima de mí, envolviéndome con su enorme cuerpo. La sangre de Wolf nos resbala por la piel, y el olor no hace sino acentuar mi deseo. Me llevo una mano temblorosa al pecho y paso los dedos por el líquido rojo que me lo cubre.

Malachi me coge de la muñeca cuando levanto la mano para llevarme los dedos a la boca.

—Aún no.

—Pero...

—Dije que no lo haría. —Maldice furioso y parece una persona totalmente distinta, más una bestia que un hombre—. Di que sí, Mina.

Sé bien a lo que se refiere. No tiene sentido fingir que no sé a qué tendría que atenerme si accedo. No tengo claro si me dejaría marcharme de esta habitación si le dijera que no, pero creo con todo mi corazón que lo intentaría.

No quiero decir que no.

Tomo una bocanada temblorosa, permitiéndome perderme en las llamas que veo en sus ojos oscuros. Hay tantas cosas que en algún momento creí que debería querer... Pero aquí no hay lugar para «deberías». No hay futuro, no hay pasado, nada más que este instante en el que los dos nos asomamos al abismo del punto de no retorno. Y Wolf también.

Me relamo, saboreando la sangre de Wolf. Siento una corriente eléctrica, similar a cuando bebí de la sangre de Malachi, aunque distinta al mismo tiempo. El sabor de este es tan intenso como su fuego, mientras que el de Wolf es picante y en cierto modo corrosivo. Sabe mejor que el alcohol, pero ya sabía qué iba a responder antes de que se me subiera.

—Sí.

11

Malachi me besa. El ansia es la misma que las otras veces, y le hundo las manos cubiertas de sangre en el pelo mientras me pierdo en su sabor. Apenas me doy cuenta de que mueve nuestros cuerpos, levantándome una pierna para que me agarre con ella a su cintura y recorriéndome el sexo con el pene hasta que su amplia punta me presiona la entrada.

Me tenso, pero él no me embiste. Se echa para atrás lo suficiente para encontrarse con mi mirada.

—La primera vez puede doler —murmura.

Me cuesta pensar, teniendo en cuenta lo frenética que corre mi sangre por las venas.

—Lo sé.

—Voy a morderte para evitarlo. —Durante un instante vacila, y de repente se parece más al hombre con el que he pasado tanto tiempo los últimos días que al monstruo que le ha desgarrado la garganta a su amigo para poder ser el primero en hacerme suya—. ¿Estás segura, Mina?

Le tiro del pelo, frustrada.

—Jamás he podido elegir nada, Malachi. Ni una sola vez en mi vida. He dicho que sí, estoy eligiendo esto. Así que deja de cuestionar mi decisión y házmelo de una vez.

Wolf suelta una risita gorgoteante desde el lateral de la cama, donde está apoyado con la mano en el cuello en proceso de curación.

—Ya la has oído —comenta.

—En un rato me hago cargo de ti —replica Malachi.

—Con más orgasmos, espero.

Él emite un gruñido exasperado.

—Cierra la boca, Wolf.

—Sí, señor.

—Malachi, por favor... —gimoteo.

Duda durante tanto tiempo que creo que ha cambiado de opinión. Pero, antes de que pueda decir nada más, maldice entre dientes y me clava los colmillos en el lado contrario del cuello a donde lo ha hecho Wolf, penetrándome al mismo tiempo. Siento una explosión de pura agonía, pero pronto se ve remplazada por el placer del mordisco, que se lo lleva todo con una oleada de deseo. Me parece que grito. O igual me desmayo. No lo sé.

Un instante después, vuelvo en mí y veo que tengo las piernas enganchadas a las caderas de Malachi, los dedos enredados en su pelo, y que acompaño los movimientos lentos con los que entra y sale de mi cuerpo. El dolor y el placer bailan juntos una elegante sinfonía.

—Joder... —suelto.

Malachi baja aún más el ritmo y levanta un poco la cabeza.

—Mantente despierta.

Recorro su espalda ancha con las manos y le hundo las uñas en el culo.

—No pares —gimo—. Ni se te ocurra parar.

Él se detiene un instante, pero enseguida recupera la compostura y retoma las acometidas lentas, besándome. La tiene enorme, y se siente aún más grande dentro de mí que cuando la notaba contra mi cuerpo. Me deleito en esta sensación de estar llena, en la forma en que mi cuerpo se estira para acomodarse a su tamaño.

—Malachi —dice Wolf con un tono de advertencia que nos hace quedarnos quietos.

Este suelta una espiración temblorosa.

—Lo tengo bajo control —asegura.

—¿En serio? Porque no me apetece nada morir calcinado por culpa de que estés tan embelesado tirándote a nuestra dulce Mina que acabes prendiéndole fuego a la casa sin querer.

—Lo tengo bajo control —repite Malachi.

Es entonces cuando me doy cuenta de que las llamas que hay detrás de él crepitan con tal fuerza y alcanzan tal altura que parece que en cualquier momento vayan a salirse de la chimenea. Debería importarme, pero me da exactamente igual. Vuelvo a agarrarle el culo con firmeza.

—No pares —ordeno.

—No lo voy a hacer, pequeña dhampira. No voy a parar nunca. —Me besa de nuevo y sigue moviéndose, llevándome cada vez más al límite.

Una parte de mí desearía poder echarle la culpa de todo esto a la mordida, pero se debe únicamente a Malachi. Todo en él resulta abrumador, y el hecho de que estemos cubiertos con la sangre de Wolf solo hace que todo esto sea más depravado, más perfecto aún.

Percibo el pulso latiendo en su cuello y lo muerdo sin pensar. Es un poco desastroso, porque realmente mis colmillos son demasiado pequeños para cumplir con su cometido, pero Malachi pasa los brazos entre mi cuerpo y el suelo y me levanta para que tenga mejor acceso a su piel... y para él tener mejor acceso a mi sexo. Cambia de ángulo lo suficiente para que, junto con la sensación de su sangre en mi lengua, acabe gritando asolada por otro orgasmo.

Es como encender una cerilla en una habitación llena de pólvora. Me aplasta contra él y me embiste con una vehemencia casi salvaje, aullando mi nombre mientras termina.

Caemos al suelo rendidos y yo me quedo mirando el techo, preguntándome si las estrellas habrán cambiado de posición. Tienen que haberlo hecho, pues el mundo no es igual que hace una hora.

Nada va a volver a ser como antes.

—Malachi —repite Wolf con tono seco—. Contrólate.

Me giro ligeramente y veo que el fuego se ha extendido fuera de la chimenea y se dirige serpenteante hacia nosotros. Malachi suelta una maldición, y la llama vuelve por donde ha venido al instante, mezclándose con el resto del fuego y recuperando un tamaño normal. Poco a poco sale de mí.

—¿Te ha dolido?

—Nada que no se me vaya a pasar —contesto. Me duele todo, pero no es comparable con el placer que late en mi interior al unísono de mi corazón.

Me llevo una mano a la boca. Me siento... distinta. Rara. Sacudo la cabeza. Claro que me siento distinta, acabo de perder la virginidad. Y no solo eso, acabo de acceder a acostarme con dos vampiros en el futuro próximo. No me parezco en nada a la mujer que era hace tan solo dos semanas.

Malachi se incorpora y se inclina hacia Wolf para apartarle la mano del cuello. La piel que se ve debajo luce rosada, nueva e intacta.

—Lo siento —le dice.

—No, no lo sientes —replica el otro vampiro.

—No, es verdad. —Agarra a Wolf por la barbilla y tira de él para darle un beso rápido—. Igual algún día serás capaz de contenerte.

—Lo dudo mucho. Si no ha pasado hasta ahora, no pasará.

Que estén bromeando después de que Malachi le haya desgarrado la garganta a Wolf es algo tan típico de vampiros que me entran ganas de reír, pero estoy empezando a tomar conciencia de los acontecimientos de la última hora y no puedo evitar echarme a temblar. Malachi es el primero en advertirlo. Se pone de pie y me coge en brazos.

—Levántate, Wolf.

—Qué mandón —repone este, aunque obedece y nos sigue al lavabo.

El cuarto de baño de Malachi es aún más grande que el mío, con una bañera tan enorme que casi podría considerarse una piscina. Wolf abre el grifo sin que nadie se lo pida, pero Malachi va directo a la ducha. En el momento en que me deja en el suelo y nos echo un buen vistazo a los tres, me doy cuenta: sabía que estábamos cubiertos de sangre, claro, pero verlo ahora que la adrenalina y la lujuria se están desvaneciendo causa un impacto distinto. Parece que hayamos sobrevivido a una masacre.

Dejo que Malachi me guíe bajo la alcachofa de la ducha, pero al instante trato de zafarme de su mano.

—Puedo ducharme sola.

—Calla, anda.

Parpadeo.

—No acabas de mandarme callar.

—Creo que lo ha hecho —contesta Wolf, que entra detrás de mí, haciendo que la espaciosa ducha de repente parezca abarrotada. Pone las manos en mi cintura—. Malachi se siente culpable. Deja que te lo compense.

Miro al vampiro en cuestión y me sorprendo al ver que el rubio tiene razón. Hay algo similar al remordimiento en sus ojos oscuros. Wolf y él me guían al chorro, y veo como la sangre va cayendo por mi piel, mezclada con el agua. Estoy tan ocupada tratando de procesar la culpa que permito que me limpien.

Me... me gusta. Por una vez, no se trata de algo sexual, pero aun así el contacto piel con piel es casi apabullante. Me han tocado más esta noche que en los últimos cinco años. Dioses, suena deprimente, pero es que a partir de los dieciocho años el contacto físico se reducía a palizas o cosas por el estilo. Mucho mejor evitarlo directamente. No había caído en cuánto lo echaba de menos hasta ahora.

Cuando creen que estoy lo bastante limpia, entre los dos me llevan a la bañera, que ahora está llena de agua humeante. Me arde un poco la piel cuando meto un pie, pero enseguida el reconfortante calor me llega hasta los huesos y me sumerjo con un gemido.

No sé por qué me sorprende que ellos me imiten. Se colocan delante de mí, a una distancia que crea un pequeño triángulo entre nosotros. La bañera es tan grande que sigue habiendo mucho espacio, lo cual me haría reír si tuviera algo de energía para hacerlo. Lo cierto es que estoy tan exhausta que apenas consigo mantener la cabeza fuera del agua.

Malachi suspira.

—Ven aquí, Mina —me dice. No espera a que responda; alarga la mano, me coge la muñeca y tira de mí para que vaya medio flotando a su regazo. Se coloca mi cabeza en el hombro, permitiéndome con la postura relajarme por completo. Me sujeta con cuidado por las caderas para mantenerme en la posición—. No quería que ocurriera así.

—Ahí está. —Wolf se ríe—. Qué ganas de sentirse culpable. Ha dicho que sí, ha habido consentimiento.

—Prometí que no lo haría.

Dejo que la gravedad me cierre los párpados pesados.

—No habría venido a tu dormitorio si no fuera porque quería que pasara algo parecido a lo que ha ocurrido.

Es la verdad, por mucho que no fuera capaz de reconocerlo hasta que Wolf me ha tentado al ofrecerme algo que no sabía que deseaba. Preocuparnos por hacerlo «de la forma correcta» es una estupidez. No hay una forma correcta de hacer las cosas cuando vives en un mundo de vampiros, conjuros de sangre y ofrendas. Lo cual me recuerda...

—¿Hay algún modo de romper un conjuro de sangre que no sea matando a alguien?

Noto que se quedan muy quietos y, cuando abro los ojos, me los encuentro intercambiando una mirada. Por fin, Wolf se encoge de hombros y contesta:

—Corre el rumor de que otras criaturas sobrenaturales tienen formas de hacerlo, pero no lo he visto de primera mano. Habría que llenar el espacio con una energía tan poderosa que el conjuro no pudiera contenerla, aunque sin un sacrificio, un vampiro no sería capaz de hacerlo.

Lo que me temía.

No es que piense que Malachi vaya a matarme. Por muy ingenuo que sea por mi parte, creo de verdad que no quiere hacerme ningún daño. El problema es que, mientras el conjuro siga activo, los dos estamos aquí atrapados. Ahora que hemos pasado el punto de no retorno, teóricamente es solo cuestión de tiempo que me quede embarazada y mi padre venga a por mí. Malachi puede ser muy poderoso, pero no es rival para mi padre y sus secuaces. Cuentan con superioridad numérica, y mi padre también es un vampiro de estirpe. Malachi no tiene nada que hacer contra él, lo cual significa que me llevarán de vuelta a la colonia hasta que dé a luz y decidan que no me necesitan para nada más.

Debe de haber otra solución. Tiene que haberla.

—No te preocupes por eso, Mina. —El pecho de Malachi retumba contra mi espalda cuando habla—. Aquí estás a salvo.

A salvo.

Qué concepto tan poco familiar. No estoy a salvo aquí, ninguno lo estamos. No mientras estemos al alcance de mi padre.

Cierro los ojos de nuevo y me recuesto en su cuerpo, relajada.

—Encontraremos la manera de escapar.

—«Encontraremos», dice —se burla de mí Wolf—. Se la meten una vez y ya somos todos una familia feliz.

—Puedes marcharte cuando gustes, Wolf —replica Malachi, que apoya la barbilla en mi coronilla—. No estás obligado a estar aquí.

Pasan unos segundos, y tengo la sensación de que están volviendo a decirse algo sin palabras. No abro los ojos. Da igual lo que sintiera antes, en plena acción, no me fío de Wolf. No voy a pedirle que se quede, y menos teniendo en cuenta que él no está aquí atrapado como nosotros.

Al final, el vampiro suelta un suspiro dramático.

—Supongo que me quedaré un poco más. —Una pausa calculada—. Rylan me comentó que igual se pasaba en algún momento, pero ya sabes cómo es.

Noto que Malachi se tensa detrás de mí.

—¿Y me lo dices ahora?

—Se me había olvidado.

—Ya, claro. Qué conveniente —masculla él.

—¿Verdad?

Abro los ojos a regañadientes.

—¿Quién es Rylan?

—Otro vampiro de estirpe.

La sorpresa me quita parte del cansancio de golpe.

—¿Otro vampiro de estirpe? ¿En serio? Creía que la mayoría ibais por libre.

Tres de los vampiros de estirpe, incluyendo mi padre, siguen manteniendo el control de sus respectivos territorios, aunque sus filas sean escasas. Pero creía que los otros cuatro estaban por ahí desperdigados.

—Y es cierto. —Wolf tiene esa sonrisilla en la boca, como si estuvieran soltando una broma interna—. Pero la comunidad vampírica no es tan grande como para que no nos conozcamos todos, sobre todo los que llevamos aquí unos cuantos siglos.

Hay algo más, algo que no está queriendo decir, pero esta noche no tengo la energía para tratar de sonsacárselo. Me giro un poco para mirar a Malachi.

—¿Y Rylan va a suponer algún problema?

Él duda, visiblemente indeciso.

—No —dice al fin—. Tenemos un pasado complicado, pero no es un enemigo.

—Qué claro lo tienes —murmura Wolf—. Me pregunto si Rylan opina lo mismo. Especialmente ahora que te estás tirando a esta pequeña y deliciosa dhampira.

—Vete a tomar por culo, Wolf.

—Una opción tentadora —replica él.

Los miro a los dos.

—¿Es otro ex tuyo? —me atrevo a preguntar.

Su silencio confirma que he dado en el clavo. Apenas resisto el impulso de sumergirme en el agua y gritar. No es que me sorprenda que Malachi tenga personas que se preocupen por él, con independencia de lo complicada que sea su historia, lo que pasa es que no me apetece nada aguantar otra conversación sobre si habría que sacrificarme para que Malachi recupere su libertad. Y sí, puede que también esté algo celosa de estos dos hombres que le conocen el tiempo suficiente para tener un pasado complicado.

Me levanto con piernas tambaleantes, pero rechazo la mano que Malachi me tiende para ayudarme a mantener el equilibrio.

—Estoy muy cansada.

—Mina...

Wolf se mueve tan deprisa que apenas veo un borrón saliendo de la bañera y no me da tiempo a ponerme tensa antes de que me rodee el cuerpo con una toalla. Me mira sonriente, claramente disfrutando del pequeño caos que ha provocado.

—Lo que nuestro querido Malachi no se atreve a decir es que quiere que te quedes —afirma.

—Es perfectamente capaz de hablar por sí mismo. —Lo miro de reojo—. Y de desgarrar gargantas cuando las palabras no funcionan.

Wolf suelta una carcajada sincera.

—Me caes bien, Mina. La mayoría de los mortales estarían temblando en un rincón después de un polvo tan sangriento. Me resultas interesante.

—Estás como una cabra —repongo.

—Culpable. —Sonríe y se encoge de hombros—. Ya me pillarás el tranquillo.

Los labios se me curvan hacia arriba sin que pueda evitarlo.

—Lo tendré en mente —contesto.

—Bien. —Me da un apretón en los hombros con unas manos sorprendentemente cuidadosas para su irreverencia habitual—. Quédate, amor. Nos portaremos bien.

—Lo dudo mucho.

—Culpable de nuevo —bromea.

Oigo que Malachi sale de la bañera y cómo el desagüe se traga el agua, pero no me doy la vuelta. El instinto me pide que me retire a lamerme las heridas hasta que el suelo vuelva a sentirse firme bajo mis pies, pero lo cierto es que la idea de dejarme cuidar por estos dos vampiros me resulta bastante atractiva. Tal vez sea un síntoma de debilidad, pero me da exactamente igual.

—Vale. Me quedo.

12

Me despierto entre dos cuerpos masculinos. Mantengo los ojos cerrados y me esfuerzo por no ponerme tensa, esperando a que mi cerebro se acostumbre a las nuevas circunstancias. Cuando me desvelo del todo, los acontecimientos de las últimas veinticuatro horas me vienen de golpe.

Dioses, está yendo todo demasiado deprisa. Siento como si el mundo entero hubiera cambiado de forma a mi alrededor. Me resulta increíblemente tentador cubrirme la cabeza con las sábanas y esconderme para evitar pensar en ello, pero no he sobrevivido a base de ignorar las circunstancias en las que me encuentro. Es mejor enfrentarse a la cruda realidad que ignorarla hasta perder la cabeza, literalmente.

Siento la espalda de Wolf contra la mía y, cuando abro los ojos, veo a Malachi observándome. Alzo una ceja.

—Qué mal rollo —comento.

—Estabas dándole muchas vueltas a la cabeza. —Me pone un dedo entre las cejas—. ¿Te arrepientes?

—No, no es nada de eso.

Es la verdad. No suelo arrepentirme de mis decisiones, pero es que además esto va más allá. Lo que siento por Malachi es como un palpitar en mi interior que no puedo ignorar. Es más que deseo, más que lujuria, más complicado incluso que algo tan ridículo como el amor. No lo entiendo, pero no tengo por qué entenderlo del todo para darme cuenta de que existe. Me mordisqueo el labio inferior.

—¿Cómo vamos a salir de esta? —pregunto. ¿Seguirá habiendo un «nosotros» cuando lo hagamos? ¿O cogerá su flamante libertad y cabalgará hacia el horizonte, feliz de haberse librado al fin de esa dhampira cascarrabias con problemas de ira?—. Y después...

Malachi se enrosca un mechón de mi pelo en los dedos.

—Cuando has vivido tanto como yo, aprendes a identificar las cosas importantes.

—Como la libertad.

Exhala una risa breve.

—Como tú, Mina. Nunca he conocido a nadie que se te parezca.

—Quieres decir que nunca has probado a nadie que sepa como yo. —No sé por qué me obceco tanto con ello, pero lo que está diciendo no tiene ni pies ni cabeza. Nos conocemos de hace poco más de una semana. Es imposible que sienta una especie de conexión mística conmigo. Es mucho más probable que me considere valiosa en otro sentido. Así son los vampiros, al fin y al cabo. Para ellos, el poder y la ambición están por encima de las emociones más sentimentales. Siempre.

—Quiero decir lo que he dicho. —Me da un tirón suave de pelo—. Pero entiendo y respeto que te cueste confiar en mí, teniendo en cuenta tu pasado.

—Eso es impresionantemente paternalista de tu parte.

Suelta una risita.

—Intento decirte que me gustas.

«Gustar» me resulta una palabra bastante eufemística para

lo que hay entre Malachi y yo. No sé bien qué responder a eso, así que trago con dificultad y cambio de tema.

—Bueno, pues... ¿cómo salimos de este lío?

—Si Wolf está en lo cierto...

—Lo estoy. —Detrás de mí, Wolf se da la vuelta y me envuelve las caderas con un brazo. No es que apriete de forma consciente su erección contra mi culo, pero sí que la noto.

Malachi se mofa.

—Entonces Rylan estará aquí de un momento a otro. Entre los tres, daremos con una solución. —Lanza una mirada fulminante por encima de mi hombro—. Una solución que no implique tu muerte, Mina.

—Tranqui, tío. Después de lo de anoche, no me termina de apetecer desangrar a Mina para liberarte. ¿Por qué íbamos a desperdiciar toda esa deliciosa sangre en algo tan mundano como la libertad? —Su aliento me acaricia la nuca—. Encontraremos otro modo.

—Así de simple.

—Así de tremendamente complicado, más bien. —La voz de Wolf suena como si le encantara el reto y, aunque apenas le conozco, no me sorprende algo tan morboso por su parte.

Me acurruco contra él, disfrutando de todo el contacto piel con piel. Es excitante y embriagador, casi tanto como el sexo de anoche. Puedo tocar a estos dos hombres todo lo que quiera. Acaricio con suavidad el impresionante pecho de Malachi.

—Supongo que tendremos que mantenernos ocupados hasta entonces.

Sus músculos se contraen bajo las yemas de mis dedos.

—Tienes que comer algo —dice, examinando mi expresión—. También te he pedido suplementos de hierro. Aun con el intercambio de sangre, estás más pálida que cuando llegaste.

Siento una calidez en el pecho a pesar de que mi parte lógica trata de convencerme de que solo está preocupándose por su fuente de alimento. No les sirvo de nada si sigo desmayándome por estar anémica. Ese es el motivo más probable por el que Malachi está siendo tan sobreprotector. Sin embargo, la calidez de mi pecho se expande pese a lo razonable de mi explicación. Me sorprendo sonriendo.

—No me apetece salir de la cama todavía.

Detrás de mí, Wolf se mueve a toda prisa. Un segundo estoy de lado mirando a Malachi, y al siguiente me encuentro bocarriba con Wolf encima, acomodándose entre mis muslos. Me dedica una amplia sonrisa, dejando a la vista los colmillos.

—No tiene sentido preocuparse por nada hasta que llegue Rylan. Hay formas mejores de ocupar el tiempo.

Va en contra de mi naturaleza dejar las preocupaciones a un lado cuando puedo analizar una y otra vez la situación hasta dar con la manera de arreglarla. Pero cuesta recordar eso cuando siento la presencia amenazante de Malachi a mi lado y el calor de Wolf apretándome contra el colchón. Lo observo, recorriendo con la mirada las marcadas líneas de sus pómulos y esos inquietantes ojos incoloros. Es precioso. Ya me había dado cuenta antes, pero en su rostro se advierte ahora cierta placidez, provocada por el sueño, que lo torna de intimidante a simplemente bello.

Alargo una mano cautelosa y le acaricio la mejilla con el pulgar.

—Eres guapísimo —murmuro.

—Lo sé. —Su sonrisa se ensancha—. Y ahora voy a besarte.

No es una pregunta, pero quiero besarlo, así que no importa. No sé qué dice de mí haber estado con Malachi anoche (bueno, y tenerlo al lado ahora mismo) y que lo único en lo que pueda pensar sea en volver a besar a Wolf. Aunque, todo sea dicho, Malachi parece estar tan interesado en esto como yo.

Tienen razón. No hay nada que podamos hacer ahora mismo. O quizá es la excusa a la que me aferro para asentir despacio.

—Vale.

Empieza a inclinarse sobre mí, pero se detiene para echarle un vistazo a Malachi, que nos observa con una sonrisa en los labios. Wolf le mira la mano con el ceño fruncido.

—¿Vas a comportarte? —pregunta.

—¿Quieres que lo haga?

Wolf se ríe.

—Por muy bien que me lo pasara viéndoos follar cubiertos de mi sangre, me gustaría más sentir a Mina corriéndose conmigo dentro que repetir la experiencia. —Se coloca entre mis piernas y empuja un poco con las caderas—. ¿Duele?

—No.

De hecho, no me sentía tan bien desde la primera vez que Malachi me dejó beber de su sangre. Me noto radiante, con energía. Seguro que si pudiera mirarme en un espejo vería que estoy hecha un desastre, pero la verdad es que me da igual. No sé qué clase de mujer soy por tener las mismas ganas de acostarme con Wolf que tenía (y sigo teniendo) con Malachi. Tampoco le doy muchas vueltas. Es evidente que todos estamos en la misma página, y además la cultura vampírica no es muy dada a la monogamia. Lo de estar juntos para siempre suena bien en teoría, pero cuando tu vida se mide en siglos, incluso el amor más intenso acaba resintiéndose. He visto bastante promiscuidad en la colonia de mi padre, así que no hay motivo para pensar que esto no sea algo normal.

Aunque, de nuevo, siento como si estuviera justificándome para permitirme hacer esto. Nada significa más de lo que yo quiero que signifique.

Mi vida ha estado tan desprovista de placer hasta ahora...

¿A quién le sorprende que me muera de ganas de tocar todo lo que esté a mi alcance, de regodearme en la lujuria con estos dos hombres tan sumamente atractivos? A lo mejor dentro de un par de días me despierto preguntándome qué narices estoy haciendo, pero ahora mismo me da igual. Solo quiero disfrutar.

Y sin embargo...

Apoyo una mano en el pecho de Wolf. Con lo agresivo que suele ser, se para de inmediato. Miro a Malachi.

—¿Estás cómodo con todo esto? —me aseguro.

Él alza una ceja.

—¿Por qué no iba a estarlo?

—Eh... —Cuando lo dice así, me siento tonta por preguntar—. ¿Porque anoche nos acostamos?

—También me tiré a Wolf anoche.

Ya. Casi me había olvidado de ese detallito. Me mordisqueo el labio inferior.

—Aun así.

Malachi apoya la cabeza en una mano y me mira.

—Deja de preocuparte por lo que deberías querer y céntrate en lo que realmente quieres.

—Como si fuera algo fácil.

—Es que lo es. —Me pasa los dedos por el pelo y luego acaricia el brazo de Wolf—. Cuando eres inmortal, las razones para no hacer lo que quieres no se sostienen.

Ese recordatorio de que ellos vivirán eternamente mientras yo envejeceré y terminaré muriendo casi rompe el hechizo de lujuria en el que Wolf me está envolviendo. Juraría que no se ha movido, pero tiene mi pierna enganchada a su cintura, y su pene hace una presión contra mi entrada tan placentera que casi no puedo soportarlo. Me humedezco los labios.

—Yo no soy inmortal —replico aun así.

—Todavía —contesta Malachi, y me besa antes de que pueda preguntar de qué narices está hablando. Los humanos y los dhampiros pueden ser convertidos, pero yo soy una anomalía. No tengo poderes. Es probable que también sea una excepción a la norma en otras cuestiones.

Podría cortar el beso, podría quejarme, podría exigirle más información, pero estoy cansadísima de dar vueltas como un hámster en una rueda. Da igual cuánto me empeñe, cuántos escenarios contemple, sigo estando atrapada. Mi destino continúa en manos de otras personas.

Soy una auténtica cobarde, porque aparto esos pensamientos de mi mente y me sumerjo de lleno en el placer que me ofrecen los dos. Malachi se aparta, y entonces aparece Wolf, que me mordisquea el labio inferior. Sabe como huele, especiado y picante al mismo tiempo, un sabor que se resiste a toda explicación. Aunque los porqués no importan, basta con que sea así.

Alarga la mano libre entre nuestros cuerpos y empieza a rozarme el sexo con su miembro, arriba y abajo, esparciendo mis fluidos, provocándome mientras me besa de una manera que deja mi mente en blanco. Justo cuando estoy a punto de apartarme para suplicarle que me folle, coloca la punta en mi entrada.

Un segundo después, está dentro de mí.

Anoche estaba demasiado distraída por el mordisco de Malachi para apreciar plenamente esa primera acometida, pero no tengo palabras para describir cómo de increíble es que Wolf me llene así. La tiene grande, pero de un modo distinto a la de Malachi. Suelto una exhalación cuando sus caderas se juntan con las mías, fusionándonos.

—Dioses, Malachi, es increíble estar dentro de ella.

—Lo sé. —Su voz se ha vuelto más profunda, más grave, y me encanta. Sigue cogiéndome la mano, y entrelaza los dedos con los míos mientras su amigo empieza a hacerme suya con embestidas lentas y calculadas. Siento como si me fuera a derretir en cualquier momento; cada embate roza un punto en mi interior que hace que me vuelva loca.

Wolf se incorpora un poco, apoyando las manos a ambos lados de mis costillas, y observa nuestros cuerpos. Yo lo imito y, dioses..., verlo entrando y saliendo de mí, ver su cuerpo meciéndose con cada empellón, ver cómo me abro de piernas para poder acogerlo entero...

—Wolf —gimo.

Él acorta sus acometidas, dándome en ese punto una y otra vez.

—Malachi —gruñe.

Me lo quedo mirando y parpadeo. Una parte de mí se pregunta por qué dice el nombre de su amigo mientras está dentro de mí, pero entonces Malachi se coloca más cerca y desliza una mano por mi vientre hasta llegar a mi clítoris. Y yo que creía que ver a Wolf embistiéndome era suficiente para hacerme tocar el cielo... Tener a Malachi estimulándome el clítoris como tanto me gusta, a Wolf dándome en el punto exacto... dioses, es demasiado.

Hundo los talones en el colchón cuando llego al orgasmo, pero ellos me mantienen sujeta. Y no paran. El placer me recorre en oleadas una y otra vez, hasta que las acometidas de Wolf se entrecortan para finalmente clavarse en mí con un reniego obsceno. Juraría que siento cómo se corre dentro de mí, cómo me llena, pero no tengo la oportunidad de plantearme siquiera si son imaginaciones mías porque Malachi tira de él y Wolf se desploma bocarriba a mi lado.

Antes de que pueda lamentar su ausencia, Malachi me arrastra hacia él y me gira para que apoye la espalda contra su pecho. Me pasa una pierna por su cadera y entonces me penetra poco a poco. La tiene más gruesa que Wolf y, aunque estábamos haciéndolo hace un instante, tiene que esforzarse por abrirse paso en mi interior.

—Joder... —Alargo los brazos para arañar las sábanas, pero me topo con Wolf, que me coge las manos y hunde la cara entre mis pechos. Me los manosea mientras Malachi me agarra el muslo con una mano grande y me abre aún más de piernas para poder metérmela hasta el fondo.

—No la muerdas —le advierte.

—Qué aguafiestas —murmura Wolf sobre mi pezón. Luego se va moviendo por mi abdomen hacia abajo, dejando a su paso un reguero de besos provocadores. Me tenso al darme cuenta de adónde se dirige, pero ni Malachi ni yo le paramos cuando se acomoda en mis caderas y se inclina para lamerme.

Me arqueo contra Malachi y gimo. Todo esto es tan obsceno y lascivo que no me puedo creer que esté ocurriendo.

Malachi empieza a entrar y salir de mí, pero no como anoche. Esta vez no es un movimiento salvaje para nada, es más bien... perezoso. Como si pretendiera memorizar cada centímetro de mi cuerpo. Wolf me lame de la misma manera. Es como si, ahora que ya se han quitado de encima el deber del primer orgasmo, sintieran que tienen todo el tiempo del mundo. Como si quisieran disfrutar de esta experiencia tanto como yo.

No me puedo permitir darle demasiadas vueltas a eso. Ni siquiera sería capaz de hacerlo ahora mismo. Lo único que puedo hacer es recibir lo que me dan.

De repente noto que la boca de Wolf desaparece y que Malachi se sobresalta a mis espaldas. Me incorporo lo suficiente para ver que Wolf le está mordiendo el muslo con una expresión de puro júbilo en sus ojos carmesí. Malachi maldice y se pone a embestirme con rudeza.

—Serás cabrón —masculla.

Wolf succiona una última vez de su muslo y vuelve a mi entrepierna. Esta vez no se anda con chiquitas. Me chupa el clítoris sin parar mientras Malachi me embiste con tanta fuerza que tienen que sujetarme entre los dos para que no nos deslicemos por el colchón.

Al poco me corro y siento que no hay nada más. Malachi me penetra una y otra vez, y luego me acerca a él para llegar hasta el fondo sin piedad. Exhalamos al unísono, pero no hace ni el amago de salir de mi interior. Wolf me besa en el vientre y se aparta dejándose caer a nuestro lado.

—Para ser el aperitivo no ha estado nada mal —comenta.

Lo miro un instante y parpadeo.

—El aperitivo.

—Sí. —Se pone de lado y apoya la cabeza en su mano—. Hace años que no me tiro a Malachi, y tú eres un tentempié delicioso. —Se inclina hacia mí, con los ojos rojos de deseo—. Te dije que podía aguantar días, amor, y era en serio.

Malachi maldice entre dientes y le planta una mano en toda la cara a Wolf para apartarlo.

—Es medio humana, tiene que comer —sentencia.

—Una pena. —El rubio se tapa los ojos con el brazo—. Vale, venga, vete a hacer tus cosas de humana.

—Wolf. —Malachi me sujeta las caderas para que no me mueva—. Ve a preparar algo de desayuno —le ordena.

Él levanta el brazo lo justo para dedicarnos una expresión de fingido dolor.

—Si insistes... Pero cuando vuelva quiero una mamada.

—Ve.

El vampiro resopla y se arrastra para salir de la cama. Aunque todavía no le conozco bien, advierto que se marcha de la habitación con andares calculadamente sensuales, consciente de que le estamos mirando.

La puerta apenas acaba de cerrarse cuando Malachi me acaricia el cuerpo hasta rodearme los pechos con las manos y me pregunta:

—¿Estás cansada?

Como si no sintiera cómo se empalma de nuevo dentro de mí. Me estremezco.

—No pares.

13

—Mina.

Dioses, me encanta cómo pronuncia mi nombre. Me empiezo a girar para mirarlo, pero se mueve con demasiada rapidez, saliendo de mí el tiempo justo para colocarme bocarriba y volver a penetrarme poco a poco. Tiene los ojos negros como la noche. Da un empellón y me mira la boca cuando gimo.

—Mina —repite.

No sé qué quiere decir. Todavía no estoy preparada para que esto se acabe. Sé que en algún momento tocará hablar de conjuros de sangre, de mi padre y de trazar un plan, pero aún no.

Le entierro las manos en el pelo y me incorporo como puedo para besarle la mandíbula.

—No pares —le pido.

Malachi gruñe y nos mueve de nuevo. Esta vez no sale de mí cuando rodamos para quedar tumbado de espaldas conmigo a horcajadas.

—Móntame —me ordena.

Esta nueva postura hace que me sienta un poco expuesta. Sigue sujetándome, aunque levemente, para que pueda mecer las caderas despacio y encontrar un ritmo que disfrute. ¿Qué estoy diciendo? Todo me hace disfrutar.

Tener a Malachi debajo de mí, su cuerpo fornido a mi entera disposición... es extremadamente excitante. No necesitamos palabras, porque mi cuerpo ya sabe qué hacer, porque me llena de una forma espectacular. Le planto las manos en el pecho y comienzo a buscar mi propio placer.

Estoy al límite, a punto de correrme, cuando una voz desconocida y seca interrumpe mi culminación:

—Conque este es el motivo por el que no te has molestado en buscar un modo de salir de esta jaula...

Me quedo de piedra un segundo y luego me quito de encima de Malachi a toda prisa. Él no protesta y se incorpora para protegerme con su enorme cuerpo. ¿Se ha puesto más fuerte en estos últimos días? No me había percatado, pero ahora lo veo claro. Echo un vistazo por encima de su hombro hacia el hombre que está de pie en la puerta. Es un tipo blanco con barba de tres días, el pelo negro corto y traje.

Malachi se tensa.

—Rylan.

Rylan, el que Wolf dijo que aparecería en algún momento. No podría parecerse menos al asilvestrado rubio. Tiene pintas como de director ejecutivo de una empresa, y juraría que la temperatura de la habitación ha bajado cinco grados desde que ha entrado. Me da un escalofrío, y él clava sus gélidos ojos azules en mí.

—Sal de aquí mientras los mayores hablan, pequeña —me suelta.

Mi escalofrío se convierte en un temblor con todas las de la ley; se me pone la piel de gallina en una clara señal de advertencia. Aun si no hubiera sabido que es un vampiro de estirpe, el poder que se refleja en sus ojos me dejaría claro que acaba de entrar un superdepredador. Empiezo a moverme hacia la otra punta de la cama, pero Malachi extiende el brazo y me coge la mano.

—No te vayas —me dice.

Rylan alza las cejas.

—Tu mascota se puede quedar si así lo quieres, pero sabes que es una trampa envuelta con un lacito. Estabas a punto de correrte dentro de ella. —Frunce el labio superior—. Menudo idiota.

—No te olvides de compartir tus opiniones con Wolf, que se la ha follado hace apenas media hora.

La vulgaridad de sus palabras me estremece. Se me había olvidado. Dioses, ¿cómo es posible que se me haya olvidado? Rylan da miedo, pero no le falta razón. Me puedo imaginar lo contento que se pondría mi padre si lograra atar en corto a Wolf con un hijo. Puede que lo disfrutara incluso más que si fuera un hijo de Malachi, ya que él está confinado en esta mansión gracias al conjuro de sangre, algo que jamás serviría para atrapar a Wolf.

Me zafo de la mano de Malachi, y esta vez me lo permite, pero se gira hacia mí.

—Mina...

—Esta trampa se va con su lacito a otra parte.

Es tarde. Demasiado tarde. ¿O no? Cojo mi camiseta extragrande del suelo y me la pongo de un tirón. Tengo que ir a por Wolf antes de que vuelva a la habitación. Él puede salir de aquí sin problemas, puede conseguirme lo que necesito para asegurarme de no cometer un error monumental.

Me detengo a un par de metros de la puerta de la que Rylan no se ha movido.

—Apártate —le suelto.

Él me mira desde las alturas.

—Debería matarte ahora mismo y acabar con todos nuestros problemas —replica—. No puedes engendrar si estás muerta.

El fuego de la chimenea se ha reducido a cenizas casi por completo, pero las llamas se reavivan cuando Malachi se pone en pie inquietantemente despacio.

—Mide tus palabras. Como te pases, te arranco la cabeza, por muy amigo que seas.

A Rylan se le dilatan las pupilas.

—Serás necio —le espeta.

—Necio o no, mantengo lo que he dicho.

Al fin sacude la cabeza y se hace a un lado. Aun sabiendo que unos pocos metros no servirán de mucho si decide echarme mano, me escabullo por la puerta y salgo disparada hacia la cocina. Me encuentro a Wolf mirando fijamente una olla llena de agua con expresión recelosa. Es una estampa tan extraña que me distrae.

—¿Qué estás haciendo? —pregunto.

—¿Cuánto tarda el agua en hervir? Francamente, este método es una cutrez. —Levanta la vista hacia mí y entrecierra los ojos—. ¿Qué te pasa? Estás asustada.

—Ha venido Rylan. —Tengo que abalanzarme hacia la puerta para impedirle el paso cuando echa a correr hacia ella, y por poco no le alcanzo—. ¡Espera!

Wolf frena en seco.

—Necesitan que alguien medie —me aclara—, porque si no la casa va a acabar volando por los aires.

A pesar de ese riesgo, mi problema es demasiado importante para ignorarlo. Sobre todo porque cada hora cuenta y estamos bastante lejos de la población humana más cercana.

—Wolf, espera.

Él amusga los ojos.

—¿Qué ocurre?

No sé cómo debería gestionar el asunto, así que me limito a soltarlo sin más.

—Te has corrido dentro de mí. —Como veo que empieza a sonreír, continúo sin demora—: Si me quedo embarazada de ti, mi padre lo aprovechará para manipularte. No puedo dejar que eso ocurra. Ni a ti ni a Malachi. —Levanto las manos, pero dejo que caigan antes de tocarlo—. Los humanos tienen una cosa... La píldora del día después, creo que se llama. Necesito que me consigas una. Cuanto antes, mejor.

Wolf analiza mi expresión con un rostro impropiamente serio.

—¿Tan lejos llegarías?

—Es una pastilla, no es que esté accediendo a someterme a una operación sin anestesia. —Como no deja de taladrarme con la mirada, me abrazo el torso—. Mira, sé para qué me han enviado aquí, y sé que no hay un final feliz para mí... Pero al menos puedo asegurarme de no joderos a vosotros. Malachi no puede ir, y yo tampoco. Tienes que hacerlo tú.

Wolf alarga la mano y me coge por la barbilla con suavidad.

—Sabes que si acabaras quedándote embarazada simplemente te llevaría muy lejos de aquí, adonde tu padre no pudiera encontrarte, ¿verdad?

Supongo que es algo reconfortante poder tener esa opción como último recurso, pero ahora mismo no es la solución a todos nuestros problemas ni mucho menos.

—¿Y Malachi?

—Cuando tienes una eternidad por delante, hay tiempo de sobra para dar con otras formas de hacer las cosas. —Se encoge de hombros—. Lo más probable es que, una vez que estuvieras a salvo, cogiera a un humano cualquiera y lo trajera aquí para romper el conjuro de sangre y liberar a Malachi.

—Vamos a dejar aparcada la idea de cometer asesinato por ahora, ¿te parece? —Vacilo antes de continuar—. Y quizá no estaría mal hacerse con condones también. Si queréis seguir acostándoos conmigo.

Al instante esboza una sonrisa pícara.

—Ay, amor, no dudes de que vamos a seguir haciéndolo. —Me da un beso y se marcha tan rápido que el pelo se me agita con el aire que levanta al pasar.

Exhalo despacio. No hay nada que pueda hacer ahora más que esperar. Sé que debería comer algo, pero tengo un nudo enorme en el estómago. Cogeré algo de picar y me lo llevaré a mi habitación. Encerrarme en mi cuarto es lo que más me apetece en este momento, aunque soy consciente de que es más una cosa mental que una protección real, y que una puerta no va a detener a un vampiro asesino. Bueno, es mejor que nada.

Siento el frío nada más apagar el fogón, lo cual me indica que no estoy sola. El deseo de hacerme un ovillo es tan fuerte que estoy a punto de perder la cabeza. Dioses, y yo que creía que Wolf daba miedo... No es nada en comparación con este nuevo vampiro. Me giro despacio y veo a Rylan de pie en la puerta, mirándome con sus ojos azules gélidos. Un vistazo rápido por encima de su hombro me confirma que estamos solos.

Genial.

—Por lo visto Malachi piensa que eres especial. —Su tono deja claras sus dudas al respecto. Luego entra a la estancia con pasos exageradamente pausados—. Has mandado a Wolf a hacer recados. Me sorprende que te haga caso.

—Conozco a Wolf desde hace menos de veinticuatro horas e incluso yo sé que hace lo que quiere cuando quiere —replico.

Rylan alza una ceja.

—No le conoces. No conoces a Malachi. Y desde luego no me conoces a mí.

A estas alturas no me sorprendería que levantara la pierna y se pusiera a mear para marcar su territorio. El miedo amenaza con atenazarme la garganta, pero al mismo tiempo se va acumulando en mi interior una ira que combate el frío que siento solo con estar en la misma habitación que este vampiro. Entrecierro los ojos.

—¿Cuánto tiempo llevas albergando ese amor no correspondido por Malachi? ¿Siglos? Debe de doler que ahora esté liado con una dhampira.

Se estremece, aunque el movimiento es tan sutil que no me habría percatado de no ser por mis sentidos de dhampira. Cuando Rylan habla, lo hace con un tono de voz que me pone los pelos de la nuca de punta.

—Eres muy osada.

—Mi destino estaba sellado desde el momento en que nací. —Me fuerzo a encogerme de hombros, como si la dolorosa verdad de esa frase no significara nada para mí—. Si no me matas tú, lo hará otra persona. Que haya llegado hasta aquí es francamente sorprendente. Mi padre me odia.

—Y yo me lo creo.

La ira empieza a ser mayor que el miedo. Lo fulmino con la mirada.

—Es verdad, tienes razón. Los padres que quieren a sus hijas sin duda las mandan a mansiones góticas habitadas por vampiros muertos de hambre para ser su banco de sangre y su vientre particular. Por supuesto.

Parpadeo y de repente lo tengo justo delante de mí. Joder, sí que es rápido. Ni siquiera lo he visto moverse. Desde esta distancia me sorprende ver que es solo unos centímetros más alto que yo. El traje resalta lo espectacular que es su cuerpo, aunque tampoco es tan grande como su presencia lo hace parecer.

La mano de Rylan sale disparada y se cierra alrededor de mi cuello.

—No me importa una mierda tu lamentable vida. Me importa Malachi y me importa Wolf.

—Qué lista más larga —replico. Dioses, ¿por qué no puedo mantener el pico cerrado? Es como si la rabia hubiera desatado mi incontinencia verbal—. ¿Quieres que te aplauda?

Me clava la mirada con algo parecido a la sorpresa en su rostro.

—¿Y tú quieres morir?

—La verdad es que no.

Sus cejas oscuras se juntan.

—Entonces ¿por qué me provocas?

—No me caes bien. —Como sigue observándome con el ceño fruncido, como si fuera un insecto asqueroso pero ligeramente interesante, le espeto—: Arráncame la garganta ya o lárgate.

—Malachi dice que sabes diferente. —No está hablándome a mí, es más bien como si estuviera pensando en voz alta, cavilando para sí mismo—. Pero es joven, hay muchas cosas que no sabe. Supongo que hay una manera de comprobarlo.

Y entonces caigo.

—No. Ni se te ocurra —exclamo.

Demasiado tarde. Rylan pasa la mano de mi cuello a mi pelo y me tira de la cabeza a un lado. Intento zafarme y retroceder, pero me topo con la encimera, e incluso de no ser así, es demasiado fuerte. Siempre son demasiado fuertes. Me muerde, clavándome los colmillos en la garganta. Noto que se pone tenso.

—Pero... ¿qué eres?

No tengo la oportunidad de contestar, porque me muerde de nuevo. Con la mano libre se apoya en la encimera, justo al lado de mi cadera, y aprieta todo su cuerpo contra el mío. El placer me asola al instante. Aprieto los dientes, tratando de reprimirlo. No quiero que me lo provoque él. Me niego a correrme por culpa de la mordedura de este capullo, me da igual que sea un vampiro de estirpe.

Pero, maldita sea, es increíble. Cada succión enciende todo mi ser, sin que parezca importarle lo que yo opine de él. El placer me recorre entera, intensificándose con cada movimiento de su boca. Me sorprendo aferrándome a la parte delantera de su traje, sin recordar haber movido las manos. Me muerdo con fuerza el labio, pero el dolor solo consigue aumentar el placer.

No sirve de nada tratar de contenerlo. La sensación es demasiado impresionante, él es demasiado impresionante. Rylan me coge una pierna y se la pasa por las caderas, abriéndome lo justo para poder colocarse entre mis muslos. Se alinea perfectamente con mi entrada y de repente lo noto presionándome justo donde más lo necesito.

Suelto un quejido mientras llego al orgasmo. Me odio por ello. Pero sobre todo lo odio a él.

Levanta la cabeza despacio, me mira y parpadea. Sus ojos han adquirido un color plateado que es como de otro mundo.

—Ya veo —murmura.

—Apártate —mascullo.

Se relame, y muy pero que muy despacio me suelta y retrocede un paso, y luego otro.

—¿Has enviado a Wolf a por anticonceptivas?

Me llevo una mano temblorosa al cuello y palpo el lugar donde me ha mordido. Dos perforaciones perfectas. Al menos no me ha rasgado la piel. Me estremezco.

—Es un apaño temporal —contesto.

Él asiente, todavía con una expresión contemplativa.

—Ya veo —repite.

—¡Para de decir eso! —Estoy bastante grogui. Realmente no debería haber pasado tanto tiempo sin comer. No debería haberme tirado la mañana entera manteniendo sexo y olvidándome de lo peligrosa que es la situación en la que estoy—. Mátame o lárgate ya.

—Vas a desmayarte antes de poder dar dos pasos.

No creo que le falte razón, pero eso no significa que vaya a rebajarme a pedirle ayuda. No quiero que vuelva a tocarme. No quiero... Trato de apartarlo y pasar por su lado, pero la habitación empieza a darme vueltas y solo veo un remolino de color antes de que todo se funda a negro.

14

—No es humana.

—Largo de aquí, Rylan.

Mantengo los ojos cerrados y la respiración pausada. Estoy tumbada en una cama, y la ausencia de olor a polvo me revela que debe de ser la de Malachi. Tampoco siento que tenga ningún dolor nuevo, lo cual significa que Rylan no ha dejado que me caiga de morros en la cocina. La verdad es que me sorprende. Me esperaba que me dejara estamparme contra el suelo y se marchara sin importarle si alguien me encontraba o no. O que me diera unas cuantas patadas mientras estaba ahí tirada.

—Escúchame, idiota. Puede que sea mitad vampira, pero la otra mitad no es del todo humana.

¿De qué está hablando? El tono gélido ha desaparecido de su voz y se ha visto remplazado por uno... «Entusiasmado» no termina de ser la palabra. Intenso, eso es. Increíblemente intenso.

Malachi maldice entre dientes.

—Ya has hecho suficiente, ¿no te parece?

—Mal...

Un silbidito lo interrumpe.

—¿Estoy una hora fuera y ya os habéis metido en líos? —Es Wolf. Y oigo el crujido de una bolsa de plástico—. ¿La habéis matado? —Oigo el ligero desinterés en su voz, y me ofendería si no supiera que le pega muchísimo preguntar algo así. Es un caos con patas. Lo cierto es que me sorprende que de verdad haya ido a la tienda y haya vuelto en lugar de marcharse a buscar problemas a otro lado y aparecer al cabo de unos días... o de unos años.

—La ha mordido. —El tono acusatorio en la afirmación serena de Malachi casi hace que abra los ojos.

—Está bien, solo necesita comer algo.

—Es una mortal.

—No tan mortal como te imaginas.

Otra vez con esas. Rylan sigue sin explicar de qué demonios está hablando. Al final abro los ojos. Malachi y Rylan están de pie a un lado de la cama, a apenas quince centímetros el uno del otro. Parecen a punto de ponerse a pelear o a liarse, y aunque me quedo mirándolos, parpadeando, no termino de decidir cuál de las opciones resulta más probable. La intensidad que llena la habitación hace que cueste respirar, o igual es solo que sigo bastante aturdida.

Wolf tiene una bolsa de plástico colgando de un dedo y se le ve vagamente entretenido, como de costumbre. Es el primero que se da cuenta de que me he despertado y se acerca a dejar la bolsa a mi lado en la cama.

—Te he traído lo que me has pedido.

Me incorporo con dificultad, ignorando por ahora a los otros dos hombres. Esta es la prioridad. Saco las pastillas y frunzo el ceño al ver el batido de proteínas con sabor a vainilla que ha comprado. Por no hablar de las decenas de cajas de condones de todas las variedades y... sabores.

—Vaya —suelto.

—Hay que estar a todo, amor. —Me arrebata la caja de pastillas y la abre, pero duda cuando alargo la mano para que me dé una—. ¿Estás segura?

—¿Qué es eso?

No miro a Malachi.

—No hemos usado protección —respondo.

No solo eso, es que ni siquiera hemos hablado sobre la posibilidad de usar protección. El tema de las enfermedades de transmisión sexual no supone un problema para los vampiros, dados sus poderes curativos, pero deberíamos haber sido más precavidos teniendo en cuenta que uno de los motivos por los que estoy aquí es que mi padre quiere un bebé vampiro de estirpe al que poder controlar. Hemos sido unos insensatos. Nos hemos pasado de imprudentes.

Malachi le agarra la muñeca a Wolf y le quita la caja de la mano. Cuanto más lee, más se le frunce el ceño.

—¿Qué es esto?

—La pastilla del día después. Es... —hago un gesto de desestimación con la mano— un anticonceptivo en versión concentrada.

Oí a un grupo de humanas hablar de ello cuando pensaban que no había ningún vampiro cerca. Nadie en la colonia de mi padre usa protección, y querían encontrar una manera de no quedarse embarazadas de los vampiros convertidos. Todas iban detrás de los de estirpe, no querían un bebé dhampiro sin poderes. A ninguna parecía preocuparle que su hijo dhampiro de estirpe pudiera nacer sin poderes también. Sin duda soy un bicho raro, una eterna decepción.

—¿Te va a hacer daño? —pregunta.

Lo cierto es que no me lo he planteado.

—Eh... ¿No? —No tengo ni idea, la verdad. Está hecho para humanas, y aunque mi organismo parece funcionar de forma casi idéntica, nunca se sabe—. Creo que no.

—Pero no estás segura.

Alargo la mano para coger la caja, pero la mantiene fuera de mi alcance.

—Malachi, dámela. En el peor de los casos, siempre puedes darme algo de sangre para curarme. No pasa nada. —Estoy convencida de que no va a pasar nada, pero no sueno tan segura como me gustaría. Me he puesto nerviosa, y siento la mirada de Rylan taladrándome la sien. Me giro hacia él—. ¡Díselo! Esto es lo que querías, ¿no?

La mandíbula se le tensa.

—¿Has tomado medicación humana antes? —inquiere.

Parpadeo.

—No, tú también no. Llevas deseándome la muerte desde que has llegado, ¿qué te importa?

—Las circunstancias han cambiado.

Parpadeo de nuevo.

—Ya, pues tengo que pedirte que expliques de una vez a qué te refieres, porque nada de lo que dices tiene sentido.

Rylan se cruza de brazos.

—No eres humana.

—Soy una dhampira.

Me fulmina con la mirada.

—No estoy hablando de eso. Estos dos no se han percatado porque son unos bebés. —Señala a Malachi y Wolf con un gesto de cabeza—. Para cuando nacieron, ya habíamos empezado a retirarnos, por lo que los dhampiros eran cada vez menos frecuentes fuera de colonias como la de tu padre, lugares que no frecuentamos.

Trato de hacerme una idea de lo viejo que debe de ser Rylan para llamar «bebés» a Malachi y Wolf. No sé cuánto tiempo llevan vivos, pero el suficiente como para que uno se haya vuelto estirado y el otro, loco. De hecho, si los pusiera en fila, habría dicho que Rylan es el más joven de los tres, a juzgar por su comportamiento. Salta a la vista que no tengo ni idea de nada.

Malachi mira a Rylan con otros ojos ahora, con menos hostilidad.

—¿Qué estás queriendo decir?

—¿Qué más da? Sea lo que sea, no tengo poderes mágicos, así que no importa —replico, tratando de coger la caja de nuevo—. Nada de esto importa ni tiene nada que ver con el posible embarazo.

—Ingerir sustancias químicas elaboradas por los humanos es peligroso. No tenemos ninguna garantía de que nuestra sangre pueda contrarrestar sus efectos.

Estoy a punto de chillar de la frustración.

—Pues entonces tu deseo se cumple y me muero. Sigo sin entender por qué te estás oponiendo.

Rylan se inclina hacia mí y me mira con fijeza. Veo un fulgor plateado en sus ojos que me mantiene inmóvil a pesar de la rabia que siento.

—Realmente no lo sabes, ¿eh?

—Rylan —interviene Wolf—. No sueles ponerte así de misterioso. Suéltalo ya, ¿qué es?

—No lo sé —admite.

Malachi maldice entre dientes y Wolf se ríe.

—Tanto lío para nada. Es una pena.

—Si supiera qué es, todo sería mucho más fácil de gestionar —repone Rylan, que todavía no ha apartado la vista de mí. Finalmente, sacude la cabeza—. No podemos arriesgarnos.

Ya basta de tonterías. Empiezo a moverme hacia el borde de la cama. No puedo permitirme creer lo que está diciendo. Cuando era pequeña, soñaba con que algún día despertarían mis poderes mágicos y podría crear espejismos e ilusiones como el resto de los dhampiros de la estirpe de mi padre. Pero esos sueños se hicieron añicos hace mucho tiempo. No va a pasar. Desearlo pese a toda la evidencia que apunta a lo contrario solo va a servir para odiarme más a mí misma, y ya hay bastante gente en este mundo que me odia, no hace falta que me sume al grupo. No quiero hacerlo.

—Ya, bueno, sigue sin tener ningún sentido lo que dices, así que dadme la pastilla ya.

Malachi le lanza la caja a Wolf y me pone las manos en los hombros.

—Vamos a escuchar lo que tenga que decir. —Se esfuerza por mantener una expresión neutra—. Si cuando termine de hablar sigues queriéndola, te la daremos.

Hago lo que puedo por contener la frustración que se apodera de mí. Al menos están incluyéndome en la conversación y nadie ha prendido fuego a la caja ni nada por el estilo. Algo es algo.

—Vale —accedo.

—Y tómate eso —dice Wolf señalando el batido de proteínas—. Tienes mala cara, amor.

—Gracias —respondo con sequedad, aunque es cierto que aún estoy bastante mareada, así que me obligo a abrir la botella y dar unos cuantos tragos. Está calentorro y sabe a rayos, pero es mejor que nada. Me giro para mirar a Rylan—. Da igual qué otra sangre sobrenatural pueda correr por mis venas, porque el hecho es que carezco de poderes mágicos. Ni siquiera soy particularmente fuerte ni rápida para ser una dhampira. Soy mediocre en todos los sentidos posibles, salvo por mi sabor, al parecer.

En lugar de contestar, retrocede para apoyarse en la pared y me examina.

—¿Qué sabes sobre otras criaturas sobrenaturales?

Poco más que rumores. Mi padre está tan obsesionado con los vampiros que no le importa qué más haya ahí fuera aparte de humanos. ¿Por qué le iba a importar? No le molestan, no pueden ayudarle a alcanzar sus objetivos, así que pasa olímpicamente de ellos.

—Pues casi nada. Solo que por lo visto algunos son lo bastante poderosos para poder romper los conjuros de sangre. —Al decirlo, caigo en la cuenta. Frunzo el ceño—. Pero repito, por enésima vez: yo no tengo poderes mágicos. No puedo romper un conjuro de sangre. No sabría ni cómo intentarlo.

Y tampoco quiero intentarlo, porque no serviría de nada. Me he pasado incontables horas concentrándome con tal ahínco que acababa con dolores de cabeza terribles, convencida de que si me esforzaba lo suficiente, mi magia se manifestaría. No funcionó entonces y no va a funcionar ahora.

—Algunos tardan en madurar. Un cuarto de siglo no es nada.

Se me forma un nudo en el pecho y tengo que esforzarme por no responder a gritos.

—Para ya.

Sus cejas se juntan. Se le ve confundido, para variar, en lugar de simplemente frío y terrorífico.

—No entiendo por qué te empeñas en negarlo. Es un hecho. Tu sangre no es solo vampira y humana, hay algo más. Me resulta familiar, pero no termino de identificarlo. El hecho de que sea lo bastante fuerte como para evidenciarse en el sabor significa que también lo es para manifestarse. —Ladea la cabeza—. Eso explicaría tu falta de poderes mágicos. El otro tipo de sangre es más dominante que tu parte vampira.

—Estás loco —escupo.

Sus ojos azules son despiadados.

—¿Por qué no lo intentamos? No tienes nada que perder.

Cierro los ojos y me esfuerzo por pensar con frialdad en lugar de reaccionar emocionalmente. Si todo esto no son más que pamplinas y no cambia nada, me va a doler, sí, pero no me va a matar. En cambio, si no salgo de esta casa, si Malachi no sale de esta casa, puede que lo haga mi padre.

A decir verdad, es una decisión bastante sencilla cuando lo planteas así.

Exhalo despacio y abro los ojos.

—¿Qué tengo que hacer?

Rylan les echa un vistazo a Wolf y Malachi, y luego vuelve a mirarme a mí.

—Hay dos formas: a través del dolor o a través del placer.

Espero unos segundos, pero no añade más alternativas.

—Vaya, que quieres torturarme.

Malachi exhala una risa breve.

—No, pequeña dhampira, nadie va a torturar a nadie.

—Pero es lo único que queda. —Me vuelvo hacia él y, dioses, el corazón me duele con solo mirarlo. Es demasiado pronto para sentir algo tan intenso, pero no soy capaz de reprimir el sentimiento—. Ya he sentido placer desde que estoy aquí, sobre todo en las últimas doce horas, y no ha pasado nada.

—Placer... —Wolf se deja caer en la cama a mi lado y se ríe de esa forma alocada suya—. No has visto nada, amor. —Sonríe dejando a la vista los colmillos—. Pero va a ser divertido dejarte alucinada.

Ya había decidido que iba a disfrutar todo lo posible del placer que me quisieran ofrecer, así que supongo que esto no debería suponerme un problema. Aun así... Echo un vistazo a Rylan y veo que sigue con los ojos clavados en mí. Tengo un mal presentimiento.

—¿Qué me estoy perdiendo? —pregunto despacio.

—Estos dos no pueden hacerlo solos. —No se mueve, no parece siquiera respirar—. Tengo que participar yo.

Parpadeo.

—Hace solo veinte minutos me querías ver muerta. Literalmente.

—Las cosas cambian.

—No te caigo bien —insisto.

Percibo un ligero tic en sus labios.

—¿De verdad eres tan ingenua como para pensar que el sexo y el cariño tienen alguna relación?

No, claro que no. Pero entre el «cariño» y querer matar a alguien hay un trecho. Eso creo yo, vaya.

—No, supongo que no —contesto.

Entiendo que sabe lo que tiene que hacer, y que con un mordisco ya me habrá convencido. Y, además, es bastante sexy. Odio que lo sea. Da la impresión de ser una especie de rey del hielo que con solo tocarme podría congelarme hasta los huesos, pero al mismo tiempo no puedo olvidarme de lo increíble que fue tenerlo entre mis muslos.

Por lo visto ahora que le he cogido gusto al sexo y a los mordiscos de vampiros de estirpe, corro peligro de volverme adicta. La sola idea debería preocuparme, pero ya me ocuparé de las consecuencias en otro momento. Si hay una forma de salir de la trampa en la que nos ha metido mi padre, pienso averiguarla.

Miro a Malachi. No parece del todo contento con cómo se han desarrollado los acontecimientos, pero tampoco parece del todo molesto. Señala con un gesto de cabeza la caja que tiene en la mano.

—¿Te importa que dejemos esto para después de haberlo intentado?

—Cuanto más lo retrase, menos efectivo es.

—Ya.

Le examino el rostro, pero es el mismo que cuando llegué aquí: no puedo imaginarme lo que está pensando.

—Si esto funciona, serás libre —señalo. Y no tendrá motivos para mantenerme a su lado.

Eso debería ser una buena noticia, ¿no? Al fin y al cabo, lo único que deseo es lo que llevo queriendo desde que fui lo suficientemente mayor para ver cómo mis esperanzas se esfumaban. La libertad. No estar sometida a ningún vampiro. Tener la oportunidad de trazar mi propio camino. Y, con suerte, no acabar encerrada en un laboratorio del Gobierno donde me pase el resto de mi vida siendo objeto de experimentos.

Bajo la vista, pero Malachi apoya una mano en la cama e inclina la cabeza hasta que resulta más incómodo rehuirle la mirada que devolvérsela. Sigo sin poder interpretar la expresión de su rostro.

—No vamos a dejarte tirada —murmura.

Una chispa de esperanza se me enciende en el pecho, y lo único que quiero es extinguirla.

—Llevas mucho tiempo aquí encerrado, Malachi. No estás en condiciones de ofrecerme tu protección —replico. Solo que no es eso lo que me ha ofrecido. Ha dicho que no van a dejarme tirada. En plural. Niego con la cabeza—. Y no puedes hablar por ellos.

—No, no puedo. —No se mueve—. Pero estoy hablando por mí. Quiero que te quedes a mi lado. Si no es lo que tú deseas, encontraremos la manera de ponerte a salvo y que continúes tu camino por tu cuenta. Te doy mi palabra.

No tengo motivos para confiar en él. Apenas nos conocemos, puede que sea un mentiroso además de todo lo que ya sé. Pero no puedo evitar confiar en él de todos modos.

—Vale —susurro.

—¿Vale?

Dioses, ¿por qué siempre me hace decirlo? Aunque ya sé por qué, ¿verdad?

—Sí, hagámoslo.

15

Esperaba que nos pusiéramos al lío de inmediato, pero por lo visto ese no es el plan. Rylan se marcha, aduciendo algo de los preparativos. Wolf me da un beso apasionado en la boca y se va también. No serían más explícitos si hubieran sacado un cartelito en el que pusiera «Os vamos a dejar un rato solos para que habléis».

Malachi me ofrece una mano.

—Vamos a buscarte algo de comer.

Me muero de hambre, pero estoy tan nerviosa que no sé si podré probar bocado. No es solo la perspectiva del sexo lo que hace que tenga un nudo en el estómago. Están poniendo todas sus esperanzas en algo que no es más que una hipótesis.

—No sabemos si va a funcionar —murmuro.

Me arrastra fuera de la cama y me guía hacia la puerta.

—Si no funciona, ya se nos ocurrirá otra cosa —contesta.

¿Cómo puede estar tan tranquilo en un momento así? Es su propia libertad lo que está en juego.

—Malachi... —Me detengo y él se gira hacia mí—. ¿Vas a hacer esto solo porque Rylan lo dice? Cuanto más tiempo tarde en tomarme la pastilla, menos probable es que haga efecto.

No tengo ni idea de cuáles son las probabilidades de que

esté embarazada. Sé más o menos cómo va el ciclo menstrual en la teoría, pero no llevo un seguimiento del mío como para poder decir si ahora mismo estoy en fase de ovulación o a punto de entrar en ella. Y, a decir verdad, toda la información que tengo es válida para mujeres cien por cien humanas. Desconozco en qué se diferencia del suyo el sistema reproductor de los dhampiros, sobre todo cuando hay magia y vampiros de por medio.

Ni siquiera sé si la pastilla haría efecto si la usáramos como se recomienda.

—Mina...

Dioses, cómo me gusta que diga mi nombre. Siento como si fuera un diapasón vibrando con el sonido de su voz.

—No estoy diciendo ninguna locura —me defiendo.

—Lo sé.

Me aprieta la mano y me atrae hacia él para poder envolverme en sus enormes brazos. No tiene absolutamente ningún sentido que me sienta segura solo porque me esté abrazando. La lista de cosas por las que debo preocuparme es ya bastante larga y va aumentando con cada minuto que pasa. Un abrazo no soluciona nada.

Pero sienta increíble, eso sí.

Cierro los ojos y me relajo contra su cuerpo.

—Si esto no funciona, Rylan va a empezar otra vez con la cantinela de matarme.

—Nadie va a matarte.

—Pues si no a mí, a algún pobre diablo que secuestre Wolf. Prefiero ser yo.

No es que quiera morir, al contrario. Solo es que no sé si podría vivir tranquila si alguien inocente muriera en mi lugar. Hacer algo tan despiadado me pondría al nivel de mi padre. Me convertiría en un monstruo.

—Mina. —Malachi entierra los dedos en mi pelo y tira un poco para que levante la cabeza hacia él—. Rylan es muy pero que muy longevo. No tiende a hablar sin pensar, como le gusta hacer a Wolf. Si dice que esto puede funcionar, lo más probable es que así sea.

—No da la impresión de que te caiga demasiado bien —comento.

—Tenemos una historia...

—¿Complicada? —termino por él.

Sus labios se curvan hacia arriba.

—Eso es.

Es una expresión que repite mucho, ya me voy acostumbrando. Suspiro.

—Han cambiado bastantes cosas en poco más de una semana. Siento que es demasiado, que todo va demasiado rápido. No debería sentir... —Consigo interrumpirme antes de decir algo que no pueda retirar, como confesarle que he cometido el mayor pecado. Me gusta Malachi, aunque a veces me resulte exasperante. Puede que incluso me esté enamorando de él. No sabría decirlo, no tengo mucha experiencia con ese tipo de sentimientos.

—Yo también siento lo mismo. —Me acaricia los pómulos con los pulgares—. Cuando has vivido tanto tiempo como yo, aprendes a no cuestionarte en exceso ciertas cosas. Algunos sentimientos escapan a la lógica.

—Ese es el tema —replico—. Yo no voy a vivir tanto como tú, ni por asomo.

—Confía en Rylan.

Exhalo una risa breve.

—Sí, claro. Hace un rato estaba pidiendo mi cabeza en bandeja de plata, y de repente cambia totalmente de opinión entre un mordisco y otro. La confianza requiere más tiempo.

—Pues entonces confía en mí.

Abro la boca para responderle lo mismo que acabo de decir, que hace falta más tiempo para confiar en alguien, pero lo cierto es que sí confío en él. No solo confío en que no vaya a hacerme daño, sino también en que va a cumplir su palabra. La verdad es que me resulta un tanto desconcertante. Durante toda mi vida no me he fiado más que de mí misma, y la única verdad constante a la que me podía aferrar era la certeza de que no podía confiar en nadie.

Suelto una exhalación temblorosa.

—Confío en ti. Aunque puede que no debiera.

La sonrisa que me dedica Malachi no se parece a nada que haya visto antes. Es sutil, pero le ilumina los ojos oscuros con algo que se asemeja a la felicidad.

—Vamos a ser libres, Mina.

Lo beso. No es una decisión consciente, simplemente lo agarro por la nuca, me pongo de puntillas y tiro de él hacia mí. Obedece de buen grado. En cuanto nuestros labios se tocan, siento como si se desatara un infierno en mi interior. Necesito más. Le entierro las manos en el pelo y Malachi me coge por la parte de atrás de los muslos para levantarme y así poder rodearle la cintura con las piernas. Da un paso y mi espalda choca contra la pared. Dioses, este hombre es adictivo de una manera a la que no sé si podré resistirme algún día. Tampoco sé si quiero intentarlo.

Me besa como si fuera lo más delicioso que ha probado en su vida. Como si nunca tuviera suficiente. Nos reducimos a lenguas, dientes y unos sonidos que no significan nada y lo significan todo.

Malachi se aparta unos centímetros.

—Tienes que comer —me recuerda.

—Luego —le aseguro mientras extiendo un brazo entre

nosotros para bajarle la cinturilla de los pantalones de chándal—. Te necesito más a ti.

Él maldice entre dientes contra mis labios, y yo me derrito.

—Haces que me resulte imposible controlarme.

—¿Lo siento? —Le cuelo la mano en los pantalones y le agarro la erección. Sentirle latiendo en la palma de la mano hace que se me contraiga todo el cuerpo. Lo necesito, ya—. Por favor. No tardaré.

Suelta una de esas risas ásperas.

—Creía que eso me tocaba decirlo a mí —bromea. Pero se aparta lo suficiente para que yo pueda terminar de bajarle los pantalones y liberarlo.

Empiezo a guiarle hacia mi entrada y entonces vacilo.

—Se supone que deberíamos usar condón, ¿no?

Está jadeando, igual que yo. Por un momento, pienso que va a protestar, pero sacude la cabeza y dice:

—Están demasiado lejos.

Antes de que pueda contestar nada, cambia el agarre y se pone de rodillas frente a mí, manteniéndome en lo alto como si no pesara nada. Suelto un quejidito.

—Malachi, quiero tenerte dentro.

—Pues es una pena, porque hoy te toca lengua. —Y entonces su boca conquista mi sexo y solo puedo pensar en cómo me lleva al orgasmo.

Es tan increíble que no quiero que pare nunca. Por suerte, él se toma su tiempo. Me lame como si le encantara mi sabor, como si estuviera disfrutando de este momento tanto como yo. Bajo el dominio de su lengua, mi cuerpo se retuerce de placer mientras se acerca al culmen que me precipitará al éxtasis.

Me cuesta respirar. Creo que hablo, pero no entiendo las palabras que salen de mi boca. Me resulta inconcebible que sea capaz de hacerme sentir así sin morderme, sin trucos de vampiros ni magia de por medio. Solo la abrumadora fuerza de Malachi y el deseo que nos envuelve en su manto.

Apenas me doy cuenta de que estamos en el pasillo hasta que levanto la vista y veo que ya no estamos solos. Rylan y Wolf se encuentran de pie en lo alto de las escaleras, observándonos con idéntico brillo de lujuria en los ojos. Los de Wolf se han tornado carmesí, mientras que los de Rylan resplandecen plateados, solo que esta vez me mira sin animadversión. No, en su mirada solo hay pura necesidad.

Es demasiado tarde para plantearme cómo me siento al respecto. Ya he llegado demasiado lejos. Entierro las manos en el pelo largo de Malachi y muevo las caderas para frotarme contra su boca mientras me corro. Él me muerde, hace que el orgasmo alcance nuevas cotas. Grito y mi espalda choca contra la pared por los temblores que me provoca la enorme cantidad de placer que recorre mi cuerpo.

Me da un último lametón y luego se levanta sin dificultad para retomar la posición en la que estábamos al principio. Me mira con ojos enteramente negros. Durante un instante estoy segura de que me va a hacer suya aquí mismo, con condón o sin él. Casi deseo que lo haga. Incluso a pesar de estar exhausta, anhelo sentirlo dentro de mí.

Sin embargo, se gira conmigo en brazos y recorre el pasillo en dirección a las escaleras. Rylan y Wolf se apartan de su camino mientras me lleva a la cocina. Me deja sobre la encimera, y yo parpadeo y me tambaleo un poco.

—Creía que... —empiezo a decir.

—Tienes que comer, Mina. Si no, te vas a desmayar antes de llegar a la mejor parte.

Lo que acabamos de hacer ha sido impresionante. Lo que hicimos anoche y esta mañana, igual. No termino de entender cómo es posible que sea mejor aún que eso.

Rylan y Wolf entran por la puerta apenas un segundo más tarde. Wolf va hacia el frigorífico, donde está Malachi ahora, pero Rylan se acerca a mí. Sin mediar ni una palabra, me levanta la camiseta y le echa un buen vistazo a mi entrepierna.

—Te ha mordido —advierte—. Necesitas sangre.

—Estoy bien —repongo de mala manera, aunque no sé por qué. Tampoco sé por qué me excita la mirada hambrienta que me lanza antes de dejar caer la camiseta—. Y tú también me has mordido, antes que él.

No responde, se limita a llevarse la muñeca a la boca y a mordérsela. No es un mordisquito, no: se arranca carne como si nada. Como si no sintiera dolor. Luego me sujeta por la nuca y me pone la muñeca en la boca.

—Rápido, antes de que se cure.

Quiero resistirme, de verdad, pero el olor de la sangre hace que me duelan tanto los colmillos que podría echarme a llorar. Aunque trato de convencerme de que solo voy a probarla un poco, le cubro la herida entera con la boca. Cuando bebí la sangre de Malachi, sentí como un relámpago extendiéndose por mi cuerpo.

Si su sangre es como una descarga eléctrica, la de Rylan es como un huracán.

El sabor se desata en mi lengua y juraría que se me ponen los pelos de todo el cuerpo de punta, como si hubiera metido un dedo en el enchufe, pero mil veces más potente. Gimoteo, aunque no sé si de dolor o de placer. Siento la sangre moverse por mi interior, bajando por la garganta hasta el estómago, donde la magia se extiende hasta las puntas de mis dedos.

Y de repente se para todo.

Paso la lengua por su piel recién regenerada, perdiendo la cabeza de tal forma que siento el impulso de mordisquearle como un animal.

—Ya es suficiente.

Parpadeo y lo miro. Antes ya me resultaba peligrosamente atractivo, pero ahora ha alcanzado nuevas cotas. Toda la habitación parece haber cambiado. Siento que noto todo con un nivel de detalle que antes no era capaz de percibir. Miro a Wolf y a Malachi, y veo cómo crepita su energía, aunque es distinta que la de Rylan. De hecho, es distinta en cada uno de ellos. Me relamo para saborear una vez más la sangre.

—¿Cuántos años tienes?

—Es de mala educación preguntar eso.

Por fin soy capaz de mirarlo a los ojos. Después del mordisco de antes, me sentía atontada y exhausta. Ahora siento que podría correr una maratón y batir el récord mundial.

—Ni siquiera la sangre de Malachi me ha hecho sentirme así —le aclaro.

—Ya te lo he dicho, es un bebé. —Me suelta despacio y retrocede un paso. Cuando habla, se dirige a Malachi—. Repasaremos lo que tenemos que hacer para romper el conjuro mientras ella come algo.

Me bajo de la encimera y doy saltitos con las puntas de los pies. Sí, me siento de maravilla. Me doy cuenta con retraso de que la rodilla ya no me duele nada, no me ha dolido en todo el día. En realidad me alegro de no caerle demasiado bien a Rylan, porque podría volverme adicta a su sangre. Me sacudo. La cabeza me va a mil y me cuesta concentrarme.

—Ya no tengo hambre.

—Da igual, tienes que comer. —Malachi pone en la mesa un plato con un sándwich y me señala la silla para que me siente. Al lado del plato hay dos vasos, uno con agua y otro con zumo de naranja.

Hago una mueca, pero sé que tiene razón, así que me siento. Mi estómago elige precisamente ese momento para rugir, por lo que cojo una mitad del sándwich y empiezo a comer.

Los vampiros toman asiento en los otros tres lados de la mesa. Rylan apoya los codos sobre el tablero y dice:

—El objetivo es cargar el conjuro de sangre con tanto poder que acabe explotando.

Le doy otro mordisco al sándwich para no volver a señalar que yo carezco de poderes. Solo conseguiría comenzar una discusión, y sospecho que la única manera de que me crean es pasar por esto. Y si funciona...

No.

Es más fácil acallar ese pensamiento antes de que algo tan intolerable como la esperanza se instale en mi pecho. Le he dicho a Malachi que confío en él, puesto que no creo que me mande a la mierda en cuanto recupere su libertad, pero hasta ahí llega mi confianza. Dejar entrar esa vieja esperanza, esa frágil creencia de que quizá sí soy especial... es demasiado peligroso. No sé si me recuperaría si me permitiera creer que esto va a salir bien y acabara siendo un fracaso.

Como si pudiera oír mis pensamientos, Rylan me lanza una mirada glacial, pero prosigue:

—Lo haremos potenciando el poder de Mina con nuestra sangre y haciéndole sentir luego tantísimo placer que se rompan las barreras mentales que tiene.

—¿Cómo? —me extraño. Había dicho que valdrían tanto el dolor como el placer, pero no me había parado a pensar en lo que conllevaría—. ¿Por qué hace falta que estéis los tres para conseguir eso?

Wolf se ríe.

—Tres son mejor que uno, amor. Confía en nosotros, te lo pasarás bien.

Incluso cuando me acosté con Wolf y Malachi, no fue a la vez. La sola idea de además añadir a Rylan a la ecuación me provoca un escalofrío.

—Suena abrumador, la verdad.

—Esa es la idea —afirma este, mirándome con sus ojos gélidos.

Malachi vuelve a tener esa extraña expresión en la cara, la que no tengo claro cómo definir. No sé si se muere de ganas de hacerlo, si se muere de miedo o si es algo infinitamente más complicado.

—Lo disfrutarás, confía en mí.

Ahí está de nuevo. Una petición de confianza. Doy un pequeño sorbo al agua, pero no sirve para deshacer el nudo que tengo en la garganta.

—Confío en ti.

16

En una especie de acuerdo tácito, los tres hombres deciden que esta noche es el mejor momento para hacer este... no sé si llamarlo «ritual», pero tampoco sé qué otra palabra tiene sentido en este contexto. Rylan se marcha de nuevo, aunque esta vez no explica adónde va.

No me entero de cómo acabo de nuevo en el dormitorio de Malachi. Pretendía volver al mío, pero me da la sensación de que cada vez que parpadeo el cansancio de los últimos días se me echa encima. Para cuando me quiero dar cuenta estoy en la cama, entre Wolf y Malachi, y los párpados me pesan.

—Debería... —empiezo a murmurar.

—Descansar —termina Malachi por mí mientras me retira el pelo de la sien—. Tenemos unas horas.

Aunque sé que no voy a ganar esta batalla contra el sueño, lo sigo intentando.

—Mis cosas...

—Yo me encargo de preparar tu equipaje, tranquila. —Sus labios me rozan la frente—. Duerme, Mina. Te despertaremos cuando sea la hora.

Siento como si en un segundo estuviera tratando de formar una respuesta y al siguiente una mano me sacudiera el hombro con cuidado para despertarme. Abro los ojos e intento distinguir algo en la oscuridad que envuelve la habitación. Era casi mediodía cuando me he quedado dormida.

—¿Qué hora es? —pregunto.

—Dentro de poco tenemos que empezar.

Me incorporo. Malachi está en la cama a mi lado, mientras Wolf y Rylan cuchichean al otro lado de la estancia. Va a pasar. Va a pasar de verdad. Algo semejante al pánico comienza a comprimirme la garganta.

—Necesito darme una ducha, lavarme los dientes.

—Date prisa.

Salgo del cuarto antes de que se arrepientan. Como me han prometido, mi maleta está ya hecha encima de la cama, casi igual que como estaba cuando llegué. A pesar de todo, esbozo una pequeña sonrisa.

—Qué vampiro más fisgón.

Cojo lo necesario para ducharme y lavarme los dientes. Aunque confiaba en que este rato fuera suficiente para calmarme, estar lejos de ellos hace que el miedo sea aún más ensordecedor.

No va a funcionar.

Da igual lo longevo y lo culto que sea Rylan, da igual cuánto confíen los otros dos en él. Si tuviera un poder oculto, a estas alturas ya se me habría despertado de pura desesperación. Es algo que he deseado tanto... Si estuviera ahí, ya tendría que haber aparecido, ¿no?

Me quedo mirando la maleta. ¿Debería vestirme de nuevo? Vamos a acabar desnudos de todos modos, ¿verdad? Se me hace raro ponerme ropa, pero creo que me resulta más extraño aún ir por ahí sin nada encima.

Después de mascullar unos cuantos improperios hacia mi persona, saco una bata corta y fina y me cubro con ella. Me parece un punto medio bastante razonable, aunque sigo sintiéndome tremendamente vulnerable mientras regreso despacio al cuarto de Malachi.

Han apagado las luces y colocado velas en todo el perímetro de la habitación. No sé si pretenden ser románticos, pero más bien da la sensación de que estoy a punto de ser sacrificada en un ritual esotérico. Los tres hombres llevan pantalones de chándal y nada más. Por lo visto tenían las mismas dudas que yo respecto al nivel de desnudez.

Los tres me dirigen su atención en cuanto entro por la puerta y la cierro con cuidado tras de mí. Me siento distinta a todas las otras veces. Ahora soy plenamente consciente de que ellos son tres superdepredadores y yo poco más que una mera humana.

Podría no sobrevivir a esta noche.

Van a tener que ser muy pero que muy cuidadosos para asegurarse de que salga con vida.

Solo de pensarlo me entran unas ganas casi histéricas de echarme a reír, pero aprieto la mandíbula para reprimirlas. Malachi se acerca a mí, y agradezco que lo haga a un ritmo de humano en lugar del borrón de movimiento propio de él. Creo que mis nervios no están para sustos ahora mismo.

Pone las manos en mis hombros y me acaricia las clavículas con los pulgares.

—Rylan dice que los condones pueden ser un impedimento —comenta.

Parpadeo. De todas las cosas que podía esperar que dijera, esa no estaba en la lista.

—¿Cómo?

—Nuestro semen alberga magia —explica Rylan desde su lugar al lado de la ventana—. No está de más aprovecharlo, aparte de la sangre.

Parpadeo de nuevo.

—Menuda frase de película —suelto.

¿Acaba de sonreír? Cuesta decirlo. Wolf le da un golpecito con el hombro.

—Estás jugando con fuego, amigo —le dice.

—No, para nada —repone él.

El rubio se ríe.

—Di lo que necesites para convencerte —le pica antes de girarse hacia mí. Ya tiene los ojos carmesí, y una sonrisa perturbada—. ¿Estás lista, amor?

No. Ni por asomo.

Malachi se interpone entre los otros vampiros y yo.

—Respira, Mina.

—Estoy respirando.

Bueno, más bien estoy resollando. Todo esto es una majadería. ¿Cómo se supone que voy a llegar a un orgasmo mágico definitivo si tengo tanto miedo que estoy a punto de girarme y salir corriendo como alma que lleva el diablo? Miro a Malachi a la cara.

—¿Me muerdes? —le pido.

Abre mucho los ojos, pero solo un segundo, porque entonces es como si mis nervios activaran algo en él. La extraña expresión que ha estado poniendo desde que ha aparecido Rylan ya no está, y en cambio esboza una sonrisa lenta.

—Pero entonces te vas a perder toda la diversión, pequeña dhampira.

Siento como si hiciera siglos que no me llama así, pero no puedo evitar inclinarme hacia él en respuesta.

—Nada de esto es divertido. Es algo muy serio.

—Por ahora voy a besarte —me explica, sin hacer nada por salvar la distancia que queda entre nosotros—. Y luego Wolf va a tocarte. Y después Rylan. ¿Vale?

¿En serio me está pidiendo permiso? ¿Ahora? Ya he accedido a hacerlo, no tiene sentido que me trate como si fuera una pobre alma inocente. Aunque a decir verdad en lo referido a estas cosas sí que lo soy. Haber tenido un par de experiencias sexuales no te prepara para lo que sea que esté a punto de ocurrir.

—Vale —contesto en voz baja.

—Si en algún momento quieres parar, paramos.

Detrás de él, Wolf se ríe.

—No va a querer que paremos cuando hayamos empezado.

Malachi lo ignora.

—¿Entendido?

Por mi parte lo tengo todo claro, pero ¿se da cuenta él de que cada vez que me permite tomar parte me quita la posibilidad de dejarme llevar del todo? No puedo fingir que soy una mariposa arrastrada por vientos huracanados, rezando por salir ilesa. Es mucho más fácil cuando no tengo elección, y Malachi se empeña en dármela una y otra vez. Lo odio un poco por ello. También lo quiero un poco por ello.

Suelto una espiración temblorosa.

—Entendido.

En lugar de insistir, se inclina hacia mí y me da un beso suave en los labios. Y después otro. Estoy tan tensa que el más mínimo contacto podría hacerme añicos, pero el tercer beso viene acompañado de un roce de dientes en mi labio inferior. Me sobresalto y el movimiento me pega a su pecho. Me envuelve entre sus brazos y me permito relajarme ante esta increíble sensación que empieza a resultarme familiar al ser abrazada por Malachi. Es tan corpulento que hace que me sienta frágil de una manera que no me resulta del todo desagradable. Quizá se deba a lo cuidadoso que es conmigo, a lo consciente que es del desequilibrio de nuestras fuerzas. No lo sé. Solo sé que gimo contra su boca y le deslizo las manos por el pecho.

Es entonces cuando noto a Wolf detrás de mí, levantándome el pelo de la nuca. Siento sus labios fríos cuando me besa en la piel que ha dejado al descubierto, y me da un escalofrío al reparar en sus colmillos rozándome. Malachi cambia de posición los brazos y Wolf me agarra por las caderas, que acaban de quedar libres. Entre los dos me sujetan mientras empiezo a marearme por los embriagadores besos de uno y las caricias del otro sobre esa piel tan sensible.

Malachi se tensa y el olor a sangre excita todos mis sentidos. Para de besarme y ladea la cabeza, dejando expuesto el cuello. Advierto el reciente tajo en su piel y distingo a Rylan justo detrás de él, con un puñal en la mano. Al verlo, estoy a punto de salir de este estado de lujuria en el que me encuentro, pero Wolf usa su cuerpo para apretarme contra Malachi y con la boca en mi nuca me guía hacia el corte.

Gimo nada más probarlo. Puede que la sangre de Rylan sea más poderosa, pero creo que nunca me cansaré del relámpago que me recorre el cuerpo cuando saboreo la de Malachi. Bebo de él hasta que la herida se cierra, y después no puedo evitar darle un último lametón a su piel. Siento como si mis terminaciones nerviosas estuvieran echando chispas, y me pongo de puntillas para intentar llegar a la boca de Malachi.

Él me gira entre sus brazos y me encuentro con Wolf. Me besa antes de que pueda percatarme de que me están moviendo como si fuera un juguete, un muñeco. Malachi me pasa las manos por los costados y por el vientre. Me rodea los pechos por encima de la bata y me pellizca los pezones con suavidad.

Gimo contra la boca de Wolf, que en respuesta me aprieta con más fuerza las caderas. No llega a hacerme daño, pero el ligero dolor me sirve para mantener los pies en la tierra, algo que me resulta muy necesario ahora mismo. Le muerdo el labio inferior igual que Malachi ha hecho con el mío y disfruto cuando veo que se sacude en respuesta.

Por primera vez desde que Rylan propuso este plan, mis nervios se calman un poco. Va a ir todo bien. Siempre y cuando sigamos tocándonos, todo va a estar bien.

Malachi recorre el borde de la abertura de mi bata y tira hasta que se abre. Como si lo tuvieran planeado, Wolf me traza un reguero de besos desde el cuello hasta los recién expuestos pechos. Emite un sonidito de satisfacción y se mete un pezón en la boca mientras Malachi sigue pellizcándome el otro de una forma gustosísima. Bajo la vista para contemplar a Wolf y las manos de Malachi en mi cuerpo. Es igual que antes, cuando me llevaron al orgasmo juntos, pero al mismo tiempo es muy distinto.

No quiero que se acabe.

Un movimiento detrás de Wolf me llama la atención. Rylan se ha sentado en la cama y se ha puesto a juguetear con el puñal, mirándonos con ojos completamente plateados. Me tenso, pero Malachi lleva una mano a mi mandíbula y me insta a levantar la cabeza para poder besarme de nuevo. Sé que es una estrategia de distracción, pero obedezco de buena voluntad.

Wolf usa la boca para seguir abriéndome la bata hasta que llega al nudo y lo deshace. Noto la sangre acelerada mientras recorre mi cuerpo, pero él no tiene la culpa. Es por toda la situación, por tener la sangre de Malachi dentro de mí, chisporroteando por mis venas. La sensación se ha calmado un poco, como si la hubiera absorbido. Eso debe de ser lo que ha pasado las demás veces, solo que nunca he sentido la transición con tanta claridad como ahora.

—Más —pido.

Los dos se detienen. Malachi suelta un suspiro lento. Wolf me mira y sonríe, dejando a la vista los colmillos.

—Ya has oído a la señorita —dice.

Malachi se mueve primero, quitándome la bata y lanzándola a un lado. Me coge en volandas y se dirige a la cama.

Wolf resopla.

—Justo ahora que las cosas se estaban poniendo interesantes.

—Ya te llegará tu turno.

Malachi me coloca en la cama en el lado opuesto a Rylan, y dudo mucho que sea una coincidencia. Sigo sintiéndome algo incómoda respecto al nuevo vampiro, y un tanto desconcertada por la reacción que me ha provocado. No me cae bien, pero no puedo negar que una parte de mí se siente atraída por él. Es desagradable y lo odio, pero a fin de cuentas no le falta razón. Es solo sexo, y el propósito de esta noche es despertar de alguna manera mis supuestos poderes mágicos. Los orgasmos son solo un efecto colateral del que no me pienso quejar. Mejor que la tortura, desde luego.

Malachi me tumba poco a poco de espaldas y baja por mi cuerpo hasta colocarse entre mis muslos. Ya me lo ha comido en otras ocasiones, pero de alguna manera esta vez lo siento mil veces más íntimo. Su ancha espalda me fuerza a abrirme bien de piernas, y me mira de una manera que...

Me da un escalofrío.

—Por favor —suplico.

Wolf se deja caer a mi lado, colocándose entre nosotros y el borde de la cama. Sonríe a Malachi.

—Me has robado el turno y encima ahora estás jugando con ella. Qué maleducado.

Malachi me planta un beso en el muslo.

—Ponte a la cola, anda —replica.

Ahí está otra vez, la sensación de ser un juguete que se pasan entre ellos. Creía que lo odiaría, pero el sentimiento no aparece. Normal, porque están siendo muy cuidadosos. No soy un juguete, entonces. Quizá... un premio. Me estremezco.

Malachi me recorre la abertura con la lengua y el fuego de la chimenea llamea con fuerza. Wolf se pone nervioso.

—Contrólate —le advierte.

—Mmm —se limita a contestar él, que ignora la advertencia y sigue lamiéndome. No es como antes en el pasillo; ahora se toma su tiempo. Es increíble, y la sensación de que está deleitándose con mi sabor lo hace aún más excitante.

Intento mover las caderas para guiarle a mi clítoris, pero al instante me pone un brazo sobre el vientre para mantenerme inmovilizada contra la cama. Gimo, no puedo evitarlo. El deseo me embota los sentidos, y empiezo a notar una presión cálida latiendo en mi interior. Estoy cerca. Muy cerca.

Malachi elige ese momento para bajar el ritmo hasta que apenas me roza la piel caliente con los labios. Para nada suficiente para llegar al clímax.

—¡Por favor!

Wolf me pasa un dedo por el abdomen y entre los pechos.

—No hemos hecho más que empezar, amor. No seas impaciente. —Sus ojos carmesí miran a mi otro lado—. Ahora.

Sigo la trayectoria de su mirada y me tenso. Estaba tan concentrada en Malachi que no me había dado cuenta de que ahora tengo a Rylan al lado. Este alarga un brazo por encima de mi torso y coge la muñeca de Wolf. Veo un destello del puñal y un corte amplio se abre en el antebrazo. Rylan me sostiene la mirada mientras lleva el brazo sangrante ajeno a mi boca.

—Bebe con ganas —me ordena.

Obedezco sin pensar. La sangre de Wolf es como beber puro fuego. Igual más tarde me resultará paradójico; ahora mismo no es más que otra de tantas sensaciones que estoy experimentando. El relámpago de la sangre de Malachi no se ha ido del todo y el fuego baila con él, haciéndome temblar de placer. Jadeo cuando me doy cuenta de que la herida se ha curado. Me dispongo a mirarle a la cara, pero ya ha vuelto a mis pechos; se mete un pezón en la boca mientras Malachi introduce la lengua en mi sexo.

Las dos sensaciones simultáneas me hacen arquear la espalda.

—Dioses... —suelto entre jadeos.

Intento tocar a Wolf, pero Rylan me coge las muñecas y me las aprieta contra la cama. Eso hace que lo tenga justo encima de mí, y puede que se me haya ido la cabeza, pero juraría que su mirada se posa en mi boca un instante antes de volver a mis ojos.

—Ahora voy a tocarte.

Me lleva dos intentos formar las palabras adecuadas.

—Ya me estás tocando.

—De otra manera.

Malachi me estimula el clítoris con la lengua y tengo que cerrar los ojos unos segundos. Cuando por fin logro abrirlos, Rylan sigue inclinado sobre mí, esperando mi consentimiento, claro. Ya he accedido a toda esta locura, pero asiento despacio de todos modos.

—Vale.

No sé qué esperarme. La mayor parte de mi cuerpo está ocupada por Wolf y Malachi, no hay mucho espacio libre para Rylan. Pero me deja de piedra cuando baja la cabeza y me besa.

Y así, sin más, de repente todo cambia.

17

Malachi sigue comiéndome como si no fuera a hartarse nunca, pero cada vez que me acerco al límite se detiene. Es una tortura, aunque no por ello menos alucinante. Wolf me mima los pechos con esmero, pero es como si Malachi y él se comunicaran sin necesidad de palabras. Cada vez que Malachi baja la intensidad, Wolf hace lo mismo, y sus mordisquitos y besos se esfuman casi por completo.

¿Y Rylan?

Rylan me besa como si no necesitara respirar. Me acaricia la lengua con la suya lentamente, igual que hace Malachi en mi entrepierna, como si estuvieran sincronizados. Es increíble y al mismo tiempo no es para nada suficiente.

Me abruman con sus movimientos coordinados; casi parece que hubieran hecho esto antes. A lo mejor lo han hecho. Y, por si fuera poco, los poderes de Malachi y de Wolf me recorren de la cabeza a los pies y me hacen sentir ingrávida y a la vez demasiado presente en mi cuerpo. Me ha venido la delirante idea de que podría volar, o más bien levitar; dejar esta cama y salir por la ventana para bailar con las estrellas.

Malachi me lleva al límite otra vez y levanta la cabeza. Trato de zafarme del agarre de Rylan para cogerle y obligarle a volver a mi necesitado sexo. Me arqueo y rompo el beso lo suficiente para suplicar:

—Por favor. —Mi voz suena áspera y quejumbrosa—. Por favor, ya basta.

Los vampiros se detienen. Wolf me acaricia la parte inferior del pecho con la boca.

—Me pido su culo —dice.

—¡¿Qué?!

Pero no me hacen caso. Rylan se incorpora y aprovecha que me está sujetando las muñecas para levantarme de la cama. Malachi rueda hasta ponerse bocarriba y me arrastra con él, por lo que acabo casi sentada sobre su cara con Rylan de rodillas delante de mí. Los miro y parpadeo.

—Eh...

—Confía en mí. —Malachi me da un último y prolongado beso en el sexo y se retira.

El colchón se hunde cuando Wolf se coloca a mis espaldas y Rylan me pone una mano entre los omóplatos para empujarme suavemente hacia abajo, hasta que tengo la cara contra las sábanas. Esta nueva postura hace que el culo se me quede en pompa, dejándome completamente vulnerable, pero no consigo que me importe. El cuerpo entero me late al ritmo de mi corazón. Estoy tan alterada que no creo que tarde mucho en culminar. Nunca me han dejado con las ganas de esta manera, nunca han jugado conmigo así.

Creo que me encanta.

Siento algo frío y húmedo resbalándome por el culo, y apenas tengo tiempo de entender lo que está pasando antes de notar un pene duro apretándose contra la estrecha entrada. Me tenso, no puedo evitarlo.

—Espera —digo.

Wolf, porque es Wolf quien está a mis espaldas, vacila.

—Relájate, amor.

Qué fácil es decirlo. Empiezo a levantar la cabeza, pero Rylan mueve la mano a mi pelo. Me tenso aún más, esperando... no estoy segura el qué, pero desde luego no que me pase los dedos por el cabello. Sienta bien, es casi reconfortante, pero debo de estar entendiéndolo mal. Sigue haciéndolo y afloja un poco el agarre en mis muñecas.

—Respira, Mina. Relájate. Deja que entre.

Inspiro hondo una vez, y luego otra. Y poco a poco los músculos se me van relajando uno por uno. Wolf me acaricia las caderas, el culo, la parte baja de la espalda.

—Eso es, amor. Acógeme. —Se adentra con cuidado un poco más en mí.

No estoy segura de si esperaba sentir dolor, pero es más bien como una extraña sensación de estar llena. No se parece en nada al sexo que había tenido hasta ahora, pero tampoco es desagradable. Inspiro de nuevo y me relajo por completo, entregándome a la experiencia.

Rylan continúa acariciándome el pelo, Wolf sigue tocándome, murmurando palabras que no significan nada en una voz suave mientras se esfuerza por hundirse cada vez más en mi culo. Entonces sus caderas por fin se unen con las mías y suelta una exhalación brusca.

—Joder, qué pasada.

—Contrólate —le advierte Malachi.

Giro la cabeza y me lo encuentro de rodillas al otro lado, observándonos con fuego en los ojos. Detrás de él, las llamas se mantienen contenidas en la chimenea, pero crepitan con tanta fuerza que llenan todo el espacio. ¿Cuánto de eso se debe a que me ha estado comiendo el coño y cuánto por ver qué hace Wolf con mi culo? Creo que me da igual.

—Vamos a movernos, amor —me avisa Wolf, que me rodea las caderas con un brazo y rueda hasta tumbarse de espaldas conmigo encima, sin salir de mí. El movimiento hace que cambie de posición también dentro de mí, y no puedo evitar gimotear. Él me da un beso en la sien—. ¿Te duele?

—No —jadeo.

Malachi se coloca de rodillas entre mis muslos. Parece que la tiene aún más grande que esta mañana, y me humedezco los labios mientras lo miro. No hay duda de cuáles son sus planes, y no estoy segura de salir viva de esto. Tampoco sé si me importa. Echo un vistazo a Rylan y frunzo el ceño.

—¿Qué...?

—Aún falta para eso.

Malachi baja la mano y se agarra la erección. Me pasa la punta por los pliegues y traza círculos en mi clítoris. Gimoteo y me retuerzo, pero Wolf me sujeta las caderas y me obliga a mantenerme quieta. Siento su respiración dificultosa contra mi sien.

—Cuando haces eso es demasiado —jadea.

—Creía que podías aguantar días —se mofa Malachi, pero el otro está demasiado concentrado contemplando cómo se restriega contra mí para que el comentario surta efecto.

Finalmente se acomoda en mi entrada y empieza a presionar para entrar, cada vez más hondo, poco a poco.

No puedo respirar.

Es demasiado. Estoy demasiado llena. La tienen demasiado grande.

Abro la boca para decírselo, para suplicarles que..., no sé, ¿que se den prisa? ¿Que se detengan? Algo, lo que sea.

Rylan me besa antes de que pueda pronunciar palabra. Me devora mientras gimo y aúllo cuando Malachi da empellones cortos y regulares para terminar de entrar en mí. Creo que empiezo a sollozar, no lo tengo claro. Las sensaciones son tan intensas que siento como si estuviera flotando por encima de mi cuerpo físico, contemplando la escena. Los músculos de Malachi se contraen mientras se esfuerza por metérmela entera, hasta que por fin lo consigue. Entonces se queda completamente quieto, salvo por los temblores que le sacuden el cuerpo.

Solo entonces Rylan levanta la cabeza. Se aparta lo necesario para coger el puñal y hacerse un corte en el antebrazo, más profundo aún que el que les ha hecho antes a Wolf y a Malachi. Mira a este último mientras lleva el brazo a mi boca.

—Ahora.

Malachi comienza a moverse en cuanto la sangre de Rylan me toca la lengua. Sus acometidas son lentas pero impetuosas, sin llegar a salir del todo antes de penetrarme hasta el fondo de nuevo. Debajo de mí, Wolf no se mueve, pero tampoco le hace falta. Lo siento dentro de mí, llenándome y contribuyendo a las abrumadoras sensaciones que me provoca cada empellón de Malachi. Y los poderes de la sangre de Rylan se extienden por mi cuerpo, hasta que siento como si el pelo empezara a flotar a mi alrededor.

Solo que... es verdad, mi pelo está flotando.

Y el de Malachi también.

No veo a Wolf, y el pelo de Rylan es demasiado corto, pero hay una sensación de ligereza en la habitación, como si de alguna manera hubiéramos mermado la fuerza de la gravedad. Pero eso es imposible. No, esto es magia. La siento latir en mi interior al compás de las embestidas de Malachi. Está a punto de salir, pero no lo consigue. Hay algo...

Algo que la contiene.

No, soy yo quien la contiene.

Clavo las uñas en los hombros de Malachi.

—Necesito más —murmuro.

Él frunce el ceño mientras me mira, y después se gira hacia Rylan. Sigo su mirada. La desesperación se apodera de mí y me sorprendo dirigiéndome a este último.

—No es suficiente. Necesito más. No consigo dejarme ir.

Él vacila.

—Pero...

—Fóllame la boca.

En otras circunstancias, quizá disfrutaría del modo en que sus ojos refulgen al tiempo que su precioso rostro se sume en una profunda confusión. Pero ahora mismo no puedo atender a nada que no sea esta sensación de «casi, pero no». Asiento con vehemencia.

—Es lo que necesito —insisto. Si lo hace, será tan abrumador que funcionará, estoy segura. Este horrible sentimiento de estar a punto estallará al fin. Lo miro con furia cuando me doy cuenta de que sigue dudando—. ¡Hazlo!

Él maldice entre dientes, pero se baja los pantalones y se acerca para arrodillarse por encima de nosotros. Es un poco raro, pero me da igual. Se la agarro con una mano y con la otra toco a Malachi.

—No pares —le pido.

Su expresión es casi salvaje.

—No lo haré.

Me incorporo un poco y tiro de Rylan al mismo tiempo, guiándolo hacia mi boca. No la tiene tan larga como Malachi y Wolf, pero sí más gruesa, tanto que tengo que esforzarme para que me entre. La blasfemia que suelta con voz grave hace que me contraiga alrededor de Malachi, pero todavía no es suficiente. No logro metérmela hasta el fondo.

Rylan, gracias a los dioses, parece darse cuenta. Me toca la mandíbula y dice:

—Relájate, yo me encargo.

Sí, eso es justo lo que necesito. Emito un sonido de asentimiento y me entrego a los tres. Malachi me pasa las manos por los muslos y me los empuja hacia arriba y hacia fuera, abriéndome por completo.

—El clítoris, Wolf —ordena.

Cuando la mano de Wolf se desliza por mis caderas y empieza a estimularme, Malachi aumenta el ritmo hasta que me embiste sin piedad. Rylan no opta por un ritmo ni una profundidad tan agresivos, pero cuando comienza a moverse tengo que relajarme por completo y dejar que sea él quien tome las riendas. Tengo que entregarme, someterme. Tengo que convertirme en un receptáculo de sus cuerpos en pos de mi placer. Wolf no para de tocarme, y esta vez ninguno se detiene ni un momento. Los cuatro nos consagramos al inevitable final.

La sensación en mi interior se intensifica, pugnando contra una barrera invisible que la retiene. Con cada embestida se dispara, una y otra vez, con más vehemencia, más.

Algo se desgarra en mi propia alma cuando por fin asciende. Siento como si alguien me hubiera metido la mano en el pecho, me hubiera agarrado el corazón y hubiera apretado con fuerza hasta que me explotara con una violencia tal que hace que chille alrededor de Rylan.

El cristal se hace añicos. Siento una presión inmensa en la piel. A lo lejos, creo que oigo gritos.

Y entonces Rylan suelta una blasfemia y se corre en mi garganta. Me trago el semen sin pensar, sin parar de chupársela aunque la erección empiece a disminuir. Malachi se estremece entre mis muslos y termina dentro de mí, haciendo que gima de placer. Madre mía, ¿qué está pasando? Apenas se ha apartado cuando Wolf nos da la vuelta, me inmoviliza contra la cama y empieza a penetrarme como un loco. Estoy demasiado débil para hacer nada más que aceptarlo, y tengo el vago pensamiento de que incluso esto es increíble. Sale de mí y se corre en mi espalda antes de dejarse caer a mi lado.

Durante un buen rato, el único sonido que llena la habitación es el de nuestras trabadas respiraciones.

Entonces Malachi suelta una carcajada ahogada.

—Ha funcionado. Joder, ¡ha funcionado! —Tira de mí y me besa apasionadamente—. Lo has conseguido, Mina.

Apenas tengo fuerzas para agarrarme a su cuello cuando me coge en brazos y toma la camiseta de alguien para limpiarme la espalda.

—¿Estás seguro? —murmuro.

—Sí. El conjuro de sangre se ha disipado.

Wolf se estira y me acaricia el muslo con suavidad.

—El estallido del conjuro debe de haberle afectado —afirma—. Probablemente esté fuera de juego al menos unas horas.

Se refiere a mi padre.

Me estremezco en los brazos de Malachi. Siento como si mi cuerpo no me perteneciera. Tengo la piel tan sensible que quiero apartarlo y restregarme contra él al mismo tiempo.

—No creo que pueda caminar —comento.

—Te acabamos de follar por todas partes sin piedad, claro que no puedes andar. —Wolf se ríe—. Un trabajo muy bien hecho, si se me permite decirlo.

—Malachi —interviene Rylan, y por primera vez desde que lo conozco suena... asustado—. ¿Has visto lo que es?

Me giro hacia él. Habla de mí. Sus ojos siguen resplandeciendo en plata y me mira como si fuera una serpiente venenosa que se acaba de colar en su cama. Duele un poco, pero trato de racionalizar mi respuesta; tampoco es que me haya caído bien en ningún momento. Tomo una respiración temblorosa.

—¿Qué soy? —me atrevo al fin a preguntar.

—Un serafín. —Pronuncia la palabra como si fuera un insulto.

—¿Un serafín?

Los brazos de Malachi se contraen a mi alrededor.

—¿Estás seguro? —No parece especialmente contento con esta noticia. Cuando lo miro, su expresión es tensa.

—¿No lo sientes? —Rylan se frota el pecho—. Concéntrate.

Malachi se queda muy quieto unos segundos eternos, pero es Wolf quien habla primero:

—Mierda.

Los miro alternativamente.

—¿Qué pasa? ¿De qué estáis hablando? —Ya vuelvo a sentir mi cuerpo más reconocible, aunque esa extraña ligereza en mi interior sigue ahí. Agarro los brazos que me rodean—. ¿Malachi?

—Mucho antes de que yo naciera, los serafines fueron exterminados por otras criaturas sobrenaturales que se encargaron de darles caza hasta su extinción. —Los brazos se le tensan—. O eso pensaba todo el mundo.

Había oído hablar de los serafines, sí, pero creía que eran otra parte ficticia de la religión de los humanos. Nadie habla de ellos como si fueran reales.

—¿Por qué?

—Entre sus habilidades se encuentra la capacidad de vincularse con sus parejas. —Esta vez es Rylan quien contesta—. Puede que empezara como una especie de unión reproductiva, pero la usaron para crear cortes de seres sobrenaturales bajo su dominio. Un serafín podía hacer lo que quisiera con los seres sobrenaturales vinculados a él, y ellos no podían defenderse, ni tomar represalias, ni tampoco liberarse del vínculo. Los vampiros, en particular, son los más susceptibles de verse afectados.

—He oído que tenían poderes divinos —comenta Wolf con una voz inusitadamente seria—. Es normal que tuvieran a los humanos acojonados, aunque la historia los haya pintado como inofensivos por puro instinto de supervivencia.

Hago el amago de zafarme de los brazos de Malachi, pero él me estrecha con más fuerza contra su pecho.

—Da igual —dice con voz grave y profunda.

—Cuanto más tiempo viva, más fuerte será el vínculo. —Rylan sigue frotándose el pecho como si pudiera escarbar en la piel y arrancarse el vínculo de cuajo—. Lo mejor que podemos hacer es dispersarnos y poner tierra de por medio lo más rápido que podamos antes de que nos convoque.

De lo que están hablando es de un monstruo. Si soy un serafín, eso me convierte a mí en uno. Lo único que he deseado siempre es la libertad, y si lo que están diciendo es cierto, es justo eso lo que acabo de arrebatarles a ellos.

—Lo siento —murmuro.

—No es culpa tuya. —Malachi se levanta de la cama y me lleva con él—. ¿Puedes ponerte de pie?

—Sí. —No sé si estoy mintiendo, pero pongo las rodillas rígidas para asegurarme de mantenerme en pie cuando me suelte.

Malachi señala a los otros dos vampiros.

—No os mováis.

Rylan niega con la cabeza cuando Malachi sale de la habitación y luego mira a Wolf.

—Huye —le aconseja—. Esta va a ser tu única oportunidad.

Él se incorpora y me mira de reojo.

—Paso, estoy bien. Esto es lo más emocionante que me ha ocurrido en siglos.

—Va a ser tu perdición.

—Eres un exagerado. Mírala. —Me señala con la mano—. Piensa con la cabeza, Rylan. Yo también he oído historias sobre los serafines. Lo del vínculo es un rollo, sí, pero solo en manos de un tirano. Piensa en lo que podría llegar a hacer si vive lo suficiente.

—Estás dando muchas cosas por sentado.

Me abrazo el torso e intento no temblar.

—Rylan tiene razón —musito—. Deberías irte. No quiero... —Se me corta la respiración—. Sé cómo es no tener libertad. No quiero hacerte eso.

—¿Ves? —Wolf se ríe—. No es tan mala, ¿no?

Rylan permanece imperturbable.

—La gente cambia.

—Pues márchate tú. —El rubio se encoge de hombros—. Yo estoy cansado de que me persigan. Ninguno de los otros hijos de Cornelius ha conseguido todavía tener descendencia y convertirse en heredero. Con esa sangre de serafín, seguro que Mina es tan fértil como su madre.

Parpadeo.

—Eh... ¿Qué? —Cuando me doy cuenta de lo que está sugiriendo, niego con la cabeza—. Es imposible que funcione.

En algún momento de la historia vampírica empezó a ser tradición que, para que un vampiro de estirpe se convirtiera oficialmente en heredero, tenía que procrear y así demostrar su valía para mantener el linaje en caso de que algo fallara. Cuando había más vampiros y tres de las estirpes no se habían visto reducidas a uno o dos miembros, era una costumbre lógica. Mi padre aún mantiene la tradición, pero nunca me he preocupado en exceso por ella, porque no me afecta.

—Soy una hija ilegítima.

—Solo porque no se han manifestado tus poderes mágicos hasta ahora. Si apareces con un bebé y te pones a soltar magia seráfica, nos bastará con matarlo para hacernos con el poder de la colonia. —Wolf sonríe maléficamente—. Eso sí que sería divertido.

Rylan niega con la cabeza.

—Mina tiene razón, es imposible.

Malachi entra en ese instante por la puerta con mi maleta en la mano.

—A mí me parece un buen plan —comenta.

—Más bien un sueño —replica Rylan, que me mira y aparta la vista enseguida, como si no soportara verme—. Tenemos una pequeña oportunidad para salir de aquí ilesos. No la desperdiciemos. Ya nos ocuparemos de todo esto más tarde.

La culpa me atenaza. Quiero alegrarme de haberme equivocado, de que realmente tengo poderes mágicos, pero el precio que hay que pagar es demasiado alto. En ningún momento he querido atar a estos vampiros a mí, no de tal manera que su libre albedrío se vea perjudicado.

No quiero ser como mi padre.

Me visto despacio con la ropa que me ofrece Malachi. Para cuando me calzo las botas, sigo sin respuestas.

—Rylan tiene razón. Deberíais marcharos lejos de mí. Si mis poderes tienen algún tipo de limitación geográfica...

—No la tienen —responde Rylan inexpresivamente—. Mientras vivas, siempre nos veremos atraídos a volver a tu lado.

Me giro hacia él.

—Todo ha sido idea tuya —repongo—. Yo no he pedido esto. En ningún momento he pretendido tenderos una trampa ni ataros a mí ni lo que sea que haya pasado. Deja de mirarme como si fuera mi culpa.

Abre la boca y me preparo para recibir un corte, pero en lugar de eso suspira.

—Tienes razón. Lo siento.

Parpadeo. Guau, se ha disculpado. Echo un vistazo a Malachi, pero parece tan desconcertado como yo. Se sacude.

—Vístete. Salimos en dos minutos.

Rylan y Wolf salen de la habitación al instante, y yo respiro hondo y me giro hacia Malachi.

—Deberí...

—Para de pedirme que te abandone —me interrumpe—. No pienso hacerlo. —Se pone unos vaqueros, unas botas y una camisa de manga larga y me coge en brazos. No me había dado cuenta de que estoy temblando de nuevo—. Y no por ningún vínculo místico ni nada por el estilo, así que sácatelo de la cabeza.

—No sabes lo que estoy pensando —repongo, aunque eso era exactamente lo que estaba pensando.

Me estrecha contra su cuerpo.

—Ya veremos qué hacer cuando nos hayamos marchado de aquí. Dame ese tiempo, ¿vale?

—¿Puedo negarme?

Los labios se le curvan.

—¿Prefieres que te cargue al hombro y te lleve conmigo a la fuerza?

Pues igual sí.

No, claro que no. Quería tener capacidad de decisión, y ahora la tengo, aunque en realidad solo hay una opción. Si mi padre se entera de lo que soy, intentará matarme. O, más bien, intentará someterme para así poder aprovechar mis poderes en su beneficio. Ninguna de las dos alternativas es buena para mí. Al menos con estos tres tengo una oportunidad. Qué coño, tengo más que una oportunidad.

Pero primero tenemos que salir de esta casa.

Dos minutos después, estamos en la puerta de entrada. Malachi le lanza mi maleta a Wolf y me coge en volandas de nuevo. Cuando empiezo a protestar, me fulmina con la mirada.

—Serafín o no, no estás para trotes.

Maldita sea, tiene razón.

—Vale —accedo.

—¿Adónde vamos? —pregunta a Wolf y Rylan.

—A Nueva York. —Rylan contempla el cielo—. Podemos estar allí en medio día o así e, incluso si ordena que nos sigan, va a resultarles complicado encontrarnos entre tantos humanos.

Malachi asiente.

—Te seguimos.

Se mueve a grandes zancadas por los terrenos, aunque no llega a ser un borrón como de costumbre. Cuando llegamos al linde de la propiedad, Wolf salta una verja de hierro de más de dos metros como si nada. Rylan lo imita. Malachi vacila un instante, pero a los pocos segundos brinca por los aires. Se tensa al atravesar la verja, pero no ocurre nada. Efectivamente, el conjuro de sangre se ha roto.

Suelta una carcajada ronca de las suyas cuando aterriza al otro lado.

—Al fin libre —suspira.

—No mucho —señala Rylan.

—A mí me basta y me sobra.

Nos adentramos en la oscuridad de la noche, y el aire frío me azota en la cara. Echo un vistazo por encima del hombro de Malachi justo a tiempo para ver cómo las llamas empiezan a salir por las ventanas de la mansión que acabamos de abandonar. Se extienden extraordinariamente rápido, arrasando el tejado en apenas unos segundos. Algo cede y una parte de la casa se derrumba. Será imposible reconstruir esa jaula.

Sí, Malachi y yo somos libres. Al menos todo lo libres que podemos ser mientras mi padre siga con vida.

Abro los ojos y siento por fin una gran determinación. Pase lo que pase con estos tres hombres, una cosa está clara.

Para ponernos a salvo, tenemos que matar a mi padre.

Y para que eso ocurra, antes debo quedarme embarazada.

ACTO II

HEREDERA

1

Siento el corazón de Malachi palpitando. Siento sus latidos regulares en mi pecho, y podría resultar tranquilizador si no fuera tan extraño. Al fin y al cabo, no estoy tumbada sobre él como he estado tantas veces este último mes. Ni siquiera está en casa.

De hecho, se encuentra en la otra punta del condado, a kilómetros de aquí.

Me froto el esternón con el dorso de la mano, pero si algo he aprendido en las últimas cuatro semanas es que la sensación de tener varios corazones pegados al mío es más mágica que física. Malachi trata de consolarme diciéndome que terminaré acostumbrándome, pero me mira con unos ojos preocupados que no me permiten calmarme. Al menos es mejor que Rylan, que ni siquiera me dirige la mirada.

¿Y Wolf?

Wolf, fiel a su naturaleza, se ha ofrecido a abrirme literalmente el pecho para librarme de la sensación.

—Para de hacer eso.

No levanto la vista cuando las frías palabras de Rylan interrumpen el silencio del ático.

—¿Ahora te dignas a hablarme? Qué sorpresa. —Bajo la mano y la aprieto en un puño para resistir el impulso de volver a frotarme el esternón cuando noto que el corazón de Malachi empieza a latir con más fuerza. Ese aumento en la intensidad es señal de que se halla más cerca—. Está volviendo.

—Ya era hora —masculla Rylan.

Esta vez sí que lo encaro.

—Ha pasado un mes. Si tanto odias estar conmigo, vete.

—Lo haría si pudiera. —Prácticamente me escupe las palabras, y se lleva la mano al pecho, imitándome.

Está tan impecable como siempre desde que lo conocí, con el pelo oscuro muy corto por los lados, donde también se ven algunas canas plateadas, y su traje, impoluto y sin una arruga. La única vez que lo he visto mínimamente desaliñado fue la noche en la que conseguimos despertar mis poderes mágicos para acabar en este embolado.

Juntos.

Nos guste o no.

—Pues mátame —repongo—. Es lo que has querido desde el principio.

Veo un destello plateado en sus ojos, la única muestra de que he logrado alterarle. No debería ser tan mezquina como para disfrutar sacándole de quicio, pero es que es como una pared de cuchillas con la que me rozo a cada movimiento que hago. A Malachi y a Wolf tampoco les entusiasma estar atados a mí, pero al menos les caigo un poco bien. Rylan lleva odiándome desde el minuto uno (un sentimiento mutuo, por otra parte), y ahora no podemos huir el uno del otro.

—De nuevo, lo haría si pudiera —contesta antes de girarse y dirigirse a las puertas del balcón, donde se detiene para quitarse la ropa, doblarla meticulosamente y dejarla encima de la silla que entiendo que está ahí para ese único propósito.

Sé lo que va a pasar y, por tanto, que debería apartar la vista. Pero he podido disfrutar de tan pocos placeres a lo largo de mi vida que me resulta imposible resistirme a ninguno, con independencia de cuál sea. Ver a Rylan desnudo es un placer, pero lo que viene después lo es aún más.

Es bellísimo de una manera totalmente distinta a la de Malachi y Wolf. Sus trajes disimulan bien su fuerza, pero sin ellos parece casi tan corpulento como Malachi. Además, tiene unos hoyuelos encima del culo que, por mucha rabia que me dé, me encantaría lamer. Aunque desearía poder culpar al vínculo, lo cierto es que este capullo ya me parecía atractivo incluso antes de la noche en que este se estableció.

Sale al exterior y de repente hay..., no sé cómo explicarlo, una especie de distorsión, como si la realidad experimentara una ligera sacudida, una pequeña fisura, y entonces Rylan desaparece y un pájaro negro gigante se posa en el balcón en su lugar. Con un aleteo de sus enormes alas, se marcha volando hacia la noche.

Se precipita en la dirección opuesta de donde viene Malachi, distanciándose de nosotros. Los siento a ambos como si un clavo se hundiera en mi pecho. No lo soporto. Quiero que se vaya, de verdad, pero cuanto más lejos está, mayor es la necesidad que me invade de pedirle que vuelva.

De obligarle a volver.

Me aguanto las ganas y le doy la espalda al balcón. No me importa lo que Rylan diga sobre los serafines. Ya no me importa no poder negar que soy uno. Tampoco me importa que en el pasado se hayan aprovechado de su vínculo con los vampiros. Hacerlo intencionadamente me haría ser peor que el monstruo de mi padre, y eso es algo que jamás voy a permitirme.

Antes prefiero morir.

Siento que Wolf está abajo, probablemente pintando de nuevo. Ese hombre es muchas cosas a la vez y, si bien aprecio la belleza de su arte, lo cierto es que es bastante perturbador.

Wolf es el caos personificado, pero se vuelve aún más evidente cuando pinta. Cuando nos vemos, nunca sé si me va a besar o me va a cortar el cuello, y me asusta, pero a una pequeña parte de mí en secreto le gusta. Cuando bailo al filo de la navaja con él, me siento viva.

Pero ahora no quiero eso. Estoy demasiado cansada, demasiado frustrada. Wolf, como buen depredador que es, se percatará al instante y no podrá resistirse a ponerme a prueba. A poner a prueba el vínculo. Me agota solo pensar en la posibilidad de hacerlo con él ahora mismo.

Puede que hayamos pasado el último mes juntos, pero sé bien que no debería buscar apoyo en ellos. Ni siquiera Malachi, a pesar de declarar sus intenciones, me conoce lo suficiente como para poder decir en serio las cosas que me dice. Es más, plantearse la posibilidad de un futuro juntos está a años luz de aceptar un vínculo que solo la muerte puede romper.

Estoy acompañada, pero me siento tan sola como en la colonia de mi padre. Aislada, distinta. Una amenaza o una presa, dependiendo de quién tenga cerca. Lo único que he deseado siempre es la libertad, y es justo lo que jamás voy a tener.

Dioses, esta noche soy la alegría de la huerta.

Deambulo por los pisos superiores de la casa que es nuestro último alojamiento. A pesar de que Malachi pretendía que nos perdiéramos entre el gentío de la ciudad, el plan fracasó casi de inmediato. Los secuaces de mi padre tardaron menos de doce horas en encontrarnos la primera vez. Desde entonces, hemos tenido que volvernos cada vez más creativos, evitando cualquier propiedad relacionada directamente con Wolf o Rylan y cambiando de casa regularmente. Sigue sin ser suficiente para concedernos una tranquilidad verdadera, pero al menos les llevamos la delantera a esos sabuesos.

A duras penas.

El aire cambia detrás de mí, pero no me hace falta mirar para saber de quién se trata. Malachi. Cuando nos conocimos, solía sorprenderme apareciendo de improviso, sin hacer ningún ruido. Ahora que estamos vinculados, ya no volverá a acercarse sigilosamente a mí. Ni él ni ninguno de los otros. Esta certeza debería reconfortarme, debería ofrecerme algún tipo de seguridad, pero no es más que el recordatorio de cuánto ha cambiado todo en tan poco tiempo.

—¿Crees que lo sabía?

Malachi no pregunta a quién me refiero.

—Lo dudo. Aunque ella fuera como tú y supiera diferente a los humanos, hay muchas criaturas en el mundo. Conociendo a tu padre, no se habría arriesgado a acostarse con ella si hubiera tenido la más ligera sospecha de que poseía una sola gota de sangre seráfica.

Ella. Mi madre. El origen de los poderes de serafín que despertaron hace un mes en una cama hasta los topes de sexo y sangre, la cadena que me ata ahora a estos tres vampiros de estirpe.

No todos los vampiros de nuestro mundo están dotados de poderes mágicos. Los convertidos adquieren esperanzas de vida casi eternas, pero ya. Incluso los nacidos de forma natural apenas son más poderosos que los vampiros convertidos.

No, el poder real recae en los miembros de las siete estirpes. Cada una cuenta con un tipo de poder que va pasando de generación en generación. También disfrutan de otras ventajas, como mordiscos altamente placenteros, pero lo más importante es sin duda la magia. Mi padre puede hacer que cualquier persona haga lo que él quiera, siempre y cuando se encuentren en la misma habitación y mi padre no haya perdido la facultad del habla. Además, puede usar sus poderes para cambiar de apariencia.

Y ahora tengo a tres vampiros de estirpe vinculados conmigo. Malachi, con sus poderes de fuego. Wolf, con sus poderes de sangre. Rylan, con su metamorfosis. Como un pequeño ejército. Todos están comprometidos a mantenerme con vida, porque si me muero hay muchas probabilidades de que los arrastre al infierno conmigo. Aparte de mi padre, poca gente puede tocarme ahora. Si fuera otra persona, puede que incluso me sintiera exultante.

Pero yo nunca he querido nada de esto.

Malachi salva la distancia entre nosotros y me envuelve con los brazos por detrás, apretándome contra su enorme cuerpo. Si no fuera por cómo me mira a veces, puede que incluso me permitiera dejarme llevar por estos pequeños momentos íntimos. Creer que el futuro me depara ni que sea unas miguitas de felicidad.

—Estás pensando demasiado —dice él, posando la barbilla en lo alto de mi cabeza—. Rylan y tú os habéis estado tirando pullas de nuevo, ¿verdad?

—Yo no quería esto —susurro. Puedo sentir a Rylan alejándose cada vez más de la casa, de mí. En algún momento alcanzará los límites que le permite nuestro vínculo, como tantas veces ha ocurrido en este último mes, y se verá obligado a regresar—. ¿Por qué no es capaz de entender que odio esto aún más que vosotros?

—Tiene una larga y complicada historia con los serafines —me explica—. Cuando tu memoria alberga tantos recuerdos como la de Rylan, resulta complicado superar viejas creencias. Viejos miedos.

Malachi me cuela las manos por debajo de la camiseta y las coloca a ambos lados de mi cintura. Trato de ofenderme por el hecho de que el contacto de sus manos sobre mi piel me alivie al instante un poco la tensión acumulada. Lo intento, pero fracaso. Me gustaría al menos poder culpar al vínculo de esto, pero mi atracción por Malachi existe desde el momento en que nos conocimos y solo parece aumentar con el tiempo.

Con un suspiro, me apoyo con más firmeza contra él, dejando que me acaricie los costados.

—No quería nada de esto —repito.

—Lo sé. —Se mueve para darme un beso en la sien, en la mejilla, en la mandíbula—. Mina.

—Sí. —Una respuesta con la que le doy mi consentimiento.

Rylan procura estar lo más lejos posible de mí. Wolf es cambiante como el viento, a veces se muere por mí y otras me evita. Malachi es el único constante en este sentido.

Desearía poder creer que se debe simplemente a que me desea.

Si fuera cualquier otra persona, a lo mejor podría. Pero no lo soy. Soy la hija de Cornelius Lancaster, el último vampiro de estirpe de su linaje. Hasta hace un mes, yo era una anormalidad, una dhampira sin poderes. Mitad humana, mitad vampira y, de alguna manera, sin la magia que surge de esa combinación. Era totalmente inútil, salvo para servir a los planes maléficos de mi padre, que pretendía usarme como vientre que llenar con el vástago de otro vampiro de estirpe.

Ahora tengo poder, pero eso no me hace estar a salvo.

Si mi padre descubre que tengo no uno, sino tres vampiros de estirpe vinculados a mí, me usará para someterlos a su dominio. Aunque yo no quiera arrebatarles la libertad ni la fuerza de voluntad, mi padre estaría encantado de hacerlo con tal de aumentar su propio poder. Matarlo es una posibilidad, aunque no solucionaría el problema, porque tengo varios hermanastros que estarían más que dispuestos a ocupar su lugar.

Tenemos una oportunidad de evitar ser perseguidos hasta el fin de los días.

Tengo que convertirme en la heredera de mi padre.

La única forma de hacerlo es quedarme embarazada antes que cualquiera de mis hermanastros, lo cual no es sencillo, teniendo en cuenta que varios llevan intentándolo desde antes de que yo naciera. Por no mencionar que no sé cómo funciona la mezcla de sangre vampírica, humana y seráfica. Rylan afirma que es posible, e incluso probable, que pueda concebir rápidamente. Yo no lo tengo tan claro.

—Mina. —Los labios de Malachi me rozan el cuello—. Todo va a ir bien.

—No lo sabes.

—Bueno, igual que tú tampoco sabes que va a ir mal. —Me planta un beso—. Déjame hacerte sentir bien un rato.

Hacerme sentir bien. Probar de nuevo a dejarme embarazada.

Exhalo despacio. A este paso, no voy a parar de darle vueltas a la cabeza a menos que tome medidas drásticas.

—Muérdeme —le pido.

Malachi, gracias a los dioses, no duda. Hunde los colmillos en mi piel y, de repente, los pensamientos se desvanecen de mi mente. Me derrito contra él. Con cada succión el placer se me va acumulando en el cuerpo. Sí, esto. Esto es lo que más me apetece ahora mismo.

Alargo las manos a mi espalda y trato de bajarle los pantalones. Lo necesito dentro de mí, ya.

—Por favor —suplico.

Se aparta el tiempo suficiente para quitarme la camiseta y deshacerse de mis pantalones, y enseguida hace lo propio con su ropa. Sin demora, me coge en brazos y me lleva a un sofá que tenemos cerca. Es tan robusto como el resto del mobiliario de la casa, como si se hubiera diseñado para gigantes en lugar de para gente normal. Malachi me acomoda en él y se pone de rodillas frente a mí.

En esta posición, parece aún más grande de lo que realmente es. Hombros anchos que se van ciñendo en una cintura estrecha. Músculos lo bastante fuertes para poder romper paredes de hormigón de un puñetazo sin despeinarse. Cicatrices y marcas en su cuerpo que reflejan mi estado interior. Alargo una mano y la poso en la piel destrozada de la zona de su corazón, muestra de que alguien trató de arrancárselo. Aún no me ha contado esa historia. Tal vez nunca lo haga.

Aparto ese pensamiento de mi cabeza y le entierro las manos en el pelo. Es tan largo y oscuro como el mío, aunque un poco más ondulado.

—Te necesito —murmuro.

—Todavía no. —Me empuja con suavidad contra el sofá y me va dejando un reguero de besos por el cuerpo, bajando por el vientre, con la barba raspándome la piel extremadamente sensible por el mordisco—. Me muero de ganas de comerte, Mina.

Este. Este es el motivo por el que no termino de creerme que Malachi está a mi lado solo porque no le queda otra. Puede que estemos condenados a estar juntos, que llevemos atrapados desde el momento en que nos conocimos: primero en aquella vieja mansión, y ahora por el vínculo que nos une y que vibra entre nosotros con cada latido del corazón. Pero si se tratara solo del vínculo, Malachi se limitaría a follarme y punto. Tampoco me quejaría si así fuera.

Sin embargo, me da placer de muchísimas otras formas, a cada ocasión que se le presenta.

En concreto, le encanta comerme, casi tanto como yo disfruto de su boca.

Siento su respiración contra el clítoris y me estremezco.

—Bueno, si insistes.

Me sobresalto al notar movimiento detrás de él. Estaba tan centrada en Malachi que no he sentido a Wolf acercarse. Veo su silueta apoyada contra el marco de la puerta, el cuerpo esbelto vestido con su combinación habitual de pantalones oscuros, camiseta de un grupo de música del que jamás he oído hablar y tirantes. Me dedica una sonrisa salvaje.

—Habéis empezado a jugar sin mí.

Malachi no levanta la cabeza, y noto cada palabra que pronuncia contra mi piel caliente.

—Pues venga, vente.

2

Wolf se acerca de inmediato. Se quita la ropa despacio, contemplando el culo de Malachi, su espalda desnuda, mi cuerpo. Nos mira como si no tuviera claro si quiere comernos o follarnos. Por lo visto, esta noche voy a bailar con el riesgo, después de todo.

—Tantos juguetes y tan poco tiempo —dice.

Malachi lo ignora y me conquista con la boca, deslizando la lengua por entre mis pliegues, besándome el sexo con la misma meticulosidad con que me besa la boca. Se me escapa un gemido, y la última de mis preocupaciones se desvanece. Ya volverá cuando hayamos terminado. Le agarro el pelo con más fuerza y levanto las caderas. Es increíble, pero conozco a Malachi. Está a punto de ser todavía mejor.

Como si pudiera oír mis pensamientos, me muerde de nuevo, esta vez justo en el monte de Venus. Una oleada inmensa de placer me recorre todo el cuerpo, como si el primer mordisco hubiera servido para prepararme para este momento. Me corro con tanta intensidad que grito, doblándome hacia él. Me sujeta las caderas y me inmoviliza contra el sofá, y cada succión hace que mi orgasmo alcance nuevas cotas hasta quedarme sin voz.

Solo entonces me lame una última vez y levanta la cabeza.

Wolf aparece al instante, reclamando la boca de Malachi. Me quedo tumbada mirando cómo se besan, con una fiereza que debería asustarme pero que solo consigue ponerme aún más. No me pertenecen, da igual lo que opinen Rylan y el vínculo. No me pertenecen, pero en este instante casi los siento como míos.

Wolf tira de la cabeza de Malachi para atrás, le lame la mezcla de mi sangre y mis fluidos del labio inferior y se estremece.

—Exquisito.

—Tú primero. —Malachi se pone de pie y le empuja contra el sofá, a mi lado—. Chúpamela, ya que estás.

La sonrisa de Wolf es lobuna, haciendo honor a su nombre. Me recuerda de nuevo que estos hombres, Rylan incluido, tienen un pasado común que se remonta a siglos antes de mi nacimiento. Un pasado de amistad y de algo más, aunque en algunas ocasiones hayan tenido desencuentros de los que no me han hablado todavía.

La verdad es que hay muchas cosas que estos tres vampiros de estirpe no me han contado.

Sin embargo, no es momento para dejar que me invadan las preocupaciones. No cuando Wolf me pone a horcajadas encima de él y se agarra la erección. No duda en guiar su sexo a mi entrada. Estoy preparada, más que preparada, pero aun así tengo que aceptar toda su longitud y su tamaño con pequeños movimientos. Me agarro a sus hombros para ayudarme, y le miro a los ojos blanquecinos que ya están a punto de tornarse carmesí, como hacen cuando siente emociones fuertes... o cuando desata su poder.

Siento una palpitación en el clítoris, donde se acumula la sangre a petición suya para aumentar mi placer. Me quedo sin aliento y termino de hundirme por completo en él.

—Me encanta cuando haces eso —murmuro.

—Lo sé.

Malachi apenas espera a que Wolf esté completamente dentro de mí antes de inclinarse sobre el sofá y metérsela en la boca. Yo muevo las caderas mientras admiro cómo lo come, tan excitada que difícilmente soy capaz de pensar.

No va a correrse así. Últimamente nunca se corren en ningún sitio que no sea dentro de mí.

Dejo el pensamiento a un lado y me centro en montar a Wolf mientras usa su poder para concentrar mi sangre en mi clítoris y mis pezones. Me estremece tanto que casi duele, pero me aguanto el dolor con el mismo fervor con el que disfruto del placer. Necesito más. Siempre más.

Levanto la cabeza y veo a Malachi mirándome. No se detiene ni un instante, con los dedos enterrados en la cresta rubia de Wolf mientras continúa con ese ritmo severo que exige un tipo de sumisión que no sé si el otro es capaz de darle. Estos momentos me recuerdan que por muy cuidadoso que sea Malachi en ocasiones conmigo, es él quien tiene la sartén por el mango en nuestro cuarteto, no yo.

Como si sintiera mi cambio de humor, alarga una mano para cogerme por la nuca y acercarme con suavidad a Wolf.

—Bebe de él —me ordena.

—Pero...

—Hazlo, pequeña dhampira. —Su voz suena un poco jadeante mientras sigue moviéndose, pero tiene una mirada intensa clavada en mí—. ¿Cómo vas a volverte más fuerte si continúas evitándolo?

Eso me pregunto yo.

Lo peor es que ya me gustaba beber de ellos antes de que se estableciera el vínculo entre nosotros. El whisky está genial, pero la sangre de vampiro de estirpe es como un relámpago embotellado. El problema es que no sabemos qué efectos puede tener sobre el vínculo el hecho de que intercambiemos sangre. Lo único que sé es que mis ganas de beber de ellos, de los tres, son tan intensas que no pueden deberse solo al placer que me provoca hacerlo.

—Pero...

Wolf toma la decisión por mí. Saca un puñal de no sé dónde y se hace un corte por toda la longitud de su cuello. La sangre borbotea y, antes de que pueda pensármelo dos veces, llevo la boca a la herida.

Hacerlo con Wolf es alucinante.

Hacerlo con Wolf mientras bebo de su sangre es como pasar de dos dimensiones a tres. Me saltan chispas en todas y cada una de las terminaciones nerviosas, incluso en algunas que no estoy nada segura de que existan en el mundo físico. Su poder me inunda mientras me coge de las caderas y me embiste. Es impresionante. Demasiado. Trato de contenerme, de hacer que dure; sin embargo, mi autocontrol brilla por su ausencia en lo que respecta a estos hombres. Llego al orgasmo de nuevo y chillo contra su piel, aún sintiendo su sangre en la lengua.

Termina a la vez que yo y me hunde los dedos en la piel con tanta fuerza que seguro que me salen moratones... al menos durante unos minutos, antes de que mi capacidad de regeneración se ocupe de ellos.

Solo cuando alguien me levanta del regazo de Wolf me doy cuenta de que Malachi se ha salido de su boca. Y entonces entra en mí, penetrándome poco a poco. No tengo tiempo de recuperarme, de cambiar de posición, de hacer otra cosa que no sea aceptarle dentro. Apoya una mano en mi cadera y la otra en el sofá al lado del hombro de Wolf, y entonces me embiste contra el pecho de este último.

El otro me agarra el pelo y tira un poco de él para que ladee la cabeza y deje el cuello expuesto. No me avisa antes de morderme. Me corro al instante, ya excitada por todo lo que hemos estado haciendo hasta ahora. Solo que el muy cabrón no para. Sigue succionando al ritmo de los empellones de Malachi, llevando el orgasmo a otro nivel.

Mi cuerpo cede antes que ellos.

Me desplomo sobre Wolf, inmovilizada entre ambos cuerpos mientras llegan al clímax. Wolf me lame el cuello, y la sensación abrasadora que deja allá por donde pasa me revela que ha usado su propia sangre para curar las marcas del mordisco. Malachi me acomete con fuerza y maldice entre dientes cuando me llena.

Igual esta es la buena y me quedo embarazada.

Sé que ese es el objetivo, pero una parte de mí no puede evitar desear que tardemos un poco más. Menuda egoísta estoy hecha. Ya me sentiré mal por haberlo pensado más tarde; ahora mismo no tengo energías para nada que no sea estar tumbada sobre el pecho de Malachi y volver a aprender a respirar.

Esto debería bastarme. Tengo a mi lado a dos vampiros tremendamente sexis que acaban de darme placer a base de bien. Los ecos del último orgasmo aún me recorren el cuerpo. Querer más, ansiar más, es egoísta en extremo.

Desear a Rylan es la mayor insensatez posible.

Cierro los ojos y, sin siquiera intentarlo, lo siento al final de nuestro vínculo. Está lejos, recorriendo un círculo alrededor de la casa. Puede que lo odie, pero mis poderes mágicos, mi cuerpo, lo anhelan con una fuerza nefasta.

Ojalá hubiera alguien con quien pudiera hablar de los serafines. No sabía de su existencia hasta hace un mes, y el único de los tres vampiros que parece saber algo es Rylan. Por desgracia, no suelta prenda. Más bien, no le interesa comunicarse conmigo de ninguna manera que no sea con un silencio gélido o comentarios mordaces. Detesta a los serafines, lo cual significa que cualquier información de la que disponga está contaminada por ese sentimiento. Puede que sea algo justificado, pero eso no lo hace útil en modo alguno.

Si algún serafín sigue con vida, si se esconde bien, no puedo confiar en encontrar la aguja en el pajar, sobre todo cuando ni siquiera sé si existe. No, no hay ninguna solución fácil. Voy a tener que apañármelas como buenamente pueda.

Malachi sale despacio de mí y se deja caer en el sofá a nuestro lado. Una leve capa de sudor brilla en su piel, y aun con lo agotada que estoy, me gustaría lamérsela. Dioses, nunca tengo suficiente con ellos.

Nos observa y esboza una de esas sonrisas lentas suyas.

—Estáis hechos un desastre —comenta.

—Por tu culpa —repongo, incorporándome lo suficiente para llevar los dedos a la sangre que me cubre el pecho por haber estado restregándome contra Wolf. Ya está medio pegajosa—. Por vuestra culpa, más bien.

Wolf se estira debajo de mí, elevándonos unos centímetros por encima del sofá.

—Diría que pretendía tener más cuidado con el puñal, pero...

—Estarías mintiendo —termino por él. A pesar de todo, me sorprendo sonriéndole.

—Eso es. —Me recorre de arriba abajo con los ojos blanquecinos—. Además, te queda bien mi sangre. Deberías ponértela más a menudo.

Parpadeo. Juraría que está de broma, pero me mira con una expresión que no es para nada burlona. Acabamos de acostarnos y me mira el cuerpo como si quisiera limpiármelo con la boca.

—¿Wolf? —No pretendía decir su nombre con tono de pregunta, pero ocurre de todas formas.

—Puedes con más, ¿verdad, amor?

—Wolf. —Malachi, en cambio, pronuncia su nombre con un tono cuidadosamente inexpresivo mientras nos observa con detenimiento. No me queda claro si pretende alentarlo o disuadirlo.

Él sonríe, dejando a la vista los colmillos. Cuando nos conocimos, creía que era la falta de autocontrol la que lo llevaba a hacer ese gesto. Ahora sé que es una expresión marca de la casa. Quiere mostrar los colmillos y lo hace, tan simple como eso. Me rodea los pechos con las manos y pasa los dedos por la sangre que me cubre la piel.

—No te hagas el timorato, Malachi. Los dos sabemos que nada te gustaría más que pasar un mes entero dentro de ella, llenándola una y otra vez hasta plantarle un bebé en el vientre. —Baja la voz para hablar con un evidente tono de seducción—. Te vuelve loco saber que yo también me la tiro, ¿verdad? Que yo podría ser quien la dejara embarazada del vástago que la haría heredera.

—Ya basta.

—¿Tú crees? —Wolf me pellizca ligeramente los pezones—. Malachi, tan tranquilo y comedido, con todo siempre bajo control. —Se ríe—. Menudo pedazo de mentiroso estás hecho. Puede que ella te crea, pero yo sé la verdad.

Se respira tensión en el ambiente, una tensión abrumadora que no tiene nada que ver con el sexo. No, hay una amenaza de violencia en el aire.

—Ya basta —digo, repitiendo las palabras de Malachi.

—¿Serías capaz de matarme para tenerla solo para ti? —Wolf no ha parado de tocarme, aunque centra toda su atención en el otro vampiro. Yo podría perfectamente ser una taza de té que usa para mantener las manos ocupadas—. ¿Tirarías por la borda lo nuestro por ella?

Malachi aún no se ha movido. No parece siquiera que esté respirando.

—¿Y tú? —replica.

Y así como si nada, Wolf se relaja al fin y esboza una sonrisilla.

—El tiempo lo dirá, ¿no?

Mi deseo se ha esfumado por completo. Con vínculo o sin él, por encima de todo soy una persona y están hablando delante de mí como si fuera un juguete que no les apetece compartir.

—Suéltame. —Cojo las muñecas de Wolf y le aparto las manos de mis pechos. Él me lo permite, aunque más le vale. No estoy segura de lo que haría si siguiera tocándome mientras estoy así de enfadada—. Se acabó.

—Mina...

—No. —Me pongo en pie como puedo y señalo a Malachi—. Tampoco quiero hablar contigo. Voy a darme una ducha y después me iré a la cama. Sola. —No doy ni dos pasos antes de que la rabia se apodere de mí y añada—: No sé si lo que os hace falta es daros de hostias o follar para solucionar vuestros problemas, pero es evidente que yo aquí sobro. Buenas noches.

Ninguno de los dos pronuncia una palabra mientras me marcho de la habitación. Claro que no. No me necesitan para seguir discutiendo sobre quién la tiene más grande. No me necesitan para nada importante.

Salvo que, ah, sí, yo soy el motivo por el que pudieron al fin romper el conjuro de sangre que durante décadas tuvo atrapado a Malachi en aquella mansión.

Y mi vientre es lo que va a destronar a mi padre y a permitirles vivir sin que les persiga él ni ninguno de los suyos.

Pero todo eso da igual. A pesar del vínculo, no estoy segura de que me vean como algo más que una herramienta para conseguir sus propósitos. Incluso Malachi se delata cuando se pone así de bravucón por mí, como si yo no fuera nada más que un trozo de carne que le pertenece.

A nadie le importa una mierda lo que yo quiera.

3

Entro con paso firme en el dormitorio que he reclamado como mío. La mayoría de las noches, Malachi me acompaña. Wolf pasa aquí la mitad del tiempo también, pero Rylan no. Rylan nunca. Él es el único que no parece tener ningún interés en mí, lo cual debería irritarme, aunque ahora mismo me resulta casi un alivio.

Como si mis pensamientos lo hubieran invocado, las cortinas ondean en la ventana y de repente aparece, una silueta oscura perfilada por la luz de la luna llena en las sombras de la habitación. Aunque la negrura lo envuelve, sé que está desnudo. Siempre lo está cuando recupera su forma humana.

Me quedo petrificada, forzando a mis pies a mantenerse quietos ante la abrumadora necesidad de acercarme a él. De pasarle las manos por el pecho desnudo y frotar tanta piel como pueda contra la suya, de dejarlo entrar en mí y montarlo hasta que los dos estemos sudorosos y saciados.

Es cosa del vínculo. Sé que lo es.

El sentimiento en mi pecho ya no es solo un impulso, es un vendaval que amenaza con hacerme perder el equilibrio. Doy un paso tambaleante hacia él.

—¿Qué estás haciendo aquí?

—No... no he sido capaz de mantenerme alejado. —Suena como si estuviera hablando entre dientes—. Lo he intentado, te lo aseguro.

Mi cuerpo me obliga a acercarme otro paso. Es como si hubiera algo habitando en mi piel, una fuerza a la que no me puedo resistir; no sé ni cómo empezar a intentarlo. Me agarro al piecero de la cama.

—Vete. No... —La necesidad que siento en el pecho aumenta—. No puedo controlarlo.

—No puedo irme. No me lo permite. —Pronuncia las palabras con rotundidad, como si estuviera declarando una sentencia de muerte.

Solo entonces me doy cuenta de que está temblando. Se esfuerza en resistirse tanto como yo. Mis dedos sueltan el piecero casi inconscientemente mientras doy unos cuantos pasos inestables más hacia él.

—Odio esto —mascullo.

Rylan me agarra por los codos, y ya solo ese contacto basta para atenuar un poco la magia que me apremia.

Suelto una exhalación temblorosa.

—Lo siento.

—Deja de decir eso —replica, agarrándome con más fuerza—. Deja de pedirme perdón, joder.

Su rabia no debería tranquilizarme. No debería hacerme sentir que se está tendiendo un puente entre ambos, una experiencia compartida que ninguno de los dos quiere. No puedo evitarlo. Apoyo la frente contra su pecho y cierro los ojos.

—Supongo que hay límites también en este sentido —comento—. No puedes alejarte demasiado de mí y tampoco podemos pasar mucho tiempo sin... esto.

—Pídeme que pare y encontraré la manera.

Abro los ojos e inspiro hondo.

—Los dos saldremos malparados si lo haces.

—Da igual —dice con la mandíbula apretada—. Wolf puede causarme daños lo bastante graves para que la regeneración requiera de todas mis fuerzas. Con eso ganaremos tiempo.

Parpadeo.

—¿De verdad prefieres eso?

No sé cómo tomarme que prefiera que lo mutilen antes que acostarse conmigo, pero tampoco es que me muera de ganas de acostarme con él. Aun así...

Los músculos de Rylan se tensan bajo mis palmas. No recuerdo haber puesto las manos en su pecho. Maldice entre dientes.

—No, no lo prefiero. No me siento a gusto con el tema del vínculo, ni contigo, pero eso no cambia el hecho de que te deseo. Follar contigo no me supondría ningún sacrificio, Mina.

—Ningún sacrificio... —murmuro, y suelto una risa áspera—. Lo es si no lo estamos eligiendo.

—Pídeme que pare y encontraré la manera —repite.

Ese es el problema: no quiero que pare. Podría culpar al vínculo, pero lo cierto es que me he sentido atraída por Rylan desde la primera vez que lo vi. Lo he odiado, le he tenido tirria, pero ninguno de esos sentimientos ha bastado para reprimir el puro deseo que me asola cada vez que estamos demasiado cerca.

—No voy a pedirte eso —susurro. Ni siquiera sé a cuál de las opciones me estoy refiriendo.

Rylan no pregunta.

Tira de mí hasta pegar nuestros cuerpos y conquistar mi boca. Apenas se le puede llamar «beso» a esto; resulta más bien una acometida que estoy más que dispuesta a contestar. Es lo que necesito. Si tenemos que hacerlo, lo haremos a nuestra manera. Con rabia. Al borde de la violencia.

Le doy un fuerte empujón y él se gira lo justo para darse

contra la pared en lugar de caer por la ventana abierta. El impacto nos hace temblar a los dos. Pero no es suficiente. No lo es en absoluto. Cada vez que miro a mi alrededor me acuerdo del poco control que tengo, de hasta qué punto estoy a merced de poderes que me superan. Estos vampiros, el vínculo..., incluso mi padre. Todos tienen poder menos yo.

Solo quiero olvidar.

Rylan me da la vuelta y me agarro como puedo al alféizar para no perder el equilibrio. No tengo tiempo para recuperarme cuando él, de mala manera, me abre las piernas con las suyas. De repente siento su enorme erección en mi entrada y me empieza a penetrar. Es casi demasiado grande para que me quepa, incluso después de haberlo hecho con Malachi y Wolf. Pero no le importa. Y a mí tampoco. Me inclino hacia atrás para ayudarlo a entrar en mí.

—Más —pido.

Sus manos acaban en mis caderas, y un dolor punzante me sobresalta. Me giro para descubrir que las puntas de sus dedos han... cambiado. Se han convertido en garras.

—¿Rylan?

—Lo siento —masculla—. No puedo controlarlo.

Vacila, pero a mí en realidad me da igual que ocurra.

—No pares —le exijo.

Rylan me toma la palabra y empieza a embestirme. Cada empellón alivia una capa de presión creada por el vínculo. No me había dado cuenta de hasta qué punto su ausencia me estaba lastrando, no hasta estar lo suficientemente cerca de él, con su cuerpo invadiendo el mío. El alivio me embelesa, lo cual no hace sino avivar mi rabia.

—Más fuerte —reclamo.

Sus garras se hunden aún más en mí, intensificando el dolor, y luego obedece. Lo hace de una manera que solo podría describirse como violenta, pagando sus frustraciones con mi cuerpo más que dispuesto.

Porque estoy más que dispuesta a aceptarlo.

Yo no he elegido el vínculo, pero sí elijo esto.

El placer en lugar del dolor.

Echo un vistazo a los terrenos que rodean la casa. Una arboleda cerca la propiedad, dándonos la impresión de estar aislados del resto del mundo. En lo alto, la luna es el único testigo de lo que hacemos en la oscuridad. El placer se va acumulando con cada empellón de Rylan. Es tan increíble que me gustaría que no acabara nunca.

Pero él tiene otra idea.

Me envuelve la cintura con un brazo y me aparta de la ventana para llevarme a la cama. Veo un destello de sus garras ensangrentadas y, por razones en las que no quiero detenerme, me contraigo a su alrededor. Rylan gruñe y sale de mí para darme la vuelta y empujarme contra el colchón.

La única otra vez que lo hicimos, se mantuvo al margen durante casi todo el acto. Era algo así como el director de orquesta, supervisándolo todo para asegurarse de que mis poderes despertaran y rompieran el conjuro de sangre. Incluso cuando entró en mi boca, se contenía y mantenía el control. Ahora ese control ha desaparecido por completo.

Me cubre con su cuerpo, me sujeta las muñecas con las garras.

—No puedo parar —dice.

—No lo hagas.

Levanto las caderas para alinearme con él. Cuando me penetra de nuevo, los dos soltamos sendas exhalaciones temblorosas. Pero esto no basta. Lo he sabido desde el principio. Ladeo la cabeza.

—Muérdeme.

—Mina... —En sus labios, mi nombre suena como una bendición y una maldición al mismo tiempo.

Me muerde con la rapidez de una cobra, y demasiado profundo. Me doy cuenta en el instante en que me clava los colmillos. Son más grandes de lo habitual, más afilados. Dientes de depredador hechos para desgarrar y despedazar.

Mierda.

Esto no está bien.

La punzada de miedo se ve superada al instante por el placer de la mordedura. Me corro intensamente, rodeándole la cintura con las piernas en un intento por tenerlo más cerca, más dentro, por hacer que esta oleada de placer no se acabe. Él continúa moviéndose al borde del frenesí, con la boca acoplada a mi cuello. Mi sangre brota libremente, demasiado, pero no consigo que me importe. No ahora que está tan cerca del límite.

Sus empellones dejan de ser rítmicos y me usa para correrse. Oigo gritos a lo lejos, aunque tampoco me importan demasiado.

Al menos hasta que Rylan levanta la cabeza y gruñe. El sonido que emite es excesivamente animal y profundo para haber salido de su garganta. De hecho, ahora parece mucho más corpulento todavía, como si su ya fornida complexión hubiera adquirido masa muscular sin que yo me diera cuenta.

Continúa embistiéndome casi con desidia, pero sus ojos, ahora plateados por completo, se fijan en algo más allá de la cama. Empiezo a girar la cabeza, aunque me detengo cuando noto un dolor tan intenso que me deja sin aliento.

Entonces Rylan se vuelve de nuevo hacia mí, hacia mi cuello, y se relame. Tiene la mitad de la cara cubierta de sangre. Todo está cubierto de sangre: él, yo y la cama. Es demasiada sangre hasta para mí.

—¡Rylan! —brama Malachi tan fuerte que siento que me retumban incluso los huesos.

Rylan se sacude. Está moviéndose de forma extraña, casi como si no estuviera a gusto en su cuerpo. Despacio, muy despacio, me suelta una muñeca y se corta el cuello con la garra. Su sangre se mezcla con la mía sobre mi piel, pero no consigo que mi cuerpo obedezca la orden de levantar la cabeza y beber.

Algo parecido al pánico se refleja en su cara.

—Mierda —murmura.

—¡Dale de beber ya, idiota! —Ese es Wolf. Suena casi... preocupado.

Rylan me coloca con cuidado la mano bajo la cabeza, con las garras enredándose en mi pelo, y me la levanta mientras se agacha. Mis labios tocan su cuello, y una sensación ardiente se desata en mi lengua. Con un trago sería capaz de aferrarme a él, no tan bien como él con sus colmillos, pero lo suficiente para beber sin problemas. Con cada sorbo de sangre mi mente se despeja. Juraría que puedo sentir como mi cuerpo se regenera poco a poco: músculos, venas y piel.

Dioses, me ha dejado hecha una mierda.

Vuelve a estar duro dentro de mí, y empieza a retirarse, pero le clavo los talones en la parte baja de la espalda. Me las arreglo para alzar la cabeza lo justo para decir:

—Solo un poco más.

Puede que sean imaginaciones mías, pero Rylan emite un sonido que casi parece cargado de alivio.

—Por supuesto.

Me suelta un poco la cabeza y se mueve contra mí, dentro de mí, con parsimonia mientras bebo de él.

Esta vez, cuando llego al orgasmo, es menos intenso, casi tierno, y Rylan me sigue de inmediato. Sale de mí despacio, pero no se aleja. Estoy temblando. O quizá sea él quien lo hace. No sabría decirlo.

Malachi y Wolf se acercan corriendo a nosotros. Malachi

aparta a Rylan y le rodea el cuello con una mano enorme y una mirada asesina en los ojos. Trato de incorporarme, pero Wolf se coloca detrás de mí en la cama y me acerca a él entre sus piernas para dejarme tumbada sobre su pecho. Tiene un puñal en la mano y se lleva la hoja al antebrazo.

—Necesitas más —afirma.

—Malachi. —Mi voz suena áspera. No tengo claro si es a causa del sexo o de las heridas que me ha causado Rylan, pero me da igual—. Suéltale ahora mismo.

—Ha estado a punto de matarte.

—¡Que le sueltes! —Mis palabras parecen envueltas en un poder desconocido que hace que sienta chispas en la lengua. Sale de mis entrañas y se dirige a Malachi como una flecha.

Él baja la mano, como si le quemara. Rylan retrocede un paso, tambaleándose, y choca de espaldas contra la pared. Está hecho una mierda. Yo me siento como una mierda también. Mañana me preocuparé por lo cerca que hemos estado del punto de no retorno, le daré vueltas a la cabeza para ver cómo equilibrar el vínculo de manera que no vuelva a ocurrir, haré un montón de cosas. Mañana.

—Largo de aquí —escupo.

—Mi pequeña dhampira...

—Que te pires.

Malachi vacila, tratando de oponerse a la orden. Ya me arrepentiré de esto mañana también. Cierro los ojos para no tener que verle marcharse de la habitación, casi consiguiendo no sobresaltarme cuando suena un portazo tras él.

Wolf cambia de posición detrás de mí y abro los ojos.

—También estoy enfadada contigo —le dejo claro.

—Cabréate luego, ahora necesitas esto.

Ignoro su insólita seriedad y me centro en Rylan.

—Siéntate antes de que te desplomes.

—¿Es una orden? —Su pregunta apenas tiene un deje de frialdad, otra muestra más de lo fuera de sí que se encuentra ahora mismo.

Me recuesto contra Wolf a pesar de todos mis esfuerzos por mantenerme incorporada. Dioses, tiene razón. Necesito más sangre. Estoy mareada y siento como si todo estuviera demasiado lejos.

—¿Prefieres desmayarte antes que tragarte el orgullo? Tú mismo —replico.

Wolf acerca su antebrazo a mis labios.

—Bebe.

Obedezco, chupando su sangre con avaricia. No sé si se debe a que el poder de su estirpe controla la sangre o a que simplemente me empiezo a sentir mejor, pero noto con claridad cómo me regenera. Succiono un par de veces más y luego le aparto.

—Ya es suficiente.

—No, no lo es. —Los brazos de Wolf se tensan a mi alrededor como si se estuviera planteando sujetarme para inmovilizarme, pero al final los deja caer.

Me arrastro al borde de la cama y me pongo de pie con las piernas temblorosas. Aun con la sangre de Rylan y de Wolf recorriéndome el cuerpo, voy a tardar bastante en estar bien. Pero estoy viva y puedo andar, y eso me basta.

Me acerco renqueante a Rylan, y me detengo justo donde no puede tocarme. Por primera vez desde que se estableció el vínculo, no lo siento. Sé que no va a durar, ahora lo tengo claro. Pero aun así pienso disfrutar de este respiro.

Por su parte, él parece tan conmocionado como yo. Su cuerpo ha vuelto a la normalidad: colmillos de vampiro, manos de humano, sin garras a la vista. Vacilo antes de hablar.

—¿Estás bien?

Esboza una sonrisa carente de alegría.

—Debería hacerte yo esa pregunta. —Sus ojos se quedan unos segundos fijos en mi cuello. No le conozco lo suficiente como para interpretar su expresión, pero es casi afligida—. El puto vínculo... Yo nunca pierdo el control, desde luego no así.

—Estoy bien —le aseguro, pero mi tono ronco amenaza con revelar la mentira. Me toco con mucho cuidado la piel recién curada del cuello—. Mañana no tendré ni una marca.

—Mina...

Dejo caer la mano. No quiero que se disculpe. No tengo claro que sea eso lo que pretende, pero no le doy la oportunidad.

—Venga, tenemos que limpiar —digo. La cama está hecha unos zorros, con sangre empapando todo el colchón. Con solo cambiar las sábanas no va a ser suficiente. Me dirijo a Wolf—: ¿Te importa ventilar la habitación de invitados? Creo que, aparte de las sábanas que compramos la última vez, nos quedan algunas sin usar.

Las sábanas siempre están en nuestra lista de la compra. No solo porque la sangre es difícil de quitar, sino también porque suelen acabar hechas trizas cuando los juegos sexuales se nos van de las manos.

Sus ojos blanquecinos nos miran a Rylan y a mí, alternativamente. Al fin, se baja de la cama y hace una reverencia muy teatral.

—Como la dama ordene.

—No era una... —Desaparece del cuarto antes de que llegue al final de la frase. Suspiro—. No era una orden.

—Lo que tú digas —replica Rylan, que sigue sin sonar como de costumbre. El tono frío y distante al que me tenía acostumbrada, y que había terminado resultándome reconfortante, aún brilla por su ausencia. Ni siquiera opone resistencia cuando le ayudo a ir al baño.

Apenas puedo mantenerme en pie, siento el cuerpo totalmente exhausto, pero me parece importante hacer esto. Los motivos, ahora mismo, me dan igual, prefiero seguir mi instinto, así que abro el grifo y espero a que el agua se caliente. Después ayudo a Rylan a ponerse debajo de la ducha.

De nuevo, no opone resistencia, se limita a meterse dentro, aunque me agarra la mano y tira de mí para que entre detrás de él. Ninguno de los dos habla: él no dice nada mientras le limpio la sangre del pecho y del cuello, y yo no hago comentarios sobre cómo se apoya en mí, revelándome que está mucho peor de lo que ha intentado hacerme creer.

Para cuando terminamos, apenas soy capaz de mantener los ojos abiertos.

Curiosamente, no me sorprende lo más mínimo encontrar a Wolf y Malachi esperándonos fuera de la ducha. El primero me envuelve con una toalla y me coge en brazos para sacarme de la habitación a paso rápido.

Aunque no lo bastante rápido como para evitar oír las palabras que Malachi le susurra a Rylan:

—Te lo dije.

4

Me despierto con el murmullo de unas voces. Los tres hombres están en la habitación de al lado, hablando en voz baja. Me doy la vuelta hasta quedarme bocarriba y abro los ojos para contemplar la oscuridad de la habitación. Sería tan fácil cubrirme la cabeza con las sábanas y fingir que lo de anoche no pasó... No quiero pensar en todas las implicaciones que tiene. Incluso si pusiéramos medio planeta de distancia entre nosotros, el vínculo nos carcomería hasta...

¿Podría matarnos?

No me había planteado que pudiera suceder antes de que un impulso me arrastrara hacia Rylan. Antes de que lo empujara a olvidarse de sí mismo hasta cambiar parcialmente de forma.

Podría dejar que los vampiros se encargaran de lidiar con este desastre. Son más longevos y más poderosos que yo. Soy una idiota por pensar que podía estar a su mismo nivel ante lo que se avecinaba. Con independencia del vínculo, ellos siempre serán más fuertes, más poderosos.

Si me escondo, seguiré siendo un peón toda mi vida, por muy corta o larga que sea. Los dhampiros vivimos más que los humanos, pero no somos inmortales como los vampiros. No tengo ni idea de cuál es la esperanza de vida de un serafín.

Conforme pasa el tiempo, la lista de lo que desconozco parece hacerse más larga en lugar de reducirse.

Me incorporo y suspiro. No hay nada que pueda hacer. Lo fácil no es lo correcto, y me he esforzado demasiado por conseguir algo parecido a la libertad como para delegar la toma de decisiones en otras personas. Puede que sean más poderosos, pero yo soy el ojo de este huracán.

Con un último suspiro, salgo de la calidez de la cama y me pongo lo primero que pillo de ropa: una de las camisas de Malachi. Ha renovado el armario un poco desde que nos marchamos de la mansión, pero sigue decantándose por camisas que parecen sacadas de novelas románticas de época. Me gustan. Mucho. Me sumerjo en la tela blanca, y el olor a tabaco y a clavo me resulta casi tan reconfortante como cuando me envuelve entre sus brazos.

No se me ha pasado el enfado por lo de anoche. Me irrita sobremanera querer que me consuele cuando estoy cabreada con él. Inhalo una vez más, dejando que mis emociones se desvanezcan. Por muy tentador que sea esconderme de la realidad, sé demasiado bien que, si lo hago, me acabará explotando en la cara cuando menos me lo espere. Es mejor coger el toro por los cuernos.

No han parado de hablar, pero sus sentidos agudizados les permiten saber que estoy despierta y dando vueltas. Salgo descalza del cuarto de invitados, recorro el pasillo y entro en la sala de estar, donde tienen la chimenea encendida.

Rylan está de pie al lado de la ventana; la luz del alba le resalta las facciones. Se le ve tan cansado como yo, con las mejillas demasiado hundidas en ese rostro suyo tan bello. Wolf está despatarrado en uno de los sillones. Tiene una pierna colgando de uno de los reposabrazos, como si fuera un rey esperando a que vengan los bufones a entretenerlo. Malachi está sentado en el sofá, con los codos apoyados en los muslos. Los tres me miran con distintos grados de cautela.

Me detengo.

—Tenemos que hablar de lo de anoche.

Malachi alarga una mano y me hace un gesto para que me siente con él en el sofá. Casi obedezco por pura costumbre, de hecho incluso doy un paso en su dirección, pero de repente los recuerdos de la noche anterior me vienen a la mente una vez más: la cara que tenía, como si estuviera a punto de matar a Rylan, y la forma en que lo obligué, mediante mi magia, a abandonar la habitación en contra de su voluntad.

No sé si es el sueño lo que me nubla la mente o si la situación empieza a resultarme tan estresante que ya no doy para más. Ahora mismo necesito mantener la calma y la compostura, una tarea que se me antoja imposible, porque con cada respiración siento que me ahogo, que tomo bocanadas de agua en lugar del aire que tanta falta me hace.

Me dejo caer sobre el sillón libre. Un destello de decepción asoma al rostro de Malachi, pero desaparece tan deprisa que estoy casi segura de que ha sido una ilusión causada por la luz del fuego. Recojo las piernas y me las envuelvo con los brazos.

—Se nos ha ido de las manos —empiezo—. No sé controlar el vínculo, así que estáis en peligro.

Wolf exhala una risa leve.

—No éramos nosotros los que nos estábamos desangrando anoche.

Rylan se estremece, un movimiento apenas perceptible que advierto con el rabillo del ojo. Lo ignoro.

—Eso fue culpa mía —replico—. O, más bien, del vínculo. Jamás se habría salido tanto de madre si no existiera, si no nos arrebatara el control sobre nuestro propio cuerpo.

—Fue culpa de Rylan —interviene Malachi. A simple vista parece relajado, pero tiene cara de querer romper algo—. Sabía que era arriesgado tratar de resistirse a la cercanía que el vínculo exige. Ha puesto tu vida en peligro.

—Ya basta.

—Tiene razón —dice Rylan, arrastrando las palabras—. Conocía los riesgos.

Por fin me decido a mirarlo. Aun ahora, con el vínculo satisfecho, siento la urgencia de atravesar la habitación y besarle la piel. Me aclaro la garganta.

—Yo también sabía que rehuirnos estaba afectando al vínculo.

—No podías saber lo que eso implicaba realmente.

Ya he tenido suficiente. Los observo uno por uno con el ceño fruncido.

—No soy una niña, no necesito que nadie tome decisiones por mí ni que cargue con la responsabilidad de mis actos. Puede que no conociera las características concretas del vínculo, pero tres de nosotros cuatro nunca antes habíamos tenido contacto con un serafín. Ninguno habíamos experimentado hasta ahora la magia seráfica. Por tanto, es normal que cometamos errores.

—Casi te desgarra la garganta —repone Malachi, mirándome como si quisiera cogerme y meterme en una jaula. Todo por mi seguridad, claro.

No voy a ganar esta discusión. Lo veo claro en las expresiones de todos ellos. No me esperaba esta seriedad por parte de Wolf, pero lo cierto es que últimamente me ha sorprendido bastante. O quizá su instinto de supervivencia es más fuerte que su indocilidad. Nadie sabe con certeza qué ocurrirá si me muero, pero todos nos imaginamos que bueno no será.

Creo que es mejor dejarlo estar por ahora y retomar el tema

cuando tenga un argumento lo bastante sólido como para que exista la posibilidad de que me escuchen.

—Se os veía muy nerviosos cuando he llegado —comento. De repente, todos parecen tener otras cosas en la estancia en las que fijarse en lugar de mirarme a mí. Me saltan todas las alarmas—. ¿Nos han vuelto a encontrar?

—No, estás a salvo.

—No le mientas, Malachi. No está a salvo. Ninguno lo estamos. —Rylan observa el paisaje por la ventana como si estuviera a punto de desnudarse y transformarse en un animal para poder huir lo más rápido y lejos posible de esta conversación.

Si los secuaces de mi padre no nos han encontrado y no se trata de lo de anoche... ¿Qué otra cosa podría ir mal? Echo un vistazo a los demás, y fijo la mirada en Wolf. Los otros dos son capaces de mantener la boca cerrada indefinidamente si deciden que es mejor que no sepa nada. Él no.

—Dímelo.

—Yo...

—Wolf —le advierte Malachi, aunque hacer eso con Wolf es como agitar una bandera roja delante de un toro.

Él se ríe y se despatarra aún más en el sofá.

—Nada grave, amor. Solo estábamos debatiendo posibles maneras de romper el vínculo seráfico sin acabar todos muertos en el intento.

La posibilidad me deja sin aliento. Me recuesto en el respaldo del sillón, sintiendo como si mis piernas de repente no tuvieran huesos.

—¿Eso se puede hacer?

—Probablemente no —contesta Rylan con amargura, sin apartar la vista de la ventana—. Si se pudiera, la gente lo sabría.

Wolf pone los ojos en blanco.

—Como te he dicho antes, los serafines eran prácticamente una leyenda para la mayoría de la gente hasta que ha ocurrido esto. Que tú no hayas oído hablar de una forma de hacerlo no significa que no sea posible.

Me invade algo parecido a la emoción.

—¿Cómo lo hacemos? —pregunto. Si hay un modo de deshacer el vínculo, entonces aún tengo la oportunidad de ser libre—. ¿Qué sabéis?

—Qué ganas tienes de librarte de nosotros —comenta Wolf, riéndose de nuevo, un sonido agudo y demente que hace que se me erice el vello de la nuca. Pone un pie en el suelo y se endereza—. Conozco a un tipo.

—Conoces a un demonio —le corrige Malachi. Mantiene la expresión neutra, procurando no revelar nada en absoluto.

Parpadeo. Espero a que alguien se ría y me explique la broma, pero nadie lo hace. Todos me miran con rostros devastadoramente serios.

Un demonio.

Los demonios existen.

No sé por qué me sorprende. Los serafines son, al menos según varias religiones humanas, los homólogos divinos de los demonios. Teniendo en cuenta lo que les han hecho a otras criaturas sobrenaturales, quizá los demonios sean seres adorables y altruistas. Me aclaro la garganta con la intención de que mi voz no suene como si mi mundo se hubiera vuelto a poner patas arriba.

—¿Los demonios son de fiar?

Wolf suelta otra de esas risas maniáticas.

—Son demonios, amor. Los pactos demoniacos tienen esa fama por algo. Son un recurso extremo para los desesperados.

—Ah. —Aprieto los labios—. Bueno, nosotros estamos desesperados. ¿Cómo nos ponemos en contacto con el demonio?

Rylan frunce el ceño.

—¿Lo dices en serio?

—Claro que lo digo en serio. Sé que piensas que soy un monstruo que quiere poneros una correa, pero yo no he elegido este vínculo más que vosotros tres. Si es posible que desaparezca, entonces aún tengo una oportunidad de ser realmente libre.

—Mina. —Odio las reservas con las que habla Malachi, que me estudia con esos ojos suyos tan oscuros—. Incluso en el caso de que tu padre no sepa ya que eres en parte serafín, te perseguirá hasta que uno de los dos esté muerto. No entra en sus planes dejarte escapar. No se lo puede permitir.

Porque si yo, una dhampira bastarda supuestamente sin poderes, puedo escapar, entonces cualquiera puede hacerlo.

Sé que Malachi tiene razón y lo odio. Respiro hondo.

—Cruzaremos ese puente cuando lleguemos a él. Ahora la prioridad es encargarnos del vínculo.

Wolf también me mira con atención. Su sempiterna mueca burlona da paso a un rostro serio.

—El precio que hay que pagar en los pactos con demonios siempre es muy alto —señala.

No digo que me muera de ganas de pagarlo, y mucho menos sin saber cuál es.

—No pienso descartar ninguna opción hasta que la hayamos contemplado íntegramente —contesto.

Malachi tiene pinta de querer discutírmelo, pero Wolf ya se ha puesto en pie de un salto.

—Veré qué puedo hacer.

—¿Ahora?

—No dejes para mañana lo que puedas hacer hoy —suelta, y se marcha de la habitación sin mirar atrás.

Conociéndolo como lo conozco, puede que vaya directo a su destino o que algo le distraiga por el camino y desaparezca unos cuantos días para acabar volviendo sin acordarse siquiera de sus intenciones iniciales. Wolf es tan indómito como el animal que le da nombre y diez veces más impredecible.

Rylan se dirige a la puerta también y afirma:

—Esto no va a funcionar.

—Rylan. —Malachi no se mueve, pero lo sigue con la mirada—. Tienes que dejar de resistirte. Lo de anoche no puede volver a suceder.

—Métete en tus asuntos.

Parece que todas las conversaciones de estos días siempre van a parar al tema del puto vínculo. Me encantaría arrancarlo de cuajo con mis propias manos.

—No pasa nada —digo, y antes de que Malachi conteste, añado—: Déjalo estar, por favor.

—Mírala, ya se comporta como la heredera. —Rylan se marcha antes de que sus frías palabras terminen de calar.

No logro responder ni con un amago de mirada asesina. Porque tiene razón, y porque de un modo extraño me alegro de que haya desaparecido esa paz tan antinatural de anoche. Este es el Rylan que entiendo. Cuando es frío y distante, tiene sentido. Incluso su versión salvaje y descontrolada me da más seguridad que el hombre conmocionado que se metió en la ducha conmigo. El vínculo ya dificulta bastante que mantenga las distancias con él cuando nos odiamos. Si encima veo que se ablanda...

Para distraerme, miro a Malachi, que no parece ni una pizca más contento que hace unos minutos. Me gustaría salir pitando de aquí para evitar esta conversación, pero, por desgracia, sé que no sería una solución permanente.

—Siento lo de anoche —suelto, y continúo antes de que pueda decir nada—: No lo que pasó con Rylan, aunque siento si te preocupó, sino lo de después.

—Mina, ven aquí.

Estoy a punto de no hacerlo. Mis razones para escoger este sillón en lugar del sofá no han desaparecido, pero ahora solo estamos nosotros dos, y echo de menos sentir su cuerpo contra el mío.

—Tenemos que hablar de ello —repongo.

—Y lo haremos. —Me hace de nuevo un gesto con los dedos, para que me acerque—. Ven, por favor.

«Por favor».

¿Alguna vez he oído a Malachi pronunciar esas palabras? Lo dudo. Eso, más que otra cosa, es lo que me hace levantarme y rodear la mesita de centro para cogerle la mano. Tira de mí para que me siente a horcajadas sobre él, pero sin ninguna intención sexual. Es como si deseara el consuelo de tocarme tanto como yo anhelo tocarlo a él.

—No sabía que podía hacer eso —susurro.

—Yo lo sospechaba.

Parpadeo.

—¿Y no se te ocurrió decirme nada?

—Sospechar algo y saberlo con certeza son dos cosas muy distintas, pequeña dhampira. —Me recorre el rostro con la mirada como si quisiera aprenderse de memoria mis rasgos faciales—. No voy a fingir que me gustó, pero, si no hubieras intervenido, puede que hubiera acabado matando a Rylan. No estaba... pensando con claridad.

—Malachi... —Se me escapa una risita amarga—. Somos un desastre.

—Es lógico que todo esto tenga una curva de aprendizaje. Ocurre con cualquier cosa relacionada con la magia.

—No podía saberlo —murmuro.

Hasta hace un mes creía que no había heredado poderes. Pero, por lo visto, mi sangre seráfica reprimió o superó a mis genes de vampiro, aún no sé cuál de las dos. Tampoco tengo claro si alguna vez lo descubriré.

Si pienso demasiado en este tema, me duele la cabeza.

—Mina. —Malachi espera a que lo mire para continuar—. Lo solucionaremos. Juntos. No te reprocharé los errores que cometas mientras exploras los límites de tus habilidades. ¿Tienes intención de volver a subyugarme?

—¡No! —Trago con dificultad y modero mi tono de voz—. Claro que no.

—Pues eso es lo único que cuenta. Puedes darte por perdonada. —Vacila antes de seguir hablando—. Yo... también lo siento.

Su inseguridad me hace sonreír un poco. Realmente somos un desastre. Echo un vistazo a la puerta por donde han salido los otros dos.

—Espero que Wolf encuentre al demonio ese del que estaba hablando. Podría ser la solución que necesitamos.

Noto que Malachi se pone tenso.

—¿En serio tienes tantas ganas de deshacerte de mí?

5

¿Ganas de deshacerme de él? ¿Está de broma? Deseo a Malachi con la intensidad de una fiebre. Incluso ahora no puedo evitar pasarle las manos por el pecho, recorrer las líneas de los músculos bajo la camisa blanca, muy parecida a la que llevo puesta.

—Deberías alegrarte de que exista la posibilidad de anular el vínculo.

—Qué rápido te has olvidado de lo que te dije antes sobre que nos marcháramos de mi casa.

Me enderezo y lo miro. No entiendo por qué le enfada tanto esto.

—Nadie quiere estar atado a alguien por obligación.

—No me digas lo que tengo que querer, pequeña dhampira. —Me acaricia los muslos, subiendo hasta colar las manos por debajo de la camisa y dejarlas en mis caderas, tirando de mí hasta que estoy bien ceñida a él—. Contemplaremos esa opción si así lo quieres, pero no permitiré que ofrezcas algo que no puedas permitirte perder.

Suspiro, aunque suena más bien como un gemido cuando me mece contra su inminente erección.

—El precio va a ser alto con independencia de eso, no podemos esperar otra cosa —musito.

—Aun así.

Debería dejar que me quite los pensamientos con sexo, como ha hecho cada vez que el estrés me supera. Frunzo el ceño.

—Nunca se te había dado tan bien leerme... —comento.

Su rostro se ensombrece de repente.

—Eres un libro abierto, Mina.

Su silencio es muy revelador. Le pongo las manos sobre los hombros y lo miro a los ojos.

—Malachi, cuando llegué a tu casa no te enterabas de señales tremendamente obvias, y no intentes mentirme diciéndome que las ignorabas a propósito. —Como no dice nada, insisto—: Creía que el único efecto secundario del vínculo era poder sentir la proximidad. Bueno, y por lo visto, poder darte órdenes.

—Es posible que la magia que usaste sobre mí anoche no tenga nada que ver con el vínculo. La capacidad de hechizar de tu padre no se limita a cambiar las percepciones visuales de la gente, sino que también puede controlar su voluntad.

Lo sé, lo he experimentado en mis carnes, pero de alguna manera, en ningún momento, me he planteado la posibilidad de tener poderes de vampiro. Sin embargo... Niego con la cabeza y trato de centrarme en lo que estamos.

—Para de distraerme, estamos hablando del vínculo.

Después de unos segundos, al fin dice:

—Sentir la proximidad del otro es un efecto secundario del vínculo, sí.

Ha medido muy bien sus palabras, lo cual quiere decir que me está ocultando algo y que no lo está haciendo muy bien.

—Ya basta de tonterías. —Empiezo a levantarme, pero me agarra con fuerza las caderas para mantenerme en mi sitio. Lo fulmino con la mirada—. Voy a preguntarle a Wolf si puede sentir mis emociones. Él no me va a mentir.

No, aunque solo sea porque disfrutará del caos que provoque su confirmación.

—Mina.

—Malachi —digo con su mismo tono reprobatorio—. No soy una niña. Si me estás ocultando algo, me cabrearé. Así que dime la verdad.

Suelta un suspiro apenas perceptible.

—Sí, puedo... sentir cosas.

—Mis emociones, vaya —bufo.

El cariz intrusivo de ese hecho hace que se me forme un nudo en el pecho. El vínculo ya es horrible de por sí. Saber dónde están los demás en todo momento resulta terrorífico. No se me había ocurrido preguntar si sucedía en ambos sentidos, pero claro que sí. Sin duda saben dónde estoy. Por eso identifican los límites del vínculo antes de que la cosa se ponga fea.

—Tus emociones, sí —admite—. No todas. Siento picos de placer o rabia o miedo. Al parecer solo ocurre cuando el sentimiento es muy intenso.

—Yo no siento las vuestras —murmuro inexpresivamente.

Él lleva una mano a mi cara con mucho cuidado, como si esperara que me fuera a encoger de miedo.

—Nosotros aprendimos a protegernos hace tiempo. Era una habilidad necesaria.

De algún modo, eso me hace sentir aún peor.

—Una habilidad necesaria para vampiros y dhampiros con poderes.

—Tú también tienes poderes ahora. —Me acaricia la mejilla con el pulgar—. Yo te enseñaré, pequeña dhampira.

Me gustaría, pero no me siento del todo preparada para olvidarme de los sentimientos encontrados que me provoca que me haya estado ocultando esto. Me hace preguntarme qué más me habrá estado ocultando o seguirá ocultándome, supuestamente por mi propio bien.

—¿Por qué no me lo contaste en cuanto te diste cuenta de lo que estaba pasando? —Y de repente caigo en la cuenta—. Así es como os enterasteis de que las cosas se habían ido de madre con Rylan anoche.

Hasta ahora no me lo había siquiera planteado. Los sentidos de los vampiros son tan agudos que probablemente supieran que estábamos follando aun sin el vínculo, pero, ahora que lo pienso, no creo que ni Wolf ni Malachi hubieran irrumpido en la habitación sin ser invitados. Y menos aún teniendo en cuenta el punto tan complicado en el que nos encontramos Rylan y yo ahora mismo.

Sintieron el miedo que me invadió cuando me mordió, y por eso vinieron corriendo.

—Sí. —Me baja la mano por el rostro, hasta el cuello—. No te lo he contado antes porque sabía que no te gustaría este nuevo desarrollo de los acontecimientos, y ya bastante tenías.

Una vez más aparece el impulso de simplemente... dejar que él se ocupe de todo. Me veo sobrepasada en todos los sentidos y, además, no sé nada sobre la magia. Sería tan fácil dejar que Malachi tomara las riendas... Pero no puedo hacerlo. Cierro los ojos y digo:

—No vuelvas a ocultarme cosas. Soy consciente de que ahora mismo no valgo para mucho, pero lo que hagáis vosotros me afecta a mí también. No puedo tomar las decisiones correctas si no dispongo de toda la información.

Que no puedo tomar las decisiones correctas... qué risa. No he tomado ni una maldita decisión.

—No hay nada más.

Ojalá pudiera creerle.

No es la primera vez que desearía que fuéramos dos personas cualesquiera que se han conocido en circunstancias normales. Ni siquiera sé cómo podrían ser esas circunstancias. No soy capaz de imaginarme topándome por casualidad con Malachi en una cafetería, en la calle o en cualquiera de los miles de sitios donde ocurren los encuentros fortuitos típicos de la ficción romántica. ¿Y tener una cita como los humanos? Se escapa a mi comprensión. Qué desastre. Me dejo caer sobre su pecho, y él se tensa un poco, como si lo hubiera sorprendido. Cierro los ojos.

—Odio esto —murmuro.

—Es solo el periodo de adaptación.

Oír eso casi me hace reír. Casi.

—Estoy atada por medio de un vínculo mágico a tres vampiros a los que apenas conozco, dos de los cuales no tendrían ningún problema en matarme.

—A Wolf le caes bien —repone.

Abro los ojos y levanto la cabeza para poder lanzarle la mirada que se merece esa afirmación.

—A Wolf le caigo más o menos bien... a veces. Los dos sabemos que eso no cambia la veracidad de lo que he dicho.

Malachi encoge un hombro.

—No vamos a hacerte daño, ninguno. Lo de anoche fue una excepción.

El dolor es un concepto muy extraño. Era aún pequeña cuando me di cuenta de que el dolor físico es mejor que el daño que alguien te puede causar con sus palabras, o aislándote y negándote atención. En comparación con eso, una paliza resulta casi un alivio. Al menos sé que ese dolor se acabará desvaneciendo.

El dolor y el miedo que sentí anoche estuvieron totalmente eclipsados por el placer. Sin contar con el respiro que supuso que se destensara al fin el vínculo con Rylan. A mi parecer, el beneficio supera con creces el coste, pero no me hace falta preguntarle a Malachi lo que opina para saber que no está de acuerdo.

—Enséñame a protegerme —le pido.

—Mañana. —Entierra las manos en mi pelo y me da un tironcito—. Después de entrenar.

Se me escapa un quejido antes de que pueda evitarlo.

—Odio entrenar.

Aunque la sangre de Malachi me ha curado casi por completo la rodilla, es evidente que jamás voy a ser tan ágil ni tan fuerte como él. Por muy poderosos que sean los serafines, no les llegan a la suela de los zapatos a los vampiros en lo que a la superioridad física se refiere. Soy perfectamente capaz de defenderme en una pelea normalita, pero ¿contra Malachi? No tengo nada que hacer.

—Siempre me ganas.

—Te estás poniendo fuerte. —Por la manera en que lo dice, me siento tentada a creerle.

Frunzo el ceño.

—Nunca voy a estar a tu altura.

—Claro que no. —Esboza otra de esas sonrisas lentas que hace que se me desaten mariposas en el estómago—. Soy mayor y más fuerte que tú. —Se inclina hacia mí hasta que sus labios me rozan el borde de la oreja—. Tienes que aprender a jugar sucio.

—Ya lo intento. —Llevo haciéndolo desde que comprendí que jamás ganaría una pelea limpia, una lección que aprendí mucho antes de conocer a Malachi.

Suelta una risita grave.

—Pues se te da fatal.

—Guau, gracias. Una crítica muy constructiva, sin duda.

—Invitaremos a Wolf al *sparring*. Él puede enseñarte un par de trucos.

Suspiro.

—Ya me imagino. Aunque vamos a acabar mordiéndonos y follando.

—¿Qué hay de malo en eso?

Malachi cambia un poco de posición, tirando de mí otra vez para que nuestras caderas se junten. Sigue empalmado, aunque siempre parece estar así cuando estamos cerca el uno del otro. Es alucinante, la verdad, pero no pienso quejarme. Me gusta follar con él. Me gusta él. Si la situación fuera otra...

Pero no lo es.

Puede que Malachi ya disfrutara del sexo conmigo antes de que nos viéramos forzados a estar juntos por culpa del vínculo, pero si lo de anoche nos ha dejado algo claro es que ahora no tiene otra opción. Ninguno tenemos otra opción.

—Pues, mucho, cuando la alternativa puede ser la muerte —contesto.

—Mina, te deseo desde el momento en que te vi. —Me insta a mover las caderas contra él y me desliza una mano por la columna hasta que mis pechos están pegados a su torso. Le rodeo el cuello con los brazos; sus labios me acarician la oreja—. Incluso muerto de hambre y en estado de frenesí necesitaba comerte entera. No puedes echarle la culpa de eso al vínculo.

No, pero igual lo de estar muerto de hambre tuvo algo que ver.

No obstante, entiendo lo que dice. No sé si estoy dispuesta a aceptarlo, pero lo entiendo. Inhalo hondo.

—Sea como sea, vamos a hablar con el demonio. Que quiera deshacerme del vínculo no significa que quiera deshacerme de ti.

—Más te vale. —Su voz se vuelve profunda, casi un gruñido—. Wolf no dijo ninguna mentira ayer. Tengo que obligarme a apartarme de ti, pequeña dhampira. Lo único que deseo es amarrarte a una cama y tomarte hasta llenarte entera. Hasta que te quedes embarazada de mí.

Madre mía. Me estremezco contra su cuerpo.

—Ya, bueno, ese es el objetivo.

—Me importa una mierda el objetivo. —Pasa la boca por el lateral de mi cuello, justo por donde Rylan me mordió anoche—. Ya lo deseaba antes de que decidiéramos que usurpar el trono de tu padre era la mejor opción.

—Vaya... —digo temblando aún más. Me gustaría tanto creerle...

¿Por qué me resisto?

Da igual lo que pudiera haber pasado, porque solo podemos trabajar con lo que hay. Y la realidad de nuestra situación es que Malachi y yo (y Rylan y Wolf) estamos unidos por culpa de mi sangre seráfica, y que mi padre me perseguirá (y a Malachi también, probablemente) hasta los confines de la Tierra porque hemos escapado de su jaula. La mejor manera de ahorrarnos un futuro a la fuga es quedarme embarazada y así convertirme en su heredera. Y entonces matarlo. No tiene sentido malgastar los días deseando que las cosas fueran distintas.

Ladeo la cabeza para animarle a seguir.

—Supongo que no deberíamos perder el tiempo.

—Mmm... —Me da un mordisquito en el cuello, mucho más suave que los que me da cuando quiere chuparme la sangre, y vuelve a restregarme contra su longitud—. Sácamela.

—Qué mandón —murmuro. Me aparto lo justo para alargar una mano entre nosotros y hacer lo que me pide. Su tamaño me cubre la palma entera, aunque ya me voy acostumbrando. Se la acaricio—. Venga, date prisa.

Malachi me ignora. Agarra con el puño la camisa suya que llevo puesta y me la enrolla por la parte baja de la espalda, dejándome desnuda de cintura para abajo. El gruñido que suelta me hace gemir.

—Dioses, eres perfecta. —Casi suena como si estuviera hablando para sí mismo en lugar de dirigirse a mí.

Lleva la mano a mi entrepierna y me mete dos dedos sin piedad. Me ha tocado así más veces de las que puedo contar en el último mes, pero en esta ocasión, en este momento, parece que lo hace con una posesividad especial, como si estuviera reclamando como suyo algo que cree poder perder.

Algo que se niega rotundamente a perder.

—¿Te gustó hacerlo con Rylan, pequeña dhampira?

—Sí —jadeo.

Trato de mover las caderas para sentir sus dedos más adentro, pero la forma en que me agarra por la camisa me mantiene suspendida en el aire. Se mueve con parsimonia, observando cómo entran y salen de mí.

—Se transformó parcialmente.

No es una pregunta, pero aun así me veo obligada a contestar:

—Sí.

Me sujeto en los hombros de Malachi. Me tiemblan los muslos, y eso que acaba de empezar.

Sus ojos se tornan de un negro intenso y profundo, y se relame.

—¿Le creció la polla mientras estaba dentro de ti? —Me mete un tercer dedo—. ¿Tuviste que amoldarte a él hasta que estabas tan estirada que casi dolía?

Le clavo las uñas en los hombros, pero no pienso moverme hasta que me lo permita.

—Sí —gimoteo—. Fue increíble.

—Lo sé. —Lo dice tan bajo que intuyo que no me lo está diciendo a mí. Igual que sé que entre Rylan y él no se ha reavivado nada parecido a la relación que un día tuvieron, como sí le ha ocurrido con Wolf. Estos dos sí que follan entre ellos casi tanto como conmigo, pero Rylan se mantiene al margen.

Caigo en la cuenta de que el destello de celos que veo en los ojos de Malachi no se debe solo a que Rylan me haya follado, sino también a que yo me lo haya tirado a él.

Le suelto los hombros y me llevo las manos a las caderas.

—Me agarró por aquí. Me clavó las garras. —Aún se ven unas pequeñas marcas, un recordatorio de que toda la sangre que ingerí fue para mantenerme con vida, no para curar por completo pequeñas heridas.

—Te mantenía sujeta mientras te hacía suya —describe Malachi, metiéndome los dedos más hondo y girando la muñeca para tocarme el punto G.

—Sí. —Esta vez, cuando muevo las caderas, me permite montarle los dedos. Mi voz suena un poco ronca—. Luego me tiró a la cama y me inmovilizó contra ella.

Malachi exhala despacio.

—Te gustó.

—Me encantó —admito.

Es la verdad. No sé por qué me gusta tanto el sexo salvaje, esa forma de lujuria casi violenta. Al final, los motivos no importan. Me encanta, y esa es una razón más que suficiente para hacerlo.

Me saca los dedos, pero no tengo tiempo de protestar antes de que nos tumbe en el sofá, quedando encima de mí. Sin que pueda prepararme, me abre las piernas y empieza a penetrarme despacio. Siento la piel muy caliente, pero no veo llamas por ninguna parte. No ha perdido el control de sus poderes desde que nos marchamos de su casa, y la verdad es que lo agradezco. Me encanta sentir el efecto que tengo sobre él, pero no me hace ninguna gracia pensar que, en cualquier momento, tendremos que salir corriendo de la habitación porque ha vuelto a incendiarla.

—Me gusta ver las marcas que te ha dejado, pequeña dhampira. —Su mirada vuelve a posarse en mi cuello.

No me he mirado en el espejo desde que me he despertado, pero si aún se me ven las cicatrices de las garras de Rylan en las caderas, entonces seguro que sigo teniendo las marcas de sus dientes. Malachi me la mete hasta el fondo y se apoya sobre sus codos a ambos lados de mi cuerpo. Me inmoviliza, pero procura que no tenga que soportar todo su peso.

Me acaricia el cuello con la nariz.

—Me encanta olerlo en tu piel. —Saca la lengua para probarme—. Así es como debería ser. Los tres.

Me recorre una oleada de placer, pero mi mente se queda pensando en lo que acaba de decir.

—¿Puedes olerlo en mí? —Intento removerme, pero Malachi no me lo permite—. Me duché.

—Lo sé. —Me da un beso en el cuello—. Creo que es por el vínculo. O porque somos todos vampiros de estirpe, no lo sé. Da igual. —Acompaña cada frase con un empellón lento—. Podemos olernos los unos a los otros en ti. Me vuelve loco.

Deslizo las manos por su espalda y lo agarro por el culo, exhortándolo a hacérmelo más fuerte.

—Dame más.

—Voy a dártelo todo. —Levanta la cabeza y percibo el aroma metálico de la sangre un segundo antes de que me bese. Se ha mordido la lengua, así que el beso está impregnado de sangre, lo cual no hace sino exacerbar mi deseo.

Quiero más.

Nunca tengo suficiente.

Le chupo la lengua mientras me penetra. Cambia de ángulo y me aprieta el clítoris con el pulgar, estimulándome hasta que me corro a su alrededor. Esperaba que me acompañara en el orgasmo, pero Malachi tiene otros planes.

Sigue embistiéndome sin parar mientras culmino, aprisionándome con su cuerpo, una cárcel de la que no quiero escapar. Solo cuando la última oleada de placer llega a su fin baja el ritmo, y sus acometidas se vuelven lentas y deliciosas. Me muerde el labio inferior.

—Estos dos van a tardar un rato en volver.

Le clavo las uñas en el culo y levanto las caderas para que vuelva a metérmela hasta el fondo.

—Pues supongo que tendremos que entretenernos solos.

—Supongo.

Y con esas, seguimos haciéndolo sin parar muchísimo tiempo.

6

Al día siguiente estoy en la cocina cuando lo siento. Una sensación de... no exactamente de que algo vaya mal, sino más bien de intrusión. Casi se me cae el cuenco de las manos.

—¿Qué es eso? —exclamo.

Malachi se pone en alerta al instante.

—¿Qué es el qué?

—Hay una especie de... —Frunzo el ceño—. No sé cómo explicarlo. Es como un picor que no me puedo rascar.

Amusga los ojos y pregunta:

—¿Dónde?

Sin mirar, señalo a un lugar casi detrás de mí.

—Por allí. No sé cómo de lejos.

Él no duda ni un instante.

—¡Rylan!

Antes de que el nombre del vampiro termine de reverberar por toda la casa, Malachi me coge en brazos y se mueve a toda velocidad para salir por la puerta de entrada, en dirección opuesta a la que he señalado.

Rylan aterriza justo a nuestro lado, y creo que ha saltado desde el primer o el segundo piso. Tiene el pelo oscuro un poco revuelto, pero lleva de nuevo un traje recién planchado.

—¿Qué ocurre?

—Mina ha sentido algo. Viene de allí. —Y señala en la dirección que he indicado.

Esperaba que Rylan se riera. ¿Por qué iba a tomarse esto en serio cuando apenas se molesta en escuchar ni una palabra que salga de mi boca? Pero entrecierra los ojos, igual que ha hecho Malachi.

—Id a la casa segura que hemos acordado. Yo iré a echar un vistazo y llamaré a Wolf para avisarle. —Se quita primero la chaqueta y luego la camisa.

Me pongo un poco nerviosa.

—Esperad. Me gusta esta casa. No tiene sentido huir si...

—Rylan irá a ver qué ocurre. Si nos da la señal, volveremos —me explica Malachi, que ya se ha puesto en marcha y corre por entre los árboles a una velocidad a la que no podría acercarme ni en sueños. No me queda otra opción que agarrarme con fuerza a él.

A estas alturas, lo único que puedo hacer es dar las gracias por ir vestida, para variar. Los pantalones cortos y la camiseta ancha que llevo no son demasiado adecuados para el fresco que hace, pero sin duda es mejor que estar desnuda.

El graznido de un pájaro gigante nos alcanza y, al ver la cara que pone Malachi, me queda claro que no son buenas noticias.

—¿Nos han vuelto a encontrar?

—Eso parece. —Acelera tanto el paso que da la impresión de que vuela—. Sabremos más cuando nos juntemos con Rylan y Wolf.

Esta vez han tardado menos de una semana en localizarnos. Cada vez se acercan más, y no entendemos cómo. Aunque, bueno, si los serafines y los demonios existen, igual las brujas también. A lo mejor cuentan con poderes adivinatorios o algo por el estilo. Se lo preguntaré a Malachi cuando estemos fuera de peligro. No creo que ninguno de los secuaces de mi padre le llegue ni a la suela de los zapatos en cuanto a tamaño, velocidad y fuerza, claro que tampoco habría puesto la mano en el fuego por que mi padre fuera capaz de mantenerlo encerrado durante décadas con un conjuro de sangre.

Podría preguntarle un millón de cosas, pero lo cierto es que, hasta que no nos reagrupemos, la única prioridad es alejarnos todo lo posible de los intrusos. No podemos luchar, al menos no sin arriesgarnos a que alguno de nosotros salga herido. Tampoco tiene sentido tratar de razonar con ellos: están siguiendo órdenes y solo atienden al mandato de mi padre.

Esto es una competición, pero aún no sé las reglas del juego. Estoy al tanto de nuestros objetivos, pero no tengo ni idea de cuánto sabe mi padre.

Levanto la cabeza y tiro de la camisa de Malachi.

—Tenemos que capturar con vida a uno de ellos —sugiero.

Me mira de reojo sin detenerse.

—Es bastante peligroso.

—Lo sé. Pero necesitamos averiguar si está persiguiéndonos porque quiere atraparte de nuevo o si sabe lo que ocurrió cuando rompimos el conjuro de sangre.

Si está al corriente de que tengo sangre seráfica, que mis poderes han despertado y que estoy vinculada no con uno, sino con tres vampiros de estirpe...

Eso lo cambia todo.

Si consigue hacerse conmigo, tendrá a tres de las siete estirpes bajo su control. Sé perfectamente las cosas que sería capaz de hacer si nos tuviera a su entera disposición. Puede que ellos puedan aguantar lo que les echen indefinidamente, pero si tuviera que elegir entre mantenerlos con vida o hacer algo imperdonable, sé lo que escogería.

Y mi padre también.

—Necesitamos averiguarlo —insisto.

Malachi asiente. No se da la vuelta, pero no pasa nada. Llegar a la ubicación acordada es lo primordial. Sabemos adónde se dirigen ellos, y se quedarán en la casa al menos un buen rato tratando de sacar toda la información posible. Solo tenemos que apresar a uno de ellos cuando se vayan. Suena fácil, aunque soy consciente de que no lo va a ser.

Apoyo la cabeza contra el pecho de Malachi y dejo que me lleve.

A juzgar por la posición del sol en el cielo, han pasado varias horas cuando por fin aminora la marcha y me deja en el suelo. Observo la pequeña casa de campo en la distancia. Está rodeada de colinas suaves que suben y bajan; el paisaje parece sacado de un cuadro.

—¿Es ahí adonde vamos?

—Sí —contesta, haciendo círculos con los hombros y estirando el cuello. No parece que haya estado corriendo a toda velocidad con una persona en brazos, pero sí se le ve cansado—. Rylan ya habrá avisado a Wolf. Nos encontraremos con ellos aquí.

—Tenemos que...

—Ya lo sé, pequeña dhampira. Pero nadie va a volver allí hasta que estés a salvo.

Por mucho que quiera contestarle, tiene razón. Iniciamos un trote ligero que nos permite recorrer la distancia a una velocidad algo mayor que la que podría mantener un humano en forma. Mi rodilla apenas se inmuta. Hace un mes no podría haber hecho esto ni por asomo.

Los vampiros de estirpe realmente están hechos de otra pasta.

Mi padre siempre se ponía por encima de todos los demás

de la colonia, y hasta conocer a Malachi creía que no era más que puro narcisismo, por tener algunos poderes mágicos. Ahora me doy cuenta de las diferencias evidentes que hay entre los vampiros normales y los de estirpe.

Malachi es el último de su linaje, cuyos miembros poseen el don de controlar el fuego. Si no tiene hijos, su estirpe morirá con él. Lo miro de reojo.

—¿Wolf y Rylan tienen familia?

Él contesta sin apartar la vista de la casa de campo:

—¿Te refieres a familiares que formen parte de su estirpe? Sí. No muchos, pero sí.

«No muchos». La culpa me atenaza la garganta.

—¿Y no deberían estar por ahí procreando o algo para asegurarse de perpetuar la estirpe? Entiendo por qué tú no lo has hecho, pero ellos no estaban atrapados bajo un conjuro de sangre.

—Vivimos unas vidas muy largas, Mina. No hay ninguna prisa. —Lo que dice es cierto, pero aun así noto algo raro en su tono de voz.

Las palabras de Wolf, las de Malachi, resuenan en mi cabeza de nuevo. Quieren que me quede embarazada de ellos. Sigue resultándome bastante difícil de creer. Hace unos meses, quedarme embarazada no entraba en mis planes ni por asomo, y ahora es mi mayor prioridad. Mi futuro gira completamente en torno a ciertos objetivos que ni siquiera terminan de parecerme reales.

Sobrevivir. Quedarme embarazada. Convertirme en heredera. Matar a mi padre.

Cada vez que trato de pensar en lo que viene después, mi mente se bloquea. Quedarme embarazada es una cosa, tener hijos es otra bien distinta. Pero, claro, si me quedo embarazada, tendré hijos.

—Voy a ser una madre horrible —comento.

Malachi se detiene. Tardo un par de pasos en darme cuenta, y solo porque él alarga el brazo y me atrapa la muñeca.

—No digas eso.

—Es la verdad. —No le devuelvo la mirada—. No sé cómo fue tu infancia, igual hace tanto de eso que ni te acuerdas. Pero yo tengo veinticinco años, Malachi. Los recuerdos de esa época tan dolorosa siguen vivos en mi mente. —Mi padre violento y manipulador. El fantasma de mi madre. ¿Cómo se puede superar un trauma así sin reproducir con los hijos las mismas dinámicas?

—Mina. —Tira de mi muñeca. Como no me giro, vuelve a tirar, esta vez más fuerte. Sé que podría pedirle que parara y que lo haría, pero permito que me dé la vuelta y me arrastre hacia él—. Mírame.

Obedezco a regañadientes, levantando la vista hacia su rostro. Él me coge la barbilla para que no mueva la cabeza.

—¿Quieres tener hijos?

La pregunta me hace reír, pero el sonido sale más bien como un sollozo.

—Eso da igual, ya está todo decidido.

—No da igual.

Sí, a mí sí me da igual. Trato de apartarme, pero él me mantiene en mi lugar sin problemas.

—Malachi, por favor.

—Responde a la pregunta.

Es una pregunta simple. Vital, incluso. ¿Por qué hace que me entren ganas de llorar? Cierro los ojos, escondiéndome de él al tiempo que trato de contenerme.

—No lo sé. No me había planteado la posibilidad hasta que otros tomaron la decisión por mí. Primero mi padre y luego, debido a la situación en la que nos encontramos. —Es todo verdad, pero no toda la verdad. Me tiembla el labio inferior pese a mis esfuerzos por serenarme. Si fuera cualquier otra persona quien me estuviera preguntando esto... Pero no es cualquier otra persona, es Malachi—. Puede que una parte de mí siempre haya querido tener hijos, pero sabía que no era una opción. Y ahora que sí lo es...

—Las circunstancias no son las mejores.

El eufemismo que usa me deja pasmada.

—Quieres tener hijos —afirmo perpleja.

—Claro que quiero. —Se encoge de hombros como si fuera una obviedad—. Siempre he querido. No solo para perpetuar mi estirpe. Me gustaría... —Malachi aparta la vista y aprieta la mandíbula—. Me gustaría tener una familia.

Lo dice como si fuera un pecado del que estar avergonzado. Quizá lo es en nuestro mundo, donde los matrimonios y los hijos son asuntos intrínsecamente políticos. En la colonia de mi padre no hay relaciones basadas en el amor, por mucho que algunos quieran creer que sí.

—Entiendo.

—Igual es una estupidez querer algo que tan pocos de los nuestros tienen, pero aun así lo quiero.

Sé a qué se está refiriendo aunque no lo diga explícitamente.

—Ya, es cierto que las infancias felices no abundan entre los vampiros.

—No tiene por qué ser siempre así.

Intento imaginarme lo que está diciendo. Una infancia feliz. La he visto representada en la ficción y, en el fondo, eso es justo lo que siempre he creído que era, ficción. Incluso los humanos se las arreglan para joderles la vida a sus hijos, y eso que la mayoría opta por el matrimonio y la procreación por amor. Pues lo llevamos crudo. Sobre todo teniendo en cuenta nuestra situación actual.

No quiero preguntarlo, pero necesito saber la respuesta.

—¿Qué pasa si me quedo embarazada y no eres tú el padre? —Aunque Rylan ha procurado mantenerse al margen de la carrera por preñarme, Wolf y yo nos acostamos casi tantas veces como Malachi y yo.

Se encoge de hombros.

—A mí me da igual. Ya he tomado la decisión.

Como si fuera así de simple.

—Si lográramos anular el vínculo y uno de ellos me dejara embarazada... Malachi, serías libre. Por primera vez en décadas. Deberías centrarte en eso en lugar de empecinarte en algo que no tiene ningún futuro.

—Mina.

Dioses, se me pone la piel de gallina cuando dice mi nombre.

—¿Sí?

—Respeto tu capacidad para tomar decisiones lo suficiente como para mantenerme al margen mientras Wolf va a pedirle un favor a un demonio, aunque no me parezca buena idea. Solo te pido que hagas lo mismo conmigo.

Abro la boca para seguir discutiendo, pero me he quedado sin argumentos. Tiene razón. Da igual lo que yo opine, él es perfectamente capaz de tomar sus propias decisiones. Trago con dificultad.

—Vale, lo siento. Solo es que no quiero que acabes arrepintiéndote de...

—¿De ti? —termina él por mí, y esboza una sonrisa leve—. Imposible. Has llegado a mi vida con la sutileza del estallido de una bomba, pero ha sido sin duda un soplo de aire fresco. —Nos gira hacia la casa de campo—. Venga, en cuanto lleguemos pensamos en qué hacer.

Y ya está, tema zanjado.

No me sorprende para nada entrar por la puerta de la casa y ver que Wolf y Rylan han llegado antes que nosotros. Ninguno de los dos cargó conmigo ni tuvo esa conversación por el camino. Dicho eso... Miro a Wolf.

—¿Cómo te has enterado de que nos íbamos?

—Rylan me ha abordado en el camino de vuelta. —Se sienta de un salto en la desgastada encimera y se frota las manos—. Deberíamos tener noticias del asunto del demonio en un día o dos. A esos capullos les gusta hacerse de rogar.

Malachi aparece en la puerta.

—Está todo en orden, estamos seguros.

—Ya te lo he dicho. —Rylan mira por la ventana como si prefiriera estar en cualquier lugar menos aquí. No le culpo, pero tampoco voy a fingir que su actitud no me está empezando a sacar de quicio. Es evidente que las cosas entre nosotros no van a cambiar como por arte de magia solo por lo que ocurrió hace dos noches, pero ¿qué le cuesta mirarme a la cara?

Malachi se apoya en la encimera, al lado de Wolf.

—No podemos seguir haciendo las cosas así —afirma—. Lo del pacto demoniaco es una posibilidad remota, pero, incluso si conseguimos deshacernos del vínculo, Cornelius seguirá siendo una amenaza. Necesitamos saber qué sabe.

Por fin Rylan le da la espalda a la ventana.

—Quieres tomar a uno de sus hombres como rehén.

—Sí.

—No va a ser fácil. Tendremos que matar al resto del equipo de búsqueda.

—Soy consciente.

Los miro alternativamente.

—Si es demasiado peligroso...

—No lo es —replica Rylan, haciendo un gesto de desestimación con la mano—. Los dos somos más que capaces de ocuparnos de unos cuantos perros de Cornelius. Claro, eso provocará que la próxima vez mande más unidades, pero Malachi tiene razón. Necesitamos información.

Malachi se cruza de brazos.

—Ha sido idea de Mina —revela.

—Ya veo. —Rylan aprieta la mandíbula y parece obligarse a mirarme. Puede que tenga cara de estar comiendo limones, pero aun así no logra ocultar el ardor que asoma a sus ojos oscuros.

Un calor similar me recorre todo el cuerpo, pero reprimo la sensación. Ahora no es el momento, y además no se lo tomaría bien.

—Cuanto antes lo hagamos, mejor —zanjo.

7

Wolf le pone una mano en el hombro a Malachi cuando parece que está a punto de hablar.

—Sabemos que no te gusta la idea de dejar a la pequeña dhampira sola, pero no lo va a estar. Estará conmigo.

—Eso no suena tan tranquilizador como tú te crees.

El rubio se ríe.

—Los dos somos conscientes de que soy capaz de mantenerla con vida. Si me apetece.

—Mantengo lo dicho. —Malachi suspira—. Pero si realizaras un conjuro de sangre, igual eso sí me tranquilizaría.

Me suenan todas las alarmas.

—No, otro conjuro de sangre no.

Por culpa de uno de esos encantamientos estuvo encerrado en esa casa cochambrosa demasiado tiempo.

—No te preocupes, amor. No sé cuál de los inútiles de mis primos fue tan avaricioso como para dejarse sobornar por tu padre, pero los conjuros pueden hacer mucho más que retenerte. También pueden impedir el paso del enemigo. —Pone una mueca—. Ahora bien, no es demasiado divertido realizarlos, eso es así. Además, beber de ti después de que Rylan la cagara hace tan poco queda totalmente descartado.

Rylan se sobresalta.

—Eso no...

—Puedes usar mi sangre —dice Malachi, que ya está yendo a la puerta—. Cuanto más rápido nos pongamos en marcha, mejor.

—Eres un muermo, amigo mío. —Wolf se pone en pie de un salto—. Pero ¿sabes cómo podríamos hacer las cosas más amenas?

Malachi suelta otro hondo suspiro.

—No tenemos tiempo para eso.

—Siempre hay tiempo para eso.

Los oigo discutir mientras caminan por la casa. A juzgar por el vistazo que le he podido echar cuando he entrado a toda prisa con Malachi, se dirigen al salón. Está completamente cerrado, no tiene ni una sola ventana, así que es la estancia más fácil de fortificar. Alargo una mano cuando Rylan se dispone a seguirlos.

—Ellos se ocupan —digo.

—Tú no me das órdenes —replica.

Contengo un bufido.

—No, no te doy órdenes. Pero están a punto de follar, así que, a menos que te relajes y te unas a ellos, tu presencia no va a hacer más que distraerlos.

Vuelve a sobresaltarse sutilmente, y después parece dedicarme toda su atención.

—No te molesta que se acuesten sin ti.

—¿Por qué iba a molestarme? Su relación me precede. —Me quedo en silencio unos segundos—. Y la vuestra también.

—Es agua pasada. —Pero el vistazo que echa a la puerta desmiente sus palabras.

No sé qué ocurrió entre Malachi y Rylan. No he preguntado, y ninguno de los dos se ha ofrecido a contármelo. Lo de

Malachi y Wolf tiene más sentido en mi cabeza: tienen una amistad que a veces incluye sexo, y los años que han pasado separados no les han pasado factura; siguen apoyándose el uno en el otro, como si a lo largo de sus vidas hubiera habido varias idas y venidas. No lo sé seguro, claro, pero es lo que veo en su forma de interactuar.

Con Rylan es diferente.

Wolf no parece verme como una amenaza, solo como otro juguete con el que entretenerse y disfrutar cuando le apetece. Rylan me mira como si le hubiera arrebatado al amor de su vida.

Puede que lo haya hecho.

—Rylan...

—No. —Sacude la cabeza—. Dioses, es como si me estuvieras inyectando tus emociones en el cerebro. Para ya, no quiero ni necesito tu compasión.

Cierro los ojos y trato de reprimir el sentimiento, sustituirlo por otra emoción. Justo debajo acecha la rabia, como siempre. La acepto con gusto, me envuelvo con ella como si fuera una manta calentita. Cuando abro los ojos, la agresividad ha desaparecido casi por completo de su expresión.

—¿Mejor?

—A duras penas.

Lo fulmino con la mirada.

—No sabía que estaba proyectando mis emociones. Malachi me lo ha contado justo antes de que tuviéramos que huir.

Él se encoge de hombros y se gira hacia la puerta.

—Es solo otra carga más de tantas.

Ya me he cansado. Cojo a Rylan por el brazo. Es demasiado fuerte para moverle, así que cuando tiro de él, soy yo la que acaba impulsada hacia delante. Él se zafa de mí, pero no estoy de humor para dejar esta conversación a medias. Me acerco, sin embargo él retrocede por toda la cocina hasta darse contra la encimera. Solo entonces me doy cuenta de lo que estaba haciendo y me aparto.

—Lo siento.

Rylan me agarra por los codos para que no recule.

—¿Quieres ser una depredadora? Deja de dudar de ti misma.

Doy un tirón para que me suelte, pero me sujeta con firmeza.

—No quiero ser una depredadora. —Tiro de nuevo. Fracaso de nuevo—. Con vosotros no.

—No te entiendo, joder... —lo dice en voz tan baja que por poco no lo oigo.

Y, con eso, me hierve la sangre de la rabia.

—Claro, porque no estoy siendo el monstruo que te esperabas, ¿no? ¿O es porque me siento tan sobrepasada como vosotros tres? ¿Qué es lo que no entiendes, Rylan? Por favor, ilumíname para que podamos pasar página de una puta vez.

—No se puede pasar página de ciertas cosas.

Estamos muy cerca, respirando el mismo aire. Odio que solo quiera pegarme a él, conquistarle la boca para poder tragarme sus palabras envenenadas, aceptarlo dentro de mí hasta que estemos los dos sudando y temblando.

Me gustaría poder culpar al vínculo de esto. No puedo estar tan mal de la cabeza como para desear a un hombre que claramente me detesta. Por desgracia, la verdad es mucho menos conveniente. El vínculo está ahí, sin duda, pero no tira de mí como hizo hace dos noches; tengo el control total sobre mis actos, lo cual significa que la única culpable soy yo.

—Suéltame —susurro—. Puede que no podamos evitar que el vínculo nos obligue a beber y a acostarnos los unos con los otros, pero si de verdad me odias tanto como dices, haz el favor de soltarme ahora mismo.

Siento que las manos de Rylan se tensan en mis codos. Durante un instante, su expresión fría flaquea y veo un atisbo de la bestia que habita en él, la que está más en sintonía con los animales en los que se transforma que con el vampiro sofisticado que normalmente muestra al mundo.

—No te odio.

—Casi me engañas —replico.

Sigue sin soltarme.

—Malachi y Wolf son demasiado jóvenes para recordar lo que los tuyos les hicieron a los nuestros, pero yo no. Esto no es algo que pueda olvidar solo porque tú no estés actuando como ellos.

Esto ya lo sé. Claro que lo sé. Puede que no le haya puesto palabras hasta ahora, pero su desprecio está demasiado arraigado como para deberse únicamente a mí. No le culpo por ello. Pero eso no significa que vaya a dejarme pisotear tampoco.

—No puedo cambiar lo que soy —afirmo—. No sé si puedo cambiar lo que sucedió, pero lo estoy intentando.

Me escruta el rostro.

—Si Wolf puede conseguir lo que dice, el demonio va a pedir un precio muy alto a cambio —señala.

—Soy consciente.

Rylan niega con la cabeza, despacio.

—Yo... —Inspira lentamente—. No quiero que te pase nada, Mina. Odio este vínculo de mierda, pero eso no significa que quiera que mueras.

—Lo sé —respondo.

Y es cierto. Si quisiera que me muriera, no habría entrado en pánico al ver toda la sangre que había bebido de mí. Ese momento tan extraño y tierno en la ducha no habría ocurrido. Pero eso no justifica su actitud.

—Suéltame, Rylan —repito.

Por fin, obedece. Al ver que no retrocedo de inmediato, sus labios se curvan en algo casi parecido a una sonrisa.

—Si no tienes inconveniente, creo que sería prudente asegurarnos de que el vínculo no vuelva a esos límites de desesperación.

—Qué formal. —Ladeo la cabeza—. Vaya, que quieres que nos acostemos de nuevo.

—Sí. —La palabra sale casi como un suspiro.

—Vale.

Rylan parpadea.

—¿Vale?

—Sí, vale. —Me obligo a dar un paso atrás, y luego otro—. Me resultas altamente irritante, y muchas veces solo quiero darte un bofetón, pero me gusta hacerlo contigo, Rylan. —Ahora me toca a mí vacilarle—. Sin embargo, entiendo si no quieres meter papeletas al bombo, por decirlo de alguna manera. Si prefieres que nos limitemos al sexo anal u oral para evitar el riesgo de embarazo, también me parece bien.

Otro de esos parpadeos lentos.

—No te entiendo.

—No hace falta que me entiendas. —Aunque a una parte de mí le gustaría, la verdad. Me señalo el cuerpo con la mano—. Con independencia de las implicaciones del vínculo, tener hijos lo cambia todo. No pienso forzarte.

Entonces da un paso hacia mí, y un rastro de su instinto depredador me hace retroceder. Me sigue por la cocina, con los ojos cada vez más plateados y con movimientos prácticamente felinos. Una ráfaga de calor se extiende por mi cuerpo al recordar sus garras clavadas en mi piel. Me gustó. Me gustó mucho.

—Rylan...

—Puede que ya estés embarazada. —Me inmoviliza contra la encimera, igual que le he hecho yo hace unos minutos. Solo que él no mantiene ese último resquicio de distancia entre nosotros. Sus caderas se juntan con las mías y me resulta imposible ignorar su erección—. Tardaremos semanas en saberlo.

—A decir verdad, creo que va a ser en menos de una semana —murmuro. Aunque no tengo claro si mis cálculos tienen sentido dada la mezcla de mi naturaleza vampírica, humana y seráfica. Sé que me vino la regla justo después de que nos diéramos a la fuga, hace un mes.

Se inclina hacia mí y me acaricia el cuello con la nariz, justo en el lugar donde me mordió hace dos noches.

—Entonces no hay motivo para privarme. Al menos hasta que lo sepamos.

Poso las manos en su pecho, aunque no estoy segura de si pretendo apartarlo o atraerlo más a mí.

—Ese razonamiento no se sostiene —consigo decir.

—Puedo vivir con ello. —Se aparta un poco—. ¿Y tú?

No debería. Por mucho que lo desee, lo cierto es que arrastra un sinfín de traumas con respecto a los serafines. No ha elegido este vínculo, y le afecta mucho más que a los otros dos juntos. Meter a un hijo en la ecuación sería un desastre absoluto.

Y aun así...

Aun así no logro contenerme, y le deslizo las manos por el vientre hasta la parte delantera de sus pantalones de traje.

—No deberíamos —murmuro.

Sus manos me rozan las caderas y de repente mis pantalones cortos y mis braguitas caen al suelo hechos harapos. Me sobresalto y suelto un gritito cuando le veo las garras.

—¿Por qué no te salieron la primera vez?

—Porque no perdí el control.

Las manos me tiemblan mientras le desabrocho los pantalones.

—¿Y por qué estás perdiendo el control ahora, Rylan? —No sé si estoy tratando de provocarlo o si es que me interesa realmente la respuesta.

—Porque me vuelves loco.

Entierra las manos en mi pelo y siento su boca contra la mía. Es un beso igual de salvaje que la otra vez, a pesar de que el vínculo ya no nos fuerza. Esa certeza me excita aún más mientras me pongo de puntillas para acercarme a él. Saber que esta versión desenfrenada de Rylan acecha tras esa fachada distante suya me pone a mil.

Me coge por los muslos, las garras me rozan la piel, y me levanta para sentarme en la encimera.

—No puedo morderte —murmura.

Apenas tengo tiempo para prepararme antes de que se ponga de rodillas y lleve la boca a mi entrepierna. Me lame con la misma pasión con la que me ha besado, y suelto un gemido, echándome para atrás. Entonces me mete la lengua, y me quedo muy quieta al sentir que está... creciendo. Bajo la vista.

—Rylan —jadeo.

No para de usar la lengua, con una expresión pícara en sus ojos plateados. Sé perfectamente lo que está haciéndome, y también que le pone casi tanto como a mí. La depravación de sentirle cambiar de forma mientras está dentro de mi cuerpo hace que hunda las manos en su pelo y levante las caderas para seguir las acometidas de su lengua.

—Por favor... —suplico.

Pasa a mi clítoris y me estimula con pericia. Se me pone la carne de gallina, siento calor por todo el cuerpo. Estoy al borde de un orgasmo espectacular cuando se pone de pie y se coloca en mi entrada. No estoy segura, pero creo que la tiene más grande aún que la última vez. Clava las garras en la encimera mientras me va penetrando con empellones cortos.

—Más. —Le cojo las muñecas y me permite que le levante las manos de la encimera y se las coloque en mis caderas—. Quiero que me dejes marcas.

Rylan se detiene. Un escalofrío le recorre todo el cuerpo y, cuando habla, suena como si fuera otra persona.

—Joder...

Tira de mí para penetrarme del todo y luego me rodea con los brazos. Siento punzadas de dolor en el culo y en la nuca. Me mantiene sujeta en el aire mientras me embiste, cada vez más hondo, hasta que casi es demasiado y al mismo tiempo no es suficiente.

Vuelvo a estar al límite, pero esta vez el orgasmo arrasa conmigo. Me aferro con fuerza a él mientras culmino, disfrutando tanto del dolor como del propio placer. Sigue dándome con sacudidas brutales, y lo único que evita que me dé en la cabeza contra los armarios es su mano en mi nuca.

—Más —ruge.

—Haz lo que quieras conmigo —jadeo.

Y entonces me besa, conquistándome la boca con la lengua igual que su pene me conquista el sexo. Lo siento gruñir contra mis labios, la única advertencia antes de que se corra, llenándome de su esperma. Juraría que puedo sentir el líquido dentro de mí, pero deben de ser imaginaciones mías.

Rylan me mordisquea el labio inferior y ladea la cabeza para pasarme la lengua por el cuello, lamiéndome la sangre que brota de las heridas de su agarre. Noto como unas chispas en la piel y sé que me está curando con la lengua cortada. Me da un escalofrío. Siento el impulso de decir algo, pero no sé qué palabras pueden salir de mi boca sin hacer que volvamos a la rabia y la frialdad de antes.

Me quedo muy quieta cuando se aparta. Baja la vista a nuestros cuerpos y observa cómo sale de mí con una expresión extraña en el rostro.

—Vamos a buscarte algo de ropa —dice.

Así que... ¿no vamos a hablar de lo que acaba de pasar? Por mí bien.

—No he podido coger nada antes de salir. —Me levanto de un salto de la encimera y las piernas me fallan un poco.

—Lo sé. —Rylan me sostiene por el codo; no me coge en brazos como haría Malachi en esta situación ni hace ningún comentario lascivo como haría Wolf. Simplemente espera a que mis piernas se recuperen y luego me suelta.

Lo sigo en dirección contraria a la que han ido los otros dos, hacia el fondo de la casa, donde por lo visto están las habitaciones. Rylan saca un vestido de uno de los armarios y me lo ofrece. No es exactamente algo que habría elegido yo; se trata de un vestido floral que me recuerda demasiado al que llevaba la noche que llegué a la mansión de Malachi, empapada y llena de rabia y de miedo. Han cambiado tantas cosas desde entonces, y al mismo tiempo tan pocas... No es un pensamiento reconfortante.

Sin perder un instante, me quito la camisa y me enfundo el vestido de verano. Me queda como un guante, lo cual no hace sino confirmar mis sospechas de que uno de ellos se ha adelantado y ha abastecido las casas seguras de todo lo necesario. En todas por las que hemos pasado había ropa que nos quedaba bastante bien, además de comida para mí.

Solo cuando termino de abrocharme los botones de la parte delantera me doy cuenta de que Rylan no me ha quitado el ojo de encima.

—¿Qué ocurre? —pregunto.

—Nada —contesta, pero no se gira—. No paro de esperar a que se me pase esta atracción, pero parece aumentar con el tiempo. Es francamente molesto.

Me río. Es la única respuesta válida al eufemismo del siglo.

Me peino con los dedos; creo que no me lo ha manchado de sangre.

—Si te hace sentir mejor, la mayor parte del tiempo no te soporto, pero aun así me pones.

—Por extraño que parezca, sí, me consuela. —Me ofrece una de esas sonrisas apenas perceptibles—. Vamos a ver qué hacen los otros.

No me hace falta ir para saber qué están haciendo. Wolf no duda en proponer sexo en cualquier circunstancia, y Malachi, aunque finja ser el más capaz de mantener el control, mostraría a cualquier persona con ojos en la cara que pasase diez segundos con ellos que ha echado de menos al otro vampiro.

—Deben de estar follando —señalo.

Rylan se detiene en el quicio de la puerta.

—Lo sé.

Debería dejarlo estar, pero no sería yo si no insistiera.

—Los dos estarían encantados si decidieras unirte.

Sus hombros se hunden muy ligeramente.

—Eso también lo sé.

No le pregunto por qué parece querer mantenerse al margen. Ya tenemos bastante de lo que ocuparnos para que encima me inmiscuya en asuntos que se remontan a siglos antes de que yo naciera. Aun así, me resulta muy difícil no querer calmar las aguas y darles toda la felicidad que podamos hallar en este mundo.

Pero nadie me ha dado vela en este entierro.

Pues, por lo visto, sí que soy capaz de controlarme. Hago un gesto hacia la puerta y digo:

—Tú primero.

8

La barrera de sangre se siente extraña.

No notaba la que había en la mansión de Malachi; la traspasé sin ser consciente de su existencia. Pero esta vez es distinto. No estoy segura de si se debe a que ya se han despertado mis poderes seráficos o si es cosa de la propia barrera.

Alargo una mano y me asombra descubrir que el aire parece más espeso conforme mi palma se acerca al umbral de la puerta del salón.

—Qué raro...

—Para. —Rylan me agarra la muñeca—. No la toques hasta que te deje pasar. Conociendo a Wolf, seguro que te espera una sorpresa desagradable si lo haces.

A través del marco de la puerta los vemos a los dos. En algún momento se han despojado de su ropa y ahora Malachi está cubierto de sangre. Sus cuerpos se mueven a un ritmo ancestral: Malachi embiste a Wolf mientras este levanta las caderas para recibirlo.

A pesar de que acabo de correrme, el deseo empieza a calentarme la sangre mientras los miro.

—Son preciosos... —murmuro.

—Sí.

El dolor en la voz de Rylan hace que mi atención se centre en él. Parece angustiado, tanto que se ha olvidado de ponerse su perenne máscara de frialdad. Me duele el pecho y me froto el esternón con una mano. No sé cómo arreglarlo. Ni siquiera sabría por dónde empezar. Tampoco me va a dar las gracias por inmiscuirme.

Cuando no hay respuestas correctas, opto por la única herramienta a mi disposición.

Me arrodillo ante él, y me sigue con la mirada.

—¿Qué estás haciendo?

Pues confiar en mi instinto. Le recorro la erección con un dedo por encima de la tela de los pantalones.

—¿Me permites?

—Mina. —Suelta una exhalación temblorosa—. Sí.

Le desabrocho los pantalones con cuidado y lo libero. Hacerlo con Rylan es una cosa: sé que puedo con todo lo que me dé. Pero hacerle una mamada, cuando podría perder el control en cualquier momento... Estoy demasiado expuesta, demasiado vulnerable. Si se transforma o...

Da igual.

Ahora mismo me necesita, y me niego a ignorar sus necesidades. Le sostengo la mirada mientras me la meto en la boca como puedo. Aun sin cambiar de forma, sigue teniéndola lo bastante grande como para que me duela la mandíbula. Me despreocupo del dolor y, sin apartar la vista de sus ojos, sigo chupándosela.

Sus iris se tornan plateados; alarga una mano hacia mí, pero cambia de idea. Debe de ser consciente de lo que podrían hacerme sus garras en la cara si se dejara llevar.

Me aparto poco a poco de él y le acaricio la punta con los labios.

—Míralos —le exijo.

—Joder... —Su espalda da contra la pared que tiene detrás y clava las garras en el pladur, pero hace lo que le pido y levanta la cabeza para contemplar a los otros dos vampiros al otro lado de la puerta.

Yo vuelvo a chupársela. Sus esfuerzos por contenerse le hacen temblar y, aunque agradezco el detalle, mi parte más insensata desearía ver ese desenfreno que me enseña a veces. Lo anhelo con una intensidad para la que no creo estar preparada.

Su tamaño me impide metérmela del todo, así que uso las manos para abarcarlo entero y pongo toda mi atención en hacerlo sentir bien. Si no puedo ofrecerle nada más, al menos puedo darle esto. Placer. No basta para compensar lo del vínculo ni el lío en el que estamos metidos, pero algo es algo.

Rylan empieza a dar empellones. Al principio son acometidas sutiles, un acercamiento mínimo de sus caderas para tratar de encontrarse con mis labios con cada movimiento de mi cabeza, pero al poco ya me está embistiendo la boca. Aun así, me doy cuenta de que está teniendo cuidado, consciente de lo grande y lo fuerte que es en comparación conmigo.

Levanto la vista y me detengo cuando me lo encuentro observándome a mí en lugar de a Malachi y a Wolf. Nos quedamos un rato mirándonos y detecto el momento exacto en el que se le va la pinza. Me coge un buen puñado de pelo y me aparta de él para tirarme al suelo y cubrirme con su cuerpo. Entonces lo siento dentro de mí y, dioses, no sé cómo puede seguir siendo tan increíble.

Con Rylan, no es sexo.

No es ni siquiera «follar».

Es estar en celo.

Me embiste con tanta fuerza que nos vamos arrastrando poco a poco por el pasillo hacia la puerta del salón. Rylan levanta la vista, gruñe. Se pasa una uña por el cuello y se me hace la boca agua al ver la larga línea de sangre derramándose. Entonces clava las garras en el suelo de madera a ambos lados de mis caderas y me mantiene inmovilizada mientras me penetra.

Me arqueo y cierro la boca alrededor de su cuello. El primer trago hace que la sangre me crepite en las venas. El segundo me embriaga por completo. Placer, dolor, poder. Jamás me imaginé que podría ser así, que podría sentir algo más que solo dolor.

Me corro con tanta intensidad que me dejo llevar y lo muerdo. Da igual que no tenga colmillos como los de los vampiros, estoy actuando por puro instinto. Rylan maldice entre dientes y me da sin parar mientras termina, llenándome de nuevo.

Espero que no se arrepienta de esto.

El pensamiento se desvanece como el humo antes de que pueda acabar de asentarlo, y un sonido de pasos hace que me aparte de su cuello para levantar la cabeza. Malachi está de pie en el umbral de la puerta, esplendorosamente desnudo, y nos observa con una mirada que solo podría describir como posesiva. Como si los dos le perteneciéramos y se alegrara de que por fin hubiéramos superado nuestras diferencias y así el círculo se cerrara. Igual son imaginaciones mías, pero lo dudo.

Rylan se aparta, se pone en pie con cuidado, tirando de mí para que lo imite. Nos lleva unos segundos arreglarnos la ropa; él no dice nada y yo no pienso ser la que rompa el silencio.

Malachi asiente.

—Me visto y nos vamos —anuncia—. Mina, tú te quedas con Wolf. Él te protegerá. —Me envuelve entre sus brazos y me besa. No me da tiempo a sumergirme en el momento antes de que retroceda y siga hablando—: Traeremos información a nuestro regreso.

—Tened cuidado. —Trato de sonreírle, y después me vuelvo hacia Rylan—: Los dos.

Hacen un gesto con la cabeza y desaparecen en la creciente oscuridad de la casa. Creo que todavía no se ha puesto el sol, pero cuesta decirlo sin ventanas por las que mirar. Me doy la vuelta y me encuentro a Wolf apoyado en el marco de la puerta. Se ha puesto los pantalones, pero un poco de cualquier manera. No se los ha abrochado, y le cuelgan precariamente de las estrechas caderas, dando la impresión de que con el mínimo movimiento podrían bajar por las piernas.

Sonríe con aires de satisfacción.

—Y así Bella domó a la bestia.

—Calla, anda. —Echo un vistazo al conjuro de sangre—. ¿Me voy a achicharrar si lo atravieso?

—Si te invito, no. —Extiende el brazo y me ofrece la mano en un gesto elegante—. Ven aquí, amor. Tenemos muchas cosas de las que hablar.

Acepto su mano, dejo que tire de mí y atravieso el conjuro de sangre. Siento como un hormigueo no del todo agradable al hacerlo, pero salgo ilesa. Me toco los labios.

—El de mi padre no lo sentí así.

—Lo puso para mantener encerrado a Malachi, no para evitar que entrara otra gente. —Se encoge de hombros y sigue tirando de mí hacia el sofá—. Ahora sé una buena chica y mantén el pico cerrado mientras los mayores hablan.

Frunzo el ceño. No sé qué se trae entre manos, pero no puede ser bueno. Me freno en seco, aunque no sirve de nada, porque me arrastra lo que queda de distancia hasta el sofá y me lanza sobre él.

—¿Qué está pasando? —me preocupo.

—Ya verás qué divertido. —Wolf se deja caer a mi lado y me estrecha contra él—. Querías conocer a un demonio, ¿verdad?

No puede ser.

Intento levantarme, pero me coge por el hombro y me empuja de nuevo contra él.

—Wolf, no puedes hacerlo. No sin Malachi.

—Malachi se empeña en querer ser el líder de nuestro grupito, pero no te va a dejar hacer ningún pacto, da igual cuál sea. —Sus ojos inquietantemente claros me observan con detenimiento—. ¿Vas a negármelo?

Abro la boca para hacer justo eso, pero no puedo. Sería una mentira.

—Es un poco sobreprotector —admito.

—Exacto.

—Pero creía que habías dicho que no sabríamos nada del demonio en un par de días.

—Era mentira. —Me cuela un dedo por el tirante del vestido, recorre el borde hasta mi pecho y empieza a trazarme círculos en el pezón—. Es una pena que no tengamos más tiempo... Pronto.

—Wolf...

El ambiente cambia en la estancia. No sé cómo explicarlo. No es que haga más frío ni más calor ni nada por el estilo. No hay ninguna sensación eléctrica como cuando Wolf me ha hecho atravesar la barrera. Es más como... un aura de peligro. Mi instinto me pide que me quede totalmente quieta y en silencio, rezando por que el depredador que acaba de entrar pase por delante sin fijarse en mí.

—Buena chica —murmura Wolf. Aún no ha apartado la mano de mi vestido, y sigue estimulándome el pezón con el dedo.

A unos metros de nosotros, en el centro de la estancia, empiezan a acumularse las sombras. Parecen ganar peso y altura de una manera del todo inusual. Entonces una voz masculina emerge de ellas, profunda y suntuosa como el chocolate negro.

—Cuánto tiempo, Wolf.

—Tan teatral como siempre, ¿eh? —Wolf se recuesta contra el sofá, obligándome a hacer lo mismo y apoyando un tobillo en la rodilla opuesta—. No soy una de tus chicas guapas y desesperadas. Conmigo no hace falta que hagas todo este paripé.

—Y sin embargo tienes a una chica guapa contigo.

La oscuridad se desvanece poco a poco, revelando la figura de un hombre, aunque solo le podría confundir con un hombre normal alguien que no tuviera ni un ápice de instinto de supervivencia. Piel tostada, pelo y ojos oscuros, una cara tan perfecta que hasta da un poco de miedo... Me pilla mirándole embobada y sonríe.

Me estremezco. Sí, puede que sea guapo, pero es sin duda el ser más peligroso con el que me he topado nunca, lo cual es mucho decir teniendo en cuenta los hombres con los que me acuesto.

El demonio no se mueve, pero aun así parece acercarse.

—Aunque no es una mujer normal, ¿no? —Inhala despacio, su sonrisa se ensancha—. Un serafín... Wolf, contigo es imposible aburrirse nunca.

—¿Qué puedo decir? Tengo un don.

—Sin duda. —El demonio me examina, y siento como si se me metiera por debajo de la piel—. Aunque te creía más listo: no me esperaba que pudieras caer en las redes de un serafín, literalmente.

Wolf se encoge de hombros. Por fin aparta la mano de mi pecho y me la pasa por el cuello. Un recordatorio de que no me mueva.

—¿Acaso se me puede culpar?

—¿Con este bombón? —El demonio levanta una ceja—. Lo entiendo, la verdad, aunque yo no habría caído en esa trampa.

Wolf suelta una carcajada histérica.

—Qué mentiroso, los dos sabemos que te has vuelto un blando por culpa de una muchachita. ¿Cómo llevas ese tema, Azazel?

De repente, la expresión del demonio se torna seria por primera vez desde que ha aparecido.

—Ten cuidado con lo que dices, vampiro —le advierte—. Me haces gracia, y por eso vengo cuando me llamas. Pero en cuanto dejes de hacerme gracia, te arrancaré los huesos del cuerpo uno por uno, a ver cómo haces para curarte de eso.

—Sí, sí, dame por atemorizado. —Wolf hace un gesto de desestimación con la mano—. Venga, ¿puedes hacer algo con el vínculo seráfico?

Azazel vuelve a analizarme con detenimiento.

—¿Puedo?

—Toda tuya —contesta Wolf antes de que pueda hacerlo yo.

Y entonces se planta delante de mí y me pone una mano fría en el centro del pecho, justo donde siento el vínculo con más fuerza. No es un contacto agradable, pero tampoco está propasándose. Al menos superficialmente. Por dentro, siento sus poderes recorriéndome entera como un calor espeso y sedoso. Se me queda una especie de hormigueo en la parte de atrás de la lengua y me estremezco.

Azazel retrocede despacio, con expresión reflexiva.

—Puedo romperlo —dice al fin.

—¿De verdad? —No pretendía hablar, pero es que no me esperaba que pudiera hacerlo.

Me ofrece una sonrisa encantadora e intimidatoria al mismo tiempo.

—La religión humana está llena de cuentos, pero en esto no se equivocaron. Los demonios y los serafines somos enemigos naturales, y eso se refleja en nuestros poderes. Claro que puedo deshacer un vínculo seráfico.

Wolf entrecierra los ojos.

—¿Y eso implica que los serafines pueden anular los pactos demoniacos? —inquiere.

—Ten cuidado, vampiro. Estás jugando con fuego una vez más.

—Ups. —Wolf me estrecha con más firmeza contra su costado—. Venga, cuéntanos. Queremos todos los detalles.

Azazel sigue analizándome.

—No creo que los vampiros involucrados muráis en el proceso, aunque siempre hay una posibilidad de que ocurra. —Se encoge de hombros—. Me caes bien, Wolf, así que el precio será la tarifa habitual. Siete años de servicio.

Abro la boca, pero Wolf se me adelanta.

—Lo pensamos. Te daremos una respuesta durante esta semana.

—Normalmente no hay mucha prisa, pero tengo un compromiso urgente dentro de diez días. —Azazel vuelve a esbozar esa sonrisa aterradora—. Poder llevar un serafín a la subasta sería un puntazo. A los otros les encantará.

—Te daremos una respuesta durante esta semana —repite Wolf, con un deje de irritación en la voz.

—Pues quedamos en eso. —El demonio se encoge de hombros y desaparece envuelto en sombras.

Pasan unos cuantos minutos antes de que los vestigios de su poder se disipen también. Solo entonces Wolf me suelta y suspira.

—Bueno, pues nada. A pensar en otra cosa.

—¿Cómo? —replico—. Siete años no son tantos. —Aunque no sea inmortal, cosa que aún está por ver, mi esperanza de vida es bastante mayor que la de un humano. Siete años a cambio de romper el vínculo no son nada.

—Te voy a dar un consejo, amor. Si parece demasiado bueno para ser verdad, probablemente haya truco. —Wolf apoya la cabeza en el respaldo del sofá y cierra los ojos—. Azazel ha dicho siete años, pero no está hablando de siete años en el mundo de los mortales. Se refiere a siete años en el mundo de los demonios. Eso puede significar unos pocos segundos aquí o unos cuantos siglos. No hay forma de saberlo y, si le preguntas, no te va a decir la verdad. La interacción entre los distintos mundos en lo referente al paso del tiempo es una de las pocas cosas que los pactos de Azazel no pueden controlar.

Me invade el pánico, pero trato de contenerlo.

—Vale, pues que pasen unos cuantos siglos, ¿qué más da? Tampoco es que tenga nada que me ate a este... mundo. —Ya me explotará la cabeza luego con lo de que al parecer haya más de un «mundo». Ahora toca disociar—. Y vosotros seguiréis vivos.

—Tal vez. —Se queda mirando fijamente el lugar donde ha desaparecido Azazel—. Pero si piensa subastarte... —Niega con la cabeza—. Malachi se pondría hecho un basilisco. A Rylan puede que no le afecte tanto, pero sin duda no permitiría que te dejaras subastar por su bien.

—¿Y tú? —No pretendía hacer la pregunta, de verdad que no, pero ya está hecha y ahora nos ronda sin que pueda retirarla.

—Yo ¿qué? —Me coge una pierna y se la pone en el regazo. Cuela una mano por debajo de mi vestido y me acaricia la entrepierna desnuda—. Soy un cliché con patas, amor. No me convence la idea de que te tires a otros monstruos aparte de nosotros.

—Pero... —Mis pensamientos se dispersan cuando me mete dos dedos—. Wolf. —Es prácticamente imposible concentrarse cuando me toca así, con esa mirada hambrienta en la cara, pero pongo de mi parte porque la situación lo merece—. ¿Qué hacemos con el vínculo?

—¿Eh? —Saca los dedos y me esparce los fluidos por los alrededores del clítoris—. Por mucho trauma que tenga Rylan, dudo que seas una tirana opresora. —Se pone a estimularme la zona recién mojada con el pulgar—. Si eso cambia en algún momento, me encargaré yo mismo de matarte.

9

Puede que debiera darme miedo la amenaza de muerte de Wolf; es un hombre aterrador. Aun conociéndolo desde hace tan poco tiempo, soy muy consciente de que no se tira faroles. Pero eso no lo hace ser más predecible en absoluto. Cambia de opinión como de camisa.

Aun así...

—Prométemelo —le pido.

Él se detiene y junta las cejas oscuras.

—¿Qué?

—Prométeme que me matarás si abuso del vínculo.

Suelta una de esas carcajadas histéricas suyas que tanto me han acabado gustando.

—No —contesta—. No hago promesas que no tengo intención de cumplir.

—Pero...

—¿Qué pasa si abusas del vínculo sin querer, mi precioso serafín? —Vuelve a meterme los dedos despacio, mientras me estimula el clítoris con el pulgar—. Sería una pena que tuviera que desgarrarte la garganta por una promesa mal formulada. Malachi no me lo perdonaría jamás.

—Cierto... —murmuro.

—¿Has visto? —Me empuja contra el sofá de nuevo y se acomoda entre mis muslos—. Ah, esto me trae buenos recuerdos.

De cuando nos conocimos. Intento fulminarlo con la mirada, pero no consigo que el gesto tenga credibilidad.

—¿Te refieres a cuando me inmovilizaste y bebiste de mi sangre a los pocos minutos de conocerme?

Wolf se ríe para sí.

—Estás hablando de cuando Malachi te ofreció para compartirte con su invitado, y te enfadaste tanto que aceptaste que te mordiera, y te corriste al instante, ¿no?

Me ha pillado. Sí que estaba cabreada, sí.

—Me habrías follado si te lo hubiera permitido, ¿verdad?

—Por supuesto. —Se levanta de encima de mí lo justo para desabrocharse los pantalones y bajárselos de las caderas—. Justo como voy a hacer ahora. Por los viejos tiempos.

—Ajá.

Me baja los tirantes del vestido de verano para dejarme expuestos los pechos.

—Eres realmente preciosa, amor. Unas tetas perfectas, un coño por el que cualquiera querría encerrarte para que fueras siempre suya. —Me toquetea los pechos y me mima con especial esmero los pezones—. No vamos a aceptar el pacto con el demonio.

—No eres tú quien tiene que tomar esa decisión. —Me arqueo contra sus manos. Da mucho gusto, pero no es suficiente para nada—. Te necesito.

Wolf se la coge y la guía hacia mi entrada.

—Justo por esto lo digo. ¿Tú eres consciente del tipo de monstruos que habitan en el mundo de los demonios, amor?

—Ni siquiera sabía que había un «mundo de los demonios» hasta hace una hora —confieso.

Su risa suena un poco tensa. Se mueve despacio, provocándome, hundiéndose en mí centímetro a centímetro.

—Hacen que los vampiros parezcamos gatos domésticos —me explica—. En cuanto te prueben, te encadenarán y no te dejarán marcharte nunca.

Alargo las manos para agarrarlo por las caderas mientras levanto las mías para sentirlo más dentro de mí.

—Sigue siendo elección mía, Wolf.

—No soy un hombre celoso. —Da un empellón y se clava en mí del todo, y después deja caer todo el cuerpo sobre el mío—. De verdad que no lo soy.

Apenas puedo cruzar dos pensamientos con lo increíble que es tenerlo dentro, pero le pongo empeño y replico:

—Dilo otra vez, a ver si te lo acabas creyendo.

Baja un poco la cabeza y me muerde. Sus colmillos se hunden justo en la curva de uno de mis pechos, un lugar del que no va a sacar mucha sangre, pero el efecto es de todos modos avasallador. Le suelto las caderas para cogerle la cabeza y guiarlo al pezón.

—Otra vez —le pido.

—Debe de ser el vínculo —murmura—. Quiero impregnarte entera con mi olor, quiero dejarte —me tantea con las manos hasta encontrar las cicatrices de las garras de Rylan— marcas como las que te ha dejado Rylan, como las que querría dejarte Malachi.

Lo llevo a mi otro pecho.

—Hazlo.

Y lo hace. Una vez, y otra, y otra. Me da mordisquitos que intensifican al máximo mi placer. Bajar la mirada y ver pequeños riachuelos de sangre por toda mi piel me pone tanto como los propios mordiscos. Estas marcas me gustan, como también me gustaron las de las garras de Rylan. Una señal de pertenencia mutua, una forma de demostrar que soy suya del mismo modo que el vínculo me exige que deje claro que ellos son míos.

Ya me preocuparé más tarde de si esto se debe a algún tipo de magia; ahora mismo no puedo prestar atención a nada más que a los mordiscos de Wolf acompasados con el ritmo de sus embestidas. La necesidad de culminar hace que me arquee y que se me escape un grito de entre los labios:

—Más.

Y eso es lo que me da: más. Aun así, no va rápido. El tiempo pierde el sentido mientras lo hacemos, con nuestros cuerpos moviéndose con una cadencia tan familiar como el respirar. Con cada oleada de placer me voy acercando cada vez más al orgasmo, que llega con fuerza. Cuando por fin me rodea la cintura con el brazo para levantarme las caderas y rozar mi punto más sensible con cada acometida, pierdo el control por completo. Me aferro a sus brazos y chillo. Creo que incluso me desmayo. Solo sé que en un segundo me corro con tanta intensidad que la habitación se funde a negro y al siguiente parpadeo y veo los ojos carmesí de Wolf mirándome mientras termina dentro de mí.

Estoy tan aturdida que por poco no oigo las palabras que admite en voz baja:

—Eres nuestra.

Una promesa y una amenaza al mismo tiempo.

El sudor sigue enfriándome el cuerpo cuando siento que se aproximan Rylan y Malachi. Se mueven deprisa. No sé qué ha cambiado en el vínculo en los últimos días, pero siento la distancia recortarse con todo lujo de detalles.

—Están viniendo —anuncio.

—Ya era hora. En serio, ¿cómo de difícil es pillar desprevenido a un grupo de vampiros, matar a todos menos a uno y darse el gusto de torturarlo un poquito hasta sonsacarle todo lo que sabe? —Wolf se pone de pie y estira los brazos por encima de la cabeza.

Aun después de haber estado follando un buen rato, verlo así hace que se me contraiga todo el cuerpo. Trato de reprimir el deseo que me embarga, pero, cuando veo cómo sus labios esbozan una sonrisa seductora, fracaso estrepitosamente.

Me incorporo e intento ignorar que vuelve a estar empalmado.

—Malachi me ha dicho que podéis sentir mis emociones —comento.

—Ah, eso. —Se encoge de hombros—. No necesito ningún poder mágico para saber que quieres volver a tenerme dentro, amor. Se le llama «ser observador».

—Tengo que aprender a protegerme —afirmo.

—¿Por qué?

Me lo quedo mirando y parpadeo.

—¿Cómo que por qué?

—Pues eso, que no lo entiendo. ¿Te has parado a pensar en qué utilidad puede tener ese tipo de efecto secundario?

Hago el amago de contestarle, pero que Wolf se ponga en modo profe es una novedad; suele preferir burlarse y provocar. Me cruzo de brazos.

—No, no me he molestado en preguntarme nada. El hecho de que exista ya me vale. No quiero teneros a los tres en mi cabeza.

—Pero es que no estamos en tu cabeza. —Me coge la mano y tira de mí para ponerme de pie—. Estamos en tu corazón, que es algo totalmente distinto.

—No me vengas con historias. No tengo paciencia para eso ahora mismo.

—Una pena. —Se ríe, y después baja la cabeza para lamerme la sangre del torso. El sonido que hace es prácticamente un ronroneo—. No somos solo tíos cachondos con ganas de complacerte, amor.

—Bueno, Rylan desde luego no parece tener muchas ganas de complacerme.

Wolf me pasa un dedo por la cadera, donde todavía se ve la marca de las garras que este me dejó. Es asombroso que no se haya curado del todo aún, la verdad. Desde entonces he bebido sangre de los tres, y nada cura tan rápido como la sangre de vampiro. Me pregunto si hay algo en sus garras que enlentezca la regeneración...

—Rylan no perdió el control porque odiara estar dentro de ti, precisamente. —Suelta una carcajada—. ¿Sabías que cuando era más joven era mucho más salvaje?

—Creía que era mayor que Malachi y tú.

—Lo es. —Se encoge de hombros—. Pero no se volvió tan estirado hasta hace poco más de un siglo.

No hace falta ser un genio para sumar dos más dos. Si no me fallan las cuentas, eso fue más o menos cuando tuvo lugar el desencuentro con Malachi y Wolf.

—¿Qué tiene que ver eso con nada?

—Que antes era mucho más salvaje —repite, y suelta un suspiro nostálgico—. Nos acostábamos todo el tiempo, amor. Nosotros tres y con otras personas a las que invitábamos. Aquello fue una bacanal constante y maravillosa durante años.

—De nuevo, no sé qué tiene que ver eso con lo que estamos hablando.

Su sonrisa se ensancha y se torna pícara.

—En todos esos años, solo lo vi perder el control de su forma cuando estaba con Malachi y conmigo. Solo con nosotros. Nunca cuando había una tercera persona involucrada.

Siento una punzada de algo extraño en el pecho, pero no logro identificar la emoción.

—Eso no significa nada.

—¿Ah, no? —Se encoge de hombros una vez más—. Si tú lo dices...

Malachi y Rylan están a punto de llegar a la casa, y su cercanía casi basta para distraerme.

—¿Por qué no debería aprender a protegerme, Wolf?

—Ah, eso. —Me acaricia los pechos—. Es una medida de seguridad.

—¿Perdona?

—Cuando sientes emociones muy intensas, los tres lo sentimos. Saber cuándo estás asustada o enfadada es tremendamente útil, la verdad.

Una parte de mí entiende lo que dice, pero no estoy dispuesta a darme por vencida.

—Si lo hubierais elegido, sí, a lo mejor. Pero no lo habéis hecho, así que es muy invasivo.

—Tal vez. —Me pasa las manos por los costados, y sus dedos siempre encuentran los lugares donde Rylan me clavó las uñas—. Aunque eso no significa que no sea útil. Al fin y al cabo, tenemos que mantenerte con vida y todo eso.

—Wolf...

Noto movimiento al otro lado del conjuro y aparecen Malachi y Rylan. Están cubiertos de sangre; parecen salidos de una película de terror. Me quedo sin aliento, pero Wolf me agarra con más fuerza y me mantiene en mi sitio.

—Sí que habéis tardado —se queja.

Malachi levanta la mano. El aire fluctúa un poco delante de su palma, y él retrocede.

—¿Qué es esto, Wolf? Déjanos entrar.

—¿Contraseña?

—Wolf. —Malachi pronuncia su nombre con un tono de advertencia.

Él sigue inmovilizándome, y su hermoso rostro se torna reflexivo.

—¿Quién me dice a mí que no os ha apresado Cornelius? El poder de su estirpe es el de crear ilusiones, después de todo. Para él sería pan comido imitar vuestros cuerpos y vuestras voces y venir aquí para atacarnos.

Todo eso es cierto, pero no tiene en cuenta el hecho de que yo sé al cien por cien que son ellos. Lo cojo por las muñecas y se las aprieto.

—Son ellos. Mi padre podría engañar a nuestros sentidos, pero no puede engañar al vínculo.

Wolf sonríe como si fuera una alumna que acabara de decir algo sorprendente para su nivel.

—Exacto. Cualquiera diría que el vínculo tiene sus beneficios.

Mierda, he caído directamente en la trampa.

—Aunque los tenga, voy a aprender a protegerme.

—Eso está por ver. —Por fin me suelta y chasquea los dedos. Siento el instante en el que se deshace el hechizo de sangre. Es casi como un estallido en los oídos; extraño, pero no del todo incómodo.

Malachi se tropieza un poco cuando entra en la estancia, y el miedo se apodera de mí. Le aparto las manos a Wolf y me pongo el vestido en su sitio.

—Estás herido.

—Estoy bien —replica, pero sus movimientos le delatan, y Rylan se coloca bajo su brazo para sujetarlo—. Estaban más preparados de lo que nos esperábamos.

—Mi padre será un monstruo, pero no es ningún idiota.

—Ya. Y por eso tenemos que movernos, y rápido. Cuanto

más nos alejemos del grupo que acabamos de eliminar y del siguiente que envíe para buscarnos, mejor. —Echa un vistazo al salón como si lo viera por primera vez—. ¿Qué es ese olor?

—Azufre —contesta Rylan con un sonido similar a un gruñido—. ¿Qué has hecho, Wolf?

—¿Quién, yo? —Él se sube los pantalones despacio—. No tengo ni la más ligera idea de qué me estás hablando.

Rylan y Malachi se quedan petrificados. Malachi trata de enderezarse, pero se desequilibra hacia un lado y Rylan tiene que cogerlo antes de que se caiga. Voy a toda prisa hacia ellos.

—Necesitas sangre —digo.

—Estoy bien —insiste.

—Estás a punto de echarte una cabezadita involuntaria y acabas de decir que tenemos que marcharnos corriendo —replico, y después me dirijo a Rylan—: Déjale en el sofá, por favor.

Por una vez, Rylan hace lo que le pido sin protestar. Guía a Malachi al sofá y lo sienta con cuidado. Tras plantearme un instante cuál es la mejor manera de hacerlo, me limito a subirme a su regazo y retirarme el pelo de un lado del cuello.

—Bebe —le pido.

—Hace dos noches estuviste a punto de morir. No pienso beber de ti.

—Malachi, cállate la boca y bebe.

Entierro las manos en su pelo y guío su cara hacia mi cuello. No se resiste, una muestra más de lo herido que está. Me encojo levemente de dolor cuando me clava los colmillos, pero luego no hay más que placer.

Maldita sea, por una vez habría estado bien no sentir un huracán desbocado de deseo por culpa del mordisco. La mayor parte del tiempo es útil, pero oigo a Rylan y a Wolf cuchichear a mis espaldas, y me muero por saber de qué están hablando.

Pero es como tratar de atrapar el viento con las manos.

Con cada succión de su boca, una oleada de calor me recorre el cuerpo. Los pechos se me ponen duros y sensibles, y la entrepierna me palpita al compás del corazón. Aunque intento resistirme, me restriego contra la erección de Malachi. Él contesta tirando de mí para acercarme. Es justo lo que necesito, pero al mismo tiempo me aleja de lo que necesito. Así tan pegados no puedo desabrocharle los pantalones.

Da igual, me voy a correr de todos modos. Ya estoy a punto solo por la mordedura. Aunque eso no evita que me frustre un poco. Quiero tenerlo dentro de mí.

«Quiero tenerlos a todos dentro de mí».

La voz en mi cabeza apenas se parece a la mía, pero no puedo culpar a nadie más que a mí de este deseo. Solo los he tenido a los tres al mismo tiempo una vez, y me muero de ganas de volver a dejarme llevar así, de sentir ese placer tan absoluto que me sobrepasó y despertó mis poderes.

Malachi cambia de postura y gruñe contra mi piel, y eso es todo lo que necesito. Me voy intensamente, gimoteando y temblando y frotándome contra él. Malachi levanta la cabeza casi a regañadientes y me pasa la lengua por las heridas que han dejado sus colmillos. Un chispazo en mi piel me revela que me las ha curado. Se incorpora para besarme despacio, como si tuviéramos todo el tiempo del mundo.

Rylan maldice entre dientes.

—Tenemos que irnos. Ya. —Su voz suena grave y peligrosa—. Ya hablaremos del tema del demonio cuando estemos en un lugar seguro.

Y, con eso, Malachi deja de besarme. Se aparta con una expresión cuidadosamente neutra.

—¿Qué has hecho, pequeña dhampira?

10

—Ya hablaremos más tarde de eso; ahora tenemos que ponernos en marcha. —Rylan me levanta de un tirón del regazo de Malachi, mira con exasperación la sangre de mi cuello y me pone bien el vestido de nuevo.

Me planteo protestar diciendo que no soy una muñeca que puedan mover de un lado a otro, claro que tampoco me apetece tener la conversación sobre el pacto demoniaco ahora mismo. Si tenemos que ponernos en marcha ya, eso haremos. Hablar ahora solo conseguiría que nos tiráramos horas discutiendo.

Rylan se quita la chaqueta y me envuelve con ella.

—Yo te llevo —dice.

—En realidad...

—Wolf, me imagino que no querrás llevarme la contraria justo después de haber tratado con un demonio a nuestras espaldas, así que cierra el puto pico.

Por una vez, Wolf hace justo eso: cerrar el puto pico. Ayuda a Malachi a levantarse, que por fin parece capaz de mantener el equilibrio sin muchos problemas. Aun así, no se le ve muy contento.

Rylan se pasa una mano por el pelo.

—Colorado —propone—. La casa de la montaña.

Wolf se sobresalta.

—Eso está lejísimos.

—No nos queda otra. Es la más fácil de proteger, y necesitamos tiempo para urdir un plan. Poner estados de por medio debería darnos algo más de tiempo.

Wolf no parece convencido.

—Nos han encontrado en todas las casas. Da igual cuántas trabas les pongamos para relacionarnos con las propiedades, siempre lo consiguen.

—Esta no la encontrarán —afirma—. Es imposible.

Frunzo el ceño.

—¿Por qué?

—La casa es propiedad de una persona cercana a mí —se limita a contestar antes de cogerme en brazos—. No iremos todo el trayecto a pie. —Sin decir otra palabra, se dirige a la puerta. Al parecer, piensa como yo: marcharse primero, hablar después.

Echa a correr en cuanto salimos de la casa. Por muy tentador que resulte preguntar qué han averiguado, me obligo a tener paciencia. Es mejor que lo soltemos todo a la vez cuando estemos a salvo. O igual cuando estemos en el coche...

Pero ninguno de ellos parece interesado en charlar cuando llegamos a la furgoneta negra sin rasgos distintivos aparcada detrás de una gasolinera. Como Wolf y yo somos los más pequeños de los cuatro, nos montamos en la parte de atrás, y Rylan se pone al volante. Aunque intento mantenerme despierta, los acontecimientos de los últimos días me pasan factura. Apoyo la cabeza contra el frío cristal y cierro los ojos, dejándome llevar por el silencio gélido. Al poco, me quedo dormida.

El amanecer empieza a atisbarse en el horizonte cuando vuelvo a abrir los ojos. Estoy tumbada en los asientos traseros, con la cabeza apoyada en el regazo de Wolf. Él tiene los ojos cerrados, pero no sé si está durmiendo. Los vampiros también necesitan dormir, aunque mucho menos que los humanos o los dhampiros. Y los vampiros de estirpe aún menos. Dicho esto, no recuerdo la última vez que vi a alguno de los tres dormir más de una hora o dos. Debemos de estar todos al límite.

Igual por eso vamos montaña arriba a esa casa que pertenece a alguien cercano a Rylan.

Wolf coloca una mano en mi pelo sin abrir los ojos.

—Ya casi estamos —murmura.

Aunque me encantaría permanecer en esta posición y disfrutar de sus caricias, la curiosidad me puede. Me incorporo y miro por la ventana.

Parece como si estuviéramos en otro mundo.

La carretera es muy estrecha y con muchos giros, y sube sin parar. A cada lado, las laderas se convierten abruptamente en despeñaderos. Apenas hay sitio para la furgoneta; si viene un vehículo de frente, no sé cómo haremos para que ninguno de los dos se salga de la calzada.

—Es el único camino de entrada y de salida. El terreno es accidentado incluso para los vampiros —nos explica Rylan en voz baja—. Tú sentiste a los secuaces de tu padre antes que nadie —me dice a mí.

Se me extiende un calor por la piel, provocado por algo parecido a la vergüenza.

—No sé cómo lo hice. Estoy casi segura de que fueron imaginaciones mías.

—No lo fueron —interviene Malachi—. Habríamos escapado sin problemas de todos modos, pero tus sentidos nos dieron algo de tiempo extra.

—No sé si podría volver a hacerlo —les advierto. Si están poniendo toda su fe en mí... Por mucho que anhele ser una igual en este grupo de cuatro, la realidad es que, a pesar de mis supuestos poderes, sigo en una fase equivalente a la de aprender a caminar. Algunas cosas las hago como por instinto, pero eso no me va a llevar muy lejos—. No quiero poneros en peligro dando por hecho que puedo recrear algo que no sé ni cómo hice.

—Va a salir bien —dice Malachi con una seguridad que me dan ganas de darle una bofetada. ¿Cómo se atreve a depositar tanta fe inmerecida en mí? Si le pasa algo a alguno de ellos por culpa de esas esperanzas insensatas, no me lo perdonaré.

No tengo la oportunidad de seguir rebatiéndoselo, porque damos un último giro y aparece la casa. Bueno, «casa» por decir algo. Es más bien como un búnker construido en la ladera de la montaña.

Entrecierro los ojos. Hay unas cuantas ventanas reflejando los rayos del sol matinal, pero, aun así, es difícil discernir dónde termina la casa y dónde empieza la montaña.

—¿Dónde estamos?

—En un lugar seguro, ese es el resumen.

La respuesta de Rylan no me aclara nada, pero supongo que lo único que importa es que estamos a salvo. «Me pregunto si aquí también estaremos a salvo de demonios...». El pensamiento casi me hace reír.

Rylan lleva la furgoneta a una puerta de garaje bien escondida que se abre para dejarnos entrar. Cuando la atravesamos y se cierra, el vehículo entero queda envuelto en una oscuridad total. Rylan murmura algo y entonces se encienden unas luces tenues en el perímetro del suelo. Poco a poco se vuelven más brillantes, hasta que por fin veo con claridad. Distingo media docena de vehículos, que van desde coches de lujo que deben de ser carísimos hasta algo que podría confundirse con un tanque militar.

—Te juntas con gente la mar de interesante —comento.

—Se podría decir así.

Nos bajamos de la furgoneta y Rylan nos guía hacia una robusta puerta de metal. Marca un código en un panel y se enciende una lucecita verde.

—Repasaremos todas las medidas de seguridad cuando nos hayamos instalado.

Me esperaba que el interior tuviera un aire militar y espartano, pero la puerta se abre a un pasillo espléndido con fuentes que lo flanquean simulando cascadas suaves. La siguiente puerta da a una pequeña estancia con varias puertas más. Una alfombra gruesa amortigua mis pasos y todo el mobiliario parece de la mejor calidad, pero incluso yo soy capaz de atisbar la conveniencia de esta disposición. Cualquiera que entre por el garaje va a tener que pasar por esta sala, que es una trampa mortal. No hay espacio para que el enemigo se despliegue, ni para que pueda buscar una ventaja táctica. Rylan ignora las dos puertas a nuestra derecha y nos lleva por la izquierda.

Otro largo pasillo seguido de otra sala con varias puertas.

Repetimos la operación tres veces más hasta llegar a un salón muy acogedor con una chimenea enorme y muebles macizos y cómodos. Señala toda la estancia con un movimiento del brazo.

—Esto es el ala este. Soy consciente de que no es ideal estar en la parte sin ventanas, pero es más segura.

—¿A cuánta profundidad estamos? —Echo un vistazo al techo, pero es como el techo de cualquier otra casa bonita y lujosa. Nada sugiere que sostenga la presión de la tierra, el peso de la montaña.

—A la suficiente como para no tener que preocuparnos de que nadie se vaya a colar aquí. A nuestro alrededor solo hay roca, así que, a menos que se use dinamita, es impenetrable. Y la dinamita la oiríamos mucho antes de que se acercasen lo suficiente como para estar en peligro.

Definitivamente es un búnker.

—A los dormitorios y la cocina se va por aquí. —Señala las puertas que hay al otro lado de la estancia—. En cuanto nos hayamos aseado y Mina haya comido algo, nos sentamos a hablar.

Wolf se estira, y la columna le cruje con un sonido que me da dentera.

—Para el carro, macho alfa. En este trío solo hay un líder que esté dispuesto a reconocer, y no eres tú.

¿Trío?

¿Eso significa que yo estoy fuera de la jerarquía? No sé cómo sentirme al respecto. Aunque, claro, no sé cómo sentirme respecto de muchas de las cosas que han ocurrido desde que se despertaron mis poderes. ¿Por qué iba a ser esto la excepción?

Malachi sacude la cabeza.

—Rylan tiene razón. Estamos llenos de sangre y Mina no ha comido en... —Me mira—. ¿Cuánto tiempo llevas sin comer?

Mierda, confiaba en que no me lo preguntara.

—No me acuerdo.

—Eso me imaginaba. —Me rodea la cintura con un brazo y me conduce con suavidad a la puerta del centro.

Esta da a un dormitorio igual de lujoso que el resto de las estancias. La cama es baja, casi pegada al suelo, y es lo bastante grande para que quepan varios vampiros del tamaño de Malachi. Una puerta abierta lleva al baño, donde hay otra de esas fuentes que simulan una cascada por la pared y una ducha con tantos cabezales que no sabría ni qué hacer con ellos.

Me preparo para la discusión. Es evidente que está cabreado conmigo; lleva estándolo desde que olieron el aroma a azufre y se dieron cuenta de lo que habíamos hecho Wolf y yo.

Pero Malachi se limita a abrir el grifo y a girarse hacia mí para preguntarme:

—¿Estás bien?

—Sí. —Y no miento. Me encuentro agotada a pesar de la cabezadita en el coche y tengo el estómago a punto de empezar a comerme por dentro, pero estoy todo lo bien que se podría estar en estas circunstancias—. ¿Tú?

Se encoge de hombros.

—Las cosas fueron un poco más complicadas de lo que nos esperábamos, pero hicimos lo que teníamos que hacer. —Me coloca debajo del chorro de agua y se pone a lavarme con el jabón mentolado que hay en la ducha.

Estoy a punto de soltarle que puedo lavarme yo solita, pero noto un leve temblor en las caricias de Malachi. No sé si es de rabia, de miedo por lo que podría haber pasado o una ligera falta de control, pero me quedo callada de todos modos. Sobre todo porque cada vez que me pasa las manos por la piel parece calmarse. Otro efecto secundario más del vínculo, sin duda.

Una vez que estamos los dos limpios, se inclina hacia mí y apoya su frente en la mía.

—No vuelvas a hacer eso —murmura.

—Malachi...

Continúa hablando antes de que yo sepa qué decir:

—No te pongas en peligro. Y menos por nosotros.

—¿Quién dice que sea por vosotros? A lo mejor lo hice para poder librarme yo del vínculo.

—Mina... Pequeña dhampira. —Se aparta lo suficiente para sostenerme la mirada—. Pasaría de nuevo. Incluso si consigues anularlo esta vez, el vínculo forma parte de la vida de un serafín. Yo no voy a dejarte, así que simplemente acabaré volviendo a estar vinculado a ti.

—No. —Trato de zafarme de él, pero me agarra con la fuerza justa para que no me mueva.

—No puedes huir de esto.

—Pues entonces no me tiraré a más vampiros. Así de simple.

Solo que no es simple ni factible. No si quiero convertirme en la heredera de mi padre y deshacerme de él. Participar en los juegos políticos de los vampiros ya es todo un reto con una pareja fuerte a mi lado. Pero ¿sola? Sería complicarme la vida innecesariamente, porque se matarían por hacerse un hueco en mi cama y me odiarían por no cedérselo a nadie.

Otra trampa.

Otra elección que se me niega.

Respiro hondo.

—Deja de presionarme, por favor. Lo estoy haciendo lo mejor que puedo.

—Lo sé —contesta, y me envuelve entre sus brazos para estrecharme—. No lo digo para hacerte daño, pequeña dhampira. Tienes que conocer las reglas del combate antes de subirte a la palestra.

Desde que nos conocimos, Malachi siempre ha tenido unas expectativas muy altas puestas en mí. Una y otra vez me ha retado a encontrar nuevas formas de luchar, de utilizar todas las armas que tengo a mi disposición.

—Estoy cansada.

—Lo sé.

Me permito apoyarme en él durante cinco respiraciones lentas. Cuando me enderezo, me suelta sin protestar. No me siento más centrada, pero con cada puerta que se cierra, más claro veo lo que tengo que hacer. Realmente no hay alternativa.

Cuando vuelvo al dormitorio, no me sorprendo al ver el armario lleno de ropa variada. Un vistazo rápido me confirma que hay prendas tanto de mi talla como de la de Malachi. Sospecho que en las otras habitaciones será igual para Rylan y Wolf.

—Sigo sin entender cómo sois capaces de equipar tantas casas con tan poca antelación. ¿No os preocupa llamar la atención de mi padre?

—Usamos un intermediario. Una persona que no está conectada de ninguna manera con nosotros. —Malachi señala con el brazo la habitación en la que nos encontramos—. Aunque para esta no hemos contado con sus servicios.

Me pica la curiosidad. Es una distracción tan agradable, después de este ciclo constante de deseo, miedo y rabia, que me quedo sin aliento unos segundos. Tras un breve debate interno, me pongo unos *leggings*, unos calcetines gruesos y un jersey de punto.

—¿No me vas a decir a quién pertenece esta casa? —pregunto.

—No me corresponde a mí hacerlo.

Se viste igual de rápido que yo. Me hace un poco de gracia ver que sus opciones de vestuario son más de lo mismo: pantalones ajustados y camisas vaporosas. Malachi tiene un gusto en moda tan ecléctico como el de Wolf, aunque su estilo es más sutil. Ligeramente. Se dirige a la puerta y añade:

—Pero si se lo preguntas a Rylan, puede que te lo cuente.

—Lo haré.

Lo sigo de vuelta al salón. Uno de los otros dos ha encendido el fuego de la chimenea, y la estancia parece más acogedora aún con las llamas proyectando luces danzantes en el techo y las paredes.

Wolf va vestido con su atuendo de siempre: pantalones, tirantes y camiseta con estampado. Sin embargo, Rylan me sorprende. Esperaba que se hubiera puesto un traje, como de costumbre, pero lleva pantalones de chándal y un jersey de punto. Y está descalzo. Es una tontería, ¿no? La gente va descalza cuando quiere. No sé por qué verle los pies hace que me golpetee el corazón con fuerza contra las costillas.

Arrastro la mirada al fuego, una vista mucho menos peligrosa.

Wolf da una palmada y se frota las manos con una expresión como de júbilo.

—Venga, al lío.

11

Cuando Wolf termina de detallar las condiciones del pacto con el demonio, el silencio es tan denso que podría cortarse con una motosierra. Rylan está de piedra, no parece siquiera respirar. Malachi no para de apretar y aflojar los puños.

Me remuevo en mi sitio, en el medio del sofá.

—No le hemos prometido nada —señalo.

—Y no lo vais a hacer —interviene Rylan antes de que Malachi pueda decir lo que sea que esté rumiando—. Esas condiciones son inaceptables.

Me yergo.

—Todos los aquí presentes estáis sacrificando cosas para aseguraros de que me convierto en heredera y así poder dejar de huir. Yo también estoy dispuesta a hacer sacrificios.

—Te juro por los dioses, Mina, que...

De nuevo, Rylan interrumpe a Malachi:

—Hay demasiadas posibles trampas. El tiempo transcurre de forma extraña en los reinos demoniacos, que es algo que ya ha mencionado Wolf. Pero, al margen de eso, no sabemos cómo puede reaccionar el vínculo seráfico a los demonios. Si trata de vincularse con quien sea que te compre en la subasta, te matará antes de dejarse atar a ti. El precio es demasiado alto.

—Podemos negociar mi seguridad. —No sé por qué se lo discuto. En el fondo tiene razón. Da igual cómo me sienta al respecto; si los tres están de acuerdo en una cosa, debo hacerles caso. Huir hacia delante porque me siento culpable es una necedad—. Todo es hablarlo.

—No va a servir de nada. —Malachi se cruza de brazos—. El demonio que te mate tendrá su merecido, pero tú seguirás muerta.

Abro la boca, pero cambio de opinión antes de decirle que es un riesgo razonable. A juzgar por la expresión de su rostro, no le haría ninguna gracia.

—Si estáis todos de acuerdo...

—Lo estamos. —Las palabras de Malachi suenan como una amenaza.

Rylan asiente.

—Era una idea con muy poco futuro —se resigna—. El precio es demasiado alto.

—Ya sabes lo que opino, amor —dice Wolf—. Solo aceptaría si fuese Azazel quien se quedara contigo, pero no quiere. Está prendado de otra.

Suspiro y me dejo caer contra el respaldo del sofá.

—Pues supongo que esa opción queda descartada.

Lo cual nos deja un único camino, que es el que estamos siguiendo. Quedarme embarazada. Convertirme en heredera. Cometer parricidio.

—Y vosotros dos ¿averiguasteis algo? —les pregunto a Malachi y a Rylan.

—Lo sabe. —Malachi dice las palabras tan directamente que tardo unos segundos en procesarlas.

Me pongo en pie de un salto, sin acusar el agotamiento de antes. «Lo sabe».

—¿Qué sabe exactamente?

—Que tienes lo suficiente de serafín para contar con sus poderes y todo lo que eso conlleva. Sospecha que estás vinculada al menos conmigo, pero no tiene forma de confirmarlo.

Son malas noticias. Muy malas noticias.

—¿Cómo? ¿Cómo es posible que sepa tanto?

—Tus poderes mágicos dejaron una especie de rastro cuando se rompió el conjuro de sangre. —Wolf se frota las sienes—. No me lo había planteado, pero, aunque lo hubiera hecho, habría dado igual. Tu padre no es lo bastante longevo para saber lo que eres, pero por lo visto mi primo, en su afán de ambición, le soltó toda la información a cambio de una buena pasta.

Rylan se apoya el tobillo en la rodilla. De todos, es el que más tranquilo parece. Lo cual no quiere decir relajado, aunque ahora lleve ropa más informal; creo que nunca lo he visto relajado. Se apoya en el respaldo del asiento.

—En realidad, esto no cambia nada. Aunque no tuviera constancia de los poderes de Mina, se enteraría cuando la atrapara. El plan sigue siendo el mismo.

—¿Esto significa que vas a poner de tu parte? —pregunta Wolf alargando las palabras, mirándole con ojos fríos mientras tensa y suelta los tirantes a un compás regular—. ¿O vas a seguir haciéndote el mártir y quejándote porque no querías que ocurriera esto?

—Ninguno de nosotros lo quería —intervengo.

Pero me ignoran.

Rylan entrecierra los ojos.

—Lo siento por no estar loco de alegría con cómo se han desarrollado los acontecimientos.

—No, no creo que lo haga. Perdonarte, digo.

Echo un vistazo a Malachi, suplicándole en silencio que haga algo, pero se limita a observar con detenimiento a los otros dos. Seguro que opina algo de todo esto, ¿no? Me da igual que Rylan y yo nos hayamos acostado tres veces en los últimos tres días, no pienso obligarlo a participar en esta competición por ver quién me preña antes. El vínculo es una mierda de por sí, pero encima tener un hijo juntos cuando no está cómodo con la situación me parece una auténtica pesadilla.

—Di lo que tengas que decir, Wolf —le provoca Rylan—. Habla claro por una vez en tu vida.

Él se pone de pie muy despacio, con ojos carmesí.

—Eres un puto cobarde, Rylan. Tenías mil planes y estratagemas para liberar a Malachi, pero en cuanto encontramos una forma de hacerlo, que además te recuerdo que fue idea tuya y que participaste en ella, te pones a lloriquear y a arrepentirte. ¿Por qué te empeñas tanto en hacerte la víctima y en no permitirte disfrutar de lo que de verdad deseas? Estamos aquí, Rylan.

Los ojos del otro vampiro se tornan completamente plateados.

—A ver, dime qué es eso que tanto deseo, tú que pareces saberlo.

—Claro que lo sé. Quieres lo mismo que todos los demás. —Wolf extiende una mano en dirección a Malachi—. Solo que ese no es el problema, ¿verdad? Llevas suspirando por Malachi desde la bronca aquella. Estabas dispuesto a hacer lo que fuera por recuperar la relación. Pero no contabas con lo de Mina.

—Creo que todo eso ya lo he dicho yo. —A pesar del tono frío, Rylan parece estar a punto de abalanzarse hacia Wolf y destriparlo con sus propias manos.

—Pobre Rylan, sufriendo por un pequeño serafín y su coñito mágico —se mofa él—. Debe de ser una putada que te gusten tanto las cadenas con las que te ha atado sin querer, ¿eh? No es que odies el vínculo, el problema es que te encanta.

Rylan se pone de pie, pero solo da un paso antes de que se interponga Malachi y lo coja por los hombros.

—Ya basta.

Me tenso, esperando una confrontación. Rylan tiene cara de ir a cometer un asesinato y, por la postura de Wolf, todo apunta a que estaría más que dispuesto a pelearse con él. Pero la presencia de Malachi entre los dos equilibra la energía en la estancia. Sigue siendo peligrosa, eso sí. Peligrosísima.

Aunque también hay un matiz de deseo ahora, donde antes solo había violencia.

—¿Es eso cierto? —Malachi pronuncia las palabras tan bajo que casi se pierden entre el crepitar del fuego.

—Sí —masculla Rylan.

Malachi deja caer las manos.

—Pues deja de castigarnos a todos por lo que ocurre en tu cabeza.

Y, de golpe, puedo sentir todas las emociones de Rylan. El torbellino de necesidad y rabia en conflicto. Un dolor tan profundo que me duele hasta en los huesos. Cuando Malachi dejó a Rylan, le rompió el corazón en mil pedazos. Peor, es como si se lo hubiera arrancado del pecho. Una pérdida que nunca ha superado, que nunca se ha permitido superar. Lleva tanto tiempo cuidando de esa herida a diario, como si fuera la tumba de un ser querido, que me abruma de solo pensarlo.

Con razón me odia tanto.

Llegó preparado para ser el príncipe azul que rescatara al hombre de su vida y se encontró con que Malachi estaba embelesado conmigo. Incluso antes de que Malachi recuperara su libertad, mi sola presencia hizo que Rylan tuviera que tirar por la borda una década de planificación e ir corriendo a la mansión para asegurarse de que no perdía su oportunidad por completo.

Percibo todo esto en cuestión de un segundo, y luego, cuando Rylan retoma el control de sus escudos protectores, el sentimiento desaparece del todo. Me arden los ojos, los cierro para tratar de contener las lágrimas. A Rylan no le va a hacer ninguna gracia mi intromisión y, si piensa que le compadezco, solo me va a despreciar aún más.

«Lo siento».

Dos palabras que no puedo pronunciar. No si quiero que esto funcione.

—Lo siento.

Durante un instante, creo que se me ha ido la pinza y he dicho las malditas palabras en voz alta. Pero no, no son mis labios los que han formado las sílabas, no es mi voz la voz grave que habla. Abro los ojos y me encuentro a Rylan mirándome.

—Lo siento —repite.

Siento que el vínculo palpita de una manera que hace que me estremezca de la cabeza a los pies. Me froto el pecho, pero no consigo disipar la sensación.

—Lo entiendo —murmuro.

Él se gira hacia Malachi, que no le suelta los hombros.

—Las cosas cambian, Rylan —dice este—. Yo sigo sintiendo lo mismo por ti, aun después de todos estos años. Pero era imposible que fuéramos solo tú y yo durante el resto de la eternidad. No estoy hecho de esa pasta.

Rylan suelta un suspiro tembloroso.

—Ahora lo comprendo. —Se vuelve hacia mí—. Supongo que tener amor de sobra no es necesariamente algo malo.

«Amor».

¿Amor?

No está enamorado de mí. Ni siquiera le gusto. No puedo negar que algo ha cambiado en los últimos días, pero no es amor. De ser así lo sabría..., ¿no?

A lo mejor no es eso lo que está diciendo. Igual se refiere a que ahora esa opción no está del todo descartada, o algo así.

Suelta otra de esas exhalaciones profundas.

—Estoy cansado de luchar contra lo que siento. Lo quiero todo. A ti. A Mina. —Echa un vistazo a Wolf—. Incluso a este idiota.

Malachi no deja de mirar a Rylan mientras habla. Debe de tener los escudos protectores bien puestos, porque no percibo ni un atisbo de lo que está sintiendo, y su expresión me revela aún menos.

—Ponte de rodillas —dice al fin.

Rylan no duda. Se arrodilla a sus pies al instante. Me quedo mirándolos anonadada. No he visto a Rylan sometiéndose a nadie nunca, ni siquiera la noche en la que mis poderes despertaron. En ningún momento se me pasó por la cabeza que podría estar dispuesto a someterse a Malachi, y que además se le vería extremadamente en paz al hacerlo.

—Ya sabes qué hacer.

Rylan alarga unas manos temblorosas a la parte delantera de los pantalones de Malachi. Hay tanto silencio en la habitación que oigo su exhalación suave cuando le saca el pene. Malachi le aparta la mano y se lo agarra él mismo para llevárselo a los labios del otro vampiro.

—Sin dientes —le ordena. No parece necesitar una respuesta, porque no detiene el movimiento y se lo mete a Rylan en la boca.

Una oleada de calor me recorre el cuerpo al verlo. Malachi puede ser despiadado cuando le apetece, y con Wolf (y ahora con Rylan) se comporta de una manera muy distinta a como lo hace conmigo. Es más cruel, pero sé que a Wolf le encanta. Y, a juzgar por la erección que se le nota debajo de los pantalones, a Rylan también.

—Es una pasada verlos así, ¿verdad?

Me sobresalto. Estaba tan ocupada deleitándome en la escena que ni siquiera me he percatado de que Wolf se me ha acercado y se ha quedado de pie detrás de mí. Se inclina por encima del respaldo y me roza el cuello con la nariz.

—Tienen algo especial. Siempre ha sido así. ¿Te sientes amenazada? Eso nunca será tuyo, con vínculo o sin él.

Me reiría si pudiera respirar como los dioses mandan. ¿Se cree que me está diciendo algo que no sé? Me di cuenta de la conexión que tenían Malachi y Rylan en cuanto este último apareció. Igual que supe que Wolf y él compartían un largo pasado juntos. Por eso, cuando contesto, lo hago con franqueza.

—No, no me siento amenazada.

—Menuda maravilla eres. —Engancha un dedo en la parte de debajo de mi jersey y se aparta lo suficiente para quitármelo por la cabeza—. No podemos dejar que sean los únicos que se diviertan, ¿verdad?

—Me gusta mirar —admito, y me muerdo el labio inferior cuando me amasa los pechos—. A menos que se te ocurra una idea mejor.

—Ya verás.

Cuela una mano por debajo de la cinturilla de mis *leggings* y me agarra la entrepierna. No aparto la vista de los vampiros que tenemos delante de nosotros mientras Wolf me pasa los dedos por los pliegues. Malachi tiene las manos a ambos lados de la cabeza de Rylan y da empellones muy bruscos, obligando al otro a aceptar todo lo que le da. Rylan le agarra las caderas, pero parece estar espoleando la violencia del momento. Entreveo unas garras, lo cual no hace sino confirmármelo.

Son realmente bellos.

—Malachi no se va a correr en la boca de Rylan —murmura Wolf, la mismísima definición del diablillo que me susurra al oído. Me presiona el clítoris con la base de la palma mientras me mete dos dedos primero, y luego tres—. Quiere reservarlo todo para ti. Va a dejar que Rylan le lleve al límite y luego va a venir aquí a llenarte entera. —Me lame el contorno de la oreja—. Y después Rylan va a hacer lo mismo en cuanto Malachi haya terminado contigo.

—Pero... —gimoteo.

Lo que sea que iba a decir se desvanece cuando Malachi se aparta y repasa los labios de Rylan con la punta de su pene, los ojos negros como la noche.

—Me has privado de esto demasiado tiempo, joder —masculla—. Ahora voy a reclamar lo que es mío.

—Sí —susurra Rylan.

Malachi lo agarra por el cuello y lo levanta del suelo.

—Voy a correrme dentro de nuestra pequeña dhampira y luego voy a darte por el culo mientras te la follas.

Wolf suelta una risita contra mi cuello.

—Ojalá hubierais sentido cómo se ha contraído al oírlo —comenta—. Le encanta el plan.

Trato de mantenerme quieta, de no levantar las caderas para sentir los dedos de Wolf más dentro de mí.

—Puedo hablar por mí misma —replico.

Malachi me mira al fin y, como tiene a Rylan cogido del cuello, el otro vampiro lo imita.

—Vaya, vaya, pequeña dhampira. ¿Te parece buen plan entonces?

—Sí —contesto. Como si hubiera alguna duda.

Sinceramente, no estaba segura de que fuéramos a llegar a este punto en el que todos estamos en sintonía con los otros. Puede que no dure mucho, y que cuando esto acabe y llegue un nuevo día todo vuelva a la normalidad, pero ahora mismo no pienso hacer nada para inclinar la balanza en la dirección equivocada.

Lo deseo demasiado.

—Sujétala bien, Wolf.

—Con gusto. —Wolf se mueve antes de que tenga la oportunidad de protestar (aunque no sé por qué lo haría) y me agarra por las muñecas. Las lleva a las esquinas del respaldo de la silla; en esta postura mi torso queda completamente expuesto. No puedo esconderme de ninguna manera.

Tampoco quiero hacerlo, pero no consigo reprimir el instinto que me exige que me oponga a la inmovilización. Wolf ni se inmuta, no puedo moverlo ni un centímetro. Esa constatación hace que me excite aún más. Estos tres vampiros pueden hacer lo que quieran conmigo, y yo soy incapaz de impedírselo de ninguna manera. No quiero impedírselo, claro está; todos somos bien conscientes de ese hecho. Al fin y al cabo, sienten mis emociones. Puede que haya una pizca de miedo, pero solo consigue avivar aún más mi deseo.

Malachi se baja los pantalones del todo y se acerca a mí. Me separa las piernas y me las pasa por encima de los reposabrazos de la silla. Ahora sí que no puedo escapar, no puedo hacer nada más que gimotear cuando me rasga los *leggings* por la costura del centro. Ni siquiera se molesta en quitármelos, se limita a deslizármelos hasta las rodillas para que no haya ninguna barrera que le separe de mi piel.

Coloca su pene, todavía húmedo de la boca de Rylan, en mi entrada y poco a poco se hunde en mí. Aun después de que Wolf haya estado introduciendo tres dedos, a mi cuerpo le cuesta aceptar su tamaño. Luego planta sus manos grandes en mis muslos para empujarlos hacia atrás y hacia arriba, y me sostiene ahí mientras continúa clavándose en mí sin piedad.

Ver su gruesa erección desapareciendo en mi interior casi basta para que me corra aquí y ahora. Es gigante. Me obliga a estirarme de una manera obscena, y no puedo quitarme de la cabeza la impresión de que me está marcando el alma misma con un sello de propiedad.

Como si adivinara la dirección de mis pensamientos, dice entre gruñidos:

—Tú no eres la única que tiene el vínculo, pequeña dhampira; nosotros también lo tenemos. Eres nuestra del mismo modo que nosotros somos tuyos.

12

«Eres nuestra».

Dioses, cómo me pone oírlo. Malachi termina de metérmela del todo y yo gimo:

—Sí.

No sé ni qué digo que sí. Sí, soy tan suya como ellos son míos. Sí, quiero que esto sea una relación de igualdad. Solo... sí.

Malachi me folla como si realmente le perteneciera. Como si conociera mi cuerpo mejor que yo misma. Siempre encuentra ese punto en mi interior que hace que me derrita de gusto y que me retuerza todo lo que puedo, aun estando inmovilizada. Trato de tocarlo, pero Wolf me sujeta las muñecas con más fuerza. Eso también intensifica mi placer.

—Déjate llevar, pequeña dhampira. —Malachi me agarra los muslos con más firmeza todavía—. Tenemos toda la noche. Vamos a seguir aunque te corras ya.

Sus palabras roncas derruyen mis últimas defensas. Al fin y al cabo, tiene razón. Es inútil que me siga aguantando, porque aquí no se para hasta que ellos no hayan acabado. Una extraña ilusión se afianza en mi pecho. Dioses, ¿no será esto amor? No tengo ni idea. No es que lo haya experimentado antes, ni mucho menos he sido testigo de un buen ejemplo de lo que es el amor. La relación entre mi padre y los suyos, así como con sus parejas, no es amor. Es control y maltrato. Y lo mismo se puede decir de sus hijos, incluso de los que no han sido una decepción desde su nacimiento, como yo.

En lo que respecta al amor, voy encontrando el camino a tientas en una habitación a oscuras con la esperanza de no caer en una trampa de pinchos. Lo que siento con Malachi, Wolf y Rylan no se parece a nada que haya vivido antes. ¿Eso hace que sea amor? No lo sé.

Hay demasiadas cosas todavía que no sé.

Malachi me pone una mano en la parte baja del vientre y empieza a estimularme el clítoris con el pulgar. Conoce mi cuerpo tan bien... A pesar de que tengo la cabeza hecha un lío con todo este tema del amor, mi cuerpo no tiene reparos en aceptar el placer que él le ofrece con los brazos abiertos. Me corro con un chillido. Malachi sigue tocándome hasta que las oleadas de placer se detienen, y solo entonces se pone a embestirme, buscando su propio orgasmo. El fuego crepita con fuerza detrás de él y las llamas están a punto de salirse de la chimenea, pero entonces me llena y no deja de darme hasta haberse vaciado por completo dentro de mí.

Se inclina y me da un beso sorprendentemente tierno en los labios. Apenas tengo tiempo de sumergirme en él antes de que se aparte y Rylan ocupe su lugar. Me pongo un poco tensa, esperando un polvo violento como los que hemos echado hasta ahora, pero me acaricia el cuerpo despacio, de abajo arriba, deteniéndose unos segundos en mis caderas, mis costados y mis pechos, hasta rodearme el cuello cuidadosamente con una mano. Sus ojos aún no han vuelto a la normalidad, siguen brillando plateados bajo la luz tenue del salón.

—Estoy harto de luchar contra lo que siento —dice—. ¿Y tú?

Solo hay una respuesta sincera a esa pregunta.

—Sí.

Estoy harta de luchar contra todo en general. Podría pasarme el resto de mi vida quejándome por lo injusto que ha sido el destino conmigo, y sería verdad: las he pasado canutas. Pero lamentarme hasta el fin de los tiempos... Eso me coloca en una posición de víctima de la que no puedo salir. Me impide valorar las cosas buenas que me han ocurrido al margen de las malas. Con independencia de los motivos que me hayan traído a este lugar, ahora tengo a tres vampiros de estirpe a mi lado y todos remamos en la misma dirección. No necesito un ejército para arrebatarle la colonia a mi padre; con Malachi, Wolf y Rylan me basta.

Veo que Malachi acaba de volver al salón con un tubo de lubricante en las manos. Dioses, sé lo que va a pasar. El cuerpo entero se me contrae en respuesta. Me retuerzo un poco y levanto la mirada hacia Wolf.

—¿Y tú? ¿Tú también nos eliges?

—Me ofende que tengas que preguntarlo, amor. —Me dedica una de sus sonrisas perturbadas—. No rechazo pactos demoniacos por cualquiera.

Esto no es como cuando despertamos mis poderes. Todos teníamos una misión y el placer era el medio para conseguir nuestro propósito. Esta noche no va de eso; esta noche, nos estamos eligiendo los unos a los otros.

Malachi le pone una mano en el hombro a Rylan.

—Después de esto, no hay vuelta atrás —le advierte.

—No hay vuelta atrás desde el momento en el que escogimos este método para romper el conjuro de sangre. —Rylan me devora con los ojos—. Yo ya he reajustado mis expectativas.

Si se tratara de cualquier otra persona, eso sería un cumplido a medias, si es que se le pudiera considerar así siquiera. Pero con cómo lo dice Rylan... Es como si se hubiera agachado y me hubiera pasado la lengua de abajo arriba por todo el cuerpo. Me acaricia el abdomen con las puntas de los dedos y no me sorprende notar que ya se han convertido en garras. Resulta extrañamente bello ver la facilidad con la que cambia entre su forma humana y su forma animal. Saber que podría matarme sin despeinarse no debería ponerme tan cachonda, pero hace tiempo que he dejado de preocuparme por qué cosas me excitan con estos tres.

Siento que en mi pecho el vínculo vibra con un zumbido que solo puedo describir como de felicidad. Todo esto es tan increíble que casi no puedo soportarlo.

Malachi coge la mandíbula de Rylan con la otra mano.

—No muerdas a Mina —le advierte.

—No tienes que preocuparte, no volveré a perder el control.

Pero él vacila.

—Esta noche no —le pide—. Todavía es todo muy nuevo. La próxima vez.

Rylan asiente al fin, aunque me mira como si quisiera beberme a tragos lentos y lascivos. Malachi le acaricia el labio inferior con el pulgar.

—Muérdeme a mí si quieres.

Al oír esas palabras, Rylan abre mucho los ojos, que ahora lucen hambrientos.

—Vale.

Me aclaro la garganta para llamar su atención.

—Eh... ¿Podemos cambiar al suelo o al sofá o algo? En la silla apenas puedo moverme.

—Esa es la idea, pequeña dhampira. —Malachi le acaricia el pecho a Rylan hasta llegar a su miembro y agarrárselo con la mano. Me muerdo el labio inferior. Dioses, cómo me ponen.

Pero mi excitación no hace más que aumentar cuando

Malachi me pasa la erección de Rylan por los pliegues, arriba y abajo, una y otra vez, provocándonos a ambos mientras es él quien tiene el control de la situación. Intento incorporarme, pero Wolf me coge las dos muñecas con una sola mano, al tiempo que coloca la otra en mi abdomen para mantenerme sujeta.

—¡Por favor! —imploro.

—Aún no —murmura Malachi—. Rylan nos ha hecho esperar un mes entero. Unos pocos minutos más no os van a matar.

—O sí —replico, y suelto un quejidito cuando empieza a trazarme círculos en el clítoris con el glande de Rylan.

Todos y cada uno de los músculos del esbelto cuerpo de Rylan parecen como tallados por un escultor. Se aferra a los reposabrazos de la silla como si pretendiera hacerlos añicos, pero no hace ningún movimiento que sirva para acabar con la tortura de Malachi.

—Ya verás como no. —Wolf me pellizca un pezón, haciéndome soltar un gemido—. Deberías hacerte *piercings* en los pezones. Nos lo pasaríamos en grande con ellos. Igual incluso con una cadenita que los una para poder tirar de ella cuando me estés montando.

No hay oxígeno suficiente en la habitación. Me retuerzo, y Malachi responde dándome golpecitos en el clítoris con el pene de Rylan.

Wolf observa con lujuria mientras cambia a mi otro pecho y me lo estimula hasta que se pone duro.

—Sí, creo que me fliparía —añade.

La verdad es que nunca me había planteado hacerme ninguna perforación, y menos aún en el cuerpo, pero me gusta cómo me lo está pintando. Me gusta mucho. Inspiro hondo, tratando de ordenar mis pensamientos.

—¿No me regeneraría demasiado rápido para poder hacerlo?

—La plata pura nunca se cura del todo. —Se muerde el labio inferior, y de la herida sale un fino hilo de sangre—. Siempre te dolería un poco, mientras los lleves puestos.

—Vaya. —La palabra sale como un graznido.

—Ya hablaremos de eso más tarde. —Malachi encaja a Rylan en mi entrada—. No os mováis —indica, y los tres nos quedamos completamente quietos mientras se aleja y coge el tubo de lubricante que había traído antes para luego volver a pegarse a la espalda de Rylan—. Cuando yo te la meta, tú se la metes a ella.

—Vale. —La voz le suena grave y un poco ronca. Noto que su pene se mueve un poco contra mí, y no estoy segura, pero juraría que se le agranda aún más.

Pero Malachi sigue sin moverse. Se agacha y le da un beso a Rylan en el cuello. Los reposabrazos de la silla chirrían mientras este se esfuerza por mantenerse inmóvil, por someterse. Sus ojos plateados prácticamente brillan por sí solos, fulgor que se intensifica cuando Malachi lo muerde. El mordisco no es para nada cuidadoso. Conmigo suele procurar no dañarme la piel más de lo necesario, pero con Rylan no tiene delicadeza alguna.

La herida es profunda e irregular, y la sangre cae a borbotones sobre mi cuerpo desnudo antes de que Rylan empiece a regenerarse y el flujo disminuya. Malachi le pasa la lengua por el cuello para lamerle la sangre.

—Ahora.

Sus manos desaparecen por detrás de Rylan, y no necesito ver lo que hace para saber que está untándose el pene de lubricante y aplicándole una buena cantidad al otro vampiro en el culo. Rylan suelta un gemido y empieza a penetrarme lentamente. Saber que está replicando lo que le está haciendo Malachi a él me pone muchísimo.

—Joder —susurro.

Otro centímetro más adentro. Otro gemido conjunto. Por su parte, Wolf parece conformarse con hacer dibujos en la sangre que me ha caído en el pecho y el vientre, pero no creo que dure. No es de los que se quedan sentados de brazos cruzados cuando se presenta la oportunidad de disfrutar.

Oigo el ruido de la madera rompiéndose y los brazos de la silla que me sostenían las piernas se hacen añicos, todo por los intentos de Rylan por mantener el control. Wolf suelta una carcajada histérica.

—En ese caso... —Otro ruido de madera rompiéndose y el respaldo de la silla desaparece también. Wolf me sujeta antes de que me caiga al suelo y me apoya contra su cuerpo—. Pásame el lubricante, Malachi.

Por un momento creo que Malachi va a decir que no, pero le ofrece el tubo. Antes de seguir, apartamos los trozos de silla y cambiamos de lugar para estar justo delante de la chimenea, aunque acabamos casi en la misma posición. Wolf no pierde el tiempo y me la mete por detrás mientras Rylan y Malachi se arrodillan entre mis piernas abiertas. Aunque les gusta correrse dentro de mí, a Wolf le encanta hacérmelo por el culo. Lo hemos hecho tantas veces ya, que emito soniditos de impaciencia mientras se desliza poco a poco en mi interior.

Más, más, más. Necesito más.

Una vez que se ha clavado del todo en mí, me besa el cuello. Malachi vuelve a guiar a Rylan hacia mi entrada.

Ya la tenía grande antes, aun sin usar los poderes de su estirpe. Y tener a Wolf en mi culo mientras Rylan me penetra por delante... Es casi demasiado. Tiene que esforzarse para introducir cada centímetro, y sus gemidos graves me revelan que Malachi está haciéndole lo mismo a él. Por fin, tras lo que parece una pequeña eternidad, está dentro de mí por completo.

Me cuesta respirar. Al principio siento un calor agradable, pero pronto noto como si me ardiera la piel. La sensación no hace sino aumentar cuando Malachi comienza a moverse. Estamos tan pegados y unidos que cuando pone una mano en el hombro de Rylan y empieza a propinarle embestidas lentas y profundas, los otros tres nos mecemos al unísono con cada empellón. Yo estoy encajada entre los cuerpos de Rylan y Wolf, abierta de piernas con sus miembros dentro de mí, y ninguno puede hacer nada más que aceptar lo que Malachi nos ofrece.

El vínculo estalla en mi interior. Solo que no es un estallido realmente; eso fue más bien la primera noche, tan apabullante y casi violenta. Esta vez es como una flor abriéndose.

—Más —jadeo.

Y Malachi nos da más. Planta los puños a ambos lados de nuestras caderas y hace suyo a Rylan. A los tres, en realidad; al menos así es como se siente. No sé cómo explicarlo, y el placer me impide procesar bien mis sentimientos, pero...

Lo siento todo.

La agresiva posesividad de Malachi, su determinación por hacernos a todos suyos de una forma irrevocable.

El alivio de Rylan, la manera en que este momento para él es como si todos los trozos rotos de su corazón se hubieran ensamblado y volviera a estar entero.

La alegría de Wolf al encontrar algo parecido a un hogar, y las ganas que tiene del caos y la violencia que se avecinan.

Todo.

Me agarro a Rylan, o tal vez sea Malachi, mientras me deshago en mil pedazos. Este orgasmo es totalmente distinto a los que he tenido hasta ahora. No se acaba, sigue y sigue asolándome con un placer tan intenso que resulta casi una tortura. No puedo parar de correrme, y apenas me percato de que los otros tres han perdido el control. Algo caliente y húmedo me cae en el cuello. Wolf, que ha mordido a Rylan. Siento punzadas de dolor en las caderas. Las garras de Rylan. En la habitación retumba un rugido que suena como un incendio forestal desbocado. Malachi.

Cada vez más intenso, cada vez más. Lo único que puedo hacer es dejarme llevar, como un escombro arrastrado por un huracán. Hay cierta libertad en la sumisión, en este momento lo veo claro. Mi última gota de fuerza se evapora y me desplomo como una marioneta a la que le han cortado los hilos.

Alguien maldice entre dientes y todo se funde a negro.

13

Me despierto en medio de una pila de cuerpos y cubierta de sangre. Durante un segundo se me para el corazón al pensar que igual los he matado a todos, pero entonces Malachi gruñe y se mueve un poco y Wolf emite un sonido parecido a una de sus risas maniacas, como si tuviera las cuerdas vocales destrozadas. Rylan está encima de mí y lo siento respirar.

Están vivos.

Exhalo despacio. Me siento como si me hubiera atropellado un camión y me hubiera vuelto a pasar por encima unas cuantas veces por si acaso. Me duele todo, no solo los músculos y los huesos, sino incluso en un plano celular. Tengo la garganta como si me la hubieran lijado sin que me hubiera dado cuenta, y me cuesta tres intentos arrancar a hablar.

—¿Qué coño ha sido eso?

—El puto vínculo seráfico —murmura Rylan contra mi cuello. No sé si está enfadado o solo agotado—. Por lo visto esta caja de sorpresas esconde aún más de lo que me imaginaba.

Me quedo mirando el techo y parpadeo, esperando que sus palabras cobren sentido. Pero no lo hacen.

—Desarrolla, por favor —logro decir.

—Luego.

Aunque quiera insistir, tiene razón. Ahora mismo no tenemos fuerzas para juntar más que un par de palabras. Los vampiros empiezan a moverse, y al parecer deben de encontrarse tan mal como yo. En serio, ¿qué ha pasado?

Rylan se aparta de mí como puede y yo intento incorporarme. Lo máximo que consigo es apoyar las manos en el suelo, y me las quedo mirando desconcertada. Esas no son mis manos, ¿no? Pero tampoco pueden ser las de Rylan porque las veo a mi lado.

—Eh...

—¿Qué? —Este es Wolf. Se tapa los ojos con un brazo como si la tenue luz de la chimenea fuera demasiado brillante para él.

Flexiono los dedos. Se mueven. Lo cual significa que las manos son, en efecto, mías. Trago con dificultad.

—Tengo garras —anuncio.

—Qué mona.

Los flexiono de nuevo. Cada uno de mis dedos tiene una garra plateada y reluciente en la punta. Son casi hasta bonitas, elegantes y mortales, con una curva diseñada para cortar y desgarrar.

—No, lo digo en serio. Tengo garras, como Rylan.

—Os vais a reír... —Wolf se quita el brazo de los ojos y mueve los dedos. En el aire aparecen unas chispas que se convierten en una estela de llamas. Se desvanece casi de inmediato, pero todos lo hemos visto.

Eso le devuelve las fuerzas a mi cuerpo.

—¿Qué cojones está pasando?

El brazo de Rylan se convierte en una especie de pata de gato gigante y luego vuelve a su forma humana.

—Yo sigo teniendo mis poderes. —Frunce el ceño—. Pero

también siento las llamas. Y la sangre que corre por vuestros cuerpos.

Ahora que lo dice, yo también. El fuego suena casi como un canto de sirenas. Hace que quiera alargar la mano y...

Las llamas se avivan en respuesta.

Acallo el pensamiento y vuelven a su lugar en la chimenea.

—Qué desastre —murmuro.

—¿De verdad te lo parece? —Malachi se levanta y se apoya en el sofá. Tiene aspecto de estar tan hecho polvo como yo, pero la expresión reflexiva de su rostro indica que está sopesando con detenimiento las nuevas posibilidades—. Podría resultarnos tremendamente útil.

—Si Cornelius nos atrapa, le será tremendamente útil a él. —La voz de Rylan no suena tan fría como de costumbre. Está demasiado ocupado jugueteando con las llamas de la chimenea, haciendo que se levanten y se agiten—. Esto es fascinante. No se parece en nada a mi poder.

Empiezo a envolverme el cuerpo con los brazos, pero paro cuando me araño la piel con las garras.

—¿Cómo me las quito? —inquiero.

—Concéntrate. —Rylan sigue distraído con el fuego—. Imagínatelo y desaparecerán.

¿Cómo se supone que voy a concentrarme cuando mi mundo se ha puesto patas arriba otra vez más? Tener poderes seráficos es una cosa, y aún no he terminado de asimilarlo, pero ¿poderes de estirpe? Se me forma un nudo en la garganta y una sensación de pánico se extiende por mi pecho.

—No sé cómo controlar todo esto.

—Mina...

—No he recibido entrenamiento, ni siquiera sé protegerme. No tengo experiencia. —La voz se me va haciendo más aguda con cada palabra, pero no puedo evitarlo—. ¡Es demasiado! Voy a acabar matándonos a todos.

—¡Mina! —Malachi gatea hacia mí y me estrecha entre sus brazos—. Va a estar todo bien. Esto es algo bueno.

—Pues a mí no me lo parece. Me parece que me convierte en un bicho raro, aún más. ¿Cómo voy a lidiar con todo esto? —Agito la mano, y es como si mis poderes se quedaran enganchados en la sangre del cuerpo de Wolf, que se desplaza varios centímetros hacia un lado—. Ay, mi madre. —Cierro los puños y entierro la cara en el pecho de Malachi—. Lo siento, no quería hacer eso.

Wolf suelta una risa áspera y contesta:

—Es sexy.

—Puede que no sea permanente —dice Malachi despacio—. Tranquila. Vamos a ducharnos y luego lo solucionaremos como hemos hecho con todo hasta ahora.

—¿Peleándonos y discutiendo sin parar?

Noto en la mejilla como su pecho se mueve con una risa muda.

—Juntos.

La silla está hecha pedazos y hay manchas de sangre en la alfombra; no tienen arreglo. No quiero ni pensar en cuánto puede costar remplazar esas dos cosas, pero ellos no parecen demasiado preocupados. Cuando pregunto, Rylan esboza una sonrisa extraña y dice:

—Esta casa ha visto cosas peores, no pasa nada.

Con esa afirmación tan críptica, nos dirigimos al dormitorio principal y nos turnamos para entrar en la ducha. En otras circunstancias podríamos haber acabado teniendo otra ronda sexy en el cuarto de baño, pero apenas soy capaz de mantenerme de pie y ellos no parecen estar mucho mejor. Malachi nos ordena que nos acostemos en la gigantesca cama antes de que nos derrumbemos, y todos obedecemos sin rechistar. Por si hicieran falta más muestras de lo muertos que estamos.

Termino envuelta en una manta, acurrucada entre Wolf y Rylan mientras Malachi se tumba al otro lado de este. Es una disposición extraña, pero se siente totalmente natural. Sobre todo cuando Rylan empieza a pasarme la mano por el pelo de manera distraída.

Por muy tentador que me resulte cerrar los ojos y dejar que sus presencias me tranquilicen, tenemos que hablar de esto y tenemos que hacerlo ya. Me giro un poco para verle la cara a Rylan, pero no lo suficiente para que aparte la mano de mi pelo.

—¿Sabías que esto podía pasar?

—No. —Cierra los ojos y adopta una expresión inusualmente calmada—. Pero los serafines se esforzaron bastante por que nadie se enterara de cómo funcionaban exactamente sus poderes. El vínculo ya era *vox populi*, y era bien sabido que podía provocar obediencia compulsiva, pero más allá de eso no había nada claro. —Frunce un poco el ceño—. Aunque no tiene sentido que sirva para compartir poderes de esta forma. Muchos de los vampiros que se vieron atados por el vínculo preferían morir antes que continuar así. Dudo mucho que no se plantearan usar más poderes para derrotar al serafín que los había atrapado en sus redes.

Matar al serafín implicaba matar asimismo a los vampiros que estuvieran vinculados a él.

—¿Es eso posible aun bajo la coacción del vínculo?

—Sí.

No hace falta que lo desarrolle. Si dice que es posible, lo es. Compartir poderes como hemos hecho nosotros facilitaría mucho matar al serafín involucrado.

—Igual ha ocurrido porque nosotros lo hemos elegido. Esta noche, digo. A lo mejor el vínculo ha reaccionado a nuestra disposición.

—Suena probable. —Malachi habla con la mirada perdida—. Sea como sea, esto no cambia ni nuestro objetivo ni el plan. Nos quedaremos aquí todo lo posible, así que tendremos tiempo de saber si esto es temporal y de enseñarte lo necesario para que controles los poderes.

Eso me hace reír, aunque no es gracioso en absoluto.

—Los vampiros de estirpe tardáis décadas en aprender a controlar vuestros poderes.

—¿Quién te ha dicho eso?

Estoy a punto de replicar, pero me doy cuenta de que tiene razón. Mi padre ha sido la fuente de todo mi conocimiento sobre los vampiros hasta que conocí a Malachi. No suena descabellado que quisiera guardarse cierta información para él, aunque eso implicara que sus propios hijos, que se supone que deberían heredar sus poderes, se mantuvieran en la ignorancia. La información es otro tipo de poder, y mi padre nunca cede el poder voluntariamente.

—Mierda...

—Cornelius es un auténtico capullo. —Wolf se ríe—. Un mes debería bastar. Igual menos, ya que nos tienes a los tres para ayudarte. Vas a estar bien, amor. —Lo dice con tanta seguridad que casi le creo.

Sin embargo, ¿cuándo ha sido algo fácil en mi vida?

—Mientras tanto, seguiremos con el plan. —Malachi me mira. A pesar de lo evidentemente cansado que está, veo un ardor en sus ojos oscuros. El cuerpo me palpita en respuesta. Con independencia de todo lo demás, me encanta acostarme con estos tres. Me alucina.

Y creo que... los quiero.

No pienso decirlo. Desde luego no ahora, y puede que nunca. Es todo demasiado nuevo y salvaje y desconocido. Da igual lo que hayamos decidido para el futuro, el equilibrio de poder entre nosotros sigue siendo extremadamente frágil. Confesarles lo que siento sería buscarme problemas porque sí.

«Cobarde».

Ignoro la vocecilla en mi cabeza y cierro los ojos.

—Sí, seguiremos con el plan —convengo.

No recuerdo ponerme a dormir, pero me despierto con la boca de Rylan en mis pechos y la lengua de Wolf en mi entrepierna. Es como un delirio febril bajar la vista y encontrarme la boca de Malachi rodeando la erección de Rylan. Un delirio febril, pero el corazón me da un vuelco de todos modos. Así es como debe ser. Los cuatro, juntos. Esta es nuestra realidad ahora.

Wolf se aparta un poco y me gira para que me ponga de lado. Los otros dos reajustan su posición, Rylan bajando para estimularme el clítoris con la lengua y Malachi moviéndose con él, y entonces Wolf empieza a penetrarme.

—Me encanta tu culo —me murmura contra la nuca—. Pero no puedo decirle que no a este coñito.

Rylan se ríe contra mi clítoris y me estremezco.

—Esto...

—Chist, amor. —Wolf me agarra por la mandíbula y me echa la cabeza para atrás para poder conquistarme la boca mientras me la mete—. Es solo un sueño.

Alargo el brazo y paso los dedos por el pelo corto de Rylan, que me lame el clítoris despacio, provocándome para que el placer se acumule en mi interior. Todos se mueven como perezosamente, en el mejor de los sentidos; nadie parece tener prisa. Nos limitamos a dar y recibir placer. Cada orgasmo que me ofrecen es como una pequeña muerte que se suma a la anterior, una marea que sube poco a poco.

Al menos durante un rato.

Pero nada dura para siempre, ni siquiera el sexo con vampiros.

Al final, los empellones de Wolf dejan de ser rítmicos y me muerde el cuello mientras me llena, provocándome otro orgasmo. Chillo, pero su pene y la boca de Rylan no permiten que me mueva. Es demasiado increíble. No puedo más.

Pero no tengo elección.

Malachi se saca a Rylan de la boca y le lame, pero no aparta los ojos de mí.

—Llénala, Rylan. Quiero que los tres nos mezclemos dentro de ella.

Él asiente con ojos radiantes. Apenas espera a que Wolf salga de mí para arrastrarme hacia él y clavármela. Seguimos moviéndonos despacio, con esa parsimonia de antes, pero con Rylan se siente distinto. Siempre se siente distinto con Rylan, como si le costara horrores mantener el control para no destrozar las sábanas y metérmela como si quisiera tatuarme su esencia en cada centímetro de mi cuerpo.

Una vez más, me recorre una oleada de placer. Noto que Wolf usa su poder para que mi sangre se concentre en el clítoris y los pezones. Me estremezco alrededor de Rylan y me agarro a él mientras llego al límite otra vez. ¿Cuánto placer puede soportar un cuerpo? Ahora mismo parece que no hubiera límites.

Él entierra la cara en mi cuello mientras se corre. Siento una punzadita de colmillos, pero con un lametón de su lengua es como si no hubiera pasado nada.

O al menos sería así si no estuviéramos en la cama con otros dos vampiros.

Malachi coge a Rylan por la nuca y lo aparta de mí con una expresión intimidatoria.

—Sin morder —le recuerda.

—Ya está recuperada —se defiende él, arqueándose ante el agarre de Malachi—. Además, Wolf la ha mordido.

—Eso es distinto.

—Estoy bien —confirmo. Más que bien. Ahora que ya he despertado del todo, el agotamiento de anoche brilla por su ausencia. Me siento... increíble. Como si pudiera correr una maratón y luego subir a la cima de una montaña para terminar el día haciendo submarinismo. Me toco la rodilla y veo que la cicatriz que me dejó mi padre ha desaparecido, igual que el dolor y la movilidad limitada.

De hecho...

Me incorporo y echo un vistazo a mi cuerpo. Todas mis cicatrices se han esfumado. ¿Cómo es que no me he dado cuenta antes? Sí veía que se estaban atenuando más rápido de lo humanamente posible, pero seguían ahí. Al menos hasta anoche.

No me gusta. Esas cicatrices me recordaban todas las adversidades que he superado. Las he pasado canutas, pero nada de lo que me hicieron mi padre y sus compinches logró romperme. Me hicieron daño, me dejaron cicatrices, me destrozaron el cuerpo... pero no fueron capaces de romperme.

Ahora todas esas marcas solo existen en mi cabeza. Es raro.

Me giro para mirar a Malachi. Un sonidito como de alivio sale de entre mis labios al ver que él sigue teniendo el torso lleno de marcas. Al menos eso no ha cambiado. Quiero que me cuente la historia algún día. ¿Lo haría si desaparecieran las señales? Es un pensamiento ilógico, pero no puedo evitar planteármelo.

—Ven aquí.

Me besa despacio, conquistándome de un modo embriagador. Me sumerjo en él, permito que me mantenga a flote con su estabilidad. Esto. Esto es lo único que importa. Puedo hacerle frente a toda la magia del mundo siempre y cuando Malachi permanezca a mi lado.

Me da la vuelta para que me ponga a cuatro patas, y en esta postura veo a Rylan y Wolf apoyados el uno en el otro contra el cabecero de la cama. No están haciéndose arrumacos como tal, pero sí hay cierta ternura entre ellos. Nos observan con un hambre apenas saciada.

Los vampiros no necesitan casi tiempo de recuperación. Si no fuera porque yo tengo que parar para comer y dormir, podríamos tener sexo durante días, semanas, meses. Tal vez incluso años.

Malachi me abre de piernas y se coloca en mi entrada. Su avance lento y regular hace que se me salga el aire de los pulmones. Cada vez, todas y cada una de las veces con él, siento como si fuera la primera, como si estuviera adueñándose de mí otra vez.

—Puedes con más —murmura.

¿Con más de su tamaño?

¿Con más orgasmos?

No tengo ocasión de preguntar. Me pone una mano en la cadera y otra en el hombro y aumenta el ritmo. Con este ángulo, cada acometida hace que me roce el punto G. Gimoteo y la mente se me queda en blanco. Apenas soy consciente de que las puntas de mis dedos se transforman en garras, de que empiezo a destrozar las sábanas como creía que Rylan deseaba hacer. Puede que él tenga autocontrol, pero yo no. Siento la sangre recorriendo todo mi cuerpo, una consciencia nueva que sin duda proviene de los poderes de estirpe de Wolf. Una parte de mí se esfuerza por tratar de controlar estos poderes extraños, pero no soy capaz de pensar con claridad cuando Malachi me lo hace así.

Cierro los ojos mientras otro orgasmo se me viene encima. Estoy tan concentrada en el placer que por poco no percibo el olor a humo.

Pero entonces me corro y pierdo el conocimiento.

14

—En serio, tenéis que parar de follarme hasta el punto de que me desmaye. —Observo el humo que desprenden los restos del pequeño incendio que al parecer he creado al correrme.

Wolf acaba de apagar el fuego con una almohada y ahora está jugueteando con el humo entre sus dedos mientras sonríe.

—¿Te acuerdas de cuando le cantaste las cuarenta a Malachi por hacer justo esto?

Suelto un quejido.

—En mi defensa diré que él nos atrapó en un círculo de fuego que por poco hace que se derrumbe el suelo. Igual vosotros tres sobreviviríais a que os quemaran vivos, pero yo no.

—Tú también —dice Rylan, acariciándome las garras con un dedo—. Igual me equivoco, pero, después de lo de anoche, apostaría a que pocas cosas pueden matarte.

Para él es fácil decirlo. Trato de fruncir el ceño, pero no consigo mantener la expresión. Estoy demasiado feliz.

—Perdona, pero tú estuviste a punto de matarme hace... ¿qué? ¿Cuatro días?

No estoy segura de si fue hace cuatro o cinco días. Nunca hemos tenido un horario regular, pero esto de ir huyendo me ha terminado de fastidiar el reloj interno. Estar en una casa construida en el interior de una montaña tampoco ayuda.

—Sí, hace cuatro días. —Se hace un pequeño corte en el pulgar con mi garra y me lo lleva a los labios.

La sangre se me altera cuando lo lamo. Siento un cosquilleo en la boca y tengo que contenerme para no morderlo. Da igual, porque mis colmillos no son como los de los vampiros; si no me ayudo de una hoja afilada, no haría más que mordisquearlo.

O podría usar las garras.

Rylan sonríe como si pudiera leerme la mente.

—Adelante —me anima.

Sin perder un segundo, me pongo a horcajadas sobre su abdomen. Tras pensarlo apenas un instante, le paso el dedo índice de arriba abajo por el centro del cuello, dejando un rastro de sangre. Me embarga la emoción. Ya no necesito que sean ellos los que se corten para que pueda beber, puedo hacerlo yo misma. Sonrío y me inclino para arrastrar la lengua por su cuello.

—No le excites demasiado, pequeña dhampira. —Malachi está tumbado de espaldas a nuestro lado, con un brazo bajo la cabeza—. Tenemos que salir de la cama y entrenar.

—No quiero entrenar —murmuro contra la piel de Rylan.

No es del todo verdad, sé que el entrenamiento es fundamental para mejorar mis habilidades de combate y, ahora, también mis poderes mágicos. Pero me cuesta recordar eso cuando Rylan me masajea la nuca mientras bebo a sorbitos de él.

—Arriba, Mina.

Me quejo un poco, pero obedezco. Solo cuando estoy de pie me doy cuenta del estado de la cama.

—Vamos a acabar debiéndole un montón de pasta al propietario de la casa —comento.

—No te preocupes —contesta Malachi, que se levanta y desaparece en el vestidor.

Vuelve al dormitorio al rato, vestido con unos pantalones cortos de chándal y con ropa de deporte para mí: *leggings*, un sujetador deportivo y una camiseta de tirantes. Me empiezo a poner la ropa, pero me detengo al ver que Rylan y Wolf no hacen el amago de imitarme.

—¿Vosotros no venís? —pregunto.

Wolf se deja caer en la cama y rueda hasta quedar pegado al otro vampiro.

—Uno de los dos se va a venir, sí —dice con voz pícara mientras se la coge a Rylan.

—Sois insaciables —murmura Malachi.

Rylan se aclara la garganta.

—Iremos en un rato.

Malachi sale de la habitación y yo lo sigo sin poder contener la sonrisa bobalicona que me tira de las comisuras de los labios. No soy tan ingenua como para pensar que todos hemos superado nuestros traumas del pasado. Así no funcionan las cosas, ni para los humanos ni para los vampiros ni para los serafines, y menos aún cuando mis hombres comparten un pasado tan largo y complicado. Van a seguir reapareciendo problemas conforme pase el tiempo, eso seguro.

Pero después de lo de anoche y de esta mañana, por fin creo que sabremos lidiar con lo que sea que ocurra.

Acabamos en un gimnasio bastante sofisticado que tiene de todo: mancuernas, máquinas e incluso un tatami para pelear. Suelto un silbidito.

—Guau.

—Un buen cambio de aires, ¿eh? —comenta Malachi, haciendo círculos con los hombros—. Primero, un poco de *sparring*.

Esta vez no me molesto en quejarme. Es verdad que necesito entrenar, y a Malachi se le da de maravilla enseñarme, aunque de vez en cuando quiera tirarlo por la ventana de lo implacable que es. Esta mañana no es diferente.

Una hora más tarde, estoy chorreando de sudor y todos los músculos del cuerpo me tiemblan del agotamiento. Malachi ejecuta un movimiento perfecto, lanzándome por los aires y haciendo que aterrice de espaldas con tanta fuerza que se me sale todo el aire de los pulmones. Se gira para mirarme.

—Deberías haberlo visto venir.

—Lo he visto venir —jadeo—. Pero mis reflejos son demasiado lentos.

—Pues a entrenarlos.

—En eso estoy.

Me ofrece una mano. Se la cojo y dejo que me ayude a levantarme.

—Estás mejorando —me asegura con una sonrisa.

—No quiero oír ni un «te lo dije» —le advierto, aunque no consigo que mi actitud gruñona tenga credibilidad. Se me escapa todo el rato una sonrisa bobalicona—. Esto es ridículo, no puedo parar de sonreír.

—Se te ve feliz.

Feliz. El concepto me resulta tan desconocido como el del amor. Pero si puedo sentir uno, ¿por qué no iba a poder sentir el otro? Dejo caer las manos.

—¿Creo que estoy feliz?

—¿Me lo dices o me lo preguntas?

—No lo sé. —Me río—. No debería estar feliz. Todavía tenemos muchas cosas que conseguir, no estamos a salvo ni por asomo. Y además...

—Mina. —La orden velada en su voz me interrumpe. Me rodea la cara con sus manos grandes—. La vida ya es lo bastante difícil como para que nos privemos de la felicidad. Es algo pasajero, igual que el miedo, la rabia y la tristeza lo son. Disfruta del sentimiento mientras esté ahí.

Pongo una mueca.

—Menudo consuelo.

—No pretendo consolarte. —Se inclina y me da un beso suave en los labios—. Venga, ahora vamos con la magia.

Para mi sorpresa, el entrenamiento mágico es más duro que el físico. Malachi me pide que me ponga en posición de meditar, y su voz grave me guía durante todo el proceso. Es como si estuviera intentando levantar un coche a pulso. Siento la magia, sin duda, pero me resulta tan abrumadora que apenas concibo la idea de tantearla, y mucho menos de controlarla a mi antojo.

No sé cuánto tiempo pasa antes de que Malachi decida que es suficiente por hoy, aunque siento que no he aprendido nada.

—Me da igual lo que digáis, esto va a llevarme años.

—Ya sientes el movimiento de tus poderes —repone—. Eso es lo más difícil.

Le lanzo la mirada que merece esa afirmación.

—Si es lo más difícil, ya debería poder hacer algo más.

—Es el primer día, pequeña dhampira. Date un poco de tregua. —Abre la puerta y la sostiene para que pase—. Ahora come algo.

—Primero una ducha —contesto, quitándome la camiseta de tirantes con cara de asco.

—Vale, primero una ducha —accede.

Tardamos el doble de lo que deberíamos porque nos distraemos con nuestros cuerpos y, para cuando salimos, tanto Rylan como Wolf han desaparecido. Echo un vistazo a la cama.

—¿Cuántas habitaciones tiene esta casa?

—Más que suficientes. —Malachi me rodea la cintura con

un brazo y me conduce hacia la puerta—. Pero si no queremos hacer demasiado destrozo, deberíamos reservar el sexo para esta.

Sí, porque estamos condenados a perder el control y a causar estragos allá donde estemos. Me llevo una mano a la boca, como si con eso bastara para esconder mi sonrisa.

—Me parece buena idea.

—Mmm... —Me aprieta contra su cuerpo mientras vamos a la cocina—. Sí que estás feliz, sí.

Lo nota. Y si lo de esta mañana me ha dejado claro algo es que voy a tardar un buen tiempo en aprender a protegerme.

—Supongo que sí.

—Te sienta bien.

Nos encontramos a los otros dos en la cocina, Rylan preparando café y Wolf mirando la nevera abarrotada con una mueca, como si fuera a abalanzarse sobre él en cualquier momento.

—Los humanos y su necesidad de variedad... —suelta—. Es comida, ¿por qué os complicáis tanto?

—Eres un vampiro, no podrías entenderlo.

—¿Qué quieres? —me pregunta señalando el frigorífico con el brazo.

—Soy perfectamente capaz de encargarme de mi propia comida —replico.

Me escabullo del brazo de Malachi y me acerco a la nevera. Aunque soy consciente de que Wolf lo ha dicho para picar, tiene razón: hay una cantidad abrumadora de opciones. Cojo una manzana y abro la puerta de la despensa que está a pocos metros de distancia. Por suerte, quienquiera que sea el propietario de esta casa tiene un suministro considerable de barritas energéticas. Agarro un par y vuelvo a la cocina.

Los tres vampiros me miran con incredulidad. Rylan alza las cejas.

—¿Con todo lo que hay y eliges eso?

—No sé cocinar la mayoría de esas cosas y me muero de hambre, así que prefiero no perder el tiempo con eso ahora. He ido tirando toda la vida a base de barritas energéticas, no veo por qué no puedo seguir así.

Malachi tiene el ceño fruncido, como si estuviera tratando de resolver un problema complicado.

—Creía que te gustaban porque eran fáciles de llevar en caso de tener que huir.

—Esa es una de las razones, sí. —Por sus expresiones me queda claro que no van a dejarme tranquila, así que me veo obligada a explicarme—: Aunque en la colonia de mi padre hay humanos y dhampiros, apenas se les tiene en cuenta en comparación con los vampiros. La comida que se les proporciona es la justa para que se mantengan con vida y sigan ejerciendo de bancos de sangre o de vientres con patas. Las barritas energéticas eran lo más rico de entre las opciones.

Wolf sacude la cabeza despacio.

—Eso es bastante patético, amor.

—Es lo que hay. —Voy con mis barritas energéticas y mi manzana a la encimera de la isla de la cocina y me siento—. Comer bien es menos importante que seguir viva. Esa siempre ha sido la prioridad.

—Puede seguir siendo la prioridad aunque comas otro tipo de cosas —señala Malachi, cruzándose de brazos.

Rylan vierte café en una taza y me la ofrece.

—Yo puedo aprender a cocinar —dice. Como los tres nos quedamos mirándolo con los ojos muy abiertos, se encoge de hombros—. Es una habilidad necesaria si entre nosotros hay alguien que consume alimentos.

—Rylan... —No sé qué pretendo decir, pero da igual, porque no llego a terminar la frase.

Noto un aumento repentino de energía en la estancia. Todas las sombras parecen converger en un punto y Azazel aparece de la nada en medio de la habitación. Se mete las manos en los bolsillos y echa un vistazo a su alrededor.

—Interesante —comenta.

Los vampiros se ponen en movimiento al unísono. Entonces, Malachi me coge y me pone entre la pared y él, protegiéndome así con su enorme cuerpo. Oigo a Rylan maldecir entre dientes y un forcejeo. Asomo la cabeza por detrás del brazo de Malachi y veo a Wolf inmovilizando a Rylan contra la encimera.

—¿Qué haces? —le dice al otro vampiro, sacudiéndolo—. Es un demonio. Si le atacas, te cortará en pedacitos.

Azazel se mira las uñas. ¿Las tiene más afiladas de lo que parecía a primera vista? No lo veo bien desde esta posición. Las sombras se mueven a su alrededor como si tuvieran vida. Durante un instante me parece ver una bestia descomunal con cuernos gigantes saliéndole de la cabeza, pero a los pocos segundos la imagen se desvanece y solo queda el atractivo hombre de pelo oscuro que irradia el aura de peligro más amenazante que he sentido nunca, al menos hasta conocerlo. Haber compartido espacio con él hace dos días no basta para que me acostumbre a la sensación.

El demonio se da la vuelta de golpe, y los tres vampiros se tensan en respuesta. Su sonrisa lenta revela que lo ha hecho a propósito.

—Qué nidito de amor tan encantador has creado, serafín. ¿Te has pensado lo del pacto?

—No va a haber ningún pacto —contesta Malachi.

Azazel lo fulmina con la mirada.

—No te lo he preguntado a ti, portador del fuego. —Entrecierra los ojos oscuros—. Me gustaría ver cómo te las apañas en mi mundo, vampiro. Los demonios te enseñaríamos cuál es el verdadero fuego.

—Tranqui, Azazel. —Wolf suelta una de esas risas histéricas y estruendosas suyas—. No hace falta que demuestres que eres el tío más chungo de la sala, ya lo sabemos todos. —Rylan abre la boca, pero Wolf se la cubre con la mano antes de que pueda hablar—. Contesta a nuestro amigo el demonio, amor.

Claro. Vale. Inspiro hondo y despacio.

—He decidido no hacer ningún pacto contigo. —Solo un ligero temblor en mi voz indica cómo de estresante me resulta la situación.

—Es una pena. —Azazel vuelve a mirarse las uñas. Esta vez estoy convencida de que las tiene más afiladas que antes. No se han transformado como las de Rylan, como las mías ahora. Sus dedos son exactamente iguales, solo que... con uñas más afiladas—. Bueno, como somos buenos amigos, Wolf, supongo que debería decirte que hay una pandilla de seis vampiros subiendo la montaña hacia aquí. Buena suerte. —Y, con eso, desaparece tan rápido como ha llegado.

Durante unos segundos me quedo completamente quieta, aguantando la respiración.

Justo entonces noto una sensación incómoda en los confines de mi mente. No me había percatado mientras Azazel estaba presente, pues su presencia lo eclipsaba todo, pero ahora no cabe duda. Es igual que la última vez. Me trago el nudo que se me forma en la garganta.

—Tiene razón. Están aquí.

Malachi se pone en marcha de inmediato.

—Wolf, tú te vienes conmigo. Rylan, protege a Mina.

—De acuerdo.

Rylan me coge en volandas antes de que pueda dar ni un solo paso y sale corriendo a toda velocidad, recorriendo un pasillo que aún no había tenido la ocasión de explorar. Se mete en una habitación repleta de monitores y cierra la puerta con fuerza.

Lo observo mientras coloca una pesada barra de acero en un travesaño para trancar la entrada.

—¿No es un poco excesivo?

—Si yo fuera tu padre, mandaría un equipo por la parte delantera y otro más pequeño por la de atrás. —Se deja caer en una de las sillas que hay frente a los monitores y comienza a pulsar botones.

Yo me concentro, pero solo siento esa sensación incómoda en una dirección.

—¿Este lugar tiene parte de atrás?

—Claro. —Frunce el ceño y continúa tecleando, repasando un montón de imágenes tan deprisa que me mareo—. Solo un necio construiría una casa sin una puerta trasera por la que poder escapar.

Por supuesto. Tonta de mí por no haberlo pensado bien.

—¿Y quién es esa persona? La que ha construido la casa.

Los dedos de Rylan se detienen encima del teclado.

—Era... un amigo.

—¿Era?

—Murió hace un tiempo. Ahora la casa pertenece a su nieta, que es la responsable de la mayor parte de las reformas. Por razones que no estoy dispuesto a compartir ahora, ha accedido a ofrecernos esta casa como refugio.

Me surgen más preguntas, pero veo que van a tener que esperar. Rylan ha dejado fijas las imágenes en dos monitores. En una se ve la carretera por la que hemos venido, y un vehículo que la recorre. Parece casi un tanque, con la carrocería blindada sin puntos débiles visibles. No es la primera vez que lo veo; mi padre tiene tres. Es el tipo de vehículo que usa cuando tiene que salir de la colonia.

No puede ser que haya venido él en persona, ¿verdad?

—No es él —me aclara Rylan como si me leyera los pensamientos—. Como ya te he dicho, es un buen señuelo, pero el verdadero equipo de asalto es este. —Señala el segundo monitor.

En él se ven tres individuos enmascarados. Está tan oscuro que me cuesta entender lo que estoy viendo. No hay árboles, ni rocas ni tierra, sino un pasillo muy parecido a los que hemos estado recorriendo desde que llegamos ayer.

—Están dentro.

15

Me acerco mucho a la pantalla.

—¿Por qué no siento a este grupo?

—Deben de estar enmascarando su presencia. —No parece demasiado contento con la revelación.

Podría decir que igual es culpa de mi falta de experiencia, pero no hay tiempo que perder con discusiones. Lo único que importa es que están en la casa y nos superan en número.

—¿Qué hacemos? —pregunto.

Rylan pulsa unos cuantos botones más.

—Tú no vas a hacer nada. Acaban de entrar, les va a llevar tiempo llegar hasta aquí. —Se pone de pie y hace círculos con los hombros—. Los encontraré antes de que eso ocurra.

Me muevo sin percatarme de mis propias intenciones y me coloco entre la puerta y él.

—No irás solo.

—Mina. —Sonríe despacio—. Sea como sea, aquí el superdepredador soy yo. En cuanto salga por la puerta, aprieta este botón. —Me indica uno de entre la infinidad que hay—. Así se apagarán todas las luces.

—Los vampiros veis mejor en la oscuridad.

—Pero aun así nos hace falta algo de claridad para poder ver. Aquí no habrá luz que les llegue.

Claro, por la ausencia de ventanas. Inspiro hondo, muerta de miedo.

—Eso significa que tú también necesitas luz para ver —repongo.

—Sí, pero la vista no es el único sentido con el que te puedes orientar. El olfato es igual de útil. —Salva la distancia entre nosotros y me besa con fuerza—. Tranca la puerta cuando salga. Si pasara lo peor, hay una escotilla debajo del escritorio que te sacará de aquí. Es un pasadizo muy estrecho e incómodo, pero te hará libre.

«Si pasara lo peor».

Se refiere a si le dejaran fuera de juego. Trato de respirar para mantener la calma.

—Si crees que esa es una posibilidad, no vayas.

—Mina. —Dioses, cómo pronuncia mi nombre... Con ternura, como probando a ver cómo suena en voz alta—. Por encima de todo somos guerreros. Huir y escondernos no es lo nuestro. —Me roza la frente con los labios—. Me importas, y no pienso dejar que te atrapen.

Rylan me aparta con cuidado de su camino y retira la barra de acero antes de que tenga tiempo de reaccionar, y entonces se va, deslizándose hacia las sombras del pasillo. Su cuerpo se ondula mientras se transforma en un lobo monstruoso que parece salido de una pesadilla.

Cierro la puerta y hago esfuerzos para trancarla con la barra de acero. Es tan pesada que no sé si una mujer humana podría hacerlo. Si no estuviera aterrada, tendría curiosidad por saber qué tipo de mujer es la nieta del amigo de Rylan, pero tengo cosas más apremiantes de las que ocuparme.

Aguanto la respiración mientras pulso el botón que me ha

indicado Rylan. Al instante, se apagan todas las cámaras. ¿La he liado? Cuando empiezo a preocuparme, las cámaras vuelven a encenderse y las imágenes adquieren el tono verdoso típico de la visión nocturna.

El lobo gigante que ahora es Rylan aparece y desaparece por momentos, recorriendo a toda prisa el laberinto de pasillos. Apenas se detiene en las puertas. No estoy segura, pero creo que transforma una mano cada vez que abre una. Me marea tratar de seguirle la pista, así que dirijo la atención hacia los intrusos. Van completamente de negro y llevan máscaras que esconden todo el rostro menos los ojos, que ahora resplandecen con un fulgor extraño debido a la visión nocturna. Podrían ser cualquier persona.

No me conozco la casa lo bastante bien como para distinguir dónde están, y Rylan no me ha dejado ningún mapa que me sirva de ayuda para discernir sus avances. Lo único que sé es que se mueven deprisa y que la ausencia de luz no parece haberlos entorpecido demasiado.

En la otra pantalla, veo que el vehículo se ha detenido. Distingo borrones de movimiento que podrían ser una pelea, pero no lo tengo claro. Los serafines tendrán ciertas ventajas respecto de los vampiros, pero queda claro que ninguna está relacionada con el aspecto físico. Ellos son más rápidos y más fuertes. Siento a Malachi y a Wolf a través del vínculo, pero lo único que capto es una dirección y una distancia aproximada. No me sirve para saber qué está ocurriendo.

Si trato de seguir la acción, solo voy a conseguir acabar con dolor de cabeza. Le voy echando vistazos a esa pantalla, pero me centro sobre todo en los intrusos que están dentro de la casa. Se han quedado quietos. Examino los botones que tengo delante y por fin encuentro uno que parece activar el audio. Por los altavoces resuena un aullido espeluznante.

Rylan ha captado su olor.

Miro de cerca la pantalla, pero no parecen tan asustados como yo lo estaría si un monstruo me persiguiera y no pudiera ver por dónde va a aparecer.

Oigo el sonido de estática de una radio y una voz metálica que apenas entiendo.

—Estamos en nuestros puestos.

Se me eriza el vello de la nuca cuando la persona más corpulenta del grupo levanta la radio y dice en una voz horrorosamente familiar:

—Atrapadlos.

Mi padre.

Mierda, Rylan lo tiene crudo. Por muy fácil que le resulte lidiar con vampiros normales, a mi padre le basta con pronunciar una palabra para cambiar las tornas. Puede ordenarle que se quede quieto y descuartizarlo en pedacitos sin que yo pueda hacer nada por evitarlo.

Miro rápidamente los botones, buscando algún tipo de interfono, pero es demasiado tarde.

En la pantalla de la cámara exterior se ve que el vehículo explota. Me quedo inmóvil, contemplando con horror cómo varios vampiros salen de ambos lados de la carretera. Hay un barullo de movimiento, un fogonazo y entonces todo se queda en calma.

Dos cuerpos caen al suelo, e incluso en la oscuridad reconozco a Wolf y Malachi antes de que los otros vampiros se abalancen sobre ellos para apresarlos.

—No —susurro.

—Detente. Quédate quieto. —La voz de mi padre me devuelve la atención a la otra pantalla. Se quita la máscara de la cara—. Linterna.

Uno de los vampiros le ofrece una linterna y él la enciende.

Ante ellos, a menos de tres metros, está Rylan. Tiene el cuerpo casi pegado al suelo, por lo que mi padre ha debido de pararlo justo antes de que saltara, y tiembla tratando de resistirse a la orden.

—Qué monada —murmura mi padre—. Quedarás genial como alfombra en mi salón.

—¡No! —grito. Pero no me oyen. Es imposible que puedan oírme.

Mi padre chasquea los dedos.

—*Duérmete* —ordena, y observa detenidamente a Rylan mientras se desploma—. Atadlo con plata. —Sus secuaces se apresuran a obedecerle, y él se gira hacia la cámara que tiene justo encima—. ¿Estás viéndonos desde algún escondrijo, como la ratilla que eres, Mina? Todo el sufrimiento que está por venir podría haberse evitado si hubieras cumplido la única tarea que se te había encomendado. —Niega con la cabeza—. Todo esto es culpa tuya. Venga, ahora sé una buena chica y espérame donde estés, que ya voy.

Algo húmedo y cálido se desliza por mis mejillas. Me llevo las manos al rostro y me sorprende ver que estoy llorando. Después de todo este tiempo y esfuerzo, me ha vuelto a ganar. Si abro la puerta y me entrego, tal vez...

Pero ¿qué estoy diciendo?

No va a dejarles ir. ¿Tres vampiros de estirpe de un plumazo? Es un chollo, y esta vez no va a contentarse con realizarles un conjuro de sangre. No, querrá asegurarse de que la progenie de los tres quede bajo su control absoluto. Hará lo que haga falta para conseguirlo, incluso drogarlos y torturarlos si fuera necesario.

Se me escapa un sollozo, aunque no evita que me ponga en marcha. Aparto la silla del escritorio y tanteo el suelo en busca de la escotilla que decía Rylan. No puedo ayudarlos si me atrapan a mí también, aunque tampoco estoy segura de poder hacerlo si no me atrapan, pero tengo que intentarlo. Han sacrificado demasiado por mí, es lo mínimo que puedo hacer.

Encuentro la escotilla y uso todas mis fuerzas para abrirla. Oigo la voz de mi padre tratando de hechizarme, pero no funciona bien en la distancia. Aun así, su voluntad me hostiga, exigiéndome que me quede quieta y obedezca, pero al ser transmitida a través de medios electrónicos se percibe muy atenuada. Gracias a eso logro colarme en el agujero cuadrado y oscuro, y cierro la escotilla tras de mí.

Rylan tenía razón, apenas cabe una persona. Bajo la escalera en una oscuridad total, con las paredes tan cerca que casi me rozan los hombros.

En la casa apenas sentía el peso de la montaña, pero aquí resulta casi abrumador. Aun sin ver nada, sé que mi aliento debe de estar creando una nube de vapor. Un escalofrío me recorre todo el cuerpo y aumento la velocidad. No puedo saber cuánto tardarán en encontrar la sala de vigilancia, cuántos minutos les llevará tirar la puerta abajo y seguirme.

Unos minutos eternos más tarde, la escalera termina y mis pies encuentran suelo firme. Tanteo a mi alrededor, intentando hacerme una idea de dónde estoy ahora. Mi pie da con algo. Una caja. Dentro, distingo la forma de una linterna. Aguanto la respiración y les rezo a los dioses en los que no estoy segura de creer para que le queden pilas.

La luz se enciende.

Exhalo despacio y echo un vistazo a lo que me rodea. Parece ser una especie de cueva natural, con los muros muy cerca e inclinados. Solo hay un camino, así que confío en que lleve a la salida. No pienso tirarme años vagando perdida por este lugar mientras mis hombres están siendo torturados y obligados a procrear en contra de su voluntad.

En la caja en la que he encontrado la linterna también hay un abrigo grueso que me queda solo un poco grande, un par de botas de apenas una talla más que la mía y un paquete de agua embotellada. No es exactamente una mochila de emergencia, pero casi. Me pongo las botas y el abrigo, y me siento mejor de inmediato, ahora que no me muero de frío. Levanto la vista a la oscuridad del agujero de la escotilla, pero no percibo movimiento ni ruido. Aquí abajo estoy completamente aislada.

Bueno, en realidad no.

Sigo sintiendo a mis hombres a través del vínculo. A Rylan en algún lugar arriba y a la derecha, y a Wolf y Malachi a la izquierda.

Si mi padre se los lleva lejos de aquí, al vínculo no le va a hacer ninguna gracia. Mierda.

Acelero el paso y recorro a toda prisa la cueva en la única dirección posible. Quizá en otras circunstancias me asombraría la belleza glacial de este lugar o reflexionaría sobre cómo me hace sentir que estoy como en otro mundo.

Me lleva menos tiempo del que me imaginaba ver un resquicio de luz. Apago la linterna y avanzo despacio, consciente de que podría ser otra trampa. Si mi padre ha sido capaz de encontrar las otras entradas, ¿qué le impide encontrar esta?

Pero cuando salgo a la luz del sol y me giro para mirar la entrada a la cueva, veo que es prácticamente invisible, y eso que estoy a apenas un palmo de ella. Tienes que saber la localización exacta para poder encontrarla.

Aun así...

Me planteo mis opciones. Sé adónde mi padre llevará a mis hombres. Apenas abandona la colonia, que por otro lado está más que equipada para retener prisioneros. No sería la primera vez que hace algo así.

Supongo que tendré que tratar de seguirles el ritmo lo mejor que pueda para evitar que el vínculo nos pase factura. No estoy segura de qué podría ocurrir si se los llevan demasiado lejos de mí, pero quiero evitarles todo el sufrimiento posible.

Oigo el chasquido de una rama a mi izquierda. Reacciono por instinto, agazapándome tras un arbusto y aguantando la respiración.

—Espero que sepas que te veo. Vaya mierda de escondite.

Una voz femenina. No me resulta familiar, pero dudo que pudiera reconocer a los secuaces de mi padre solo por la voz.

—Si te acercas, te mato —la amenazo.

—Qué mona, pero lo dudo mucho.

Una mujer sale de entre los árboles. Yo parpadeo como una idiota en respuesta. Es una chica alta y blanca con una mata de pelo castaño ondulado y de constitución atlética, vestida con ropa militar de camuflaje. El fusil que lleva colgado al hombro no es su única arma. Cuento al menos tres cuchillos de combate desde donde estoy, uno de ellos tan largo que casi podría considerarse una espada.

Ah, y es humana.

—Tú eres el serafín de Rylan —dice mirándome de arriba abajo.

Me quedo pasmada. No me imaginaba que pudiera haberle hablado a nadie de mí ni de mi identidad, ni mucho menos de la relación que pudiéramos tener.

—¿Quién eres?

—Una amiga suya, podría decirse. —Levanta la vista a la montaña que tengo detrás—. Entiendo que las cosas han salido mal. Las alarmas llevan sonando sin parar desde que los imbéciles esos traspasaron mis medidas de seguridad. ¿Dónde está Rylan?

—Lo han atrapado. —Siento que Rylan se mueve, pero noto cierto aletargamiento a través del vínculo que me hace sospechar que lo han drogado. No sé qué clase de droga puede incapacitar a un vampiro, pero sin duda mi padre está bien informado al respecto—. Los han cogido a todos.

—Pues qué putada.

—Sí, se podría resumir así. —Me giro, tratando de estimar la brecha cada vez mayor que me separa de ellos. Tenemos distancia de margen, pero yo voy a pie y a ellos los meterán en un vehículo más pronto que tarde—. Tengo que irme.

Ella entrecierra los ojos oscuros.

—¿Ya tienes un plan?

Ni por asomo.

—Claro. No voy a dejar que les hagan daño.

La mujer suspira.

—Supongo que estoy a tu disposición, al menos en lo que respecta al transporte. Eso sí, no pienso jugarme el pescuezo por ti, princesa.

No puedo permitirme confiar en ella, pero al mismo tiempo no puedo permitirme rechazar ningún tipo de ayuda.

—¿Por qué querrías ayudarme?

—Mi familia le debe a Rylan una deuda impagable. —No parece muy contenta al respecto—. Y, como ahora yo soy la matriarca de la familia, me toca a mí tratar de equilibrar la balanza.

La miro de arriba abajo. No soy experta en humanos, pero diría que no es mucho mayor que yo.

—¿Quién eres? —insisto.

—Ah, eso. —Se pone el fusil en la espalda y me ofrece una mano—. Grace Jaeger, cazadora de monstruos.

Le estrecho la mano anonadada.

—¿Y yo no entraría en esa categoría?

—Por supuesto que sí —contesta como si nada—. Pero, como te he dicho, estoy en deuda con Rylan, así que estás a salvo conmigo.

Tampoco me queda otra opción. Me paso una mano por el pelo.

—Tenemos que seguirlos. ¿Tienes algún vehículo?

—Ven.

Su vehículo, si se le puede llamar así, es una bestia todoterreno con dos asientos y aún más armas. Grace se sienta al volante.

—¿En qué dirección vamos? —pregunta.

Señalo hacia el norte.

—Irán hacia Montana, a la colonia de mi padre.

—Entiendo. —Se mordisquea el labio inferior y una fina arruga le aparece entre las cejas—. No podremos hacer todo el trayecto con este coche, pero conozco un buen lugar que, sin desviarnos de la ruta, nos permitirá hacer una parada.

Tendrá que valerme.

—De acuerdo.

Pone en marcha el motor y salimos escopetadas por un camino de tierra que apenas se distingue. El ruido del vehículo dificulta la conversación, pero no me importa. No conozco a esta mujer, y lo único en lo que soy capaz de pensar es en lo que está por venir.

Mi padre se ha llevado a mis hombres.

Cierro los ojos y me dejo invadir por la rabia que me provoca ese pensamiento. Ojalá me hubiera atrapado a mí. Al menos yo sé cómo sobrevivir en la colonia, aunque claro, eso era cuando mi padre me subestimaba. Dudo que vuelva a cometer ese error.

De repente me entran unas náuseas incontrolables y tengo que abrir los ojos. Pero ¿qué...? Me llevo una mano al pecho y trato de fijar la vista en la parte delantera del vehículo, pero no sirve de nada. Otra náusea, esta vez más fuerte.

—Para el coche.

Grace me mira desconcertada.

—¿Qué?

—¡Que pares el coche!

Frena en seco y me bajo justo a tiempo para echar las barritas energéticas y la manzana que me he comido antes. Después de vomitar, sigo teniendo arcadas un buen rato, como si el estómago quisiera salir de mi cuerpo.

Es la primera vez que vomito en mi vida. Nunca me pongo enferma. Trato de sentir el vínculo para saber si tiene algo que ver, pero no. No entiendo nada.

Una nueva oleada de náusea me provoca otra arcada.

—¿Te encuentras bien? —Grace suelta una risita áspera—. No estarás, en plan, embarazada o algo, ¿no?

Claro que no.

Aunque...

Cierro los ojos y dejo que mi poder me guíe por instinto. Ya se me da bastante bien sentir los parámetros del vínculo; no debe de ser demasiado diferente hacer lo mismo con mi cuerpo. Hago un escaneo minucioso de la cabeza a los pies. Ahí, justo en la parte baja del vientre, lo encuentro.

Una chispa de vida, diminuta y muy frágil, que habita en mi interior.

Abro los ojos.

—Hostia puta —suelto.

Me incorporo como puedo y veo a Grace ofreciéndome un paquete de chicles de menta.

—No vuelvas a subirte hasta que te hayas tomado uno de estos. Soy muy sensible a los olores, y el aliento a vómito es asqueroso.

—Gracias —digo con un hilo de voz mientras la cabeza me da vueltas.

—¿Hay algún motivo por el que le hayas soltado un «hostia

puta» al bosque en el que acabas de vomitar? —Su voz suena algo curiosa, casi como si lo preguntara solo por educación.

Si de verdad estoy embarazada, eso significa que debo enfrentarme a mi padre, lo cual sería infinitamente más fácil si tuviera a mis hombres conmigo, pero me las apañaré. Solo tengo que entrar en la colonia y hacer una declaración pública. Habrá que planearlo bien, pero no puedo pensar en eso ahora mismo.

Me llevo una mano al abdomen y la chispita de vida parece reaccionar al contacto. Me encantaría poder alegrarme; al fin y al cabo, esto es lo que queríamos. Solo que estar sola y abandonada con una cazadora de monstruos mientras mi padre tiene a mis vampiros en su poder no entraba en los planes.

—Resulta que tenías razón. —Trago con dificultad—. Estoy embarazada.

ACTO III

REINA

1

Nunca he pensado demasiado en el embarazo, ni siquiera cuando mi padre me envió como ofrenda a la mansión donde habitaba un vampiro recluido para servirle en cuerpo y sangre. Por aquel entonces tenía pensado escaparme o morir antes de quedarme embarazada de él.

Y mírame ahora.

Me apoyo en la bañera de la habitación barata de motel. La cabeza me da vueltas y no paro de sudar. La boca me sabe a... Bueno, prefiero no pensar demasiado en ello porque si no me van a volver a dar las arcadas. Me arrastro a la pila y me lavo los dientes por décima vez hoy. Una pérdida de tiempo, porque no tardaré en vomitar de nuevo.

Como si tener el estómago revuelto no fuera suficiente, mi cabeza está igual o peor. Debería estar urdiendo planes, estratagemas para liberar a mis hombres, pero apenas tengo fuerzas para moverme. Mi padre tiene a Malachi, Wolf y Rylan bajo su poder, y debo encontrar un modo de rescatarlos.

Sin embargo, lo único que soy capaz de hacer es moverme a duras penas por la habitación de hotel cutre en la que nos alojamos.

Salgo del baño tambaleándome y me encuentro a Grace

tirada en una de las camas dobles, haciendo *zapping* con una expresión de aburrimiento en el rostro. Con todo lo que ha hecho por mí y apenas la conozco. Parece querer estar en cualquier parte menos aquí, ayudándome, pero, aun así, todavía no me ha dejado tirada. Sus numerosas armas están bien colocadas en el escritorio. Me quedo pensando en la vida que habrá tenido hasta convertirse en esta especie de ejército de una sola persona.

Me mira y alza las cejas.

—Estás hecha un desastre —suelta.

—Lo sé. —Me dejo caer sobre la cama libre y espero a que mi estómago decida si va a rebelarse de nuevo. Tras unos segundos de tortura, se relaja y suelto una exhalación de alivio—. ¿Has podido echar un vistazo a los planos de la colonia que te dibujé?

—Sí. —Se incorpora—. Muy detallados. Tienes buen ojo para los temas de seguridad, sabes en qué fijarte.

Claro que sí. Llevaba años planeando escaparme en cuanto surgiera la oportunidad. Tenía el recorrido de las patrullas, todas las medidas de seguridad y el mapa de la colonia grabados a fuego en mi mente, porque si anotaba algo y lo encontraba... Me da un escalofrío.

—Al menos crecer en ese infierno ha servido de algo. Así podemos ayudarlos.

—Sobre eso... —Grace me rehúye la mirada—. Voy a ser brutalmente honesta contigo.

—Menuda novedad. —Llevamos viajando juntas solo dos días, pero la franqueza de Grace es reconfortante e insoportable a partes iguales. Nunca miente, ni siquiera se molesta en suavizar las verdades más duras. Me incorporo y me preparo para recibir otra de esas verdades incómodas—. ¿Qué ocurre?

—Es una causa perdida, Mina. —No parece contenta al decirlo—. Si tuviéramos un equipo bien entrenado, tal vez, y solo tal vez, podríamos entrar y salir. Pero con cómo están las cosas, lo tenemos crudo. Según tus cálculos, hay cientos de vampiros en la colonia. Incluso aunque fueran todos vampiros convertidos y no tuvieran poderes mágicos, no nos sería posible hacerle frente a esa cantidad de personas. Da igual que solo un tercio o así sean soldados con formación, cualquier vampiro es un peligro real para la operación de rescate. Y si encima le añades que lo único que tiene que hacer tu padre para vencernos es hablar... Es imposible.

—No. —Niego con la cabeza. Esto no está bien. Nada de esto está bien. Malachi y yo estuvimos planeándolo todo hace solo unos días. Deberíamos estar a salvo en la fortaleza de la montaña. Deberíamos estar preparados para ganar.

En cambio, estoy sola con una mujer que evidentemente no quiere ayudarme aunque se siente obligada a intentarlo. ¿Y mis hombres? Disfrutando de la dudosa hospitalidad que mi padre ofrece a sus prisioneros. Sacudo la cabeza de nuevo, esta vez con más ímpetu.

—Me niego a creerlo.

—Nos matarán. —No lo dice a malas, y eso de alguna manera lo empeora todo—. Si tienes suerte, a ti también. Y, si no, tu padre te encerrará en algún lugar hasta que des a luz al monstruito y luego te matará.

Me llevo una mano al vientre, donde el destello de vida late al ritmo de mi corazón.

—No es un monstruo. A estas alturas apenas es un conjunto de células.

Grace abre la boca, pero duda. Como me quedo mirándola, finalmente dice:

—Te está debilitando. Casi no puedes usar tus poderes y duermes más horas de las que estás despierta.

Me paso una mano por el pelo. Tiene razón. Llevo sin funcionar con normalidad desde que hace unos días me di cuenta de que estaba embarazada. Confieso que no sé mucho sobre la gestación, pero me parece que los síntomas han aparecido demasiado deprisa. Todavía deberían pasar semanas antes de percibir los efectos que trae consigo.

A menos que esté embarazada desde antes de lo que pienso.

Me aclaro la garganta.

—Lo sé. No es lo ideal, pero...

—Hay opciones —me corta, aún rehuyéndome la mirada—. No tienes por qué tenerlo.

Me quedo helada. Mi cerebro sabe a qué se está refiriendo, pero aun así tardo unos segundos en asimilar la sugerencia. Interrumpir el embarazo. Me llevo la mano a la barriga. Cuesta no tenerle cierto rencor a la diminuta presencia que no es siquiera una presencia todavía. Creía que el embarazo suponía una oportunidad para arrebatarle el trono a mi padre, pero ni siquiera puedo llegar allí y desde luego no tengo fuerzas para luchar. Si aparezco y me declaro públicamente su heredera...

Quiero creer que funcionará.

Necesito creerlo con desesperación.

Pero existe la posibilidad, y no es para nada remota a estas alturas, de que haga lo que Grace ha dicho y me encierre hasta que tenga el bebé y luego me mate por todas las molestias que le he causado. Es más, dudo mucho que mis hermanastros estén dispuestos a apoyarme. Hasta donde ellos saben, soy una inútil sin poderes, lo cual significa que no soy una aspirante legítima al trono.

Si tuviera un ejército a mis espaldas, estaría hecho. Podría entrar a la fuerza por la puerta grande, reclamar el trono delante de toda la colonia y hacerme con el poder. Nadie podría pararme. Nadie se atrevería a intentarlo.

Pero solo somos Grace y yo, y yo estoy la mitad del tiempo incapacitada. Tiene sentido, pues, que sugiera esta opción, aunque no me guste planteármela.

—No puedo decidir eso yo sola —digo al fin.

—Sí que puedes. —Cuando la miro, se encoge de hombros—. Escucha, yo no voy a decirte qué es lo que tienes que hacer, solo te presento las opciones. En realidad, da igual lo que decidas, porque no va a cambiar el resultado final. No podemos entrar en la colonia sin acabar las dos muertas.

Desearía que no tuviera razón. Me aprieto los ojos con las palmas de las manos, tratando de pensar.

—Tiene que haber una manera —murmuro. No tengo aliados, ni siquiera sabría dónde empezar a buscarlos, y nos llevaría demasiado tiempo. A Grace parece gustarle ir por libre, así que no sé a quién demonios podríamos pedirle... Dejo caer las manos—. Azazel.

—¿Cómo?

La familiaridad en su tono por poco me distrae, pero estoy demasiado centrada en la que parece la única opción que tenemos. Pidió siete años de servicio a cambio de romper el vínculo y, si es capaz de hacer eso, seguro que puede ofrecerme algún tipo de ayuda real para rescatarlos. Aunque sea por el mismo precio... Siete años, sea el tiempo que sea en realidad, no son nada en comparación con los posibles siglos y siglos bajo el control de mi padre.

Puede que yo no viva tanto, pero Malachi, Rylan y Wolf sin duda lo harán. Lo cual significa que no tienen forma de escapar, solo les espera un tormento sin fin. No puedo dejar que eso ocurra. No voy a permitirlo.

—¡Mina!

Parpadeo.

—¿Qué?

Grace está de pie y tiene cara de no saber si sacudirme por los hombros o si salir de la habitación directamente. Se balancea sobre los talones.

—Repite lo que has dicho —me pide.

—Azazel. —Esta vez, presto atención. Percibo un estremecimiento por su parte y entrecierro los ojos—. ¿Reconoces ese nombre? ¿Cómo es posible? ¿Lo conoces?

—No. —Niega con la cabeza con ahínco—. Pero he oído hablar de él. Sé lo que hace.

Por cómo habla, da la impresión de que se refiere a algo más aparte de los pactos. Como si hubiera algo siniestro en todo el asunto que ignoro. Tras conocer a Azazel, no puedo decir que no sea terrorífico, pero sí que fue bastante franco con las condiciones del pacto. No había trampa ni cartón, que ya es mucho más de lo que puedo decir sobre cómo actúa mi padre.

—Me parece un tipo justo —respondo al fin—. O, si no justo, al menos sincero.

Expuso los términos con claridad. Puede que el contrato como tal acabara siendo problemático, pero antes de llegar tan lejos, ya nos habíamos negado a que yo pagara siete años de servicio.

—Con eso dejas claro que no tienes ni idea. —Grace da vueltas de un lado para otro en el pequeño espacio que queda a los pies de la cama. Se quita la goma del pelo y empieza a hacerse una trenza con movimientos bruscos y alterados—. ¿No sabes lo que hace? Separa a las mujeres de sus familias y la mayoría de las veces no vuelven.

Por su tono, parece que lo haya vivido en primera persona. Frunzo el ceño.

—¿A quién conoces que haya hecho un pacto con él? —inquiero—. ¿Y en serio solo hace pactos con mujeres? ¿No es una cosa un poco... anticuada?

—Pregúntaselo al demonio. —Grace se pasa los dedos por el pelo largo y oscuro, deshaciendo la trenza para volver a empezarla de nuevo.

Ya no lleva ropa de camuflaje como cuando la conocí, sino que va con vaqueros desteñidos y una camiseta blanca. De alguna manera, eso no hace que resulte menos intimidante... ni menos peligrosa. Deja caer los brazos, me clava los ojos y me confiesa:

—Se llevó a mi madre.

—Querrás decir que tu madre hizo un pacto con él. —No sé por qué le estoy contestando de esta forma. Wolf me dejó bien claro lo peligroso que es Azazel. Me envuelvo con los brazos—. ¿Cuáles eran sus condiciones?

Me da la espalda.

—No lo sé. La última vez que la vi fue la noche que vino a por ella. Sé que hizo un pacto, pero nunca he podido recabar más información. No... —Exhala despacio—. No sé cómo invocarlo. ¿Tú?

¿Yo? Yo sé lo que hizo Wolf. Parecía bastante sencillo, al menos en teoría. Gracias a mi parte de serafín, ahora tengo el poder del fuego, la metamorfosis y el más útil ahora mismo: la capacidad de manipular la sangre de Wolf. Debería bastar... El problema es que no hace ni una semana que tengo estos poderes y he practicado solo una vez para aprender a controlarlos. Desde entonces, apenas he tenido fuerzas para seguirle el ritmo a Grace, no hablemos ya de volver a intentarlo.

Cierro los ojos y repaso lo que Wolf hizo para invocar a Azazel. Un círculo de sangre que se convirtió en una especie de conjuro de sangre. Creo. Se acostó con Malachi dentro de ese espacio, pero no sé si forma parte del conjuro o si solo se trataba de Wolf siendo..., bueno, Wolf.

Hasta donde sé, después de crear el conjuro de sangre no

hizo nada más. Azazel apareció poco después de que Malachi y Rylan se marcharan, pero Wolf ni siquiera había pronunciado su nombre cuando las sombras empezaron a hacer cosas raras y el demonio se manifestó. Tiene que ser cosa del círculo. Pues lo llevamos crudo, porque no tengo ni idea de cómo hacer un conjuro de sangre.

—¿Sabes cómo crear un conjuro de sangre? —le pregunto a Grace.

—Mina, soy una humana.

Ya, claro. Es verdad. Niego con la cabeza despacio.

—Entonces no, creo que no sé cómo invocarlo. —Aunque igual me estoy complicando demasiado, ¿no? Alzo la voz—. ¿Azazel? ¿Me oyes?

—Madre mía. —Grace se pega contra la pared y sus ojos oscuros se abren mucho mientras inspecciona la habitación. Los segundos pasan hasta llegar al minuto y las dos soltamos un suspiro de algo parecido a alivio cuando vemos que no se materializa nada ni nadie. Me fulmina con la mirada—. No me puedo creer que acabes de hacer eso.

Yo tampoco, la verdad. Me encojo de hombros y trato de fingir que no estoy temblando.

—Merecía la pena intentarlo.

—Que merecía la pena intentarlo, dice —repite, sacudiendo la cabeza—. Estás fatal de la cabeza, Mina. —Grace levanta su mochila del suelo y coge una pistola del escritorio que se mete en la cinturilla. Se detiene con la mano en la puerta—. Duerme, anda. Yo voy a ver si puedo echarle un vistazo a la colonia. Es poco probable, pero puede que hayas pasado algún detalle por alto o que desde la última vez que estuviste allí haya cambiado algo que pueda ayudarnos a entrar.

No es seguro que vaya ella sola. Mi padre tiene centinelas apostados por los terrenos de los alrededores, no solo en los muros de la colonia, y aunque Grace sea humana y por tanto puede que no la vean como una amenaza, es una humana preciosa. No me extrañaría que intentaran secuestrarla para convertirla o para servir a mi padre como amante y banco de sangre.

—Grace... —empiezo a decir.

Pero se va antes de que pueda ponerla sobre aviso.

Me dispongo a seguirla, de verdad, pero en cuanto intento reunir las fuerzas para ponerme de pie y acercarme a la puerta, me entra un mareo que me obliga a alargar un brazo para sujetarme a la cama y no venirme abajo.

—¿Qué coño...?

¿Me están atacando?

Trato de usar la magia para percibir lo que ocurre, pero es como si estuviera envuelta en una camisa de fuerza. No siento nada de nada. Maldigo entre dientes e intento mirar dentro de mí. Hago un escaneo corporal rápido que me marea todavía más. No puede ser, esto es horrible. Dejo caer la mano. Me encuentro fatal, y no tiene nada que ver con las náuseas del embarazo. No me están atacando, al menos no desde fuera.

Es el bebé.

Me está chupando la energía.

2

No pretendía quedarme dormida, pero, como ocurre con tantas otras cosas en el embarazo, es como si no tuviera capacidad de decisión al respecto. En un momento estoy maldiciendo mi suerte y al siguiente abro los ojos y me encuentro con una habitación desconocida. No es la del motel, pero le falta concreción para distinguirla. Todo el espacio transmite una extraña sensación, vaga y confusa, pero cuando me incorporo y miro a mi alrededor tampoco me parece que sea un sueño. Por lo general, cuando estoy dormida, no me doy cuenta de que tengo un sueño hasta que me despierto.

Ahora mismo estoy totalmente despierta.

Me levanto esperando las náuseas, pero mi cuerpo se encuentra como insensible. Inhalo despacio y exhalo. Por primera vez en una semana, me siento yo misma al fin. No me duele nada, no estoy agotada... Casi me dan ganas de llorar. No me había percatado de lo horrible que era todo hasta sentir este descanso. Trago con dificultad.

—¿Qué voy a hacer? —murmuro para mí.

Aunque ahora no tiene sentido centrarse en el problema que supone el embarazo. Tengo que descubrir qué está ocurriendo. ¿Es otra trampa? Los poderes de mi padre consisten en hechizar y coaccionar; nunca le he oído hablar de nada relacionado con los sueños. De hecho, ningún poder de estirpe de los siete que hay tiene que ver con lo onírico, hasta donde yo sé. Aparte del de mi padre, están el de Malachi, que es el fuego; el de Rylan, la metamorfosis; el de Wolf, la sangre; y otros tres: aire, tierra y agua. Ninguno de ellos debería influir en los sueños.

Entonces ¿qué es esto?

Noto una vibración familiar en el pecho y dejo de pensar, simplemente la sigo. Es el vínculo en mi interior, reconociendo algo... Espero que esté reconociendo lo que creo que está reconociendo. La distancia y el tiempo no significan nada aquí. Un paso parece trasladarme kilómetros hacia delante. O quizá es la neblina que me envuelve lo que hace que todo se sienta extraño. No estoy segura.

En la distancia, la bruma se disipa y veo la forma conocida de un hombre. Distingo su piel pálida, su cresta blanca corta, su constitución esbelta. El vínculo en mi interior ronronea con tanta alegría que casi me hace perder pie.

—¡Wolf!

Él se gira despacio, y a sus ojos azules asoma un brillo de reconocimiento.

—Mina.

Con un paso ya estoy justo delante de él. Alargo una mano temblorosa y se la coloco en el pecho. ¿Es real o no? No puedo estar segura. Se le ve incluso más pálido que de costumbre, con grandes ojeras.

—¿Cómo estás haciendo esto? ¿Cómo me has traído aquí? —pregunto.

—No he sido yo, amor. —Wolf echa un vistazo a su alrededor y frunce el ceño—. Esto no parece magia vampírica, lo cual significa que probablemente sea cosa tuya.

O yo u otra persona nos ha traído aquí. Miro a un lado y a

otro, pero no veo nada más que neblina. No siento peligro, claro que no siento nada en absoluto. No sentí a Wolf antes de verlo, e incluso ahora, con la mano contra su esternón, es como si ninguno de los dos estuviera aquí realmente.

—¿El vínculo?

—Eso me imagino.

Me consuela pensar que puede ser eso, aunque me sentiría mejor si alguien pudiera explicármelo bien.

—¿Es un sueño?

—Debe de serlo. No tengo hambre.

Siento una punzada en el pecho. Ya ha empezado, por supuesto. Mi padre no dudaría en someterlos a situaciones duras y penosas a fin de conseguir lo que quiere. Trago con dificultad.

—No debería haber ocurrido esto...

—No debería ocurrir ninguna cosa mala. —Se encoge de hombros, pero sus ojos se afilan—. Estás cerca. El vínculo no nos ha afectado en ningún momento.

—Eso intento. Sabía adónde os llevaría, así que he procurado mantenerme todo lo cerca posible.

El vínculo es otro problema más de la larga lista. Uno de sus maravillosos efectos secundarios, además de estos nuevos poderes que no sé controlar, es que hay un límite de distancia entre nosotros antes de que empecemos a experimentar dolor. Para ellos es peor que para mí. Pero no es solo la distancia porque, aunque me mantenga dentro del radio, con el tiempo el vínculo nos obligará a acercarnos cada vez más. Si ya fue complejo gestionar los efectos físicos con solo uno de ellos, no me imagino el caos que sería con los tres.

Lo odio, pero hasta ahora la única opción que hemos encontrado para deshacernos del vínculo seráfico es...

Azazel.

Me enderezo.

—Wolf, tienes que enseñarme a invocar a Azazel.

—No, amor. La cosa está fea, pero no tanto como para llegar a esos extremos. —Se pasa una mano por la cresta—. Él siempre pide que se le pague por adelantado, y no sé cómo reaccionará el vínculo, ni qué nos ocurrirá a nosotros, si te vas al mundo de los demonios. Aunque el tiempo transcurra de manera distinta en ese plano, con toda seguridad excede los límites de distancia establecidos.

Tiene razón. Soy consciente.

Pero Grace también.

Levanto la barbilla.

—Te prometo que no negociaré con mi tiempo. Ya se me ocurrirá algo.

—No, Azazel siempre hace lo mismo. Son siete años de servicio, es la única moneda que conoce. —Wolf niega con la cabeza—. No vale la pena arriesgarse.

Lo agarro por la parte delantera de la camisa y lo sacudo. O lo intento. Es como tratar de agitar un muro de ladrillos. La frustración se extiende por mi estómago.

—Ahora mismo solo somos dos para tratar de asaltar la colonia. No podemos ganar. Y menos aún estando embarazada. Es imposible.

—Aún estando... ¿qué?

La sensación en el estómago empeora. La palpitación se convierte en una sacudida, y me llevo la mano al vientre mientras pongo una mueca. Me arde. Literalmente me arde en la mano.

—¿Qué coño...? —Otra palpitación, esta vez más dolorosa. Es una tortura—. ¿Qué coño me está pasando?

—Mina, amor, ¿acabas de decir que estás embarazada?

Abro la boca para responder, pero la neblina a nuestro alrededor empieza a arremolinarse. No, «arremolinarse» es una palabra demasiado suave; es más bien como si me encontrara en medio de un huracán. Un viento espectral me tira del pelo y de la ropa con tanta fuerza que me obliga a alejarme un paso de Wolf.

—¡Dime cómo invocarlo!

Él vuelve a negar con la cabeza.

—No merece la pena.

El hecho de que sea Wolf quien me esté diciendo esto, el más alocado de mis hombres, debería bastar para disuadirme, para convencerme de encontrar otro modo. Sin embargo, no hace más que enfadarme. Ya les hice caso la última vez, ya rechacé la oferta de Azazel. Era la decisión correcta, pero porque por aquel entonces teníamos alternativas.

Ahora me he quedado sin opciones y sin ideas.

—*¡Dímelo!* —Mi voz destila poder, exige respuestas, exige obediencia.

—Maldita sea, Mina. —Wolf cae de rodillas. La culpa amenaza con invadirme, pero no tengo tiempo para sentirme culpable. Sigue hablando con brusquedad—: Haz un círculo de sangre, cárgalo de magia, céntrate en él y solo en él. Entonces vendrá.

—Lo siento.

Él se estremece y se desploma, apoyándose como puede sobre sus manos.

—No merece la pena arriesgarse —repite—. Te va a pedir más de lo que puedes pagar sin verte perjudicada.

Para mí sí merece la pena. Estaría dispuesta a hacer cosas peores que invocar a un demonio con tal de liberar a mis hombres y ponerlos a salvo.

—Puedo apañármelas sola.

—Estás cometiendo un error, amor. —La neblina se levanta y lo engulle.

Doy un paso en su dirección, pero ya no hay nada en ese lugar. Es como si Wolf no hubiera existido nunca. Si sobrevivimos a esto, ya lidiaré con las consecuencias de haber usado el vínculo para obligarlo a actuar en contra de su voluntad. Igual eso me convierte en un monstruo, igual nunca me perdona, pero al menos estará vivo.

Solo si sale bien.

Mi cuerpo se contrae con agonía y me saca de mis pensamientos. Me doblo sobre mí misma, agarrándome el estómago, y grito.

—¡Mina!

Me sacudo y me encuentro a Grace con una expresión de pavor en la cara y los dedos clavados en mis hombros, pero no me suelta. Se queda quieta, examinándome el rostro con detenimiento.

—¿Estás despierta? —inquiere.

—¡Tengo los ojos abiertos!

—Ya, y antes también los tenías. —Se estremece, me libera de su agarre y retrocede rápidamente, como si me tuviera miedo. Echa un vistazo a la puerta, pero parece cambiar de opinión. En vez de marcharse, se dirige con pasos nerviosos a la otra cama y se sienta en el borde—. ¿Qué cojones ha sido eso, Mina?

Trato de incorporarme, pero tengo el cuerpo como si hubiera corrido kilómetros y kilómetros, y luego hubiera subido una montaña.

—Ay... —Me llevo una mano a la frente y pongo una mueca cuando me doy cuenta de que estoy sudando. A chorros. Me duele la barriga, pero para nada tanto como en el sueño.

Cuando por fin consigo erguirme, la habitación empieza a darme vueltas.

—He soñado con Wolf.

—Cielo, no sé lo que estabas haciendo, pero eso no era un sueño normal. —A Grace le da un escalofrío—. Tenías los ojos abiertos y un aura como... como si te hubiera poseído un demonio o algo así.

—¿Los demonios pueden poseer a gente?

Wolf me ha dicho que Azazel siempre hace lo mismo, pero eso no significa que no existan otras clases de demonios. Como estoy empezando a descubrir, el universo es vasto y contiene más de un tipo de mundo. Incluso en este hay más criaturas sobrenaturales aparte de los vampiros. Yo misma soy el mejor ejemplo, ya que se supone que los serafines se habían extinguido.

—No. —Niega con la cabeza—. Pueden hacer muchas movidas raras, pero lo de las posesiones es un invento de la Iglesia.

Tiene sentido. Y quién va a saberlo mejor que ella, ¿no? Estoy segura de que, al venir de una familia con un legado de cazar monstruos, debe de saber bastante sobre ellos. Y puede que incluso tengan registros escritos.

—¿Cómo es que sabes eso y, sin embargo, no tienes ni idea de cómo invocar a Azazel? Te pega muchísimo.

—Mi madre destruyó todos los archivos al respecto antes de hacer el pacto.

Cuántas emociones contenidas en una frase tan corta. Hay capas y capas de historia ahí, y debería importarme, pero apenas puedo pensar en nada que no sea el lío en el que estamos ahora. Al fin y al cabo, apenas conozco a Grace. Me estremezco, el aire acondicionado me hiela la piel sudorosa. Sea lo que sea lo que me ha ocurrido, ya se ha acabado. Por ahora. Repaso lo que me ha dicho Wolf y lo que ha decidido no decir. Me ha contado cómo invocar al demonio, pero de una manera tan simplificada que deja mucho que desear. Seguro que lo ha hecho a propósito, ya que, después de todo, lo he forzado a hacerlo.

Siento una punzada de culpa, pero la ignoro. No tenía elección. No me lo iba a decir por sí mismo, y necesito esa información para tener ni que sea una posibilidad de salvarlos. Ya veré cómo me gano su perdón después de asegurarme de que está sano y salvo y en plenas facultades para dármelo.

Me aprieto las sienes con los dedos. Wolf ha dicho que cargue el círculo de magia, lo cual confirma mis sospechas de por qué fue él quien invocó a Azazel. El conjuro de sangre era parte fundamental del proceso. Pues vaya lío, porque no tengo ni idea de cómo cargar de magia mi sangre. Solo sé sangrar.

La vida nunca me ha puesto las cosas fáciles, así que no tiene sentido que ahora sea distinto.

—Wolf me ha dicho que tengo que hacer un círculo, cargarlo de magia y centrarme en invocar a Azazel.

—¿Solo eso? —pregunta Grace con un tono receloso. No la culpo, suena demasiado bueno para ser verdad. Demasiado sencillo para funcionar.

—Ya, parece fácil. En la práctica es bastante más complicado. —Niego con la cabeza despacio—. Wolf es un vampiro de estirpe cuya especialidad es la sangre. Puede hacer cosas con ella que nadie que no sea de su familia puede hacer. —Nadie salvo yo, al menos en teoría. Trago con dificultad—. Pero compartimos ese poder.

—Claro que lo compartís. —Otra vez la desconfianza.

Aún no le he contado que soy en parte serafín ni le he hablado de mi vínculo con ellos. Puede que Grace tenga una extraña lealtad hacia Rylan (o que le deba un favor, como ella dice), pero no sé hasta dónde se extiende ese privilegio. Es una cazadora, hija de una familia de cazadores de monstruos, y todo lo que he descubierto hasta ahora sobre los serafines se resume en que incluso las criaturas sobrenaturales que se alimentan de humanos se consideran monstruos.

Hay un motivo por el que los vampiros les dieron caza hasta la extinción. Los serafines han hecho tanto daño...

No puedo estar segura de que Grace no decida que soy una amenaza demasiado peligrosa, por mucho que aún no sepa cómo usar mis nuevos poderes, o que el puñado de células que habita en mí, mezcla de serafín y vampiro, sea tan monstruoso que no debería ver la luz.

Tampoco estoy segura de que se equivocara, de ser así.

Ya no estoy segura de nada.

—No sé controlarlo —admito al fin. De hecho, ninguno de los poderes de estirpe se ha manifestado desde que hui de la casa de la montaña, cuando mi padre logró darnos alcance y se llevó a mis hombres. No le he dado muchas vueltas, pero debe de ser porque estoy agotada todo el tiempo—. Ni siquiera sé cómo empezar a usarlo.

—Pues menuda mierda. —Se deja caer en la cama—. Supongo que estamos de nuevo en la casilla de salida.

Es una situación desesperante.

Me la quedo mirando un buen rato y al final le pregunto:

—¿Por qué me ayudas? Ya me sacaste de allí, eso compensa más que de sobra cualquier deuda que le pueda deber tu familia a Rylan.

—Sin duda. —Se encoge de hombros—. A decir verdad, iba a pagarte una semana de hotel y luego marcharme hoy mismo, pero sabiendo que puedes invocar a Azazel, o que al menos uno de tus vampiros puede, no te queda otra que aguantarme. Necesito ponerme en contacto con ese demonio.

No le digo que las probabilidades de que su madre siga viva son muy bajas. A lo mejor no lo son. Vivimos en un mundo inmenso y extraño, y cosas más raras se han visto. Yo no soy quién para quitarle la esperanza a esta mujer cuando yo estoy confiando en algo más improbable aún.

Necesito recuperar a mis hombres, matar a mi padre y anunciar públicamente el maldito embarazo para que nadie pueda refutarlo y asegurarme así de que mis hermanastros no me persiguen hasta el fin de mis días. Básicamente, necesito coronarme como reina del mismo modo que mi padre cumple con su papel de rey. Ninguno de mis hermanos es tan terrible como él, pero eso no significa que no sean peligrosos.

El único camino para lograr la paz es mediante la fuerza, lo cual implica usurparle a mi padre su lugar como jefe de la colonia... y de la estirpe.

Qué ironía.

Poseo tres poderes de estirpe distintos, pero ninguno heredado de él.

3

Trato de comer algo, consciente de que necesito calorías para el baño de sangre que se acerca, pero solo aguanto veinte minutos antes de tener que ir corriendo al baño a devolver todo el almuerzo. Me invade un sentimiento de desesperanza profundo, oscuro y angustiante.

Pero no es la primera vez que estoy en una situación difícil.

Me lavo los dientes mientras miro mi reflejo en el espejo sucio. Tengo unas pintas horribles. Círculos oscuros en la piel bajo los ojos inyectados en sangre y el pelo oscuro graso y lacio. He perdido peso, además, un peso que no puedo permitirme perder. No estaba del todo sana cuando todo esto empezó, aunque la sangre que me dejaban beber los vampiros parecía hacer lo mismo que...

Paro de lavarme los dientes.

No puede ser eso. Es una solución demasiado ridícula. Si bebiera sangre de alguna manera, seguro que la vomitaría igual que hago con todos los alimentos sólidos. No soy la protagonista de una novela de vampiros. No voy a pasar de comer comida normal y usar la sangre solo por sus poderes mágicos, placenteros y curativos a tener una dieta estricta de solo sangre. Es imposible.

Salgo del baño y me encuentro con que Grace se ha vuelto a ir. Creo que se siente atrapada en la habitación de hotel. No la culpo; yo prácticamente estoy que me subo por las paredes a estas alturas. O lo estaría si tuviera algo de energía.

Esto es un desastre. Peor que un desastre, es un auténtico caos.

Me quedo mirando la cama un buen rato. Aún no he terminado de asimilar el hecho de que al parecer he estado con Wolf en sueños. No sé qué lo provocó ni qué hizo que se desvaneciera, pero si puedo hacerlo de nuevo...

Los echo de menos. Los echo tanto de menos que me duele el corazón. Me gustaría poder echarle la culpa de la intensidad del sentimiento al vínculo, pero sospecho que se debe solo a que me he enamorado sin remedio de este trío de vampiros. Me muero por que Malachi me envuelva en sus brazos y me diga que todo va a salir bien, por que Rylan suelte algún comentario mordaz sobre la situación, por oír la risa alocada de Wolf.

Si puedo verlos en sueños...

Deslizo la mano sobre la colcha rugosa. Estoy cansada. Agotada. Pero, aun así, debería aprovechar este tiempo para practicar con los poderes mágicos.

En vez de eso, respiro hondo, despacio, y me acuesto bocarriba en la cama. No me cuesta nada cerrar los ojos. Estoy tan exhausta que no estoy segura siquiera de que vaya a sobrevivir, y nunca me había sentido así. Me asustaría si tuviera fuerzas para sentir algo más aparte de la extenuación.

Tal vez sea por el bebé, o tal vez no tenga nada que ver con él. Puede que sea el vínculo seráfico reaccionando al tiempo que llevo sin mis hombres y a la distancia que me separa de ellos. Si ellos están igual de mal...

El sueño me vence antes de que pueda terminar el pensamiento.

Abro los ojos con un sobresalto. La decepción me revuelve el estómago (o quizá solo sea el bebé) cuando veo la habitación tal y como la dejé. La única diferencia es que ya no entra luz del sol por las ventanas, que ha sido remplazada por la tenue iluminación de las farolas.

Grace aún no ha vuelto y, si se tratara de cualquier otra persona, me preocuparía, pero ella puede cuidar de sí misma. He visto todas las armas que se ha llevado consigo antes de salir. Esa mujer es una armería con patas y sabe cómo usar todo su arsenal. Va a estar bien.

Me incorporo y me froto la cara con las manos. A lo mejor el sueño con Wolf fue de pura chiripa. Igual hay un montón de condiciones que cumplir para que pueda ver a alguno de los vampiros de esa manera. Simplemente no lo sé. Hay muchísimas cosas que ignoro, actúo por instinto. Y ni siquiera tengo a Malachi apoyándome mientras lo hago.

—¿En qué cojones estoy pensando? —Me pongo de pie y voy hacia el escritorio donde Grace coloca sus armas. Hay media docena de cuchillos de combate de diversas formas y tamaños, y elijo uno pequeño que me cabe sin problemas en la mano—. No soy una desvalida.

Estoy hablando en voz alta en una habitación vacía, lo cual indica que debo de estar loca de atar, pero lo prefiero a dejar que el silencio me consuma. Hay demasiadas cosas que podrían salir mal en lo que estoy a punto de hacer. Si me lo pienso mucho, puede que me convenza para no hacerlo, así que actúo sin darle más vueltas.

Me hago un fino corte en el antebrazo y lo mantengo alejado de mi cuerpo. Duele, pero en comparación con el dolor habitual que siento estos días no es nada. Doy una vuelta sobre mí misma, muy despacio, dejando que caigan gotas de sangre hasta que estoy en la posición inicial.

Mi propia sangre me huele deliciosa, lo cual me resulta altamente desconcertante, y no hace sino empeorar cuando cierro los ojos y me concentro en mi interior, como me ha enseñado Malachi. Casi puedo sentir la magia que reposa en mi centro. Es distinto que la última vez que lo intenté, pero no acierto a adivinar por qué.

—Venga, joder. —Alargo unas manos metafóricas (¿o metafísicas?) hacia donde está reunido todo el poder, pero se me escurre entre los dedos como si fuera agua. Intento asirlo de nuevo, con el mismo resultado. Una vez, y otra, y otra. Pero nada. Absolutamente nada.

Abro los ojos y me dejo caer sobre mis rodillas. La cabeza me da vueltas, o quizá es la habitación lo que da vueltas, el caso es que me mareo. Ya no sé qué es real y qué no. Desde luego este vago poder en mi interior no lo es. Ni siquiera puedo acceder a él sin ellos presentes. Qué patético.

—¡Mierda! —Alzo demasiado la voz, pero no me puede dar más igual—. ¡Azazel! ¡Azazel! ¡¡Azazel!!

—No puedes gritar mi nombre tres veces y esperar que aparezca.

Me sobresalto, pierdo el equilibrio y me caigo de culo en medio del ridículo circulito de sangre carente de magia que he creado. Aun así, aquí está Azazel. Me inclino hacia atrás y entrecierro los ojos, tratando de distinguirlo entre las sombras de la esquina de la habitación. Debería estar despavorida. No tengo nada ni nadie que me proteja de él, y su aura intimidatoria resulta más amenazante que nunca ahora mismo.

Está más o menos igual que la última vez: la piel tostada, el pelo oscuro y los ojos negros desalmados. Pero nadie en su sano juicio lo miraría y pensaría en él como algo tan mundano como un hombre. Es un auténtico depredador, a niveles que ni los vampiros pueden soñar con alcanzar.

Las sombras le envuelven las piernas mientras rodea la cama y me mira.

—Me has llamado, y aquí estoy. ¿Te has vuelto a plantear lo de romper el vínculo? —Echa un vistazo a la habitación—. ¿Dónde están Wolf y los otros? ¿Por fin has recuperado la cordura y has huido de ellos?

—¿A qué vienen tantas preguntas? —Arrastro las palabras un poco, y tengo que apoyarme contra la otra cama cuando la habitación se pone a dar vueltas de nuevo.

Maldita sea, ¿qué me está pasando? Miro la mancha roja que se extiende por mis vaqueros y parpadeo. Durante un instante aterrador, creo que es el bebé... pero no, nada tan traumático.

Me he hecho un corte demasiado profundo.

O bien es que llevo días sin tomar sangre de vampiro. De un corte que debería haberse curado casi de inmediato está manando tanta sangre que me cae sin parar sobre el muslo, donde reposa mi brazo. Es demasiada sangre.

—Mierda.

—Pobre necia... —Entre dientes masculla algo en un idioma que estoy bastante segura de que no se habla en este mundo y se acuclilla frente a mí.

De cerca es igual de terrorífico. Una vez más, tengo la impresión de que, de alguna manera, es mucho más grande de lo que parece, y sus cuernos proyectan en la habitación sombras enormes tras él. Parpadeo y la visión desaparece, pero no soy capaz de convencerme de que son imaginaciones mías.

Me coge del brazo y se mueve demasiado deprisa para que pueda zafarme.

—Esto te va a doler —me avisa.

—¡Espera! —exclamo, pero siento un dolor tan agudo y repentino en el antebrazo que se me escapa un grito de entre los labios. O al menos lo intenta. Él me cubre la boca con la otra mano.

Se me nubla la vista, pero aun así no entiendo cómo es posible que con una mano me envuelva toda la mitad inferior de la cara. Algo pasa con este demonio.

—Ya está. —Incluso su voz ha cambiado, de pronto muy profunda y con un tono como de irritación—. Ahora no te desangrarás antes de aceptar mi oferta.

Me quedo mirando inexpresivamente la cicatriz de mi brazo. El corte era una línea recta, pero esto... no. Por si fuera poco, la marca es roja y negra, con un aspecto retorcido y enfadado, como un árbol que tratara de desenraizarse.

—¿Qué me has hecho? —murmuro.

—Ya me darás las gracias más tarde. —Chasquea los dedos delante de mi cara—. La oferta.

—Yo... —Me humedezco los labios, tratando de centrarme—. No te he llamado para aceptar tu oferta.

Otra vez ese idioma siseante que me hace daño en los oídos. Se pone en pie de inmediato.

—Dile a Wolf que te he curado como muestra de nuestra amistad. Ahora tengo que irme, estoy ocupado.

—¡Espera!

Él se detiene, pero se le nota la impaciencia en cada línea del cuerpo.

—Me estás haciendo perder el tiempo.

—No. —No puedo levantarme, me desmayaré. Estoy segura. En vez de eso, trato de enderezarme en mi sitio—. Quiero hacer un nuevo trato.

El demonio exhala despacio y se gira hacia mí.

—Te escucho.

—Mi padre se ha llevado a Wolf, Malachi y Rylan. Quiero recuperarlos.

Azazel me observa detenidamente unos cuantos segundos, y luego aparta la vista. Por fin, se encoge de hombros y dice:

—Muy bien. Siete años de servicio y los rescataré.

Me quedo boquiabierta.

—Es imposible que sea tan difícil como romper un vínculo seráfico. ¿Cómo puede costar lo mismo?

Es justo lo que me había advertido Wolf, pero una parte de mí no quería creerlo.

—Tengo mis motivos.

Abro la boca, pero no se me ocurre ninguna buena contestación. Aunque estuviera dispuesta a cumplir siete años de servicio (que lo estoy), las complicaciones siguen siendo las mismas. A los otros tres no les va a hacer ninguna gracia, y además no sabemos cómo reaccionará el vínculo si me llevan a otro mundo. A lo mejor no pasa nada. O igual nos mata a todos.

Azazel esboza una sonrisa malévola.

—Volveré mañana, y espero que tengas una respuesta. —Echa un vistazo desdeñoso a la sangre del suelo y añade—: La próxima vez, usa mi tarjeta. —Esta se materializa en el aire justo por encima de mí y se acerca flotando a mi regazo hasta posarse en el muslo que no está cubierto de sangre.

Y, con eso, el demonio desaparece entre las sombras como si nunca hubiera estado aquí.

Apoyo la cabeza en la cama y suspiro. No hay ninguna opción buena. Por mucho que lo intente, no la encuentro. No contaba con que lo de Azazel fuera a funcionar, pero puedo darle la tarjeta a Grace. Aunque yo no logre rescatar a mis hombres, al menos ella tendrá la oportunidad de descubrir qué le ha ocurrido a su madre. Una pequeña victoria, supongo.

Cierro los ojos y me concentro en respirar despacio. Empiezo a creer que solo tengo una opción. Si no puedo asaltar la colonia para salvar a mis vampiros o sacarlos de allí a hurtadillas, solo hay una forma de proceder, por muy imprudente que suene.

Tengo que entrar por la puerta principal y declararme la heredera legítima de mi padre.

4

Reúno fuerzas para limpiar la sangre antes de volver a quedarme frita. Esta vez, cuando me despierto rodeada de neblina, ya sé lo que esperar. Me pongo de pie y busco con la mirada a quien sea que esté esperándome esta vez. La neblina se arremolina a mis pies cuando empiezo a andar, tratando de encontrar alguna forma conocida en el ambiente turbio.

Cuando los veo a los tres, casi me pongo a llorar. Echo a correr. Un paso. Dos. Con el tercero, ya estoy con ellos. Malachi, con su espalda ancha y su pelo oscuro largo. Rylan, que se las arregla para parecer entero y ligeramente irritado a pesar de lo demacrado que tiene el rostro. Y Wolf, con ojos salvajes y violentos.

Es él quien me coge por los hombros.

—Estás embarazada.

La neblina a nuestro alrededor parece amortiguar el sonido, pero los otros dos hombres se quedan aún más quietos en respuesta a sus palabras. No los miro, no puedo. Me limito a asentir con la cabeza, nerviosa.

—Sí. Lo sentí el mismo día que os capturaron, pero me hice una prueba para confirmarlo.

Wolf me suelta como si le hubiera quemado.

—¿Es por eso por lo que no podemos sentirla? —pregunta—. Creía que era por las drogas.

—Podría ser por ambas cosas. —Rylan habla prácticamente detrás de mí. Incluso su voz suena más rasposa que de costumbre—. No se sabe mucho sobre la gestación de los serafines. Siempre desaparecían durante esos meses, y cualquier documento al respecto se destruyó hace mucho tiempo.

—Deberías habérnoslo dicho.

Me giro hacia Malachi, pero él no me mira a mí. Tiene la vista fija en Rylan, y las cejas muy juntas.

—Si su vida corre peligro por esto...

—Espabila, Malachi. Su vida no es la única que corre peligro, también las nuestras. Ella no es la que está encadenada recibiendo inyecciones de veneno.

Me da un vuelco el estómago.

—Os voy a sacar de allí —aseguro. No les cuento que estoy agotada, que no consigo retener ni un poco de comida en el estómago, que no logro tocar el pozo de magia de mi interior y que siento que a cada día que pasa está más lejos de mis manos. Todo eso es verdad, pero, al final, no son más que excusas.

Ellos están sufriendo más que yo. Ellos tienen más que perder si fracaso.

—No. —Malachi niega con la cabeza—. Es demasiado peligroso. Ya se nos ocurrirá algo.

—¿Igual que se te ocurrió una forma de escapar de aquella casa? —replico. Se tiró cien años atrapado, muriéndose de hambre entre ofrenda y ofrenda que le mandaba mi padre. No soporto pensar en que está volviendo a sufrir todo eso, y encima Rylan y Wolf también. Lo fulmino con la mirada—. No hay más que hablar.

De hecho, cuando los observo uno por uno, todos exhiben muestras de estar famélicos. No debería haber ocurrido tan rápido; no ha pasado ni una semana y, antes de que los apresaran, estábamos empachándonos de sangre a diario. Sí, básicamente la íbamos pasando de uno a otro, pero...

En ese momento caigo en la cuenta, y siento una punzada de dolor en el pecho.

—No os estabais alimentando como debíais antes de que sucediera todo esto...

Malachi me rehúye la mirada, y es Rylan quien contesta:

—Yo sí. —Lo cual no hace sino confirmar que los otros dos no.

Sabía que se alejaba mucho más que Malachi y Wolf, pero no se me había ocurrido pensar que estaba cazando por el bien de todo el grupo hasta ahora. Debería haberme percatado. Retrocedo un paso para poder verlos a los tres.

—Alimentaos de mí —les ofrezco. No sé si funcionará en sueños, aunque, claro, esto no es un sueño normal; si lo fuera, no podríamos estar viéndonos ni hablando así. Malachi empieza a sacudir la cabeza, pero le cojo del brazo—. Alimentaos de mí —repito, esta vez con más severidad—. Si queréis que encuentre otro modo, tenéis que manteneros vivos y lo suficientemente sanos para poder luchar cuando venga a por vosotros. —No sé qué plan se me podría ocurrir a mí sola, pero estoy dispuesta a decir lo que haga falta para aliviar su sufrimiento actual.

Malachi sigue con cara de querer discutírmelo. Incluso Wolf se mantiene aparte, con un matiz de seriedad y preocupación en sus ojos azul claro. Sé que está pensando en la última vez que nos vimos así, en la información que le sonsaqué en contra de su voluntad.

Para mi sorpresa, es Rylan quien da un paso adelante.

—No sabemos qué te puede pasar a ti —aduce—. Ni si funcionará siquiera.

—No perdemos nada intentándolo —digo. Me he sentido tan inútil desde que empezó todo esto... No quiero volver a sentirme así. Si puedo disminuir su sufrimiento ni que sea un poco, quiero hacerlo. Necesito hacerlo.

Ladeo la cabeza. Solo entonces me doy cuenta de que llevo puesta la misma ropa que llevaba al quedarme dormida. Tiene sentido, supongo, pero no me da tiempo a profundizar en el pensamiento porque Rylan se acerca a mí, demasiado deprisa hasta para mis ojos de dhampira, y me muerde.

Esperaba placer.

Pero solo siento dolor.

Él retrocede de inmediato, maldiciendo entre dientes, y se lleva la mano a la boca.

—¿Qué cojones ha sido eso? —suelta.

Me dejo caer de rodillas y me palpo la mordedura con los dedos. Son solo dos perforaciones de sus caninos, pero el dolor no para de extenderse por mi cuerpo como si me hubiera inyectado veneno en la sangre.

—¿Qué está pasando? Nunca antes me había dolido.

Rylan se aparta la mano de la boca y veo quemaduras en sus labios. Niega con la cabeza.

—Tiene que ser por el embarazo.

—O por el mundo en el que nos encontramos —propone Malachi, que levanta la mirada con ojos curiosos, aunque lo que se ve es exactamente igual en todas direcciones—. No me siento cómodo culpando al bebé. No sabemos lo suficiente para estar seguros.

—Por el amor de los dioses, Malachi, nadie está culpando a la criatura. —Rylan se frota la boca con la mano otra vez, como si quisiera quitarse el sabor a mí de la lengua. No tengo motivos para sentirme ofendida, pero mi parte lógica no está disponible en estos momentos. Él niega con la cabeza—. Está pasando algo raro, y no tiene nada que ver con este mundo, si es que se le puede considerar un mundo. Puede que simplemente nos haya traído a sus sueños.

—Lo cual significaría que la sangre que acabas de beber no es sangre. —La voz de Malachi suena tranquila, inquietantemente tranquila—. Puede que sea el vínculo seráfico tratando de protegerla ahora que está tan débil. No lo sabremos hasta que no nos reencontremos en persona.

—Cuando eso ocurra, muérdela tú primero.

Pongo los brazos en jarras y les lanzo una mirada asesina.

—Estoy aquí, dejad de hablar de mí como si fuera una niña.

Malachi y Rylan apartan la vista, uno avergonzado y el otro molesto. Es entonces cuando Wolf decide hablar:

—¿Has hecho algún pacto, amor?

El aliento se me escapa de los pulmones. Ha estado tan callado que, a pesar de que no es nada común en él, casi me había convencido de que no iba a decir nada de lo que pasó antes. Qué ingenua. Entre nosotros cuatro hay pocos secretos, al menos en lo referido a los acontecimientos del presente. El pasado ya es otro tema.

Me obligo a sostenerle la mirada sin titubear.

—Todavía no.

Malachi se gira de repente.

—¿De qué cojones está hablando? ¿Qué pacto?

—Puedo explicarlo. Yo...

Wolf me interrumpe:

—Me pidió que le explicara cómo invocar a Azazel. Cuando me negué a contárselo, me forzó.

No me gusta cómo me mira Rylan, como si se sintiera traicionado. Aunque lo peor es la rabia que se va acumulando en el rostro de Malachi. Se pasa las manos por la larga cabellera.

—Ya lo hemos hablado, Mina. Esa opción queda totalmente descartada.

—Sí, pero eso era antes de que mi padre os secuestrara. Ahora igual hay que replanteárselo. —Sin embargo, no tiene sentido que se lo rebata. No puedo aceptar la oferta de Azazel por las mismas razones por las que no podía aceptarla antes. Suspiro—. Mirad, no voy a aceptar el trato. Creía que me ofrecería otras condiciones, pero no lo ha hecho, así que estamos de vuelta en la casilla de salida. Si alguno de vosotros tiene alguna idea brillante, me encantaría escucharla.

Intercambian una mirada, pero nadie dice nada. No sé si echarme a reír o a llorar. Los tres me han sacado de más de un apuro; no puedo esperar que lo hagan de nuevo ahora que están encerrados y yo soy libre.

—Encontraré otra manera. —Trago con dificultad, siento que me arden los ojos y la garganta—. No voy a dar siete años de mi vida así como así, lo prometo.

No parecen creerme, pero no pasa nada. Me merezco su desconfianza después de forzar a Wolf. Fue una mala decisión, pero me pudo el pánico. No es excusa, y no pretendo tratar de justificarme. Levanto la barbilla y abro la boca, pero el estómago me ruge de tal manera que me hace doblarme de dolor.

—No. Es demasiado pronto...

—¡Mina! —Malachi se acerca y me acaricia la espalda, pero entonces desaparece entre la neblina, como si una mano gigante le hubiera cogido para llevárselo de allí.

Cuando levanto la mirada buscando a Rylan y Wolf, veo que ellos también se han desvanecido.

Ni siquiera me da tiempo a maldecir antes de que todo se funda a negro. El dolor me persigue al despertar, unos calambres que me hacen arquear la espalda y apretar los dientes con fuerza para contener un grito. Esta vez no está Grace para ayudarme. Me pongo de lado y me llevo las rodillas al pecho. Siento como si algo me mordisqueara las entrañas con dientes romos, desgarrándome por dentro y, dioses, duele muchísimo. Duele una auténtica barbaridad.

Hasta que de repente para.

Parpadeo con los ojos llorosos. No puedo evitar contraer todo el cuerpo, esperando la siguiente oleada de dolor. Me cuesta más de lo que estoy dispuesta a admitir relajarme y estirar las piernas con cuidado. De alguna forma esperaba que algo fuera mal, pero el dolor se ha esfumado como si no hubiera existido jamás.

Aunque, como la última vez, estoy empapada en sudor y no paro de temblar.

Voy al cuarto de baño con paso tambaleante y me doy una ducha rápida. En todo momento sigo mareada. Para cuando vuelvo a la habitación y me pongo los vaqueros y una camiseta que Grace me ha comprado en una tienda de segunda mano, casi me siento yo misma de nuevo.

Bueno, una versión de mí misma bastante más débil, cansada y con náuseas constantes.

Al menos no tengo marcas de colmillos en el cuello, lo cual parece indicar que Malachi tenía razón al decir que igual el vínculo me estaba protegiendo en aquel lugar de mis sueños. No debería tomarme como algo personal que mi sangre pueda resultarles ahí venenosa a mis hombres, pero no me agrada nada pensarlo. A mí me gusta que me muerdan, y no solo por el orgasmo garantizado. Intercambiar sangre se ha convertido en un acto íntimo del que no quiero tener que prescindir.

Me miro la barriga con el ceño fruncido y murmuro:

—Eres un auténtico incordio.

—Hablar sola no está demasiado bien visto. —Grace entra por la puerta y la cierra tras ella. Se la ve tan cansada como yo, con círculos oscuros bajo los ojos y pelos que se le salen de la trenza. Me mira con las cejas alzadas—. Vaya pintas tienes.

—Estaba a punto de decir lo mismo sobre ti.

Se encoge de hombros.

—Bueno, es la verdad. —Se deja caer en la cama frente a mí—. ¿Entiendo que tú no tienes buenas noticias? Porque yo solo traigo malas.

—Dispara.

Tengo la sensación de que se va a distraer en cuanto le cuente lo de Azazel. Además, soy de las que prefieren oír las malas noticias antes de sentir el alivio de las buenas. En mi vida no ha habido muchas del último tipo hasta hace poco, y desde luego no las suficientes para acostumbrarme.

—Ha aumentado la vigilancia desde la última vez que estuviste allí. Su sistema de seguridad tiene menos vulnerabilidades de lo que esperábamos. También hay un grupo numeroso de vampiros que ha llegado hoy y que parece nuevo, o al menos no de la zona, a juzgar por cómo los han recibido.

Está reuniendo a su gente. No debería sorprenderme, aunque parece un poco excesivo, al menos hasta tener en cuenta el valor y la fuerza de sus prisioneros. Mi padre no va a correr ningún riesgo con ellos. Quiere mantenerlos encerrados cueste lo que cueste.

—Pues vaya mierda.

—Básicamente, sí. —Me clava la mirada—. ¿Qué ha ocurrido desde que me fui? —Sigue hablando antes de que tenga la oportunidad de responder—. No te molestes en mentirme y decirme que nada porque sé que sí. Hay manchas de sangre en el suelo y veo restos de magia en el ambiente.

Bajo la vista con un sentimiento de culpa.

—Creía que lo había limpiado todo. —Espera un segundo... Levanto la cabeza de golpe para mirarla—. ¿Desde cuándo ves la magia? —Ahora que lo pienso, ya había mencionado algo al respecto, pero estaba demasiado inquieta por aquel primer sueño con Wolf como para asimilarlo.

—Desde siempre. Es cosa de familia. Y por eso sé que eres algo más que una dhampira, aunque no tengo interés en insistirte en ello. En cambio esto... —Traza un círculo con el dedo para señalar la habitación—. Esto es otra historia. Has vuelto a ver a tus vampiros en sueños, ¿verdad? Pero hay algo más...

Inspiro hondo. No tiene sentido ocultarle la verdad. Si yo no puedo utilizar a Azazel, al menos puedo asegurarme de poner a Grace en contacto con él.

—He invocado al demonio.

5

Grace me sorprende. En lugar de coserme a preguntas, se saca un paquete de galletitas saladas del bolso, me lo pasa y espera hasta que muerdo una para empezar a interrogarme.

—Has invocado a Azazel.

—Sí. He probado lo del círculo de sangre y ha sido un fracaso estrepitoso, pero ha terminado apareciendo de todas formas.

No he tenido tiempo de reflexionar al respecto, y casi que mejor. Dudo mucho que Azazel se entere de cada vez que alguien pronuncia su nombre. No es demasiado común que se diga, pero por pura estadística alguien tendrá que usarlo de vez en cuando en un contexto que no tenga nada que ver con invocar al demonio, lo cual significa que o bien estaba cerca o bien estaba vigilándome. Igual confiaba en que cambiara de opinión respecto del trato original e intentara invocarlo ahora que no están mis hombres conmigo.

Ese pensamiento no es para nada reconfortante. Otra cosa más que añadir a la lista de preocupaciones. No creo que Azazel pueda obligarme a acceder, pero parece excesivamente interesado en que lo haga. Igual es solo para fastidiar a Wolf, pero no puedo dar nada por hecho ahora mismo. O quizá tenga una cuota de pactos que cumplir. La sola idea me resulta graciosísima.

—Mina —reclama mi atención Grace.

—Sí, lo siento. —Sacudo la cabeza para centrarme—. Me ha dicho que podría ayudarme a rescatar a Malachi, Rylan y Wolf, pero no está dispuesto a cambiar los términos del trato. Son siete años de servicio en otro mundo. —Suspiro—. No puedo arriesgarme. No se trata solo de que el tiempo transcurra de otro modo, sino del vínculo. Puede que directamente nos mate a los cuatro, y eso va en contra del objetivo de rescatarlos.

Me lleva varios segundos darme cuenta de que Grace no está respondiendo. Me giro hacia ella y me la encuentro con la mirada perdida.

—¿Grace?

—Estaba pensando... —dice despacio—. ¿Has rechazado la oferta?

—Va a venir mañana a que le dé una respuesta. —Que deje a la gente sopesar la oferta es muestra de su dilatada experiencia. Es bastante sencillo rechazar algo cuando el precio que hay que pagar es tan alto, pero si te dan el tiempo suficiente para darte cuenta de las pocas opciones que tienes... Siete años empiezan a sonar como algo mucho más razonable—. Pero da igual. Estaría dispuesta a pagar el precio del tiempo, pero no pienso pagar con nuestras vidas.

—Ya se nos ocurrirá algo. —Su voz sigue sonando extraña, distante, como si su mente fuera mil veces más deprisa que la mía.

Teniendo en cuenta lo grogui que me siento, no es mucho decir. Me termino la galletita salada y suelto el paquete hasta ver si mi estómago decide rebelarse. No tengo muchas esperanzas; no consigo mantener nada en mi cuerpo. Me llevo la mano al cuello, donde Rylan me mordió en el sueño. No siento nada raro, pero no puedo sacarme el recuerdo de la cabeza. Aunque mi sangre no se haya vuelto venenosa de repente, mis vampiros se negarán a beber de mí cuando vean lo demacrada que estoy. Apenas me queda sangre a estas alturas.

—No paramos de decir eso, pero aún no ha aparecido ninguna solución como por arte de magia. —Bajo la vista a mi barriga. Si supiera controlar mis poderes... Si pudiera acceder a ellos ni que sea...

Luego pienso en cómo reaccionaba Malachi ante la idea de mi embarazo, y eso antes de que ocurriera realmente. Me llevo una mano al vientre. Si los pierdo... Mi cerebro trata de apartar el pensamiento, pero me fuerzo a terminarlo. Si los pierdo, este bebé será lo único que me conecte a ellos.

Un pensamiento bastante egoísta. Horrible en muchos sentidos. Pero no puedo evitar que se me pase por la cabeza.

Miro con los ojos entrecerrados el cielo que empieza a iluminarse a través de las rendijas de las cortinas.

—¿Qué hora es?

—Temprano. Las cinco.

¿Las cinco? He dormido toda la noche del tirón, aunque no me sienta para nada descansada. Ya es la tónica habitual: por mucho que duerma, me despierto exhausta. Niego con la cabeza despacio.

—Un segundo. Ya es mañana. Eso significa que Azazel...

Las luces se apagan.

—¡Mierda! —Grace va corriendo a la lámpara de la mesita de noche que hay entre nuestras camas. Aprieta el interruptor, pero no se enciende—. ¿Qué diablos...?

—Pequeña cazadora. —La voz de Azazel parece venir de todas partes y de ninguna al mismo tiempo.

Me giro, tratando de ver algo, pero esta habitación se encuentra totalmente a oscuras y, si un vampiro necesita al menos un mínimo de luz para ver, un dhampiro necesita más aún.

—Pequeño serafín. —Su aliento me hace cosquillas en el borde de la oreja—. ¿Pretendías tenderme una trampa?

El temor me invade. Azazel siempre ha dado mucho miedo, pero para nada como ahora mismo. Trago con dificultad para intentar no gritar.

—No. Nadie quiere tenderte una trampa.

—Y, sin embargo, aquí estás con ella.

—¡No es por eso! —Aunque no puedo garantizar que Grace no esté aquí por eso. Tiene un interés particular en Azazel, y por un buen motivo. Quiere respuestas sobre su madre. ¿Estaría dispuesta a matarlo, aunque eso me aboque a mí al fracaso? No lo sé.

—¿Sabes lo que hago con los que intentan pasarse de listos conmigo?

No puedo moverme, no puedo pensar. El pánico me atenaza, tan inútil como el sempiterno cansancio que me lastra. Crece y crece como una ola que arrasa con cualquier tipo de pensamiento racional.

—¡Para ya!

Un fuego me rodea en el aire, una manifestación del poder de Malachi surgida de la pura desesperación. Las llamas no son tan fuertes como las que he creado otras veces, pero bastan para vencer la implacable oscuridad. Entreveo la figura de un monstruo acechando a Grace, con espaldas muy anchas, brazos enormes y cuernos como de toro saliendo de cada lado de su cabeza.

Solo que no es un monstruo cualquiera.

Es él.

Azazel.

Las llamas se extinguen, pero esta vez la oscuridad solo dura un instante. La luz de la mesita de noche se enciende con un parpadeo, luchando débilmente contra las sombras que parecen acumularse en cada rincón de la estancia. Y ahí está Azazel, otra vez vistiendo su piel humana, de pie en el espacio que hay entre nuestras camas, con las manos en los bolsillos de los pantalones de traje. Sus ojos han adquirido un tono rojo, incapaz de ocultar la ira por completo.

—Explicaos ahora mismo —conmina.

Esa frase no lleva acompañada una amenaza explícita, pero no hace falta. Se queda colgando en el aire, más densa que el humo.

Intercambio una mirada con Grace, que parece alterada, pero muestra al mismo tiempo una determinación que no me tranquiliza demasiado. Si ataca a Azazel, ninguna de las dos saldremos con vida.

—No hagas ninguna tontería —suelto.

Me dirige una mirada y se tensa.

—Te llevaste a mi madre —le dice al demonio.

—No me llevo a la gente. Hago pactos —contesta con tono apático. Pero no engaña a nadie: por el esmero con el que trata de controlarse se ve que está a nada de abalanzarse sobre nosotras. Se vuelve hacia mí—: Sigo esperando tu respuesta.

Estoy en la mierda, pero siento que a cada paso que doy no hago más que empeorarlo. No puedo decir que sí, y no estoy segura de lo que hará si digo que no.

—Pues...

—Me gustaría proponer un nuevo trato —me corta Grace.

Azazel se interesa ahora en ella.

—Qué atrevido por tu parte.

—Soy ese tipo de chica. —Esboza una sonrisa desafiante—. Tú ayudas a Mina a recuperar a sus hombres y yo pago el precio.

El demonio suspira.

—¿Qué piensas que puedes ofrecer que sirva para remplazar a una mujer con sangre de serafín? Dejas mucho que desear, querida.

—No me llames «querida». —Grace se endereza—. Soy la última superviviente de la familia Cel Tradat. Puede que solo sea humana, pero eso debería significar algo incluso para un monstruo como tú. Mi familia tiene un largo historial con la gente de tu mundo. No finjas que hacerte conmigo en un trato no es un triunfo.

—Insultándome no vas a conseguir lo que deseas. —Camina hacia delante, y la oscuridad lo envuelve. Eso basta para que me dé cuenta de cuánto se ha estado conteniendo este tiempo. Ahora ya ni lo intenta, aunque al menos se las ha arreglado para mantener el control de su forma. O quizá es que no hay suficiente luz en la habitación para que su sombra lo delate.

—Mina no va a aceptar tu trato, yo sí. Ya solo eso me convierte en la mejor opción.

—Mmm... —Azazel me mira de reojo con un rostro inexpresivo—. A estas alturas, tú probablemente me des más problemas que alegrías. Por no mencionar que tendría que aguantar a Wolf tratando de invocarme una y otra vez para pedirme que vuelvas. —Sacude la cabeza—. De acuerdo, negociemos las condiciones.

No sé si Grace está contenta o tiene ganas de vomitar. Levanta la barbilla y propone:

—Rescata a Malachi, Rylan y Wolf y mata al padre de Mina de paso. Luego me iré contigo.

Él suelta una carcajada grave e irónica.

—Te estás sobrestimando. No vales tanto, seas la última Cel Tradat o no. Escoge solo una cosa. —Se queda callado unos segundos—. Y el pago es por adelantado.

Eso me saca de mi aturdimiento.

—No —replico—. No vas a llevártela antes de rescatarlos.

—¿Siete años bajo los atentos cuidados de mi padre? Por encima de mi cadáver—. Deberías rescatarlos simplemente porque Wolf es tu amigo.

—Soy un demonio, pequeño serafín. No tengo amigos.

—Pues qué vida más triste —le espeta Grace, negando con la cabeza—. Pero Mina tiene razón. ¿Qué sentido tiene rescatarlos si para cuando lo hagas ya están destrozados? Menuda mierda de trato.

—Señoritas... —Azazel suspira de nuevo, esta vez aún más exasperado—. Voy justo de tiempo y no estoy para estas tonterías. La encantadora... Grace... se marchará ahora a mi mundo para cumplir con sus siete años.

Quiero estar aliviada, pero no puedo. Simplemente no puedo. Hay demasiadas personas pagando deudas que deberían ser mías. Aprieto los puños y miro a Grace.

—No puedes aceptar. No sabes dónde te estás metiendo. No me importa si... —Vacilo. Dudo que Azazel no se acuerde del pacto que hizo con la madre de Grace, pero si por un casual resulta que no, no quiero ser yo quien la delate. Me aclaro la garganta—. No puedes hacer esto por nosotros. Es un precio demasiado alto.

—No lo hago por vosotros —replica con firmeza, pero no de malas maneras—. No te ofendas, pero no lo haría si no fuera porque quiero hacerlo.

No tiene sentido tratar de hacerla entrar en razón, entonces. Me giro hacia el demonio.

—Quiero garantías de que no van a hacerle daño ni a matarla, ni tú ni nadie de ese mundo. Si no puedes garantizar su seguridad y su bienestar, no va a aceptar.

—Mina...

Es difícil saberlo seguro, pero creo que Azazel pone los ojos en blanco.

—Si no estuvieras tan ocupada lanzando acusaciones, ya os habría explicado las condiciones con todo detalle. Al fin y al cabo, los pactos demoniacos exigen ciertas formalidades.

—Si tratas de engañarla...

—Es asombrosa la mala opinión que tienes de mí. —Azazel niega con la cabeza—. En tres días, se te subastará a uno de los líderes de los territorios de mi mundo. Accederás a servirlo del modo que necesite, pero no podrá hacerte daño, herirte ni maltratarte de ninguna manera, so pena de muerte.

Entrecierro los ojos.

—¿Y cómo puedes garantizarlo? Si le hace daño, aunque luego reciba un castigo, ella seguirá habiéndose visto perjudicada.

—Soy un demonio, por los dioses. Mis tratos tienen un significado. —Suena tan desesperado que casi se me olvida estar asustada. Casi.

—Que lo sirva del modo que necesite... —repite Grace—. Quieres que me acueste con un demonio.

—No te verás obligada a hacer nada en contra de tu voluntad.

Ella exhala una risa breve.

—Bien esquivado, pero si acepto este trato, estoy accediendo a tener sexo.

Azazel habla con los dientes apretados.

—Le concederás la oportunidad de seducirte, pero no te puede forzar. Eso contaría como hacerte daño.

Apesta a triquiñuela, si me preguntan. Estoy a punto de decirlo cuando Grace se encoge de hombros.

—Vale, acepto.

—¡Espera! —exclamo.

—Perfecto. —Azazel extiende una mano—. Lo sellamos con un beso.

—Grace, no...

Pero es demasiado tarde. Grace le ofrece la mano y él se la lleva a la boca, le da la vuelta y le planta un beso en la muñeca. Le aparece una marca justo en ese lugar, negra y roja, y se extiende por su piel morena en un patrón que parece cambiar de forma, contradiciendo las leyes de la naturaleza.

Azazel me mira de reojo sin soltar a Grace.

—Volveré a cumplir mi parte del trato mañana. Hasta entonces, no te metas en líos.

La oscuridad se apodera de la estancia y me tapo los ojos con una mano. En un santiamén, la habitación queda vacía salvo por mí; las sombras vuelven a su tamaño y color habitual, proyectadas por la luz del alba.

Grace se ha ido.

Mierda.

6

Las siguientes veinticuatro horas son una tortura. Sigo vomitando todo lo que como y estoy tan cansada que ni me molesto en salir de la habitación. Por suerte, no tengo por qué hacerlo. Grace pagó por adelantado hasta el final de la semana, así que al menos no tengo que preocuparme por que me echen.

Otro precio que ha pagado por mí.

Da igual que diga que lo hace por ella misma, que aceptara la oferta de Azazel porque está buscando respuestas sobre su madre. Jamás habría tenido acceso al demonio, para empezar, si no fuera por mí. Si le pasara algo... Y pensar que acaba de perder siete años de su vida...

Todo el mundo está constantemente haciendo sacrificios por mí. Malachi. Rylan. Wolf. Y ahora, Grace, que es poco más que una desconocida. Mientras tanto, yo estoy aquí, acurrucada en la cama, esperando a que me rescaten. Otra vez. Me dan ganas de ponerme a gritar.

Siento el cambio en el ambiente antes de que Azazel se materialice delante de mí. Es una especie de electricidad estática, como justo antes de una tormenta eléctrica. De un segundo para otro, la habitación pasa de ser normal y corriente a verse invadida por las sombras, pese a lo temprano que es.

No diré que Azazel me da menos miedo después de estas interacciones, pero no tengo fuerzas para acobardarme ahora mismo. Me limito a parpadear mientras él se alza imponente sobre mí.

—Cuánto has tardado —lo saludo. Incluso mi voz suena extraña. Débil y sin ánimos.

Azazel frunce el ceño.

—¿A ti qué te pasa?

—Nada, supongo que soy así.

Él arruga aún más la frente y se inclina para recorrer mi cuerpo de arriba abajo con la mano. No llega a tocarme, procura mantenerse a unos centímetros de distancia, pero aun así me resulta demasiado íntimo. Sobre todo cuando llega a mi abdomen y suelta una risa ahogada.

—Ahora entiendo. Menudo monstruito llevas ahí dentro, ¿eh?

—No le llames «monstruito» —replico. Las palabras salen de mi boca antes de que pueda pensármelo dos veces. Puede que me sienta un poco resentida por el embarazo, pero eso no significa que vaya a dejar a este demonio hablar así del... bebé.

—Si insistes. —Sus cejas oscuras se juntan de nuevo y los ojos se le ponen casi rojos durante un instante—. Ah, ahora sí que lo entiendo. Es eso.

—¿De qué estás hablando? —No me gusta esto. Estoy tumbada y me siento totalmente indefensa, y él no ha quitado la mano de encima de mi vientre—. Apártate.

—Tus escudos protectores son terribles.

—Soy consciente —mascullo. No puedo incorporarme porque él todavía no se ha movido y no quiero arriesgarme a tocarlo sin querer, pero no me gusta nada la situación. No me gusta ni un pelo—. Aléjate de mí. Lo digo en serio. —Trato de proyectar toda la autoridad posible en mi voz. No sé qué haré si no me hace caso. No sé qué puedo hacer.

—Me siento generoso después de haber cumplido con mi cuota, así que voy a ayudarte gratis.

Coloca un dedo en la parte baja de mi abdomen, en el espacio entre mi camiseta y mis vaqueros. Es un contacto muy leve, solo la yema del dedo, pero se extiende por mi interior como la vibración de una campana enorme repicando. La habitación me da vueltas, una y otra vez, hasta que por fin se detiene.

—Pero ¿qué...? Te he dicho que no... —Me quedo callada antes de terminar la frase.

Me siento distinta. Más ligera. Como si por fin, después de más de una semana, pudiera volver a respirar hondo. Atribuía ese sentimiento de claustrofobia a la preocupación que siento por mis hombres, pero ¿todo ha sido por el embarazo? Entrecierro los ojos y contemplo al demonio que se alza sobre mí.

—¿Qué has hecho?

—Reforzar tus escudos. No va a impedir que el monstruito crezca ni que obtenga los alimentos necesarios para sobrevivir, pero sí va a hacer que deje de chuparte toda la energía. —Se queda pensando unos segundos—. Puedes imaginártelo como ponerle un embudo a una cascada. Creo que es lo mejor para los dos.

—¿Tienes mucha experiencia con embarazos de serafines y sus resultantes bebés con mezcla de vampiro? —logro espetarle.

—Te sorprendería.

—¿Puedes...?

—Ya te he dado esto gratis. No tientes a la suerte pidiendo más cosas. —Se endereza—. Rescataré a tus vampiros cuando sea noche cerrada. ¿Dónde quieres que te los deje? —Echa un vistazo elocuente a su alrededor—. Este lugar no es nada seguro, y tu padre va a salir a buscarlos.

Por fin me incorporo. Sigue estando demasiado cerca, y las sombras que lo rodean ocupan demasiado espacio, haciéndolo parecer mucho más grande de lo que es su forma humana. Resulta totalmente desconcertante.

—¿Le has quitado a Grace siete años de vida y ni siquiera puedes asegurarte de no dejar ningún rastro que puedan seguir?

Él suspira.

—Qué insistente eres. Es insoportable.

Hace unas semanas, tener a un demonio ridículamente poderoso y terrorífico harto de mí bastaría para que el sentido común tomara las riendas de mis decisiones y me mantuviera con la boca cerrada. Pero ya no. Alzo la barbilla.

—Pues igual es que deberías hacer tratos mejores. Se supone que eres tremendamente fuerte y poderoso. Mi padre no es más que un vampiro, ¿qué puede hacer él contra un demonio?

Azazel suspira de nuevo, esta vez más fuerte.

—De acuerdo. —Saca una tarjeta de alguna parte y me la ofrece. Es casi idéntica a la otra que me dio, salvo que esta tiene una dirección apuntada—. Es un billete solo de ida, así que no lo uses hasta que estés preparada para marcharte.

—Para marcharme —repito.

No pone los ojos en blanco, pero tiene pinta de morirse de ganas.

—Sí, para marcharte. Cuando estés lista para partir, pégate la tarjeta al pecho y concéntrate. Todo lo que lleves se transportará contigo.

Un escalofrío me recorre el cuerpo. Teletransportación. Ya sabía que Azazel podía teletransportarse, ya que parece ir y venir a su antojo, pero ¿dejar que otra persona lo haga sin su supervisión? Me da otro estremecimiento. Suena peligroso. Seguro que hay mil cosas que pueden salir mal mientras una versión incorpórea de mí misma se desplaza de un lugar a otro. Si es que es así como funciona el teletransporte, claro. Lo cierto es que no tengo ni la menor idea.

«¿Más peligroso que pedir un taxi y dejar un rastro que alguien que sepa dónde buscar pueda seguir?».

No, no es más peligroso que eso.

Finalmente asiento.

—¿Es un lugar seguro?

—Lo suficientemente seguro. —Se encoge de hombros—. Lo que pase a partir de ahí es cosa vuestra. Mi ayuda termina con el traslado.

Parece estar a punto de irse, pero me sorprendo hablando antes de que haga el numerito de desaparecer:

—Azazel.

Él se queda esperando, mirándome con ojos oscuros y clarividentes. Sería demasiado fácil dejar que el miedo me silencie, pero respiro hondo y digo:

—Si a Grace le pasa algo por culpa del pacto que ha hecho contigo, encontraré la forma de matarte.

Puede que sea una tarea imposible, pero haré lo que sea necesario para saldar mi deuda.

Se le curvan los labios, pero su mirada sigue siendo fría.

—Siempre y cuando cumpla las normas, estará bien —contesta.

Si Grace descubre que alguien en ese mundo es el culpable de que su madre no regresara jamás, puede que lo mate. O al menos lo intente. No sabría decir hasta dónde sería capaz de llegar. Puede que incluso intente matar a Azazel. La sola idea hace que tenga que contener otro estremecimiento.

—Hizo ese pacto por mí.

—Si tú lo dices... A mí me parece que estaba decidida a hacerlo por sus propios motivos. —Azazel inclina la cabeza como si estuviera escuchando algo que no alcanzo a oír—. No te quedes aquí. En breve procederán a peinar la zona. —Y con eso desaparece, sumergiéndose en las sombras del suelo como si se hubiera tirado al agua. Resulta más desconcertante aún que cuando se esfuma en medio de la oscuridad.

Palpo el suelo, ahora libre de sombras, y parece macizo.

—Qué mal rollo —murmuro.

No sé qué pensar de los «escudos de refuerzo» de Azazel, pero ya me preocuparé por eso otro día. A estas alturas, lo cierto es que ya he pospuesto un montón de preocupaciones, pero no puedo evitarlo. Debo coger las pocas cosas que tengo y salir de aquí. Siento algo extraño al sostener la tarjeta, como una especie de leve palpitación que mana de ella.

Teletransporte...

No debería sorprenderme que sea posible. En las últimas semanas, he visto cantidad de cosas que pensaba que eran imposibles. Dicho eso, esta en concreto me resulta particularmente difícil de creer. Sacudo la cabeza y me doy prisa en recoger de la habitación todo lo que pueda relacionarse conmigo. Hay rastros de sangre en el suelo, pero no puedo hacer demasiado al respecto sin prenderle fuego al lugar, y eso no es una opción. Además, mi padre no es capaz de rastrear a partir de sangre seca.

Y, aunque lo fuera, no le haría falta levantar la moqueta de la habitación para tener acceso a mi sangre. Derramé bastante en su colonia durante años, por culpa de los diversos castigos. Aparto esos pensamientos aciagos de mi mente y termino de meter las cosas en mi bolsa de viaje.

Poso la mirada en el escritorio donde Grace deposita sus armas. No puedo dejarlas aquí. Cuando hablamos de los pactos, Wolf trató de que entendiera que el tiempo transcurre de distinto modo en ese otro mundo, así que siete años pueden acabar siendo meses o incluso días. Si Grace vuelve con nosotros en ese tiempo tan corto, quiero que tenga sus armas. Es lo menos que puedo hacer.

Mientras las meto con cuidado en su macuto, me doy cuenta de que faltan algunas armas blancas: dos dagas y una que es lo bastante larga para poder considerarse una espada corta. Me reí la primera vez que la vi, y le pregunté si pretendía combatir contra algún espartano. A ella no le hizo gracia.

Ni siquiera la he visto cogerlas durante la corta conversación que mantuvo con Azazel antes de que hiciera el pacto. Igual ya las llevaba consigo. O a lo mejor tiene más maña de la que me imaginaba. Aprieto los labios. Espero que sepa dónde se está metiendo.

Después de colgarme las bolsas a los hombros, cojo la tarjeta y la examino. Dijo que solo tenía que concentrarme, lo cual suena engañosamente simple. Todo lo relacionado con la magia parece hasta ahora engañosamente simple.

«Solo tienes que alcanzarla».

«Simplemente imagínate lo que quieres hacer con ella».

«Deja que siga su curso».

Exhalo una risa breve y me llevo la tarjeta al pecho. No ocurre nada. Pues claro que no. ¿Por qué iba a funcionar a la primera algo mágico que intento hacer? Inspiro hondo, despacio, y cierro los ojos. Las ganas de irme, de volver a ver a mis hombres sanos y salvos, me arrollan con tanta fuerza que me mareo. Me quedo sin aliento al tratar de inhalar de nuevo, y el mundo parece volverse líquido y vertiginoso durante una fracción de segundo.

Cuando abro los ojos, estoy en otra parte.

Giro sobre mí misma, despacio, acostumbrándome a la sala de estar relativamente normal en la que me encuentro ahora. Parece como salida de una serie de televisión familiar. Es pequeña y acogedora, con muebles con signos evidentes de uso que le dan ese toque hogareño. Una escalera lleva a la planta de arriba, y veo la cocina a través de la puerta del fondo del salón. Cuando termino de dar la vuelta, identifico la puerta principal.

Dejo mi bolsa de viaje y el macuto de Grace en la mesita de café y me acerco a la puerta de la casa para echar un vistazo por las ventanas que tiene a ambos lados. De algún modo me esperaba ver una calle con hileras de casas idénticas, pero solo veo el camino de acceso de gravilla, que baja por una colina hacia una arboleda oscura. No hay ni una luz que interrumpa la creciente oscuridad, aunque a lo lejos distingo lo que parece ser un pueblo. Exhalo despacio. Bien. Si la casa está apartada, habrá menos probabilidades de que algún inocente salga perjudicado en el fuego cruzado si los secuaces de mi padre nos encuentran de nuevo.

Y también menos probabilidades de que los vecinos vengan con preguntas sobre los sonidos raros que escuchan.

Inspecciono la casa deprisa, pero no encuentro nada reseñable. Unos pocos dormitorios con camas grandes, una ducha con buena pinta, una cocina moderna con la nevera y la despensa hasta arriba de comida. Me detengo ahí, pensando. El estómago me ruge de hambre y estoy un poco mareada, pero por primera vez desde que descubrí que estaba embarazada me siento con energía.

—¿Igual los escudos de refuerzo ayudan con las náuseas matutinas? —murmuro para mí.

Diez minutos más tarde, tengo mi respuesta mientras vomito las pocas galletitas saladas que he logrado tragarme. Mierda.

Me arrastro al salón para sacar el cepillo de dientes y poder quitarme el mal sabor de la boca. Después, regreso al frigorífico. La comida sólida queda descartada, pero antes he visto bebidas isotónicas, y a lo mejor eso ayuda.

Oigo un golpe seco proveniente del salón, y me doy la vuelta de inmediato.

Voy corriendo a la entrada y me encuentro a Azazel de pie junto a mis tres hombres tirados en una pila en el suelo. Azazel se frota las manos como si quisiera quitarles el polvo y dice:

—Buena suerte. —Y entonces desaparece en un mar de sombras.

No dudo ni un segundo. Dejo caer la bebida y corro hacia ellos.

—¿Estáis bien?

Malachi se encuentra abajo del todo, pero alza una mano.

—No te acerques.

Me quedo quieta a apenas un metro de ellos.

—¿Cómo?

—No... —Niega con la cabeza, la mirada desenfocada. Su precioso rostro está ojeroso y demacrado, con los pómulos muy marcados—. No estamos a salvo.

De pronto me viene a la cabeza lo que dijeron en el último sueño. De alguna forma mi padre se las ha ingeniado para dejarlos al borde de la inanición en solo unos pocos días. En medio del caos, no he tenido demasiado tiempo para pensar en ello. Ahora la realidad me mira a la cara: resulta evidente que los tres han adelgazado. Mucho. Es más, están palidísimos, la piel casi se les pega a los huesos. Incluso el pelo largo de Malachi se encuentra deslucido y quebradizo.

No me muevo, pero tampoco me retiro.

—Necesitáis sangre.

—Pero no la tuya —masculla Rylan. Levanta la cabeza y, al ver sus mejillas escuálidas, se me revuelve el estómago—. Necesitamos mucha sangre.

No pueden salir de caza así. Apenas se pueden mover. Si no se fían de que les toque (o, más bien, de que me acerque), tendré que salir yo a cazar por ellos. La sola idea me inquieta, pero haría lo que fuera para mantenerlos a salvo. Si eso significa que alguien tiene que pagar el precio...

Bueno, ya es casi la tónica habitual, ¿no?

Aunque es mucho más fácil tomar esa decisión por ellos que por mí. Sería capaz de cometer actos imperdonables con tal de que estén bien y cerca. Me he pasado mucho tiempo fingiendo que no soy un monstruo como mi padre, pero en este momento no me tiembla el pulso. Retrocedo un paso despacio.

—Quedaos aquí.

—Mina.

Le sostengo la mirada a Malachi.

—Quédate aquí, enseguida vuelvo.

—¡Mina!

Pero no le doy la opción de protestar. Giro sobre mis talones y regreso a toda prisa a la cocina. Antes he visto un gancho con llaves en la puerta de atrás. Y, por supuesto, fuera me encuentro un pequeño garaje con una camioneta aparcada. Tiene el depósito de gasolina lleno.

—Gracias, Azazel —musito.

No tengo mucha experiencia conduciendo, pero no voy a dejar que eso me detenga. En el reloj veo que es medianoche cuando salgo del garaje y la gravilla salta a mi paso. A estas horas, solo hay un lugar donde buscar víctimas.

Tengo que encontrar un bar.

7

No sé a qué estado nos ha trasladado Azazel, no podría adivinar el nombre de este pueblo de tamaño mediano ni bajo tortura. Pero no tardo en encontrar un par de bares. Aparco y los examino. Uno es un barucho con un cartel descolorido que a esta distancia y en la oscuridad resulta totalmente ilegible incluso para mis ojos de dhampira. El otro es más nuevo y ya tiene bastante gente sentada en la terraza con guirnaldas de luces blancas.

Me sirve.

Bajo la cabeza y me echo un vistazo. No me he parado a arreglarme antes de salir de la casa, ni del motel. Tengo los vaqueros tan desgastados que se me empiezan a formar agujeros en las rodillas. La camiseta negra que visto está limpia, pero con la cara de cansancio que llevo, dudo que vaya a ganar ningún concurso de belleza.

¿Cómo voy a convencer a nadie de que se venga conmigo? ¿Y cómo voy a elegir?

Si Malachi no confiaba en poder controlarse al beber de mí, debe de estar famélico. Rylan y Wolf no parecían encontrarse mucho mejor. Hay una probabilidad bastante grande de que cualquier humano que lleve a la casa no salga con vida de allí. Será condenar a muerte a quien sea que elija.

Agarro con fuerza el volante y exhalo despacio. Sabía lo que implicaba venir aquí. No va a servir de nada lamentarme y sentirme culpable. Si se trata de elegir entre los hombres a los que amo y un puñado de desconocidos..., tengo clara la decisión. No es moral y no está bien, pero me da exactamente igual. No he llegado hasta aquí, no he dejado que se sacrifique tanto, para acobardarme ahora.

Al final, resulta mucho más fácil de lo que me había imaginado.

Nadie me pide el carné de identidad cuando paso por la puerta. El interior es muy similar a la terraza: moderno y en cierto modo desalmado. Podría estar en cualquier parte. Las mesas y la barra están repletas, pero todo el mundo parece ceñirse a su grupo en lugar de mezclarse con los demás. Vale, creo que puedo con ello.

Encuentro un hueco en la esquina de la barra y me pido una cerveza de barril, porque es lo más barato que hay. El olor hace que se me revuelva el estómago, pero me obligo a coger la jarra con las manos y respirar hondo. Puedo hacerlo. No tengo elección. Solo necesito unos segundos para que se me ocurra un plan.

Pero no me da tiempo.

Dos hombres se me acercan y se me colocan uno a cada lado. Demasiado cerca. No soy humana e incluso yo lo noto. Están casi tocándome, con los cuerpos girados de tal manera que casi parece que están intentando inmovilizarme sin necesidad de ponerme una mano encima. Los dos tienen un aspecto rudo, y el olor a alcohol de su aliento es más fuerte que el aroma de la cerveza que tengo delante.

Me tenso.

—Estáis demasiado cerca —les digo.

—No te hemos visto por aquí antes, preciosa —comenta

el de la izquierda. Tiene voz de fumar un paquete de cigarrillos al día, y en efecto apesta a tabaco.

Giro la cabeza para mirarlo. Si fuera humana, no habría notado el movimiento de su amigo a mi espalda. No lo habría visto echar una pastilla en mi cerveza. Desaparece casi de inmediato, deshaciéndose como cualquier medicamento efervescente. Todo ocurre muy deprisa, tanto que me hace sospechar que no es su primera vez.

La culpa que he sentido desde que he dejado a mis hombres en casa se disipa al instante. No soy quién para juzgar en los temas de los humanos, pero si estos dos quieren hacerse los malos, voy a enseñarles que no son ni de lejos lo más terrorífico que hay en este bar.

Me resulta ridículamente sencillo fingir que me bebo la cerveza. A decir verdad, lo más complicado me parece no vomitar por culpa del olor. A media jarra, me dejo caer un poco a un lado. El tipo de mi derecha está ahí para agarrarme, y me desliza un brazo fortachón por la cintura.

—Me da que alguien ha bebido demasiado —comenta.

El tipo de la izquierda se ríe.

—Será mejor que la acompañemos a casa. —Incluso llega a pagarme la cerveza. Qué caballeroso...

El camarero les dedica una mirada cómplice, lo cual no hace sino exacerbar mi ira. Definitivamente, han hecho esto antes. Me apostaría la vida. Me mantengo bastante erguida, pero me fuerzo a renquear un poco y dejar que me sostengan.

Entiendo la mirada del camarero unos minutos después, cuando me sacan del bar y nos lo encontramos esperando en la parte de atrás. Se frota las manos en los pantalones.

—Venga, hagámoslo rápido —dice—. Solo tengo quince minutos.

No me siento para nada culpable cuando los ataco.

Puede que no sea rival para Malachi, Rylan y Wolf en el *ring*, pero estos tres son meros humanos. Apenas tienen tiempo de reaccionar antes de que los golpee en la sien con la fuerza suficiente para que se desplomen como sacos de carne pero sin llegar a matarlos.

—Putos depravados... —Escupo en el suelo. Quiero darles unas cuantas patadas por si acaso, pero si el camarero solo tenía quince minutos para sus fechorías, no me queda mucho tiempo antes de que alguien salga a buscarlo.

Voy corriendo a la camioneta y la acerco. Los tres siguen inconscientes cuando lanzo sus cuerpos a la parte de atrás y salgo de allí lo más deprisa y sigilosamente posible. El trayecto de vuelta a casa se me hace eterno, pero al menos es lo bastante sencillo como para recordar la ruta.

Mientras tomo el camino de tierra hacia la casa, espero que me atenace el sentimiento de culpa. No he dudado ni un instante. Incluso si no hubieran tenido intención de hacerme daño, les habría dejado creer que me convencieron para ir a casa con ellos. El desenlace habría sido el mismo. Que hayan resultado ser unos cerdos no me hace mejor persona.

Pero la culpa no aparece.

Malachi y los otros dos están exactamente como los he dejado. Se han separado un poco, pero no parecen tener fuerzas suficientes para siquiera acomodarse en los sofás. Un escalofrío de miedo me recorre el cuerpo, pero no me permito regodearme en él. Se pondrán bien. No puedo imaginarme ni por un segundo que no vaya a ser así. En cuanto se alimenten, se sentirán mejor. Estoy segura.

—Vamos a manchar la alfombra, pero no queda otra —los saludo.

Wolf abre los ojos con dificultad.

—¿Qué has hecho, amor?

—Lo que tenía que hacer.

No tiene sentido explicar nada más. Salgo de nuevo y empiezo a arrastrar a los hombres inconscientes al interior de la casa. Solo cuando dejo caer al último frente a Malachi me doy cuenta de que no he necesitado echarme una siesta desde que me teletransporté. Hace nada, me echaba tres siestas al día; pasaba más tiempo durmiendo que despierta. Ahora llevo horas de pie y aún me siento más o menos con fuerzas.

Por lo visto los escudos de Azazel sí que han surtido efecto, aunque no tengo intención de admitirlo delante de él. Eso si es que vuelvo a verlo, claro. Probablemente será mejor si no.

Aunque esperaba que mis hombres siguieran interrogándome, se ve que el hambre les puede. Wolf es el primero en moverse: coge al camarero y le hunde los colmillos. El hombre emite un gruñido en protesta, pero por lo demás no se inmuta. Bien. Una cosa es atacarlos cuando pretendían hacerme daño a mí, pero no sé cómo me sentiría ahora si los viera luchando y suplicando por sus vidas.

Claro que, mis hombres son vampiros de estirpe y ya sabemos que sus mordeduras causan un enorme placer. Después del primer contacto, nadie se resiste; están demasiado ocupados disfrutando y pidiendo más.

Yo la primera.

Se tarda menos tiempo del que uno esperaría en dejar un cuerpo humano sin sangre. Para cuando acaban, tenemos tres cadáveres y los tres vampiros casi han vuelto a ser ellos mismos. Ya no tienen la cara tan demacrada; ahora se les ve mucho más sanos.

Malachi se levanta y me envuelve entre sus brazos.

—¿Estás herida?

Mi risa suena un poco forzada. No soy yo quien se ha pasado casi una semana bajo la cuestionable hospitalidad de mi padre. Puede que haya estado con náuseas constantes, pero lo peor que he tenido que aguantar es el mal humor de Grace por las mañanas y vomitar todo lo que como. En comparación, son pequeñeces.

—Estoy mucho mejor que vosotros —contesto.

—Azazel...

—No soy yo quien ha pagado el precio —lo interrumpo. Me giro para ver a Rylan ponerse en pie lentamente, casi a una velocidad humana—. Ha sido Grace. Por elección propia.

Rylan suspira.

—Me preocupaba que eso pudiera ocurrir desde que supe a quién estaba invocando Wolf. Su madre y Azazel se conocían. Creía que podría conseguir que no se enterara, pero siempre ha existido esta posibilidad.

—¿A quién creías que estaba invocando? —se extraña Wolf, que se sacude las manos en los muslos—. No hay apenas demonios que puedan acceder a nuestro mundo, y lo sabes. Puedo contarlos con los dedos de una mano, y a la mitad no se les ha visto desde hace cien años.

—Probablemente porque Azazel los ha matado para acaparar el mercado.

—Tal vez. —Wolf se encoge de hombros. Luego se vuelve hacia mí con un rostro inusualmente serio—. Vámos a deshacernos de los cuerpos, pero después tenemos que hablar, amor.

Los brazos de Malachi se tensan a mi alrededor.

—Sí —conviene.

Es verdad que tenemos que hablar, pero eso no significa que me apetezca. Ya no estamos en un lugar neblinoso que nos separe cuando las cosas se ponen raras, y es obvio que las cosas se van a poner raras. Forcé a Wolf en contra de su voluntad y luego invoqué a Azazel a pesar de que me pidieron que no lo hiciera. Y eso sin hablar de todo el asunto del embarazo.

Al menos estamos juntos de nuevo. No hemos hecho ningún avance respecto de la amenaza que supone mi padre, pero ya no tiene bajo su control a tres vampiros de estirpe. A los tres hombres de mi vida.

Me da un escalofrío, y Malachi me estrecha con más fuerza.

—Siéntate, pequeña dhampira. Nosotros nos encargamos de esto, tú ya has hecho suficiente por ahora.

La verdad es que no siento que haya hecho apenas nada. Hui cuando los atraparon. Dejé que Grace se encargara de la mayor parte del reconocimiento de la colonia mientras yo echaba los higadillos en la habitación del motel. Ni siquiera fui capaz de invocar a Azazel correctamente. Y luego fue Grace quien pagó el precio de mi trato. Dioses, incluso he necesitado que Azazel me ponga una protección adicional para que el bebé no me deje sin fuerzas.

Nunca en mi vida me he sentido tan inútil. Y ya es mucho decir. Después de haber crecido como una dhampira sin poderes, no creía que se pudiera caer más bajo. Por lo visto, pecaba de optimista.

Pero ahora no hay tiempo para la autocompasión.

—Puedo ayudaros.

—Ya nos has ayudado. —Me deja apartarme de él, aunque me acaricia los brazos y entrelaza los dedos con los míos. Me observa y frunce el ceño—: Estás más delgada.

—Tú también —repongo. Una forma de evitar contestar, y no demasiado buena.

Arruga el entrecejo aún más.

—Mina...

Wolf y Rylan entran de nuevo por la puerta. Se mueven mejor, rápido, de forma menos humana. Casi basta para convencerme de que esta última semana no ha sucedido. Pero no soy tan ingenua. Me alejo de Malachi y me desplomo en el sofá. No ha quedado ni una mancha de sangre en el suelo. Supongo que no hay que desperdiciar la comida. Me aguanto una risita histérica. Estoy en *shock*, eso es lo que ocurre.

—No te sientas culpable, amor. —Wolf se deja caer a mi lado y me pasa un brazo por los hombros—. Los humanos viven tan poco tiempo... Acortamos sus vidas un poquito, sí, pero iban a ser cortas de todos modos.

—No me siento culpable. —Al menos no por sus muertes. Me apostaría todo lo que tengo a que esos tres han hecho daño a más gente de la que me puedo imaginar. Ahora ya no volverán a hacer daño a nadie. Dicho eso, no me entusiasma la actitud indiferente de Wolf—. Y es posible que yo tenga una de esas esperanzas de vida mortales tan cortas... ¿Debería matarme ahora mismo, ya que estamos?

—No vas a hacer eso. —Rylan se pone de cuclillas en la mesita de café que tengo delante, tan cerca que sus rodillas tocan las mías.

Malachi ocupa el asiento a mi otro lado. Por primera vez, al fin rodeada por mis hombres, puedo respirar tranquila. La voz se me quiebra un poco.

—Estaba tan preocupada por vosotros...

—Y nos has rescatado —dice Rylan, clavándome los ojos azules—. Ahora cuéntanos cómo lo has hecho y qué ha ocurrido en este tiempo.

Tardo más de lo que debería en explicarlo todo. Con cada cosa que comparto, me entran más ganas de llorar, pero su presencia me ayuda a seguir. Para cuando termino, Rylan no se ha movido, Malachi está farfullando improperios en voz baja y a los ojos de Wolf asoma un tono carmesí.

Me aclaro la garganta.

—Parad ya, los tres. Parece que queráis consolarme cuando no soy yo la que se ha pasado la última semana muerta de hambre y siendo torturada. —Lo del hambre es evidente, pero conozco lo suficiente a mi padre como para saber que esto último también es verdad. Tres nuevos juguetes con los que jugar, tres nuevos juguetes que romper... Le habrá resultado imposible resistirse.

—Por lo que veo tú también has estado muerta de hambre —replica Malachi—. La liamos, Mina, y lo siento. No deberías haberte quedado sola.

Rylan aparta la mirada con una expresión de algo parecido a la culpa en sus hermosas facciones.

—No debería haberme ido —murmura—. Mi exceso de confianza hizo que te quedaras indefensa. Yo...

Se me encoge el corazón.

—No. No vamos a hacer esto. No vamos a recriminarnos cosas ni a echarnos la culpa los unos a los otros. Si no fue culpa mía, tampoco fue culpa vuestra. Mi padre fue más listo que nosotros y nos venció. Ahora tenemos que asegurarnos de que no lo vuelve a hacer. —Respiro hondo—. No podemos seguir huyendo. Va a terminar pillándonos de nuevo y entonces volveremos a estar igual que antes. —Solo que sin Grace dispuesta a interceder por mí. Me enderezo y me siento en paz y determinada por primera vez desde..., bueno, desde que ocurrió todo—. Debemos atacar antes de que tengan ocasión de reagruparse.

8

—Ya hablaremos de qué pasos dar mañana. —Malachi no me da la oportunidad de responder antes de cogerme en volandas y girar despacio—. ¿Dónde están las habitaciones?

Quizá debería protestar, pero lo cierto es que me muero de ganas de pasar algo de tiempo con ellos simplemente existiendo. Azazel me prometió que aquí estaríamos a salvo, y aunque no soy tan ingenua como para pensar que eso vaya a ser verdad de forma indefinida, al menos esta noche debería ser así. No creo que estemos siquiera en el mismo estado que mi padre.

Señalo las escaleras.

—Arriba.

Hasta que Malachi no me deja en la cama no me doy cuenta de que Wolf y Rylan no están con nosotros. ¿Dónde...?

—Están asegurándose de que nadie encuentre los cuerpos.

Me sobresalto.

—Se me había olvidado que podíais leerme la mente —le explico. Ya era algo bastante nuevo antes de que apareciera mi padre, así que no he terminado de asimilar que mis tres hombres puedan adivinar mis pensamientos por no haber aprendido a protegerme como los dioses mandan. Hablando de lo cual... Me llevo la mano al vientre—. Azazel dijo que el embarazo me estaba chupando la energía por culpa de no tener escudos protectores. Hizo algo y ahora me siento mejor, pero cuesta fiarse de él. Dijo que eran escudos de refuerzo, pero no tengo los conocimientos necesarios para comprobarlo.

Malachi asoma la cabeza por la puerta que da a lo que me imagino que es un cuarto de baño y luego regresa a la cama. Me coge la mano y tira de mí para que me ponga de pie.

—Vamos a ducharnos.

—No me digas que es para ahorrar agua. —La broma cae en saco roto mientras me conduce al baño.

—No. —Abre el grifo de la ducha y se vuelve hacia mí—. No has dicho nada del embarazo. Nos has hablado de todo menos de eso.

Me llevo de nuevo la mano a la barriga, pero la dejo caer antes de tocármela.

—No sé qué pensar —le confieso—. Tengo la impresión de que me he lanzado de cabeza a este objetivo y, ahora que lo hemos conseguido (o que estamos a punto de hacerlo, no lo sé), me parece irreal. No sé cómo me siento.

Porque debería sentir algo, ¿no? En la colonia, cuando una persona se quedaba embarazada, hablaba de la experiencia de forma apasionada, como si fuera algo profundamente emocional y espiritual, desde el momento en que descubría que estaba encinta.

Yo no siento nada en absoluto.

—Mina. —Malachi me pone una mano en la barbilla y me levanta la cara con cuidado para que lo mire. Su precioso rostro está muy serio, los ojos oscuros resplandecen con intensidad—. Sé que habíamos quedado en que esta era la única opción, pero si no quieres hacerlo, encontraremos otro modo.

—¿Así sin más? —La pregunta se me atraganta, me sale a

trompicones—. Me dijiste que te morías de ganas de dejarme embarazada.

—Lo sé. —Se encoge de hombros, aunque sin perder la solemnidad—. Pero tú eres lo más importante para mí, pequeña dhampira. Si no quieres tener hijos, no tendremos hijos.

Ese es el tema, que no sé lo que quiero. Apenas puedo imaginarme un futuro libre de la amenaza que supone mi padre. Y que haya sido capaz de llevarse a Malachi, Wolf y Rylan no ha hecho sino exacerbar mi miedo. Si doy a luz... Si no nos deshacemos de mi padre antes de que ocurra...

Podría llevarse al bebé también.

Me da un escalofrío.

—No tengo una respuesta conveniente que darte, Malachi. Ojalá sí. No estoy preparada para interrumpir este embarazo, por muchos sentimientos encontrados que tenga al respecto. Es nuestra única oportunidad.

—Me importa una mierda el plan —dice despacio—. ¿Quieres tenerlo?

Exacto, esa es la pregunta que me tengo que hacer. Cuando Grace me planteó la opción que me está sugiriendo ahora Malachi, escurrí el bulto aduciendo que no podía tomar una decisión así sin consultarla con ellos. En retrospectiva, suena totalmente a excusa. Ninguno de ellos me reprocharía que tomara sola esa decisión, no me cabe la menor duda.

—Desde que Azazel hizo lo de los escudos, ya no me siento tan exhausta y sin fuerzas.

—Mina, eso no es una respuesta.

Lo sé, pero no tengo una respuesta ahora mismo. Suspiro.

—Sí, quiero tenerlo, creo. Apenas he contado con tiempo para procesarlo, y... —Aquí y ahora tengo la oportunidad de decirle la verdad. El nudo que siento en la garganta se aprieta aún más—. Me da miedo querer tenerlo. Basta con que quiera algo para que el mundo me lo arrebate. Para que mi padre me lo arrebate. —Pongo una mano en el pecho de Malachi—. Me he atrevido a quereros a vosotros y mira lo que ha ocurrido. Habéis estado una semana sufriendo sus torturas.

—No pasa nada.

—Sí que pasa. —Suelto una exhalación desesperada—. No voy a pedirte que me lo cuentes si no quieres, pero estoy aquí por si necesitas hablarlo.

Ellos han escuchado mi historia, pero no me han contado nada de lo que han sufrido mientras han estado cautivos. No tengo derecho a pedirles que hablen si no están preparados, pero esta enorme laguna de información me pone intranquila. Es como si tuviéramos que andar con pies de plomo todo el rato.

Quiero volver a sentir la comodidad y la facilidad con la que nos tratábamos antes de que mi padre lo arruinara todo, pero ni siquiera sé cómo conseguimos llegar a ese punto. En el tiempo que llevamos conociéndonos, entre nosotros ha habido más momentos de incomodidad e incluso de animosidad que momentos tranquilos. No debería atreverme a anhelar algo que apenas he experimentado.

Malachi me rodea la cara con sus grandes manos.

—No ha sido tan horrible como te imaginas. Sospecho que pretendía ablandarnos, así que se centró en aislarnos y drogarnos con algo que aceleraba la desnutrición. —Su expresión es tan seria que se me encoge el corazón—. No podía pensar con claridad, pero me preocupaba por ti. Eso fue lo peor de todo, pequeña dhampira.

Esta vez. Si no hacemos algo con mi padre, la próxima vez será peor. Puede que intente obligarlos a procrear. La sola idea me provoca un escalofrío.

—Tenemos que matarlo. No podemos esperar más.

—Podemos esperar hasta mañana para hacer planes como los dioses mandan. —Me pone las manos en los hombros y me da un apretón—. Deja que esta noche cuidemos de ti.

—Tú eres el que ha estado sufriendo. Debería cuidar yo de ti.

Él esboza una pequeña sonrisa.

—Así es como me cuidas.

Malachi empieza a desnudarme despacio, con manos cuidadosas. No es un acercamiento sexual, pero siento como si llevara siglos sin tocarlo. No quiero dar por hecho nada, y menos con los sentimientos a flor de piel. Pero no puedo evitar ser así, y tendría que atravesar las puertas del infierno para dejar de desear a este hombre. O puede que incluso siguiera deseándolo en el más allá.

No sé cómo ha pasado esto. Hace unos meses, ni siquiera sabía de su existencia. Ahora, en cambio, es un pilar fundamental en mi vida: no me imagino un presente sin él. La intensidad del sentimiento debería asustarme, y me asusta un poco, pero es como si no tuviera cabida en esta realidad.

No sé si creo en el destino, aunque me resulta innegable que Malachi y yo estábamos destinados a estar juntos.

Me meto debajo de la ducha y él me envuelve entre sus brazos. Es tan increíble sentir su cuerpo desnudo contra el mío... Sí, hay deseo sexual, pero tocarlo también es el consuelo definitivo para esa parte de mí que todavía no se cree que esté aquí, sano y salvo.

Un sonido horrible me sale directamente del pecho. Malachi me abraza con más fuerza.

—Estoy aquí —susurra—. Estás a salvo.

Entierro la cara en su torso y sollozo hasta que siento que mi cuerpo se va a romper en un millón de pedazos. Me resulta doloroso, pero al menos sé que sigo viva. Que él sigue vivo.

Estamos aquí juntos, que ya es más de lo que podía decir hace veinticuatro horas. Es como si todo el miedo y la rabia se materializaran en estas lágrimas. Como si me purgara.

No pretendo besarlo, de verdad que no. Pero en un segundo estoy gimoteando y al siguiente mi boca conquista la suya y le rodeo el cuello con los brazos y la cintura con las piernas. Malachi no duda ni un instante. Me devuelve el beso como si necesitara mi aire para respirar. Da un paso y mi espalda choca contra la pared de azulejos. Me empotra sin ningún esfuerzo, y yo me muero de deseo. «Sí, esto. Esto es lo que necesito. No pares, por favor».

Rompe el beso lo justo para decir con la voz tomada:

—No puedo. Mina, tienes que dejar de besarme así ahora mismo si no quieres que...

—Hazme tuya. —Le doy un mordisquito en el cuello—. Te necesito. No me hagas esperar.

Él gruñe algo por lo bajo en un idioma que no reconozco y entonces noto su enorme sexo apretándose contra mi entrada. Estoy mojada, pero no lo suficiente para que pueda penetrarme hasta el fondo. Cuesta trabajo. Me agarra por las caderas y da empellones cortos para introducirse en mi cuerpo. No es precisamente cómodo, pero me da igual. Necesito esto tanto como él. O más, incluso.

Para cuando termina de metérmela del todo, los dos estamos temblando y jadeando. Malachi apoya la frente contra la mía.

—Es increíble estar dentro de ti, pequeña dhampira —murmura—. Es como estar en casa.

—Muérdeme —le pido con la voz entrecortada.

—No. —Niega levemente con la cabeza—. No hasta que sepamos que es seguro. —Malachi me besa rápido y con violencia para sofocar cualquier protesta por mi parte—. No me hace falta morderte para darte placer.

Ninguna mentira fue dicha. Me agarra por el culo y me mueve arriba y abajo a lo largo de su erección, ajustando el ángulo para darme en ese punto que me vuelve loca y conseguir que mi clítoris se frote contra él con cada embestida. Una oleada de placer me recorre al instante. Siento que la necesidad se va acumulando en mi vientre, poco a poco, cada vez más. Echaba de menos esto. Lo echaba de menos a él.

—Vaya, vaya... Conque habéis empezado sin nosotros...

Malachi se gira sujetándome entre sus brazos cuando la cortina se descorre y deja a la vista a Wolf y Rylan. Alza las cejas.

—En la ducha no cabemos cuatro.

—Vosotros ya estáis limpios, me parece a mí. —Wolf me come con los ojos—. Moveos al dormitorio.

Rylan nos ofrece una toalla y añade:

—Pronto vamos con vosotros.

Suelto una risa trabada y apoyo la frente en el pecho de Malachi.

—Me parece bien.

Me han interrumpido el orgasmo, pero con la promesa de más placer luego, así que no me importa. No solo eso: también tendremos la oportunidad de reconectar. Igual si nos acostamos todos otra vez, que fue como empezó realmente esta conexión, podremos dejar a un lado la extraña distancia que se ha establecido desde nuestro reencuentro.

Malachi me deja en el suelo el tiempo justo para lavarme rápidamente, sin prestarme atención cuando le recuerdo sin demasiado ímpetu que puedo hacerlo yo misma. No tardamos en cederles el sitio a Rylan y Wolf, y no he terminado de secarme cuando Malachi me lleva en volandas al dormitorio y se tumba bocarriba, conmigo a horcajadas. Me coloca sus grandes manos en las caderas y me mira como si fuera su mundo entero.

Hace unas semanas, no me lo habría creído; habría perdido el tiempo buscando dónde está la trampa. Nadie puede enamorarse tanto y tan rápido como nos hemos enamorado nosotros. También me he enamorado de los otros, pero con Malachi fue extrañamente natural una vez pasados los choques iniciales. No entiendo por qué tiene tan claro que quiere estar conmigo, ni por qué el sentimiento es recíproco. Debería dudar. Debería...

No, ya no hay lugar para los «debería». He estado a punto de perderlo todo. No voy a malgastar ni un segundo más dudando de lo que sentimos cuando las pruebas están tan a la vista. No sé qué nos deparará el futuro, pero esto es real y no pienso desperdiciarlo.

Alargo la mano entre nuestros cuerpos y le cojo la erección. Le doy una sacudida y después levanto las caderas para encajar su pene en mi entrada. Esta vez es más fácil recibirlo. Voy bajando por su longitud con un bamboleo lento y glorioso.

—Siempre es increíble tenerte dentro —gimo.

—Te quiero, Mina.

El corazón me da un vuelco. ¿Es la primera vez que me lo dice? Creo que sí. Me quedo totalmente quieta, dejando que las palabras se aposenten en mi interior. Jamás me había imaginado que sería posible encontrar una conexión así, y menos aún con tres hombres. Pero aquí está, y no pienso responder a su valor con cobardía.

Trago saliva.

—Yo... yo también te quiero.

9

Wolf entra en la habitación pegando un salto de la puerta a la cama. El impacto hace que Malachi se hunda aún más en mí, y no puedo reprimir un gemido. El rubio sonríe con satisfacción.

—Echaba de menos ese sonido.

—Yo te echaba de menos a ti —admito—. Os echaba de menos a los tres.

Rylan se une a nosotros en la cama. Es de uno noventa y, aunque no hay mucho espacio para todos, nos apañamos. Él se arrodilla detrás de mí y pega el pecho a mi espalda. Cierro los ojos y disfruto del contacto piel con piel. Es tan increíble que casi me sentiría satisfecha si paráramos ahora, si no fuera por las oleadas constantes de deseo que me recorren el cuerpo.

—Sin morder —nos recuerda Malachi con firmeza—. No se muerde hasta que sepamos cómo funcionan los nuevos límites.

Me tenso.

—Crees que mi sangre es venenosa, como en los sueños —murmuro. De nuevo, no hay motivo para que me sienta ofendida. Si en efecto lo es, se deberá a alguna cuestión mágica, no es un reflejo de lo que sienten por mí, pero no puedo evitar tomármelo como algo personal. Una estupidez, ya lo sé, pero estoy demasiado sensible para contener el tono dolido de mi voz.

Rylan me aparta el pelo del hombro y me besa el cuello en el lugar exacto en el que me mordió en el sueño.

—Estás embarazada, Mina —me explica—. Eso significa que tú necesitas la sangre mucho más que nosotros. Si bebemos demasiado de ti, podría afectaros a ti y al bebé. Es mejor no hacerlo mientras estamos... distraídos.

Distraídos acostándose conmigo.

Trato de esbozar una sonrisa.

—Supongo que es un buen argumento.

—Me alegra que lo veas así. —Casi hasta distingo la sonrisa en su voz.

Wolf aparece delante de mí con un puñal en la mano.

—Pero eso solo se aplica en una dirección —apunta.

—Wolf —le advierte Malachi.

Él sonríe con impertinencia.

—El monstruito que crece en su interior es en parte vampiro. No me digas que piensas en serio que un poco de sangre le va a hacer daño. —Me señala con la barbilla—. Además, tiene mala cara y se ha quedado muy flaca.

Parpadeo.

—Venga, sé más sincero si puedes.

—Estás más pálida aún que yo, amor. Un poco de sangre te dejará como nueva. —Se hace un corte largo en el antebrazo.

No dudo ni un instante. Me abalanzo hacia él, le agarro el brazo y me lo llevo a la boca. No tengo palabras para describir lo que siento al probarlo. He bebido de los tres antes, y su tipo de magia se refleja en su sangre. Con tomarla bastaba para recuperar energías e incluso para curar una lesión reciente. No diría que me he acostumbrado, pero beber de ellos no me ha sorprendido desde la primera vez que probé sus sabores únicos.

Esta vez es diferente.

El sabor de la sangre de Wolf me inunda la lengua y me provoca una oleada de puro deseo que me recorre entera. Empiezo a moverme encima de Malachi, pero sin hacer amago de soltar el brazo de Wolf.

—Más —gruño contra su piel.

—¿Malachi?

Ya me molestaré más tarde por que haya buscado la aprobación de Malachi en lugar de fiarse de mí. Ahora mismo solo puedo centrarme en el delicioso sabor que me empapa la lengua y la garganta.

—No pares —nos permite este, que me agarra con tanta fuerza las caderas que noto sus pulsaciones. Con sus manos marca el ritmo que quiere, unos movimientos largos y lentos que hacen que me frote justo en las partes donde más lo necesito.

Rylan, detrás de mí, me pasa una mano por el vientre hasta llegar a mi clítoris. Succiono una vez más la sangre de Wolf y pierdo la cabeza.

Me dejo caer una y otra vez sobre Malachi y me corro sin parar de gemir. Es increíble. Demasiado. Pero no quiero que pare.

—¡Más! —chillo.

—Mina...

—Más... Por favor...

Wolf aleja con cuidado el brazo de mi boca y entonces aparece el de Rylan en su lugar, con la sangre ya manándole. En el fondo de mi mente, una vocecilla me dice que debería parar, que necesitan la sangre más que yo, pero no puedo. En cuanto he probado su sabor, he perdido todo tipo de civismo; solo ha quedado mi parte más animal. Necesito su sangre, sus cuerpos. Necesito más.

Malachi me mueve encima de él observándome con una mirada intensa. No es placer lo que asoma a sus ojos oscuros, pero estoy demasiado fuera de mí para distinguir qué es. Me resulta imposible saberlo con la sangre de Rylan ardiéndome en la lengua. Gimo y suelto quejiditos mientras bebo con fruición, y otro orgasmo amenaza con arrasarme. Es casi demasiado, pero ¿cuándo nos ha detenido eso?

Esta vez el orgasmo arrastra a Malachi conmigo. Gruñe mi nombre mientras se corre, y me embiste de una manera tremendamente excitante. Rylan hace el amago de retirar el brazo, pero le clavo las uñas.

—No he acabado —suelto.

—Mina. —Malachi se incorpora y me aparta la boca del brazo de Rylan de un tirón. Lloriqueo y me abalanzo para cogérselo de nuevo, pero él me agarra por el cuello con suavidad. Frunce mucho las cejas—. Creo que tenemos un problema.

—El único problema que hay es que no me dejas beber —le espeto, y la mirada se me queda clavada en la palpitación que se le nota en el cuello—. Solo un poco más, Malachi. Por favor... —Odio el tono que pongo para persuadirlo, pero es como si no tuviera el control de mi cuerpo ni de mi lengua—. ¡Me muero de hambre!

Él lanza una mirada por encima de mi hombro, como diciéndole sin palabras algo a Rylan. Es este quien me levanta del regazo de Malachi y me aprisiona entre sus brazos cuando empiezo a retorcerme.

—Tranquila, Mina.

—Suéltame.

—Estás portándote de una forma muy rara.

Abro los labios para ordenarle que me suelte, pero Wolf me pone una mano en la boca. Tiene un corte pequeñísimo en la palma, apenas le sangra y ya se está curando a una velocidad sobrenatural, pero con eso basta para distraerme y no soltar ninguna orden.

La preocupación se refleja en su hermoso rostro.

—Con esto no podré entretenerla mucho más tiempo —dice.

—¿Rylan? —Malachi se levanta de la cama y se mueve por detrás de nosotros. Una parte de mí quiere girarse para mirarlo, pero estoy demasiado ocupada chupándole la mano a Wolf, tratando de no dejarme ni una gotita de sangre por lamer.

Los brazos de Rylan se tensan a mi alrededor.

—O bien sus poderes seráficos se han descontrolado tras la separación, o bien es... el embarazo. No podemos saberlo seguro.

—¿Y por qué no dejamos que beba hasta que se sacie? —propone Wolf, cambiando de mano después de hacerse un nuevo corte en la otra palma.

Gimo al notar la sangre de nuevo contra mis labios y me inclino hacia él todo lo que puedo con Rylan sujetándome.

—Es imposible que pueda vaciarnos a los tres —continúa— y, en el caso de que lo hiciera, no nos mataría.

—Tal vez —responde Rylan amargamente—. O tal vez acabe tan empachada que no sea capaz de parar. Podría acabar entrando en frenesí.

Wolf se ríe, pero el sonido no se parece apenas a su risa histérica habitual.

—Estás pensando en demonios y hombres lobo, Rylan. Los vampiros no entran en frenesí..., ¿no?

Rylan resopla.

—Es raro pero posible. Y desconozco todo lo que tiene que ver con el embarazo en los serafines, ¿quién sabe qué les ocurre durante la gestación? Siempre han guardado bien sus secretos. No tenemos ni idea de lo que puede pasar.

Malachi reaparece delante de nosotros. Tiene el pelo recogido y un puñal en la mano.

—No podemos tenerla sujeta y amordazada —dice—. Dejaremos que beba, es la única manera de saberlo.

—Mal...

Pero lo calla con una mirada penetrante.

—Dejaremos que beba —repite.

Sé que hay algo en esta situación que debería molestarme, pero solo puedo pensar en el hecho de que la mano de Wolf ya se ha curado y se la he lamido entera.

—Más...

—Ven aquí, pequeña dhampira. Yo voy a darte más. —Malachi se apoya en el cabecero de la cama y hace un gesto con la mano que tiene libre—. Suéltala.

Una parte de mí espera que Rylan se oponga, pero maldice entre dientes y advierte:

—Como esto no funcione...

—No le des tantas vueltas, confía en tu instinto —interviene Wolf, que se arrodilla al lado de Malachi. Nos observa con sus ojos azules blanquecinos, más serio de lo que lo he visto nunca—. En el peor de los casos, si bebe demasiado, la apartamos de él a la fuerza, la amordazamos y la encerramos en el sótano hasta que sepamos qué hacer.

—Eso no es un plan —repone Rylan.

—Y aun así es mejor que lo que propones tú.

Malachi se arrastra el filo de la daga por el cuello. Es un corte demasiado profundo. La sangre brota y le cae por el amplio torso hasta el vientre. Demasiada sangre.

Se me hace la boca agua. La quiero toda para mí.

—Suéltame —pido.

Rylan obedece mascullando otro improperio. No tardo ni un segundo en sentarme a horcajadas sobre Malachi y lamerle el pecho de abajo arriba hasta sellar el corte con mi boca. Cierro los ojos, gimo de puro gozo. Él me envuelve entre sus brazos con cuidado.

—Toma lo que necesites. Todo lo mío es tuyo.

Bebo a tragos. Incluso a pesar de mi deleite, siento que la tensión va aumentando en la habitación con cada minuto que pasa. Wolf se revuelve a nuestro lado y, tras un rato, hace el amago de ir a cogerme, pero se detiene antes de llegar a tocarme.

Muy poco a poco, la abrumadora necesidad que sentía se va calmando. El corte en el cuello de Malachi se cura y le doy un último lametón antes de apoyarle la frente en el hombro. Por primera vez desde que Wolf me ofreció su brazo, puedo pensar con claridad. Eso sí, mis niveles de energía se han desplomado. Apenas soy capaz de mantener los ojos abiertos.

—Lo siento —susurro.

—¿Habéis visto? —dice Wolf. Suena aliviado—. Nos has dado un buen susto, amor.

—Lo siento —repito. No puedo mirarlos. Acabo de actuar como un monstruo. No pensaba en ellos como personas, y menos como personas a las que quiero mucho. Lo único que me importaba era beber toda la sangre que pudiera—. No sé qué me ha pasado.

Rylan se pone de pie de repente.

—Voy a hacer un par de llamadas —anuncia.

Malachi se queda muy quieto debajo de mí. No me hace falta levantar la cabeza para saber que están intercambiando una de esas miradas tan elocuentes suyas, capaces de albergar conversaciones enteras. Es lo que ocurre cuando has vivido tantas cosas con una persona, se conocen hasta ese punto. Un escalofrío le recorre el cuerpo.

—¿Estás seguro? —pregunta.

—No sabemos lo suficiente.

—Va a exigir cosas a cambio.

—Siempre lo hace. En algún momento tendremos que ocuparnos de ella; pues ya que estamos, al menos podemos sacar algo nosotros también.

No oigo cuando se marcha, pero el vínculo que me une a ellos se va tensando conforme Rylan se aleja. Quizá algún día sea capaz de conocer su ubicación exacta, pero por ahora solo tengo una vaga sensación de la distancia aumentando entre nosotros. Suspiro. No puedo seguir escondiéndome en el pecho de Malachi como una cobarde. Tengo que hacerle frente a esta nueva... complicación.

—No eres una cobarde —me murmura él.

—Qué va, para nada cobarde. —La cama se hunde cuando Wolf se desploma sobre ella—. Solo eres una adorable dhampira-barra-serafín que se ha visto sobrepasada.

Me había olvidado (otra vez) de que ahora pueden leerme la mente. O al menos vislumbrar mis pensamientos y sentimientos de vez en cuando. Antes de que se los llevaran, una de las cosas en las que estábamos trabajando Malachi y yo era en que me enseñara a protegerme. Otra cosa más para añadir a la lista de temas pendientes.

Inspiro hondo y me enderezo. Me siento cansada, pero para nada llega al nivel de agotamiento al que he acabado acostumbrándome. No es encontrarme indispuesta, sino más bien una maravillosa sensación de saciedad. Igual en otro momento me asusta, pero ahora me llevo una mano al estómago. Por fin han desaparecido las náuseas que me sobrevenían nada más comer algo.

—Creo que el monstruito prefiere la sangre a la comida sólida —comento. Pero no puedo vivir a base de sangre. Al menos estoy bastante segura de que no. Todos los dhampiros que conozco se parecen a los humanos en ese sentido. Claro que yo no soy humana, ¿no?—. ¿Los serafines comen?

—No tengo ni idea. —Wolf se da la vuelta y se apoya sobre un brazo al lado de Malachi—. Rylan volverá con respuestas.

Me giro para echar un vistazo a la puerta por la que ha salido. Ahora está más lejos, y parece dar vueltas de un lado a otro.

—¿Con quién ha ido a hablar?

La única respuesta que obtengo es el silencio y, cuando me giro de nuevo, los encuentro intercambiando una mirada, como tratando de decidir cuánto contarme. Me invade la rabia.

—Creía que ya habíamos superado lo de que me ocultarais cosas.

—Es por tu propio bien.

Fulmino con la mirada a Malachi.

—Creo que lo mejor sería que yo decidiera qué es por mi propio bien y qué no. No soy una niña, dejad de tratarme como tal. —Al ver que siguen dudando, me frustro aún más—. Si conseguimos matar a mi padre, seré yo quien ocupe su lugar. ¿Cuánto tiempo pensáis que aguantaré en el poder si no me tratáis como a una igual?

Malachi me echa el pelo para atrás con una expresión intensa en el rostro.

—No nos exijas que no te cuidemos, pequeña dhampira. Es demasiado pedir.

—No me estás queriendo entender. No digo que no me cuidéis, solo os pido que dejéis de ocultarme información. ¿Qué daño puede hacer? —La pregunta es injusta, porque todos sabemos que la información puede causar estragos. Pero no soy una niña.

Él se rinde y deja caer las manos.

—Ha ido a hablar con su madre.

10

Después de soltar esa bomba, Malachi se niega a contestar más preguntas, aduciendo que es asunto de Rylan y que, si él quiere que lo sepa, me lo contará. Acabamos en la ducha otra vez para limpiarnos la sangre, pero no nos alargamos. Después, cuando estoy acurrucada entre Wolf y Malachi, siguiendo en silencio con la mente los pasos inquietos de Rylan, me permito reflexionar sobre lo que me han dicho y lo que no.

Creía que estos tres hombres eran los últimos supervivientes de sus estirpes. Echando la vista atrás, la verdad es que era una creencia bastante ingenua. Malachi, sí; se sabe que es el último. Todo el mundo lo sabe. Pero, si bien mi padre posee una vasta información sobre las siete estirpes, jamás la ha compartido conmigo.

Rylan sigue teniendo familiares vivos.

Abro los ojos y me encuentro a Wolf observándome. El cuerpo de Malachi está relajado a mi espalda. No sé si está dormido de verdad o si simplemente nos ofrece cierto grado de privacidad. Trago saliva.

—¿Tú también tienes familia con vida?

—Claro. —Aunque está tumbado de lado, hace el movimiento de encogerse de hombros—. Tengo algunos primos. Y mis padres y mi hermana deben de seguir viviendo la vida loca en Europa, dejando caos allá por donde pasen.

Lo dice como con indiferencia, demasiada indiferencia. Wolf habla de su familia igual que yo contaba lo que mi padre me hizo en la rodilla para evitar que volviera a escaparme. Nadie se esfuerza tanto por hablar sin revelar emoción alguna a menos que haya algo feo detrás.

Me invade un sentimiento de tristeza, aunque me digo que estoy siendo una exagerada. Claro que no me esperaba que ninguno de estos hombres hubiera tenido la infancia de ensueño de la que yo no pude disfrutar. No soy tan ingenua. Mi padre es un monstruo, sí, pero también tiene que ver con que el poder corrompe. Si los inmortales viven cientos de años no es por ser amables y encantadores. Un comportamiento parecido invitaría a tus enemigos a que vinieran a cortarte la cabeza.

Me da un escalofrío.

—No os lleváis bien —conjeturo.

—No. —Se encoge de hombros otra vez—. Mis padres estaban aún más trastornados que yo. No tuve una infancia tranquila, que digamos. No los veo desde que me marché de casa, hace mucho tiempo. Es mejor para todos que no nos juntemos a menudo. —Me rehúye la mirada—. Me esfuerzo sobremanera por asegurarme de no cruzarme con mi hermana más de lo estrictamente necesario.

Empatizo con él, aunque me entristece de todos modos. Alargo la mano y le acaricio la mandíbula marcada.

—Lo siento.

—No paras de pedir perdón por cosas que no son culpa tuya —replica esbozando una sonrisa breve y tensa—. Ten cuidado, amor. Puede que algún día alguien vea ese corazón de oro que tienes y trate de aprovecharse de él.

—No tengo un corazón de oro.

De hecho, a veces pienso que no tengo corazón en absoluto. Jamás he estado en paz a lo largo de mi vida. Primero, por criarme en la colonia de mi padre siendo una dhampira sin poderes; es decir, una dhampira inútil. Luego, cuando me enviaron a casa de Malachi como ofrenda: lo único que tenía en mente era conquistar mi libertad. Pero ni siquiera eso fue suficiente, porque mi padre no ha parado de perseguirnos desde que rompimos el conjuro de sangre. En cada paso del camino, siempre he velado primero por mis intereses.

Quizá, si no lo hubiera hecho, no se habrían llevado a Wolf y los otros.

—No pongas esa cara —murmura, y me frota el entrecejo con el pulgar—. No te vendría mal preocuparte un poco menos. Malachi y Rylan son unos genios, seguro que se les ocurre algo.

Son las palabras adecuadas, pero con el tono equivocado. Frunzo más el ceño.

—Hay algo más que no me estáis contando —digo.

—Wolf. —Su nombre es poco más que un gruñido en boca de Malachi. Una advertencia.

Me incorporo.

—Acabamos de hablar justamente de esto. ¿Por qué seguís ocultándome cosas?

—No... —empieza a balbucear Malachi.

Wolf se estira y levanta la cabeza apoyado en sus brazos.

—Lo que Malachi está intentando evitar decir a toda costa es que es bastante probable que la madre de Rylan utilice las preguntas sobre los serafines como una excusa para darte caza y matarte.

Me encojo de miedo. A juzgar por lo que todo el mundo dice de los serafines, no puedo culparla por querer deshacerse de mí, pero...

—Estoy empezando a cansarme de tener una diana pintada en el pecho.

—Pues ve acostumbrándote, amor. Todos los que se acuerdan de lo que hicieron los tuyos cuando ostentaban el poder querrán usarte o matarte.

Siento como si las paredes se me echaran encima. No había pensado en cómo serían las cosas una vez que elimináramos la amenaza que supone mi padre. Ha eclipsado todo lo demás durante tanto tiempo que jamás me había planteado la posibilidad de que hubiera más personas dispuestas a cortarme la cabeza al primer descuido. Me estremezco.

—No se va a acabar nunca, ¿verdad? Vamos a estar toda la vida huyendo.

—Ey. —Wolf se encoge de hombros, totalmente relajado—. Solo tenemos que matar a tu padre, convertir a todos sus secuaces en partidarios tuyos y listo. Si nuestros enemigos vienen a por ti, los matamos. ¿Que mandan a más gente? Los matamos también. Con el tiempo se darán cuenta de que somos demasiado peligrosos como para que les merezca la pena meterse con nosotros y de que no tenemos intención de seguir los pasos de tu padre y nos dejarán en paz. —Sonríe—. Salvo por algún que otro intento de asesinato tonto para que nos mantengamos alerta.

—No me estás tranquilizando en absoluto. —La voz me sale aflautada. Me aprieto los ojos con las palmas—. Creía que se acabaría cuando hubiéramos matado a mi padre.

Malachi me rodea las muñecas y me las baja con cuidado.

—Cuando tienes una eternidad por delante, acabas valorando las pequeñas cosas que rompen la monotonía.

Que hablen de intentos de asesinato como «pequeñas cosas» lo dice todo.

—No me importaría tener un poco de monotonía en mi vida.

Me da un apretón suave en las muñecas.

—Y la tendrás. —Después echa un vistazo a Wolf y se encoge también de hombros—. Además, si en algún momento te ves sobrepasada, siempre puedes marcharte a otro mundo donde nadie haya oído hablar de los serafines. Eso conllevará otro tipo de dificultades, pero siempre es una opción.

Me humedezco los labios. No sé si estoy preparada para irme de este mundo, pero lo cierto es que saber que existe una vía de escape me reconforta.

—¿Hay muchos mundos más? ¿Aparte de este y el de Azazel?

—Nadie ha podido documentarlos bien, pero hay al menos varias decenas, sí.

Wolf se ríe, y esta vez la risa es la misma a la que ya me tiene acostumbrada.

—Nadie ha podido documentarlos bien porque todos han muerto en el intento. —Le aparta el pelo de la cara a Malachi—. Puede ser un reto divertido en unos cuantos siglos, cuando los murcielaguitos hayan crecido y volado del nido.

Parpadeo.

—¿Acabas de llamar al...? —No soy capaz de llamarlo «bebé» todavía. No es un bebé, es un cúmulo de células—. ¿Acabas de llamarlo «murcielaguito»?

—Es un nombre tan bueno como cualquier otro.

Una sonrisa reticente me tira de las comisuras de los labios.

—Pero si ni siquiera podéis transformaros en murciélagos —repongo.

—Rylan sí puede. —Wolf finge un escalofrío—. Da muy mal rollo, es demasiado grande. Podría llevarte a cuestas si quisieras.

Siento que el hombre en cuestión se aproxima.

—Creo que ya ha acabado de hablar con su madre.

—Espeluznante.

Le lanzo una mirada asesina a Wolf, aunque siento los ojos de Malachi clavados en mí. Lo noto en tensión, alerta, como si estuviera preparado para abalanzarse a por mí si de repente me vengo abajo. Resulta sorprendente saber que siempre va a estar ahí para sujetarme. Confío en él. De verdad. Pero la necesidad de valerme por mí misma es casi insoportable.

—Estoy bien, Malachi.

—Estás temblando.

Odio que tenga razón. Levanto la mano y veo cómo temblequea mientras Rylan se va acercando. Se mueve a una velocidad sobrehumana, y por tanto no debería poder seguirle la pista con tanta facilidad. El vínculo seráfico es una movida.

Demasiados cambios. Demasiada información. Demasiado poco tiempo.

Tendremos que esperar a salir de esta situación de emergencia para lidiar con los efectos a largo plazo del vínculo, si es que algún día salimos. Solo de pensarlo me deprimo. En lugar de responder a la pregunta no formulada de Malachi, me giro hacia la puerta por la que Rylan entra.

Tiene un rostro cuidadosamente inexpresivo que no revela nada.

—He hablado con ella. —Por suerte, no nos hace esperar. Suspira y sigue—: Es... complicado.

—¿Estamos en peligro? —pregunta Malachi, que entrelaza los dedos con los míos y me los aprieta de una forma que me deja claro que desearía rodearme entre sus brazos y protegerme con todo el cuerpo. No estoy del todo en contra de la idea, pero acabo de dejarle claro que necesito sentirme independiente, así que no puedo retractarme tan deprisa.

Rylan se encoge de hombros.

—No se ha puesto a amenazarnos ni nada, pero no es así como actúa. Ahora mismo, lo más probable es que se quede esperando, analizando la situación y, si decide que tiene que actuar, sabremos algo de ella en una década o así. Pero sí que me ha dado información interesante.

Se acerca con movimientos poco naturales y se deja caer en el borde de la cama, cerca de mí.

—Cuando los serafines se quedaban embarazados, solían recluirse en lugares fortificados durante toda la gestación. Teniendo en cuenta el tiempo que pasaban desaparecidos, se estima que el ciclo es similar al de los vampiros y los humanos: unas cuarenta semanas. —Me mira con ojos pesarosos—. No tenemos información de lo que ocurre durante ese tiempo. Solían desaparecer con un séquito de siervos... vampiros... y reaparecían con un serafín bebé. La mayoría de las veces, no se volvía a saber nada de los vampiros que los acompañaban.

Wolf suelta un silbidito.

—Supongo que imaginarnos que simplemente se marcharon a otras colonias es engañarnos a nosotros mismos, ¿no?

—No habrían podido, por el vínculo.

Maldita sea. Aprieto los labios con fuerza, tratando de contener el impulso de gritar que no es justo, que nos merecemos tener algo de suerte por una vez en nuestras vidas.

—Vaya, que pensáis que durante el embarazo dejaban secos a los vampiros y luego los mataban —explicito.

—No sabemos qué pensar —interviene Malachi con una mirada de advertencia a los otros dos—. Los serafines no beben sangre.

—Hay otras formas de dejar seca a una víctima.

—No me jodas, Wolf. Cierra el pico.

Sí, le puedes dejar sin poder, sin vida, sin aquello que le hace ser quien es. La sola idea me hiela la sangre. Antes, cuando he perdido el control, solo me interesaba la sangre, pero ese es el tema: he perdido el control por completo. Si esa hambre hubiera pasado a cosas más mágicas, no habría sido capaz de parar. Ni ellos de pararme.

—Tenéis que marcharos.

—Ni de broma.

Les lanzo una mirada asesina. No es fácil, ya que cada uno está por un lado, pero lo intento.

—No pienso poneros en peligro solo por estar embarazada. Eso no formaba parte del trato.

—Nada de esto formaba parte del trato. —Rylan se encoge de hombros de nuevo—. Nos adaptamos a la realidad que nos ha tocado. Puede que solo sea que está saliendo a la luz tu parte de vampira, más que tu parte de serafín. Los vampiros necesitan ingerir cantidades enormes de sangre.

—Hasta ahora nunca había necesitado sangre. —Ni siquiera había tenido la oportunidad de beberla hasta que Malachi me la ofreció, con lo que, si fuera una necesidad vital, ya llevaría bastante tiempo muerta—. No tiene ningún sentido.

—Tiene tanto sentido como cualquier otra cosa. —Me sostiene la mirada—. Estamos tratando de hacer hipótesis, no hay motivo para ponerse directamente en lo peor.

—Ya basta —sentencia Malachi con voz severa—. Todos aquí necesitamos dormir; mañana pensaremos qué hacer durante el día. Todo lo demás puede esperar.

Hasta que vuelva a tener hambre. O la magia haga de las suyas. O...

La suerte no ha estado de nuestra parte. Primero me usaron, con mi beneplácito, para romper el conjuro de sangre que mantenía preso a Malachi, solo para descubrir que soy en parte serafín y que me había vinculado así con los tres. Un vínculo seráfico no es reversible.

Luego, cuando por fin creíamos que tendríamos algo de tiempo para acostumbrarnos a la nueva situación y explorar los poderes que nos había permitido compartir el vínculo, aparece mi padre y se lleva a los tres.

Después, me doy cuenta de que estoy embarazada, que es la mejor baza que tenemos para destronar a mi padre, pero resulta que el embarazo es igual de anómalo que yo. Y no una anomalía buena, sino el tipo de anomalía que pone en peligro a los que más te importan.

Solo cuando estoy a punto de quedarme dormida una vocecita en mi cabeza me recuerda que no he vomitado la sangre que he ingerido.

Que me siento mejor.

11

Me despierto con Rylan a mi espalda y con la cara de Wolf pegada a mis pechos. La transición del sueño a la consciencia es lenta y onírica, y me remuevo un poco, disfrutando del leve roce de mi piel contra la suya. Están aquí, conmigo. No es un sueño. Están a salvo... Al menos por ahora.

Rylan me pone la mano en la cadera.

—¿Estás despierta?

—Sí —le susurro.

Wolf se ríe contra mi piel y dice:

—Bien. —Y luego va bajando por mi cuerpo, arrastrando la boca por mi vientre. Le coge la mano a Rylan para colocársela en mi muslo.

Rylan contesta agarrándome la pierna con fuerza y levantándomela para dejarle paso a Wolf. Se mueven sincronizados, como siempre. Incluso cuando discuten, siempre parecen estar en sintonía, lo cual pone de manifiesto su largo pasado en común. Todo en su relación es un reflejo de esa dilatada historia.

Malachi no está en la cama con nosotros. Puedo sentirlo levemente en la distancia, a lo lejos. No parece angustiado, pero...

—¿Y Malachi? —pregunto.

—Se ha ido a cazar aprovechando que es temprano. —Wolf me mordisquea juguetón un muslo y luego el otro—. No te preocupes por él.

Rylan suspira contra mi sien.

—No puedes pedirle a la gente que no se preocupe, es algo que no se elige —le reprende.

—Tienes razón. —Wolf suelta una carcajada alta y demente—. Se me ocurre una cosa mejor. —Y entonces me conquista la entrepierna con la boca.

Me besa con dedicación, saboreando cada centímetro de mi sensible piel con largos lametones. Ignora mi clítoris casi por completo, un tormento que solo me hace disfrutar aún más.

—Echaba de menos esto —murmura contra mí.

Yo también. No tengo oportunidad de decirlo, claro, porque elige justo este momento para introducirme la lengua, haciendo que se me arquee la espalda y sacándome un grito de entre los labios.

Rylan desliza el otro brazo entre mi cuerpo y el colchón, y me estrecha contra él mientras Wolf me devora. No puedo pensar, no puedo moverme, solo puedo gimotear y temblar.

—Necesito... —empiezo a decir.

Wolf comienza a estimularme el clítoris con rudeza, pero se detiene antes de que llegue al límite. Suelto un chillido en protesta, y él, una risa depravada.

—Te encanta, ¿verdad?

Estoy tan embelesada por el placer que tardo unos segundos en darme cuenta de que no me está hablando a mí, sino a Rylan, que se tensa a mi espalda. Sus brazos me mantienen inmóvil de una manera muy excitante, y está tan quieto que podría ser una estatua.

—Wolf —masculla.

—Y huele de maravilla. —Wolf aspira mi olor y baja por mi muslo trazando una línea recta con la lengua—. Huele irresistible.

—No deberíamos.

Entonces caigo en la cuenta. Ya sé de qué están hablando. Puede que Malachi les haya ordenado no morderme, pero ellos quieren hacerlo. Y yo quiero que lo hagan.

—Hacedlo —susurro—. Por favor.

—Como la señorita mande.

—¡Wolf!

Pero es demasiado tarde. Se lanza hacia mí, rápido como una serpiente, y me muerde el muslo. Me corro al instante, gritando tan alto que casi es un alarido. Wolf succiona una vez, y luego otra, y otra más, y cada succión la siento directamente en el clítoris, exacerbando el orgasmo.

Entonces para. Siento una chispa de magia en el muslo y veo que se ha cortado la lengua para acelerar mi regeneración, y después sube para darme un beso rápido en los labios. Al fin y al cabo, yo no soy su objetivo final. Wolf se mueve lo justo para poder conquistar la boca de Rylan.

Rylan gime y me aprieta con una fuerza que casi me hace daño, clavándome las garras cuando empieza a perder el control. Los dos se aprietan contra mí, como si pudieran llegar al cuerpo del otro a través del mío. Sé que esto bastaría para que me sintiera invisible, pero lo deseo tanto como deseo que me presten atención solo a mí. Me encanta que mis hombres se quieran, no querría que fuera de otra manera.

Wolf levanta la cabeza.

—Tú lo necesitas más que nosotros —le dice—. Aprovecha lo que te ofrece antes de perder el control y hacerle daño. —Su voz se torna severa—. Porque como vuelvas a herirla por culpa de tu cabezonería, te mato.

—Wolf, no —protesto con voz débil—. No lo fuerces.

—Qué altruistas sois todos, siempre tan dispuestos a desviviros por parecer civilizados aunque sea a vuestra costa. —Masculla un improperio—. Eres un terco, Rylan. Es solo un mordisco, no vas a perder el control, en cambio, si esperas demasiado... no se puede decir lo mismo.

Ahora es Rylan quien maldice entre dientes.

—Tienes razón —contesta.

—Lo sé.

Aun así, no me muerde. Creo que todos nos acordamos de la casa segura, cuando perdió el control después de negarse a aceptar nuestra relación. Me mordió demasiado fuerte. No creo que hubiera podido llegar a matarme aunque Malachi y Wolf no hubieran intervenido, pero el recuerdo aún está demasiado presente.

Ladeo la cabeza, ofreciéndole mi cuello.

—Confío en ti —murmuro.

—Dioses... —Habla con la voz baja y grave, y sus palabras se me escapan cuando me hunde los colmillos en la piel.

Wolf nos tumba de espaldas, coloca su enorme miembro en mi entrada y comienza a penetrarme lenta pero constantemente. La primera succión de Rylan me lleva al límite de nuevo, y sentir a Wolf clavándose en mí no hace sino intensificar el placer.

Quiero que siempre sea así.

Rylan solo succiona cuatro veces, pero es más que de sobra. Es como si encendiera algo dentro de los tres. Una llama. Una necesidad de estar más cerca aún, de alargar el placer lo máximo posible. Un ansia de más.

Nos aparta a ambos y Wolf cae de espaldas conmigo encima, sin salir de mí. Empuja las caderas hacia arriba y se ríe entrecortadamente.

—Date prisa, Rylan. He echado demasiado de menos esto, no creo que dure mucho.

Planto las manos en su pecho y empiezo a montarlo.

—Sí, Rylan. Rápido —le exhorto.

Voy a correrme otra vez. Es como si todo el sufrimiento y la tristeza de la última semana hubieran estado conteniendo un placer tan grande que amenaza con arrasarme por completo. No estoy segura de que me importe. Pronto volveremos a la dura realidad, demasiado pronto. Quiero que disfrutemos mientras podamos.

—Claro que podéis aguantar —nos suelta Rylan. Su peso desaparece de detrás de mí unos segundos y lo oigo rebuscar en el cajón de la mesita de noche. Exhala una risa breve—. Por supuesto que el demonio se ha asegurado de que no nos falte lubricante.

—Azazel tiene claras sus prioridades, sí.

Wolf me coge por la nuca y me empuja hacia él para conquistarme la boca. Sus besos rara vez son suaves y nunca son lo que me espero. Esta vez no es diferente. Su lengua acaricia la mía con fiereza, como queriendo comunicarme todas las cosas que no se han dicho. Le respondo con la misma intensidad, y no paro de montarlo mientras gimo y jadeo contra sus labios.

El colchón se hunde de nuevo cuando Rylan regresa con nosotros. Ya sé qué viene ahora. No es la primera vez que lo hacemos. Y, si sobrevivimos al conflicto que está por llegar, lo haremos muchas veces más. Me estremezco de placer solo de pensarlo. Rylan me acaricia el culo con la mano temblando de excitación.

—¿De verdad te apetece?

Rompo el beso de Wolf para contestar exasperada:

—Fóllame, Rylan. Y no te contengas.

—Ya la has oído. —Wolf se ríe y luego vuelve a mi boca, todo lengua y dientes.

Rylan no lo pregunta dos veces. Me aplica lubricante y me va metiendo los dedos uno a uno con movimientos lentos. Hace mucho desde la última vez que lo hicimos, pero se toma su tiempo, se esmera. Cuando lo conocí, era un capullo integral. Algunas veces sigo pensando que lo es, pero tras esa fachada de frialdad hay un hombre mucho más considerado de lo que nadie se puede imaginar.

Nadie salvo Malachi. Y Wolf. Y ahora yo.

Se coloca en mi culo y empieza a penetrarme despacio. No siempre ha sido cuidadoso conmigo, y yo no siempre he querido que lo sea, pero ahora sí lo es. Ni él ni Wolf la tienen pequeña para nada, y me siento casi demasiado llena cuando termina de asentarse dentro de mí y me da un beso en la nuca.

—¿Estás bien?

—Sí. —No me puedo mover, situada como estoy entre los dos, pero aun así lo intento—. Más, por favor.

—Me encanta cuando dices «por favor» —murmura Wolf contra mi sien—. ¿Rylan?

—Voy.

Pone las manos en mis caderas y empieza a embestirme lentamente. Yo me retuerzo y gimo, pero en la posición en la que estoy no puedo hacer más que aceptar lo que me dan. Beso a Wolf en el cuello y aprieto los dientes contra su piel. No tengo colmillos con los que perforarlo, pero de repente desearía tenerlos.

Lo muerdo de todos modos, así porque sí. Noto que se sacude dentro de mí y sisea.

—¿Necesitas algo, amor?

—Sí. —Le acaricio el cuello con los dedos. De repente, noto un cosquilleo en las puntas y se transforman en garras. Rylan sigue dándome despacio, pero siento que ahora su atención se dirige a mi mano. Si tratara de degollar a Wolf, me detendría, o eso espero. Me relamo—. ¿Puedo, Wolf?

Él ladea la cabeza lo que puede.

—Bebe lo que quieras, amor.

Malachi está volviendo ya. Siento la distancia acortarse entre nosotros, siento que corre en nuestra dirección a una velocidad demasiado alta para que el ojo humano pueda seguirlo. Cuando llegue, nos obligará a parar. Dejó claras unas normas bastante sensatas hace menos de doce horas. Unas normas sensatas que estamos pasándonos por el forro ahora mismo.

Prácticamente siento el pulso de Wolf en la lengua, un latido constante que me suplica que lo pruebe. No quiero esperar, y no quiero ir despacio y con prudencia.

—Solo un poquito —digo, pero es mentira y lo sabemos todos.

—Quítate las garras, Mina —me pide Rylan, que me suelta la cadera y se inclina para cubrirme la mano con la suya—. Con tu permiso.

No quiero. Quiero sacarle sangre a Wolf, quiero tenerla dentro de mí igual que lo tengo a él, quiero que sea mía. Pero lo que está diciendo Rylan es inteligente. No quiero hacerle daño, solo quiero saborearlo.

—Claro.

Siento un cosquilleo en el contacto de la mano de Rylan con la mía. No sé si le había visto usar su magia así antes, pero es agradable. Mientras mis dedos vuelven a su estado normal, los suyos adoptan la forma de garra que tenían los míos. Le rasga con tres dedos el centro del cuello, apretando lo suficiente para que tarde un tiempo en curarse pero sin pasarse.

Wolf entierra las manos en mi pelo y guía mi boca a su cuello, aunque es evidente que no necesito que me aliente.

Siento que todo lo que hacemos es increíble, que es lo correcto. Rylan aumenta el ritmo de sus acometidas mientras bebo de Wolf. En la posición en la que estamos, es como si estuviera dándonos a los dos al mismo tiempo. Wolf me da un tirón en la melena y gime con cada succión de su cuello.

El placer empieza a acumularse en mi interior en oleadas lentas. No tenemos ninguna prisa, es como si estuviéramos envolviéndonos poco a poco en una telaraña de deseo con cada roce de sus miembros, con cada lametón de mi lengua, con la deliciosa fricción de su piel contra la mía. Todo aumenta la sensación de que está ocurriendo algo mágico.

Rylan maldice entre dientes.

—Dioses... Voy a... —Sus colmillos se hunden en mi hombro.

Me corro de inmediato. Gimoteo contra el cuello de Wolf, retorciéndome mientras el orgasmo me asola. Rylan sale de mí en el último momento y apenas un segundo después eyacula en mi culo y en la parte baja de mi espalda. En cuanto se aparta, Wolf rueda para quedar encima de mí, pero me sujeta de nuevo la nuca para que vuelva a su cuello.

—Más, amor. Muérdeme otra vez.

—Wolf... —le advierte Rylan.

—¡Piérdete!

Algo va mal, pero estoy demasiado extasiada para entender el qué. Rodeo las caderas de Wolf con las piernas para sentirlo aún más dentro y obedezco su orden. Las heridas ya casi se han curado, no voy a poder tener todo lo que quiero. «Quiero...». Sin llegar a desarrollar el pensamiento, los dientes se me afilan en la boca. Me corto los labios, pero me da igual. Ahora tengo lo que necesito.

Lo muerdo.

Él emite un gruñido grave y profundo, y me da sin parar

mientras se corre. La sangre caliente se extiende por mi lengua y tengo la claridad mental justa para dejar de morderlo y ponerme a beber. Cada vez que succiono, me embiste más fuerte, y eso solo hace que llegue al clímax de nuevo. Estamos atrapados en un bucle, y es demasiado increíble como para romperlo.

La puerta se abre con tanta violencia que rebota contra la pared. El portazo nos asusta lo suficiente para que nos quedemos totalmente quietos. Malachi entra en la habitación con una expresión intimidatoria y observa la escena que se desarrolla ante él. Tengo la sensatez de apartar la boca del cuello de Wolf, pero no hay manera de ocultar el desastre. Estamos los dos cubiertos de su sangre y otros fluidos. Incluso las sábanas están empapadas.

—Malach...

Él empieza a desabotonarse la camisa.

—Has bebido demasiado —me corta.

La vergüenza me enciende la piel.

—No pretendía hacerlo. —Acaricio los pómulos marcados de Wolf con los dedos. Sus ojos parpadean un poco, pero parece casi drogado—. ¿Qué está pasando? Otras veces he tomado más y no se ha puesto así.

—Ha sido demasiado —murmura Wolf—. No podía parar de correrme.

Eso me suena, y no es bueno. Es como yo me siento cuando ellos me muerden, un placer tan extremo que eclipsa todo lo demás. Los orgasmos no paran, y cada vez son más intensos, hasta que dejan de morderme. Pero no tiene sentido.

Me arrastro para salir de debajo de Wolf mientras Malachi se sienta en la cama y lo levanta por las axilas para tumbarlo de espaldas. Me toco la boca con cautela. Los dientes parecen normales, y los cortes de los labios ya se han curado.

—Mi mordedura no es como la de un vampiro de estirpe.

De hecho, los vampiros no sentís esto cuando os muerden otros vampiros, ¿verdad? Es imposible.

—¿Cuándo vas a aceptarlo, Mina? —El tono de Rylan no es cruel, y se deja caer en la cama a mi lado para rodearme los hombros con el brazo en un gesto sorprendentemente reconfortante—. No eres una vampira, sino un serafín. No te riges por las mismas reglas.

12

No sé por qué me sigue ofendiendo que me recuerden que no soy humana, vampira ni dhampira. Soy otra cosa, algo insólito, peligroso y desconocido.

—Soy consciente de ello —le contesto.

Rylan suspira y dice:

—No quería que sonara así.

—Está bien.

—No, no lo está. —Me estrecha contra él mientras Malachi le ofrece el antebrazo a Wolf.

Este lo muerde enseguida y se pone a beber a tragos. En cuestión de minutos, ya ha vuelto en sí. Siento un alivio tan inmenso que casi hasta me marea. Ya habíamos intercambiado sangre antes, todos. Nunca ha conllevado ningún riesgo, al menos no como parece que ocurre ahora.

No. Eso no es cierto. Desde que conocí a Malachi y luego a los otros, yo siempre he estado en peligro con ellos. Un mordisco mal dado podía acabar con mi vida. Es algo de lo que nunca hemos hablado demasiado, pero todos hemos sido perfectamente conscientes de ello. Esto es distinto.

Porque yo nunca he supuesto un peligro para ellos.

Cuando Wolf se recuesta, Malachi me lanza una mirada.

—Ya hablaremos de esto más tarde. Ahora tenemos que ver qué hacer con Cornelius.

Abro la boca para replicar que tenemos que hablar de ello ya, pero su argumento es irrefutable. Si no sobrevivimos a la batalla contra mi padre, da igual lo peligrosa que sea para ellos, porque acabaremos todos encerrados y muertos. Qué pensamiento tan alegre.

Rylan suelta un suspiro.

—¿Por qué no empezamos por preguntarnos dónde estamos? ¿Has averiguado el estado o el pueblo al menos?

—Seguimos en Montana. Por lo que sé, en el pueblo de al lado de la colonia.

—Azazel ha decidido no llevarnos lejos... —Wolf niega con la cabeza, y una sonrisa asoma a sus labios—. Qué listo es el cabrón.

Malachi asiente.

—No podremos escondernos mucho tiempo —afirma—. Debemos actuar mientras Cornelius sigue tratando de localizarnos.

Cada vez que dice el nombre de mi padre, tengo que esforzarme por no encogerme de miedo. No es un demonio al que se pueda invocar pronunciando su nombre, pero no puedo quitarme de la cabeza la superstición de que no deberíamos decirlo. Me trago mi miedo antes de hablar:

—Incluso si lo matamos delante de todo el mundo, ¿qué va a impedir que mis hermanos acaben lo que él ha comenzado? A estas alturas, todos llevan años teniendo poderes. No ganaría una serie interminable de duelos.

Nuestro plan parecía totalmente lógico, aunque poco probable, cuando lo urdimos después de escapar de la casa de Malachi. Sin embargo, el tiempo con Grace ha hecho que empiece a dudar de él. Mi padre es muy poderoso. Fue capaz de detener a

Rylan, un vampiro de estirpe que había cambiado de forma, con una sola palabra.

Sea un serafín o no, puede obligarme a hacer lo que le dé la gana si tiene la oportunidad de hablar.

—Tiene que ser en público, hace falta que haya testigos. Tienes que hacerte con el control de toda la colonia de una vez matándolo de una forma tan sangrienta que no se atrevan a desafiarte. Él ya los ha preparado para arrodillarse ante un líder fuerte. Solo hay que convencerlos de que tú eres ese líder.

Le lanzo a Malachi la mirada que esa afirmación se merece. La mayor parte de mis hermanos me miraban por encima del hombro cuando estaba en la colonia, y la verdad es que lo prefería: menos gente que quisiera darme patadas cuando ya estaba en el suelo. Puede que eso me beneficiara cuando era pequeña, pero desde luego no servirá para que ahora estén dispuestos a verme como su líder.

—Solo tendremos una oportunidad si le atacamos cuando menos se lo espere —digo—. Tiene que estar muerto antes de que pueda usar su magia. Si pronuncia una sola palabra, hemos perdido. ¿Cómo vamos a arreglárnoslas para hacer eso en público?

—Aún no lo sé.

No puedo contener una risa amarga.

—¿Y no es eso una parte crucial del plan?

No es justo que la tome con Malachi por sentir tanta frustración. Él no eligió que mi padre lo tuviera encerrado más de cien años ni que acabara vinculado a un serafín en su intento por recuperar la libertad. Él quiere ver a mi padre muerto tanto como yo.

—¿Y si usamos tapones?

Niego la cabeza al oír la sugerencia de Rylan.

—Hace unos años, uno de sus subordinados lo intentó. Su

magia no funciona bien a través de aparatos electrónicos ni en la distancia, pero los métodos convencionales para atenuar el sonido no parecen tener ningún efecto.

Por lógica debería servir, pero a la magia le gusta jugar con sus propias reglas.

—Valía la pena intentarlo. —Rylan me da un apretón en los hombros—. Ya se nos ocurrirá algo.

—No paramos de decir eso, pero todavía no se nos ha ocurrido ninguna idea brillante. —No estoy siendo justa y lo sé, pero no puedo callarme. Me zafo del brazo de Rylan—. Voy a limpiarme la sangre. —Alzo una mano cuando los tres se disponen a moverse—. Sola. Necesito pensar.

Solo cuando me meto bajo el chorro de agua casi ardiendo mi cerebro empieza a funcionar con normalidad. Cierro los ojos y dejo que las preocupaciones y el barullo mental se desvanezcan. Mis hombres están aquí conmigo. Eso ya es una victoria importantísima, y no habría sido posible si mi padre se hubiera salido con la suya. Me imagino que los habrá exhibido delante de todo el mundo como siempre hace con sus prisioneros. Perderlos ha debido de suponerle un golpe duro. Haber sido yo la que se los ha arrebatado es un hecho del que me puedo aprovechar para consolidarme como líder si consigo matarlo.

Lo que mis vampiros me piden me parece imposible, pero ellos no han vivido lo que yo he vivido. Por mucho que me esfuerce por verlo de otra manera, mi padre sigue siendo una especie de figura mítica en mi mente. Pero para ellos no lo es. Tengo que dejar de permitir que el miedo me pueda y empezar a escucharlos.

Después de ducharme, vuelvo a sentirme casi humana. Sonrío al darme cuenta de lo irónico del pensamiento. Por mucho que me sienta así, no soy humana en absoluto. Seguro que puedo usar eso en mi beneficio, de alguna forma. Si los serafines eran seres tan temidos, tiene que haber algún motivo; dudo que sea solo porque cuando se acostaban con vampiros establecían un vínculo con ellos. Debe de haber algo más. Estoy convencida.

Mis hombres no están en la habitación cuando regreso, pero ya me va bien. Hemos destrozado otra cama más. Me quedo mirando las manchas de sangre y pongo una mueca. Algún día, cuando todo esto haya terminado y nos hayamos instalado en algún lugar, vamos a tener que comprar sábanas de plástico para la cama en la que nos acostemos y prohibir terminantemente morderse en la que durmamos. Sacudo la cabeza y me pongo un vestido que saco del armario que, igual que la nevera, estaba bien abastecido cuando llegamos. Después, guiándome por el leve tirón del vínculo, empiezo a bajar las escaleras en dirección a la cocina.

Todos levantan la mirada mientras desciendo, con diversos grados de cautela en sus expresiones. Malachi es el que se acerca a mí. Él siempre es quien da el primer paso, y lo querré para siempre por ello.

Me aclaro la garganta.

—Lo siento. No debería haber perdido los papeles así. Tengo miedo, pero no es excusa. Solo tratabais de ayudar.

Malachi me coge la mano y tira de mí en el último escalón para tomarme en sus brazos.

—No pasa nada. No hay que pedir perdón por soltar un par de palabras cortantes.

—Aun así.

Él se ríe.

—Quedas perdonada, pequeña dhampira. —Después de estrecharme una última vez, me deja en el suelo—. ¿Te damos de comer?

Se me hace la boca agua nada más pensar en la posibilidad de más sangre, pero se gira hacia el frigorífico y se me quitan las ganas de todo. Niego con la cabeza.

—No, estoy bien. No tengo hambre. —De hecho, siento todo lo contrario a hambre. Me muero de ganas de alejarme todo lo posible de la nevera y de lo que contiene.

Malachi frunce el ceño.

—¿Cuándo ha sido la última vez que has comido?

Iba a decir que esta mañana, pero no es verdad. Por muy bien que me haya sentado beber la sangre de Wolf (y la de Malachi anoche), eso no cambia el hecho de que no estoy comiendo. Me llevo la mano al estómago.

—No tengo hambre —repito. Cuando los tres centran su atención en mí, suspiro—. Comí hace... Eh... —No me acuerdo. Creo que no he probado bocado desde el pacto con el demonio. ¿Quizá la mañana siguiente? Me suena que tuve náuseas—. Un día o dos.

—Malachi. —Rylan corta el silencio que se hace después de mi respuesta—. Podría ser, ya lo hemos hablado. Nosotros no comemos. Y el... bebé... es nuestro también.

—Mina no es una vampira —repone Malachi en voz comedida, pero bien podría haber gritado—. Y no voy a permitir que el embarazo le cause ningún tipo de daño.

Me pongo hecha una fiera.

—Por última vez, ¡estoy aquí delante, joder! —Paso por delante de él—. Me encuentro bien, así que vamos a atribuir esto a una mezcla de embarazo, magia y mi extraña ascendencia. Tenemos cosas más importantes de las que ocuparnos ahora. Si, cuando acabe todo esto, seguimos con vida, podéis incordiarme todo lo que queráis con el embarazo. Pero antes tenemos que encargarnos de mi padre.

Rylan tiene cara de querer discutírmelo, y no veo a Malachi desde donde estoy ahora, pero siento su descontento como una llama a mis espaldas. Wolf, por supuesto, está igual de relajado que siempre. Esboza una sonrisa exhibiendo los colmillos.

—Ya veo que la ducha te ha servido —comenta.

Asiento.

—Mi padre tiene que ser nuestra prioridad; el resto puede esperar. No sé cómo vamos a hacer para entrar en la colonia, por no hablar ya de asesinarlo, pero sí. Es nuestra oportunidad, y tenemos que hacerlo deprisa. —Carraspeo y me dejo caer en la silla que hay al lado de Wolf—. No digo que sea un plan brillante, pero me he cansado de huir. —Coloco el mapa de la colonia que le dibujé a Grace en el centro de la mesa.

Me resulta extraño y un tanto incómodo estar así, los cuatro sentados alrededor de la mesa, pero es mejor que ahora mismo tengamos algo entremedias para que la magia no haga de las suyas y acabemos acostándonos durante tres días. Me encantaría poder hacerlo, no digo que no, pero cuanto más esperemos, más probabilidades tiene mi padre de encontrarnos. No creo que haya ningún tipo de conjuro en esta casa. Que esté ligeramente apartada y no tenga relación alguna con ninguno de nosotros es suficiente para que pasemos desapercibidos unos pocos días, pero ya.

Tenemos que actuar ahora. Cuanto antes, mejor. Mi padre estará desconcertado al ver que los vampiros han desaparecido y se morirá de ganas de recuperarlos. No creo que eso baste para que se precipite y cometa algún error, pero algo es.

Al menos esta vez no somos nosotros los que estamos reaccionando, sino él. Eso tiene que servir de algo, ¿no? Tenemos que hacer que sirva de algo.

Rápidamente los pongo al corriente de la información que me transmitió Grace. Según lo que me contó, parece que no han cambiado demasiadas cosas desde que me marché, aparte de haber más patrullas, aunque ¿por qué debería haber cambiado algo? Mi padre no me considera una amenaza. No va a poner su mundo patas arriba solo porque yo pueda estar yendo a por él.

Ese sí es un error que confío en que podamos explotar.

—Mi apuesta es que ninguno de los soldados que tiene dentro de la colonia es lo bastante fuerte como para suponernos algo más que un estorbo. —Señalo un lugar justo al sur de la puerta principal—. Aquí es donde Grace se pasó la mayor parte del tiempo cuando hizo el reconocimiento de la zona. Como la colonia está emplazada en un cañón, los lugares desde donde mejor se ve son este, este y este. —Señalo cada uno con el dedo.

Malachi me arrebata el bolígrafo y los marca con una X.

—Eso nos será de mucha ayuda —agradece.

—Si tú lo dices... —replico. La idea de atacar la base con ellos tres es totalmente distinta de pensar en hacerlo solo con Grace. Deberíamos poder llegar al centro de la colonia sin que nadie nos detenga.

Pero ahí es donde deja de ser fácil.

Me quedo mirando el mapa, por si se me ha olvidado algo. Es todo lo detallado posible, en la medida en la que lo recuerdo, con unos pocos cambios de Grace.

—El mayor problema es el poder de mi padre.

—Sí, hablando de eso... —La mirada azul blanquecina de Wolf se torna reflexiva—. Tiene que hablar para usarlo, ¿no?

—Sí. Puede hechizar y todo eso sin hablar, creo; pero para forzar obediencia, tiene que decir las órdenes en voz alta. —Me giro hacia él—. ¿Qué podemos hacer para impedirle hablar?

Rylan tamborilea con los dedos en la mesa.

—Hacerle daño sería lo más fácil. No duraría demasiado,

sobre todo con lo longevo y poderoso que es, pero aun así le llevaría unos cuantos segundos regenerar una laringe aplastada. Quizá hasta un minuto si alguien le desgarra la garganta.

Sé que mi padre es poderoso, claro que lo sé. Crecí bajo su control, y he visto lo que es capaz de hacerles a los que son menos poderosos que él. En la colonia, todo el mundo es menos poderoso que él. De todos modos, me resulta particularmente preocupante que estos tres vampiros admitan que es un enemigo peligroso. Como digo, no me viene de nuevas, pero aun así me provoca un escalofrío.

—Seguimos teniendo que acercarnos a él para poder hacer cualquiera de esas cosas.

—Tal vez. —Malachi se apoya en el respaldo de la silla—. ¿Cuándo fue la última vez que realizaste un ataque a distancia, Wolf?

Él se encoge de hombros, pero el gesto no tiene nada que ver con el lenguaje corporal despreocupado al que nos tiene acostumbrados. Noto lo tenso que se encuentra a través del vínculo, una tensión que no hace más que aumentar.

—No ha surgido la ocasión, estoy un poco oxidado.

Malachi vacila, me mira de reojo y suspira.

—Deberíamos llamar a tu hermana —dice, y levanta una mano cuando Wolf se inquieta—. Sé que no es una situación ideal, pero tú no puedes diagnosticar problemas con la sangre como ella. Y a ella se le dan mucho mejor que a ti los ataques a distancia.

—Mi hermana se dedica a envenenar la sangre —replica Wolf, con un tono casi temeroso—. Has perdido la cabeza, Mal. Podría ayudarnos, pero también podría matar a Mina, según le dé. Hay un motivo por el que no la he visto en cincuenta años. —Ahora se dirige a mí—. ¿Te piensas que yo soy impredecible? Espera a conocer a mi hermana.

Anoche dijo algo parecido. Entonces sentí una especie de compasión, pero ahora no sé qué pensar. Los miro alternativamente, analizando sus expresiones serias.

—Tiene pinta de ser una apuesta arriesgada, con más peligros que posibles recompensas —digo.

—Mal tiene razón —interviene Rylan de mala gana—. Lizzie podría atacar a Cornelius desde casi dos kilómetros. Nos daría la oportunidad de acabar con él sin que pueda hablar. Seguiría siendo capaz de pelear, claro, pero al menos no podría forzar nuestra voluntad.

La angustia de Wolf es tan evidente que alargo un brazo y le cubro la mano con la mía. Está temblando. Solo un poco, un estremecimiento leve que despierta mi lado protector con una fiereza insólita. Miro a mis otros dos hombres.

—No vamos a hacerlo si Wolf no se siente cómodo con ello —zanjo—. A vosotros os es fácil decir que todo saldrá bien, que esto no va a tener repercusiones negativas, pero se trata de su familia. —Una familia que hace que este vampiro parezca cuerdo a su lado. No sé qué pensar; solo sé que no quiero que ninguno de mis hombres sufra.

¿Qué probabilidades hay de que salgamos todos con vida?

No tengo una respuesta a esa pregunta. Nadie en esta mesa la tiene.

13

Al final, lo cierto es que no nos queda otra opción. A menos que anulemos la capacidad de compeler de mi padre, cualquier plan que hagamos caerá en saco roto. Ni siquiera lanzar una bomba en la colonia (si es que alguno estuviera dispuesto a hacerlo) nos aseguraría su muerte. Es demasiado longevo, demasiado inteligente. Encontraría la forma de sobrevivir a eso también, y seríamos culpables de una enorme cantidad de muertes.

Mi vida en la colonia resultó ser un auténtico infierno, y mi padre no fue el único responsable de ello. Pero no todos los que viven allí son monstruos. No todos escogieron la crueldad en lugar de la amabilidad. No voy a mentir y decir que quienes se mostraron amables conmigo en mi infancia eran una mayoría, pero sí existían. E incluso si no fuera así, me niego a condenar a muerte a todo niño y adulto de la colonia. Es un precio demasiado alto.

Así que Wolf llama por teléfono a su hermana, Lizzie.

Hace la llamada en la otra habitación, pero, si yo misma oigo su parte de la conversación, no me cabe duda de que Rylan y Malachi oyen las dos. En efecto, intercambian una mirada. Malachi suspira.

—Lizzie va a ser un problema, pero no dejaremos que te haga daño —afirma.

—Igual puedes acostarte con ella también, y así el vínculo se ocuparía del tema.

Me quedo mirando a Rylan. De todas las cosas que podría sugerir...

—Dime que estás de broma.

—En parte sí. —Pone una mueca—. Es cierto que facilitaría mucho las cosas, pero tendríamos que asegurarnos de que Lizzie no te mata durante el proceso de vinculación, y eso es más difícil de lo que te imaginas. Es demasiado impredecible.

Ahí está otra vez.

La muestra de que tienen un largo pasado en común, un pasado que abarca mi vida entera no sé cuántas veces. Malachi estuvo en aquella mansión más de cien años, pero antes de eso era amigo y amante de Rylan, Wolf y otros. Puede que incluso de Lizzie también. No estoy segura de cómo me siento al respecto. Celosa no, o al menos no exactamente. Solo... rara.

—Si quieres saberlo, puedes preguntar.

Me sobresalto; la voz suave de Malachi me saca de mis pensamientos. Es evidente a qué se está refiriendo. Me obligo a sostenerle la mirada.

—¿Estuvisteis con ella? ¿Alguno de los dos?

—Yo no. —Rylan no se estremece, pero noto un tono extraño en su voz—. Prefiero mantener la garganta intacta.

—Yo sí, brevemente. —Malachi me mira con fijeza—. ¿Te molesta?

—No lo sé —digo con sinceridad—. Creo que no, pero se me hace raro. Hemos estado muy aislados todo este tiempo, creo que eso tiene algo que ver. —Voy a tener que acostumbrarme al hecho de que hay enormes franjas de tiempo de las vidas de estos hombres que no puedo conocer, solo a través de lo que quieran contarme. Pero tenemos el futuro, y eso es suficiente. Tiene que serlo—. Supongo que iremos lidiando con ello sobre la marcha.

Wolf vuelve a la habitación, y todo en él rezuma infelicidad.

—Está en Los Ángeles ahora mismo, pero se muere de ganas de participar en el caos y tal vez matar un poco. —Pone una voz aguda al final de la frase, claramente imitando a su hermana—. Estará aquí en unas diez horas.

Cada hora cuenta ahora mismo, pero es un retraso inevitable.

Wolf vuelve a la mesa, pero en vez de sentarse en su silla, se deja caer en el suelo a mi lado. Apoya la cabeza en mi regazo y me envuelve la cintura con los brazos. Yo me quedo muy quieta.

—¿Wolf?

—Estoy bien.

Miente. Ahora que me toca, el vínculo entre nosotros se activa y me transmite su angustia. Le pongo la mano en la nuca y se la masajeo un poco. Él reacciona relajando el cuerpo, pero su tristeza no disminuye. Miro a los otros dos.

—Que alguien me explique por qué está así, por favor.

Rylan se remueve en el asiento.

—Hace cincuenta años, Lizzie le prendió fuego a Wolf.

—¿Perdona?

Lo conozco lo suficientemente bien para saber que el tono frío que usa es una forma de no revelar sus emociones. Me sostiene la mirada y continúa:

—Tuvieron un desencuentro y a ella le pareció una manera sensata de abordarlo. Casi muere.

La mesa cruje bajo las manos de Malachi.

—¿Y no te pareció que era importante mencionar eso antes de llamarla? —gruñe.

Percibo el conflicto interno de Rylan a través del vínculo, aunque no se refleja en su cara ni en su tono.

—No tenemos otra opción.

Sigo masajeando el cuello de Wolf e intento dejar a un lado la rabia que me arde en el pecho.

—Dile que no venga. Tiene que haber otra forma.

—No la hay —murmura él contra mi muslo—. Es la mejor. Si nos ayuda, está hecho... al menos esa parte.

Matar a mi padre es la prioridad número uno, pero no me esperaba que el precio que hay que pagar por conseguirlo fuera a ser tan alto. Ahora, con Wolf acurrucado contra mí, tan pequeño y tan humano, me doy cuenta de lo ingenuo que era pensar otra cosa. Quiero protegerlo, quiero envolverlo entre mis brazos y mantenerlo a salvo, pero el mundo en el que vivimos no me lo permite.

—No merece la pena —contesto.

Él me estrecha las caderas con más fuerza.

—Estoy bien —repite.

Pero salta a la vista que no lo está: me abraza como si fuera su peluche favorito. Me giro hacia Malachi y Rylan en busca de ayuda, pero están ocupados mirándose el uno al otro, manteniendo una de esas discusiones silenciosas de las que no puedo formar parte. Es evidente que Malachi está enfadado porque no le haya contado lo que ocurrió, y Rylan claramente no da su brazo a torcer.

Vaya... Al parecer ahora los leo mucho mejor, ya sea por llevar varias semanas cerca de ellos o como efecto secundario del vínculo. Sea como sea, el resultado de su discusión no cambia nada. Tengo que atenerme a lo que diga Wolf; él es mi prioridad ahora.

—Me gusta —murmura.

Yo parpadeo.

—¿El qué?

Se mueve lo justo para mirarme a la cara con un ojo.

—Ser la prioridad. Ojalá fuera en otras circunstancias.

La culpa me golpea con tal fuerza que me echo a temblar.

—Lo siento. Sé que ya lo he dicho antes, pero las cosas no se han calmado lo suficiente para poder hablarlo bien. Siento haberte forzado en contra de tu voluntad. —Ya es horrible hacerlo, pero encima no hablar de ello como si diera lo mismo... No me puedo creer que lo haya dejado tan de lado todo este tiempo—. A lo mejor no es el mejor momento para hablar de ello...

—Mina.

Oírlo decir mi nombre me pone alerta.

—¿Sí?

—Eres fuerte.

Es una afirmación tan fuera de lugar que me quedo mirándolo inexpresiva.

—¿Cómo?

—No pidas perdón por ser fuerte.

Me da la sensación de que estamos teniendo dos conversaciones diferentes.

—No estoy pidiendo perdón por ser fuerte, estoy pidiéndote perdón por obligarte a hacer algo que no querías hacer. Sea fuerte o no, eso no está bien. Te quiero. —La última frase me sale sin pensar—. Os quiero a los tres. No quiero hacerte daño y mucho menos privarte de tu voluntad. No debería haberte forzado. Claro que eres una prioridad para mí.

—Me parece una estupidez pedir perdón por eso.

—¿Por qué?

Se endereza y se coloca entre mis muslos. Wolf no es tan alto como Rylan o Malachi, pero aun así me saca unos cuantos centímetros. Así, estamos casi a la misma altura. Me sostiene la mirada con unos ojos azules sorprendentemente serios.

—Si no hubieras tomado esa decisión, ahora seguiríamos bajo el control de tu padre. Llámame loco si quieres, pero no soy tonto. Te subestimé. —Esboza una media sonrisa y casi parece él mismo de nuevo—. Igual debería pedirte perdón yo a ti.

—Te obligué a hacer algo en contra de tu voluntad —insisto. Es lo que mi padre hace con los que lo rodean. Lo privé de su poder de decisión y le sonsaqué la respuesta a mi pregunta.

—En efecto. —Se echa a reír de repente—. Dioses, amor, solo de verte tan rayada con esta tontería me siento mucho mejor. —Se inclina hacia mí y me da un beso en los labios—. Si necesitas mi perdón, lo tienes.

Suspiro.

—Eso no cambia lo de tu hermana.

—Acuéstate con ella también y arreglado.

Frunzo el ceño.

—¿Por qué estáis todos tan empeñados en que añada gente al vínculo? —replico—. Es justo lo que menos necesitamos ahora mismo, si de verdad es tan horrible como decís.

Por no hablar de que tener tres compañeros de cama ya es demasiado. No quiero ni imaginarme cómo sería tratar de gestionar las necesidades de más gente, y mucho menos de alguien tan volátil como por lo visto es la hermana de Wolf. Lo especial de este grupo es que el cariño que nos tenemos es real. El de ellos tres se remonta varios siglos atrás, y el mío es más nuevo, pero no por ello menos válido.

—Además, aunque fuera capaz de forzar su voluntad, solo puedo hacerlo puntualmente —añado—. No es algo que pueda mantener todo el tiempo para asegurar un comportamiento adecuado por su parte.

—Estaba de broma, amor. —Wolf niega con la cabeza—. Te garantizo que no quiero estar atado a ella de esa manera por nada del mundo. Es mejor convencerla para que nos ayude a llevar esto a cabo y que luego separemos nuestros caminos.

No tengo respuestas. Dudo que nunca las haya tenido. Pero lo que sí tengo es tiempo, y quiero quitarle a Wolf esa mirada ligeramente perdida de los ojos. Esto sí sé cómo hacerlo. En esto sí que puedo ayudar. Le rodeo la cara con las manos y lo beso. Empiezo con suavidad, incitándolo a abrir la boca y explorándolo con tranquilidad. Para variar, Wolf no toma las riendas al instante. Responde a mi beso con mi misma intensidad, pero me deja guiarlo.

Sabe tan puramente a él que suelto un gemido. Le muerdo el labio inferior.

—Cámbiame el sitio.

Él se mueve de inmediato, levantándose y cogiéndome en brazos. Esperaba que hiciera lo que le he pedido, pero en vez de eso nos lleva al salón. Acabo de rodillas entre sus piernas y lo miro.

—¿Wolf?

—El suelo ese te revienta las rodillas —me explica.

Ese pequeño gesto de cuidado hace que tenga aún más ganas de devolverle el favor. Le acaricio los muslos con las dos manos.

—Ahora voy a quitarte los pantalones.

—Adelante —dice, pero es él quien se desabrocha la parte delantera de los pantalones y levanta las caderas para que pueda bajárselos.

Me cuesta un poco quitárselos del todo, pero merece la pena el esfuerzo, porque recupero la posición y ya no hay nada que se interponga entre el cuerpo de Wolf y el mío. Es tremendamente bello. Su actitud y la cresta pueden resultar engañosas, pero cuando lo tengo así resulta innegable.

Oigo que Malachi y Rylan continúan hablando en voz

baja en la cocina. Discutiendo en voz baja, más bien. No hay nada que pueda hacer ahora con eso. Van a discutir y debatir, y al final llegarán a un acuerdo sobre cómo lidiar con Lizzie y cómo plantear el conflicto que se acerca. Les he dado el mapa de la colonia, aunque todos sabemos que es posible que esté algo desactualizado aun con las anotaciones de Grace, y les ofreceré toda la información importante que sea necesaria. En estos momentos no puedo hacer nada más para ayudar con el plan.

En cambio, Wolf... A Wolf sí le puedo ayudar.

Quiero que vuelva a estar bien. No me gusta esa mirada frágil que ha aparecido en sus ojos. De los tres, él es el que más imperturbable ha parecido siempre, el más despreocupado y salvaje. Ahora mismo se le ve casi... humano.

—Wolf. —Me agacho y froto la mejilla en su muslo desnudo—. ¿Sabes qué me gustaría hacer ahora mismo?

Él me pasa los dedos por el pelo. No me tira, no me guía, solo me acaricia como si el mero contacto lo calmara.

—¿Qué?

—Quiero cuidarte.

Él se tensa contra mí, así que le doy un beso en el muslo.

—¿Me dejarás hacerlo? —le pido.

—Creía que ibas a decirme que te follara la boca. —Suelta una risa leve y nerviosa—. Esto no me lo esperaba, amor.

—¿Tan raro es? —me extraño.

Ellos han cuidado de mí desde que nos conocimos. Sí, hubo momentos en los que no parecían tener claro si querían quedarse conmigo o matarme, sobre todo Wolf y Rylan, pero no duró mucho más allá de los primeros encuentros. Desde entonces, me han apoyado, me han protegido, me han ayudado a hacerme más fuerte.

Lo mínimo que puedo hacer es devolverles el favor. Pero no es por eso, es porque quiero hacerlo.

Wolf sacude la cabeza despacio.

—No, supongo que no. —Esboza una sonrisa lenta y ya vuelve a parecer él mismo—. Muy bien, pues sorpréndeme.

—Uy, Wolf. —Le envuelvo el pene con la mano—. No te imaginas lo que te espera.

14

De los tres, al que más me gusta chupársela es a Wolf. Es el único que no tiene problemas con terminar en mi boca si me apetece. Rylan y Malachi están obsesionados con no dejar pasar la oportunidad de preñarme. Puede que empiece así, con sus enormes miembros contra mi lengua, pero al poco tiempo pierden siempre la paciencia y me ponen encima de ellos.

Solo Wolf permite que me tome mi tiempo.

Bajo la cabeza para metérmela todo lo que puedo sin dejar de mirarlo. Él me observa con detenimiento, con ojos casi feroces. Me estremezco y me la meto aún más. El equilibrio de poder entre los dos pende de un hilo: él podría perfectamente someterme si quisiera, yo tengo el control de su placer y su dolor entre los labios. Se la chupo con ganas y me recompensa de inmediato con un siseo entre dientes y echando la cabeza para atrás hasta apoyarla en el respaldo del sofá.

No es sumisión, pero me deja tomar las riendas, al menos por ahora.

La tentación de chupársela hasta el fondo, una y otra vez, hasta que pierda el control me resulta demasiado abrumadora. Pero no es eso lo que deseo ahora mismo; quiero que se olvide de todas sus preocupaciones, que suelte el estrés que le tensa los hombros, que se centre solo en mí.

Se la sujeto firmemente con la mano y lo saco de mi boca. Empieza a abrir los ojos, pero ya me estoy moviendo para lamerle el pene de arriba abajo hasta jugar con sus testículos. Los muslos de Wolf se tensan a mis lados.

—Joder —suspira.

He empezado a hacer esto por él, pero no puedo negar que estoy disfrutando de lo lindo explorando su cuerpo lentamente. No es la primera vez que lo hago, pero sí es la primera vez que me cede tanto control. Le tiemblan las piernas y aprieta los puños contra el sofá con tanta fuerza que ya ha hundido los cojines, pero aun así no me obliga a darme prisa.

Sigo chupándolo y provocándolo, ignorando el dolor que empiezo a sentir en la mandíbula. Me da igual, soy capaz de soportar una molestia así, sobre todo cuando su expresión se relaja y se vuelve lánguida. Por fin, cuando el tiempo deja de tener significado y estamos los dos temblando de necesidad, me aparto un poco.

—Wolf. —Le doy un lametón en la parte inferior de la punta—. ¿Cómo quieres acabar?

Su boca tarda unos segundos en pronunciar una respuesta.

—Ven aquí, amor. Quiero estar dentro de ti cuando me corra.

Se la chupo una última vez, metiéndome toda su longitud en la boca, y después me siento encima de él.

—¿Así?

—Sí, así.

Me dejo caer lentamente sobre su erección. Es tan increíble que estoy a punto de perder la cabeza, pero esto no es para mí. Esta vez no. Es para él, para darle lo que necesita. Subo y bajo y muevo las caderas de una forma que hace que sus ojos pasen del azul blanquecino habitual a un tono carmesí.

—Déjate llevar. —Le rodeo la cara con las manos—. Yo te cuido.

Me abraza para acercarme aún más a él. No me puedo mover bien así, pero da igual, porque está haciendo lo que quiere hacer. Me sujeta con firmeza y empieza a entrar y salir de mí. Gimo. Dioses, es demasiado increíble.

—Wolf, voy a...

Me muerde.

Me corro con tanta intensidad que hasta veo las estrellas. Apenas soy consciente de cómo me lame el cuello y la línea de la mandíbula hasta llegar a mi boca mientras llega él también al orgasmo. Cada violenta acometida incrementa aún más mi placer, y gimoteo contra sus labios mientras me abraza. Justo cuando está a punto de ser demasiado, se desploma sobre el sofá arrastrándome con él. Me quedo ahí tumbada, con la oreja contra su pecho, y siento como la tensión lo abandona. Nunca había experimentado nada igual. ¿Así es como ellos perciben mis sentimientos al no tener una buena protección? No es leer la mente en absoluto, los pensamientos de Wolf siguen siendo solo suyos, pero es como si pudiera sentir sus emociones. Es extraño, pero no me desagrada. No me desagrada en absoluto.

Lo beso en el cuello.

—¿Mejor?

—Sí. —Suelta una carcajada—. Sí, supongo que sí. —Me estrecha con fuerza—. Puedes cuidar de mí cuando te apetezca, amor.

Siento que Rylan y Malachi se acercan, aunque no hacen ningún ruido que delate su presencia. Giro la cabeza lo suficiente para verlos de pie en la puerta que da a la cocina. Rylan parece turbado, pero la expresión de Malachi no transmite ni una emoción.

—Tenemos un plan —anuncia este último.

Wolf me da un último apretón y me ayuda a bajar de encima de él, aunque no me deja irme muy lejos, sino que tira de mí para que me siente en su regazo y me rodea de nuevo con los brazos. Instintivamente, trato de hurgar en sus sentimientos a través del vínculo. Está más en calma que antes, pero bajo esa superficie de tranquilidad sigue bullendo un tumulto interno. No hay mucho que pueda hacer al respecto, al menos hasta que salgamos de este lío.

Él me cierra la puerta a su corazón con suavidad y vuelve a protegerse con los escudos. No son impenetrables cual muralla de piedra, por lo que aún capto a grandes rasgos lo que siente, pero me deja fuera de todos modos.

—Perdón —murmuro. No pretendía invadir su privacidad. No, eso no es del todo cierto. Sí que he husmeado, pero es que sigo sin tener ni idea de lo que estoy haciendo.

—Estaba desprotegido, era prácticamente una invitación. —Aunque noto un ligero temblor en su voz, se le nota que está mucho mejor.

Malachi y Rylan se dejan caer en el sofá que hay al otro lado de la mesita de centro, frente a nosotros. Malachi se inclina hacia delante y coloca en el tablero mi mapa hecho a mano.

—Tenemos un plan —repite, y señala los dos edificios que hay en la parte de atrás de la colonia, etiquetados como «armería» y «gimnasio»—. Causaremos un incendio aquí y aquí. Lo haremos durante el día para minimizar las víctimas.

Rylan le toma la palabra.

—Eso debería hacer que la mayor parte de los guardias se dirijan a esa zona, tanto para apagar el fuego como para buscar a quien lo ha provocado. No creo que estén tan mal entrenados como para dejar sus puestos abandonados por completo, pero debería reducir notablemente el personal. —Se detiene unos segundos antes de continuar—. Tú entrarás por la puerta principal.

Parpadeo.

—Es bastante osado —replico.

—Sí, pero es el punto más débil. Además, el objetivo de este ataque no es solo matar a tu padre, sino también presentarte en sociedad. Necesitamos testigos. El patio es el sitio ideal. —Malachi se pasa una mano por el pelo largo y luego señala una de las X que ha marcado cerca de la parte delantera—. Lizzie estará aquí. ¿Podrá ver el patio desde este lugar?

Echo un vistazo al mapa, tratando de contrastarlo con lo que Grace me contó. Yo no salí de la colonia mientras vivía allí, pero me pasé el suficiente tiempo mirando los alrededores como para saber más o menos a qué lugar se refería Grace.

—Es muy complicado.

—Por eso tenemos a Lizzie.

Parece imposible, pero estos tres hombres ya me han demostrado varias veces que son capaces de hacer cosas imposibles.

—Creo que sí —respondo al fin—. Tendríamos que conseguir que se coloque en una posición muy concreta. —Cierro los ojos y me lo imagino. Si apunta a su garganta, mi padre tendría que estar de cara a las puertas, pero también ligeramente girado hacia Lizzie—. Eso lo dificulta aún más, porque hasta que lo llevemos al lugar exacto tendrá tiempo suficiente para someternos.

Wolf me abraza con más fuerza la cintura.

—Rylan tiene una idea, ¿verdad? —aventura.

—Sí. —Rylan me mira—. Vas a entrar sola.

—¡¿Cómo?!

—Tienes razón, el poder de tu padre es una amenaza mientras lo conduces a su sitio. No podemos garantizar que no vaya a usarlo y, si lo hace, seremos más una carga que una ayuda. —Le hace un asentimiento a Malachi—. Mal provocará los incendios. Wolf y yo cubriremos el este y el oeste, y haremos todo el daño que podamos a sus hombres. —Sus ojos oscuros me transmiten compasión—. Siempre has estado destinada a ser quien mate a tu padre, Mina. Tienes que ser tú.

Siento una opresión en el pecho, pero no he llegado hasta aquí para rendirme ahora. Lo cual suena genial, sí, pero solo de pensar en enfrentarme a mi padre por mi cuenta me entran ganas de salir corriendo sin mirar atrás. No obstante, el miedo no me impide percatarme de que los tres se tensan al percibir mis emociones. Tengo que respirar hondo, pensar, procesar todo esto.

—Solo... dadme un segundo.

Se quedan sentados en silencio mientras brego con mi negación instintiva. Cuando empezamos a hablar de volver a ese lugar y hacer lo necesario para dejar de huir y sentirnos seguros al fin, al menos tenía el leve consuelo de saber que mis hombres estarían a mi lado protegiéndome. Sin embargo, la idea de entrar por las puertas yo sola, aun sabiendo que no están muy lejos, me supera. Soy más fuerte que antes, sí, pero para nada tan fuerte como mi padre.

Podría matarme. Y sin duda lo intentará.

Me llevo una mano al vientre. Solo hay una forma de detenerlo, pero implica darle una información que haría lo que fuera por preservar. Implica confiar en mis hombres, en el plan y en mí misma a un nivel que no estoy segura de poder alcanzar.

Finalmente, inspiro hondo y digo:

—No sé qué pasará con su capacidad de mantener a alguien hechizado si está herido.

Todo apunta a que necesita concentrarse para usar sus poderes, como los otros vampiros de estirpe. Si interrumpimos esa concentración, por ejemplo con una bala de sangre al cuello, el hechizo debería romperse.

¿Estoy dispuesta a someterme al control de mi padre aunque solo sea brevemente?

Abro los ojos. No veo a Wolf, pero Rylan y Malachi me miran con solemnidad. Saben lo que me están pidiendo, lo que están poniendo en juego. Si me muero, hay muchas probabilidades de que ellos sufran daños, incluso de que mueran conmigo. Lo que me están invitando a hacer es una locura, pero su fe es asombrosa. Solo tenemos una oportunidad para triunfar.

Conseguiremos lo que queremos o moriremos en el intento.

—Tengo miedo.

—Lo sé. —Los ojos de Malachi se enternecen—. No te lo pediríamos si hubiera una alternativa.

—Lo sé. —Acaricio el brazo de Wolf distraídamente. A decir verdad, no sirve de nada dejarme vencer por el pánico. Esta es la única opción que tenemos. Si me paro a pensarlo, sé que esta era la única forma que tenía de acabar, conmigo enfrentándome a mi padre de una vez por todas—. Los dos tenéis razón. No hay otro modo. Lo haré.

Wolf por fin me suelta, aunque entrelaza los dedos con los míos.

—Tendrás que cortarle la cabeza, y de manera lo suficientemente llamativa para que la gente se asuste y esté dispuesta a obedecerte de inmediato. Lizzie dará el pistoletazo de salida, pero solo así nos aseguraremos de que el muy cabronazo no vuelva a molestarnos y de que nadie se atreva a acercarse a ti mientras te recuperas. Luego quemamos el cuerpo.

Espero unos segundos a ver si la idea de matar a mi padre me provoca algún tipo de duda o culpa, pero lo único que siento es una determinación absoluta. Es él o yo. Si quiero vivir, si quiero darle un futuro a mi... hijo..., tiene que morir.

Wolf podría crear un arma con su sangre para asesinarlo. Rylan podría transformarse parcialmente y arrancarle la cabeza. Malachi podría calcinarlo hasta el punto de que le resultara imposible regenerarse.

En teoría, yo podría hacer esas tres cosas, puesto que he tomado los poderes de cada uno de ellos. Pero mi control sobre dichos dones deja mucho que desear. Apenas he entrenado y, aunque a veces se han manifestado, nunca puedo fiarme de que lo hagan cuando yo quiero. No sé si es culpa del embarazo o de la falta de experiencia, pero el caso es que tampoco podía usarlos antes de descubrir que estaba embarazada.

Tendré que hacerlo a la vieja usanza.

—Necesitaré un arma cortante —digo al fin—. Por suerte, Grace dejó atrás unas cuantas entre las que elegir.

—Mina. —Malachi me observa con detenimiento—. Si no quieres hacerlo...

—No hay otra opción. —Niego con la cabeza—. No perdamos más el tiempo tratando de buscarla. Si este es el plan, tenemos que perfeccionarlo.

Él vacila un instante, pero luego asiente.

—Repasémoslo paso a paso.

15

Aunque no me siento del todo segura de mí misma, al menos me sé de memoria todos los pasos del plan después de repasarlo unas cuantas veces. Que vaya a funcionar o no... eso es otra historia. Hay demasiadas cosas que escapan a nuestro control, lo cual significa que hay demasiadas cosas que podrían salir mal. La principal y más importante, la hermana de Wolf.

Debería llegar en cualquier momento.

Rylan y Malachi han salido antes a cazar y han vuelto con las mejillas sonrosadas y rebosantes de salud. Han alimentado a Wolf, pero ninguno se ha ofrecido a alimentarme a mí. Empiezo a sentir bastante hambre, y tendré que comer algo antes de atacar la colonia, pero agradezco que hayan parado de darme comida humana. Me repugna. Ya me preocuparé por eso más tarde, cuando tenga tiempo y energía para pensar en las implicaciones. Antes, tengo que centrarme en la amenaza más inminente.

Lizzie.

No me esperaba sentirla aproximándose. Hace mucho desde la última vez que estuve con otros vampiros, y desde luego no sentí a mi padre y a los suyos cuando irrumpieron en la casa de la montaña. Esto es distinto, muy distinto. Levanto la cabeza y me giro en la dirección de la sensación. Siento algo parecido a como me imagino que debe de sentirse el momento en el que el mar se retira antes de un tsunami.

—¿Qué es eso?

—Lizzie. —Wolf escupe su nombre—. No se está molestando en protegerse. Quiere que sepamos que viene.

Sin intercambiar una palabra, nos trasladamos al salón. Desde aquí se ve tanto la puerta principal como la trasera. Malachi me lleva al sofá de dos plazas que tiene detrás una pared sin ventanas y empuja suavemente a Wolf para que se siente a mi lado.

—Dejad que Rylan y yo nos ocupemos de hablar.

—No va a servir de nada y lo sabes. —La voz de Wolf es un poco temblorosa, pero está más sereno que esta mañana en la cocina—. Eso no le bastará.

Le apoyo la mano en el muslo siguiendo mi instinto protector. Si esta tía se piensa que puede venir aquí y hacer daño a las personas a las que más quiero, va a tener que vérselas conmigo. Le doy un apretón en la pierna.

—No va a tocarte —le aseguro con la voz cargada de una especie de fuerza poderosa. Es extraño, y los tres se tensan al oírme.

Pero la puerta se abre de golpe antes de que nadie tenga la oportunidad de decir nada al respecto.

No sé qué me esperaba de la hermana de Wolf. Supongo que imaginaba una versión femenina de él, vestida con una mezcla de estilo victoriano y estética de club *underground*, con un aura como atemporal; una chica preciosa, salvaje, alocada.

En cambio, la mujer que entra por la puerta parece un ama de casa de barrio residencial, con vaqueros negros, jersey beis de punto y botas altas. Tiene el pelo oscuro recogido en una coleta perfectamente arreglada y un maquillaje discreto pero elegante. No solo eso, sino que en la cabeza lleva una diadema de flores, ni más ni menos. Es atractiva en un sentido genérico, pero no posee el tipo de belleza que hace que la gente se quede embelesada. Es insufriblemente normal.

Al menos hasta que la miras a los ojos azules, tan fríos. En ellos no hay calidez alguna, no hay alma.

Lizzie sonríe dejando a la vista los colmillos.

—Hola, hermanito.

Wolf se queda de piedra a mi lado.

—Lizzie —contesta.

Ella echa un vistazo a la habitación, ignorando la presencia de Rylan, y finalmente se centra en Malachi.

—Con qué gente más curiosa te juntas últimamente, ¿no? —Su sonrisa no flaquea—. Me alegro de verte por fin, Mal. Anda que caer en una trampa tan tonta...

—Lizzie —gruñe él—. Más te vale haber venido para ayudar y no para crear problemas innecesarios.

—Nunca creo problemas innecesarios —replica. Y por fin llega a mí y me analiza con una mirada escrutadora—. Conque esta es la novia nueva... Bienvenida a la familia, cariño. —Da un paso hacia mí y se ríe cuando los tres hombres se ponen alerta—. Tranquilos, chicos. Si pretendiera matarla, no habría entrado por esa puerta.

Rylan emite una especie de gruñido que no debería poder salir de una boca humana.

—No nos toques los cojones, Lizzie —escupe.

—Ay, qué exagerados. No dejáis que una chica se divierta. —Va hacia la silla donde está sentado Malachi y apoya la cadera en ella—. Venga, contadme a quién queréis que mate. Me siento un poquito mal por el pequeño incidente con el fuego que tuvimos la última vez que nos vimos, así que estoy dispuesta a portarme bien hasta que cumpla con mi deber. —Acaricia el largo cabello de Malachi con los dedos—. Además, no he podido resistir la tentación de reencontrarme con viejos amigos.

Está tratando de provocar a Wolf, y puede que a mí también. Poniéndonos a prueba. Tal vez, si no hubiera tanto en juego, me fascinaría la manera en la que ha conseguido perturbar el ambiente de la casa con unas pocas frases.

—No vas a matar a nadie, me temo —contesto—. Solo necesitamos que le dispares en el cuello.

Vuelve a mirarme con esos ojos escalofriantes. Cuando conocí a Wolf, sus ojos me daban miedo, pero en comparación con los de Lizzie son perfectamente normales, incluso agradables. Me resulta extraño tomar conciencia de ello. Con el tiempo que hemos estado juntos me he acabado acostumbrando a Wolf, pero dudo que eso pudiera pasarme con su hermana. Es jodidamente terrorífica.

Lizzie deja de jugar con el pelo de Malachi y se pone recta.

—Explicaos. Mi hermanito fue parco en detalles.

Abro la boca, pero Rylan se me adelanta. Casi mejor; por algún motivo, parece ser la única persona de la estancia con la que Lizzie no le apetece meterse. Se inclina hacia delante y anuncia:

—Vamos a matar a Cornelius Lancaster.

Ella no parece asombrarse. Ni siquiera reacciona de ningún modo.

—A buena presa queréis dar caza. Aunque os ayude, lo más probable es que os mate a todos —comenta, y se ríe con una carcajada propia de un lunático—. No pienso acercarme a ese viejo zorro.

—No necesitamos ni queremos que te acerques a él. —Rylan señala los planos de la mesita de centro. Malachi y él han encontrado en alguna parte unos mapas topográficos de la zona, así que los han superpuesto con mi boceto para hacerse una idea mejor del terreno—. Eres la mejor francotiradora de este mundo.

—Con adulación se llega a todas partes. —Examina los mapas rápidamente y se vuelve de nuevo hacia él—. Cuéntame qué queréis, luego os diré el precio.

—Tú estarás aquí —le explica Rylan, indicando la X al sur de la colonia—. Es una posición lo suficientemente elevada como para que puedas tener una buena vista del patio. —Mueve el dedo a la X que hay dibujada en la colonia—. Cornelius estará aquí. Necesitamos que le dispares en el cuello con suficiente fuerza para destrozarle las cuerdas vocales.

—Se regenerará deprisa —repone.

—Eso ya es problema nuestro.

Más bien, es problema mío, pero valoro la intención. Aunque sea yo la que vaya a enfrentarse a mi padre, estamos en esto juntos. Me apoyo un poco más en Wolf. No se ha movido desde que Lizzie ha entrado en la estancia, y la vigila como un ratón a un gato. Es tremendamente desconcertante.

Rylan se reclina en la silla.

—¿Lo harás?

—Claro. —Se encoge de hombros—. Si Wolf vuelve a casa.

Niego con la cabeza de inmediato.

—No, eso no es negociable.

—Cállate, bonita. Están hablando los mayores. —Se gira hacia Rylan—. Te lo llevaste después del pequeño malentendido que tuvimos y desde entonces mi madre está cabreada conmigo. Wolf tiene que volver a casa.

—No —vuelvo a decir. Hago el amago de levantarme, pero Wolf me sujeta por la cintura con firmeza y me mantiene sentada—. No —repito—. Sea cual sea el precio que pidas, yo te lo pagaré. Todo lo demás queda descartado.

Lizzie alza una ceja con indiferencia.

—¿Qué podrías ofrecerme tú que compense el riesgo que voy a correr? —replica—. No eres nadie. Si fueras alguien, ya habría oído hablar de ti.

No pienso decirle a esta mujer tan peligrosa que soy un serafín, pero no es la única moneda con la que puedo negociar. Intercambio una mirada con Malachi y él asiente con la cabeza. Me seguirá el rollo y, cuando los otros dos lo vean, lo imitarán.

Me zafo con cuidado del agarre de Wolf y me pongo de pie.

—Soy la hija de Cornelius —anuncio—. Su heredera.

Ella amusga los ojos.

—Si tú lo dices... El caso sigue siendo que no he oído hablar de ti. Podrías estar inventándotelo todo. —Sus ojos se tornan carmesí un segundo antes de volver a su azul gélido habitual—. Huele a mentira podrida, si me preguntas.

—Si sabes tantas cosas sobre mi padre, entonces estarás al tanto de sus condiciones para sucederle. —Una apuesta arriesgada, pero tiene razón: tengo poco poder de negociación. Si logramos llevar a cabo nuestro plan, eso cambiará, pero primero necesitamos convencerla.

Su mirada se centra en mi barriga y los ojos se le ponen carmesí de nuevo. Se encoge de hombros.

—Que estás embarazada, pues vale. Eso no significa que tu historia se sostenga. Cualquiera de sus hijos sería lo suficientemente inteligente como para declararse su heredero antes de ponerse a afilar los puñales y apuntar a la espalda del pobre diablo.

—Prefiero tomar una ruta más directa. —Señalo a mis tres hombres con un movimiento de la mano—. No hay poder en el mundo que mi padre haya visto y no haya tratado de apropiarse. No es casualidad que esta sea la condición para convertirse en su heredero. Si tratara de hacerlo como es debido, me encerraría, me robaría al bebé y diría que es suyo, que lo ha parido una de sus amantes. Y, por supuesto, trataría de apresar al padre también. —No hace falta que le diga que eso casi lo consigue.

Observa a los hombres uno por uno hasta que llega a Wolf.

—¿Mi hermano es el padre?

Resulta tentador mentir, pero tengo la sensación de que se enterará si lo hago. Me encojo de hombros.

—La verdad es que no sé quién es el padre. No lo sabremos hasta que tenga al bebé, y eso solo ocurrirá si sobrevivimos a lo que está por venir.

—Ya... —Se da golpecitos con un dedo en el labio inferior, pintado de un tono rosa pastel—. Como me estés mintiendo, no me lo voy a tomar nada bien.

Creo que oigo a Wolf inhalar con brusquedad detrás de mí, pero no aparto la vista de su hermana.

—No te estoy mintiendo.

—Eso parece. No estás diciendo toda la verdad, pero tampoco mientes. —Se encoge de hombros—. Bueno, si el monstruito que llevas dentro es realmente un Radu y no os ayudo, nuestra madre me despellejará. Déjame ver. —Se acerca a mí, y Malachi y Rylan se ponen de pie al instante. Lizzie sonríe con suficiencia—. Tranquilos, chicos. Solo voy a hacer un escaneo rapidito, nada raro. —Alarga el brazo y me pone la yema de un dedo en el dorso de la mano. Siento un leve cosquilleo que me recorre el cuerpo entero y Lizzie alza las cejas—. Interesante.

—¿Qué pasa?

—No te tomaba por alguien que se codeara con demonios, pero percibo un... —se humedece los labios con la mirada perdida— ... un escudito adorable. El embrión está bien. Pequeño y matón, sin duda, pero todavía es demasiado pronto para saber de quién es. —Vuelve a centrarse en mí—. Me apunto. Haré lo que me pedís.

No suelto un suspiro de alivio. Esto no era más que el primer paso, y no soy lo bastante ingenua como para creerme las palabras de Lizzie hasta que dispare a mi padre.

—¿Y qué quieres a cambio?

—Si lográis llevar a cabo este adorable golpe de Estado, le deberás un favor a la familia Radu —dice con una sonrisa cortante—. Y nos invitarás a pasar unos días en tu nueva colonia —añade.

No me hace falta mirar a mis hombres para ver la trampa. Si lo conseguimos (no, cuando lo consigamos), yo seré la jefa de la estirpe de los Lancaster. Para bien o para mal, ostentaré un gran poder, y mis decisiones afectarán el curso de nuestro mundo. Levanto la barbilla. Lo más inteligente sería descartar el favor y ceder en lo de la visita sin prometer nada, pero no voy a hacerle eso a Wolf. El resto de su familia le causa el mismo rechazo que su hermana. Estar tan cerca de ellos varios días sería una auténtica pesadilla para él. Me niego a hacerlo pasar por eso.

—No tengo intención de recibir visitas en un futuro cercano, pero estoy dispuesta a acceder al favor siempre y cuando no implique ningún perjuicio para mí, para mis hombres ni para mi gente, directa o indirectamente. —Sigue habiendo un abanico demasiado amplio de posibilidades, pero la necesito y lo sabe.

Su sonrisa se ensancha.

—Muy bien. Quedamos en eso: un favor. —Se gira hacia los mapas—. Ahora contadme el plan con pelos y señales.

Me desplomo de nuevo en el sofá mientras Rylan y Malachi se disponen a explicarle a Lizzie detalladamente qué necesitan de ella. Siento que mi cuerpo empieza a temblar y que se me revuelve el estómago por el bajón de adrenalina. Aunque no puedo ocultar la reacción física que me ha provocado la conversación, me niego a sucumbir a mis sentimientos mientras Lizzie esté presente.

Wolf entrelaza los dedos con los míos. A través del vínculo siento una oleada de gratitud proveniente de él. Estoy segura de que Malachi y Rylan tendrán mucho que decir respecto a mi decisión, pero no pienso hacer nada con lo que no me sienta a gusto. Rylan parece tener una relación complicada con su familia, pero no hay miedo de por medio. A Malachi no le quedan familiares con vida. Si no entienden que no quiera meter a Wolf en la boca del lobo (nunca mejor dicho), es cosa suya.

Le doy a este un apretón en la mano y escucho a mis otros dos hombres resumirle el plan a Lizzie. No se me escapa que han evitado mencionar un par de detalles fundamentales. Bien pensado. La verdad es que no tiene sentido confiarle todos los pormenores. Lo único que necesita saber es lo relacionado con mi padre, el patio y su ataque.

Al terminar, se echa para atrás en la silla y se ríe un poco.

—Qué divertido va a ser. ¿Cuándo empezamos?

—Al amanecer.

16

Después de repasar el plan una última vez, Rylan sale de la casa con Lizzie para acompañarla a la salida de la finca. Mantengo una parte de mi atención centrada en su presencia, atenta a sus emociones por si noto algún repunte que me indique que la hermana de Wolf lo ha atacado. Cada vez me resulta más fácil seguirles la pista a mis hombres. Los tres se protegen lo suficientemente bien como para que no perciba mucho más que una leve insinuación, pero creo que así es mejor para todos. No quiero invadir su privacidad, y me muero de ganas de poder protegerme yo también como los dioses mandan.

Puede que por fin tenga la oportunidad si salimos vivos de las próximas veinticuatro horas.

—Lo haremos.

Le lanzo una mirada a Malachi.

—Sabes que no soporto que hagas eso.

—Es difícil no hacerlo, piensas muy alto. —Me coge la mano y tira de mí para envolverme entre sus brazos y estrecharme contra su pecho.

Wolf ha dicho que necesita estar un rato a solas y se ha marchado en dirección opuesta a su hermana y el pueblo. No noto su presencia tan calmada como la de Rylan, pero tampoco está en estado de pánico como antes.

Me doy cuenta ahora de que esta es la primera vez que Malachi y yo estamos solos en bastante tiempo. Le acaricio el pecho y le miro a los ojos oscuros.

—Es muy probable que lo de mañana salga mal.

—Lo sé. —Me coge la cara entre las manos y me acaricia el labio inferior con el pulgar—. Pero ya hemos conseguido cosas imposibles. ¿Por qué no una más?

—No tiene ni pies ni cabeza lo que acabas de decir.

Malachi esboza una sonrisa breve.

—Pero es lo que pienso.

No entiendo cómo puede estar siempre tan tranquilo, tan imperturbable, tan convencido de que todo va a salir bien.

—Aun estando herido, mi padre es muy peligroso. Es más fuerte que yo, más rápido que yo, más...

—Pero no tiene más determinación que tú —me corta, sosteniéndome la mirada—. Él va a luchar por su vida, pero tú vas a luchar por mucho más. —Me da un beso en la frente—. Y no vamos a dejar que lo hagas sola. Vamos a esforzarnos por ir a tu lado lo antes posible, tú solo tienes que sobrevivir hasta que lleguemos.

Sobrevivir y al mismo tiempo demostrar que soy lo suficientemente poderosa para gobernar.

Me acurruco bajo su brazo.

—Lizzie ha hecho una pregunta antes...

No sé si es el vínculo o solo la intuición de Malachi lo que hace que entienda por dónde voy.

—Sobre el padre del bebé.

—Sí.

En ningún momento creí que fuera a suponer un problema, la verdad, básicamente porque he tenido que centrarme en el futuro inmediato y en nuestra supervivencia. Pero el hecho es que, con independencia de lo que pueda conseguir la magia, la ciencia es la que manda en lo referido a óvulos, espermatozoides y todo eso. Y eso significa que este bebé solo tiene un padre biológico. Se me hace raro pensar en él como un bebé. Todavía no he terminado de asimilar que estoy embarazada, y mucho menos lo que viene después.

Aun así, lo último que quiero es hacer daño a alguien si puedo evitarlo. Lo que no sé es si puedo evitarlo.

—No quiero que nada se interponga entre nosotros cuatro —admito—. Siento que cada vez que encontramos un remanso de paz ocurre algo que lo fastidia todo de nuevo. No... —Inspiro hondo—. Dije que quería seguir con el embarazo y lo dije en serio, pero al mismo tiempo no quiero que el bebé sea motivo de disputa.

Malachi sonríe con amabilidad.

—Ven aquí, pequeña dhampira. ¿De verdad tienes una opinión tan mala de nosotros como para creer que nos pelearíamos por el bebé como perros por un hueso? —Me pasa las manos por el pelo—. El bebé es nuestro, de todos. Los genes y los poderes son lo de menos.

Una tensión que no sabía que llevaba conmigo se desvanece al fin. Apoyo la frente en su pecho y dejo que me abrace unos instantes.

—Quiero que esto funcione —murmuro.

—Lo sé. Y lo hará, ya verás.

Siento miedo por tantas cosas... Debería centrarme en lo de mañana, para empezar. Pero no puedo evitar imaginarme un futuro con varios hijos, con una familia basada en el amor y el respeto en lugar de en el miedo y las amenazas. Tengo la oportunidad de disfrutar de ese futuro junto a Malachi, Rylan y Wolf. Solo tenemos que sobrevivir el tiempo suficiente para alcanzarlo.

—Vale... —Levanto la cabeza—. Vale. Gracias.

—Te quiero —dice en voz baja, como si fuera una verdad sencilla y no dos palabras que me desarman cada vez que las pronuncia—. Y también los quiero a ellos. Somos una unidad, Mina. Los cuatro. Sé que no ha sido fácil y que no tiene pinta de cambiar, pero saldremos adelante. Siempre. —Me estrecha con más fuerza unos segundos y luego parece que se obliga a relajar el cuerpo—. Acabaremos con quien ponga en peligro nuestro futuro. Sea quien sea.

Con una promesa así, no puedo hacer nada más que estar a la altura. Me pongo de puntillas y le doy un beso en los labios.

—Empezando mañana, con mi padre.

Me esperaba que pasaríamos la noche como si fuera la última de nuestra vida, pero mis hombres se muestran parsimoniosos, como con la mente en otro lugar. Malachi me rodea con los brazos, pero tanto Rylan como Wolf apenas se acercan a mí mientras nos preparamos para dormir. Están demasiado alterados para conciliar el sueño, pero yo siento que me pesan los párpados como si un tirano me reclamara en su reino.

—Tienes que comer.

Tardo unos segundos en darme cuenta de que Malachi me está hablando.

—No tengo hambre —contesto.

No es del todo verdad. Tengo el estómago vacío, pero se muere por sangre, no por comida. A juzgar por cómo ha reaccionado Malachi a ese hecho hasta ahora, no creo que le haga gracia que se lo diga. Por no hablar de que una parte de mí se muere de miedo ante la posibilidad de que vuelva a pasar lo de la última vez. ¿Y si pierdo el control de nuevo? Nos ha costado mucho trabajo elaborar un buen plan como para tirarlo por la borda ahora bebiendo demasiado de alguno de ellos y dejándolo fuera de juego.

—Pequeña dhampira... —Niega con la cabeza—. Puede que no entienda qué está sucediendo, pero eso no significa que vaya a permitir que te falte algo.

—No puedes hacernos daño —interviene Rylan poniéndose un pantalón de pijama—. Somos más fuertes que tú y somos más. Si se te va de las manos, podemos ocuparnos de ello.

Me sonrojo. No lo puedo evitar.

—Es que es superior a mis fuerzas...

—Es cuestión de práctica, amor. Al principio, todos los vampiros se descontrolan un poco. —Wolf exhibe los colmillos. No está del todo bien aún, y no creo que lo esté hasta que su hermana cumpla con su parte del trato y se vaya, pero sí que ha recuperado gran parte de su personalidad alocada y carismática.

—Vamos, Mina. —Malachi prácticamente me arrastra a la cama y se deja caer en ella conmigo en el regazo. Me sujeta con la espalda contra su pecho y me ofrece el brazo—. Bebe.

—¿Estás seguro?

—Sí. No puedo dejar que estés débil solo por no entender lo que está pasando. Es evidente que estás tomando sangre igual que un vampiro con todas las de la ley. No te vamos a matar de hambre.

Me llevo los dedos a los labios.

—¿Y si mis dientes vuelven a cambiar de forma y te hago daño?

—Intenta controlarlo.

Teniendo en cuenta que ni siquiera sé qué es lo que me ocurre, la perspectiva de tratar de controlarlo me resulta ridícula. Aun así, por ellos, trataré de hacerlo.

—Vale.

—Las garras.

Me lleva unos segundos darme cuenta de que me está hablando a mí, comprender lo que me pide. Cierro los ojos y me concentro, tratando de visualizar mis dedos cambiando a garras como ya han hecho antes. Al principio no sucede nada, pero luego siento un leve cosquilleo en las yemas. Resulta tentador abrir los ojos, pero me abstengo y me centro en esa sensación, en aumentarla hasta que mis uñas cambian.

Cuando por fin bajo la vista, las puntas de mis dedos se han transformado en delicadas garras. Son pequeñas, pero afiladas.

—¿Puedo conseguir algo más?

—Así es como empieza el entrenamiento —contesta Rylan, inclinándose para examinar mis nuevos dedos—. Tienes que ir mejorando hasta conseguir una metamorfosis completa, y hacerlo poco a poco, porque como te dejes llevar por el pánico en plena transformación... —No le da un escalofrío, pero su voz transmite miedo—. No te matará, pero es una experiencia dolorosa y aterradora. Mejor esperar hasta que lo domines bien.

La sola idea de quedarme a medio transformar me revuelve el estómago.

—No sé si nunca estaré preparada para eso —comento.

—Lo estarás. —Lo dice con tal seguridad que me hace creer que es verdad.

Igual algún día podré transformarme en un lobo gigante como él y podremos salir a correr juntos. Me gusta imaginármelo. Hasta ahora no me había planteado que algo así pudiera figurar entre mis mayores deseos, pero quiero que ocurra. Otra parte de nuestro futuro juntos por la que merece la pena luchar.

Deslizo una sola garra por el antebrazo de Malachi con la fuerza justa para que el corte no sea demasiado profundo pero para que tampoco se cure demasiado rápido. Lleva el brazo a mi boca y bebo con gula. La primera explosión de su sangre contra mi lengua es tan increíble que gimo. Esto. Esto es lo que tanto he anhelado.

Esta vez no se me va la cabeza bebiendo como la otra vez. Siento al monstruo en mi interior, luchando por salir, pero la sangre de Malachi lo sacia antes de que tenga la oportunidad de pedir más. O quizá es que en esta ocasión no he llegado a quedarme tan vacía desde la última toma. Es todo tan nuevo que no puedo saberlo seguro.

Unos minutos más tarde, me aparto de él y me acuesto, saciada y somnolienta.

—Gracias —murmuro.

—Ahora duerme. —Las palabras de Malachi vibran en mi espalda—. Nosotros te cuidamos.

Quiero estar despierta, de verdad. Pero, con su sangre corriéndome por las venas, mi cuerpo tiene otros planes. Mis parpadeos son cada vez más espaciados y pesados. Noto que Rylan se recuesta en la cama a nuestro lado y que Wolf se deja caer sobre él con una intimidad tan natural que hace que se me curven los labios.

Juntos.

Estamos juntos.

Así es como quiero que sea.

Siempre.

17

Cuando me sacaron a rastras de la colonia de mi padre para meterme en un coche y llevarme a la mansión de Malachi, no se me ocurrió que algún día regresaría. No esperaba que fuera a seguir viva tanto tiempo. Ahora puedo confesarlo, aquí encaramada en lo alto de un árbol contemplando las murallas y los edificios que tan familiares me resultan.

Mi padre planeaba que muriera a manos de Malachi. Le mandó a su hija dhampira sin poderes para que se alimentara y así matar dos pájaros de un tiro: librarse de mí y mantener con vida al vampiro de estirpe que tenía apresado. Lo que no entraba en sus planes era que Malachi y yo nos lleváramos bien, que nos enamoráramos. Ni tampoco que nos aliáramos con Wolf y Rylan para romper el conjuro de sangre, despertar unos poderes que nadie se imaginaba que tenía y venir a por su cabeza.

Solo queda esta última parte.

Ya no hay vuelta atrás.

—¿Ves factible el disparo, Lizzie? —pregunta Malachi mientras me sujeta el bíceps con una mano cálida.

No corro peligro de caerme, pero no piensa arriesgarse. Yo no me muevo con la agilidad sobrenatural de los vampiros, pero tengo buen equilibrio, y ahora mejor que nunca. Menos mal. Necesito estar en plena forma para la pelea que se avecina.

Lizzie está en el siguiente árbol. Lleva puestas unas mallas deportivas de la mejor calidad, una camiseta de manga larga y un chaleco mullido. A la coleta habitual le ha añadido una cinta para el pelo. Por sus pintas encajaría perfectamente haciendo *footing* en algún parque elegante con mujeres ricachonas... salvo por el fusil que lleva colgado a la espalda.

Entrecierra los ojos mirando la colonia.

—Sí, sin problema. Entra en mi rango de alcance.

Yo parpadeo. Sé que por esto es por lo que nos arriesgamos a pedirle ayuda, pero la colonia debe de estar a casi dos kilómetros.

—¿Incluso para tus poderes?

Ella sonríe con superioridad.

—Sí, bonita, incluso para mis poderes. Con que lo pongas donde pueda verlo, puede olvidarse de su garganta.

Hemos hecho una estimación de tiempo basándonos en el peor escenario. Aun así, hacer que mi padre salga al patio va a ser complicado y peligroso. Va a hechizarme, seguro. Eso es lo único de lo que no hemos hablado, lo que nadie ha querido tratar explícitamente. Para que mi padre baje la guardia lo suficiente de modo que Lizzie pueda atacar, yo tengo que dejarme perder. Nada nos asegura que el hechizo se vaya a romper cuando se interrumpa su concentración, pero yo no soy una de sus secuaces, que le obedecen sin rechistar y se prestan a sus coacciones. Yo voy a ponérselo difícil en todo momento.

Se va a romper. Tiene que romperse.

Y entonces atacaré.

—Pues nosotros nos vamos —dice Malachi, que me coge en brazos antes de que tenga la oportunidad de ponerme nerviosa y se deja caer al suelo del bosque.

Rylan y Wolf aterrizan sin hacer ruido a su lado. No hace falta hablar. Hemos repasado el plan una última vez antes de salir de la casa. Me dejarán justo antes de las patrullas de vigilancia y esperaré diez minutos a que rodeen el complejo para colocarse en sus puestos.

Entonces entraré en la colonia para entregarme y pedir una audiencia con mi padre. Y en ese instante será cuando ellos tres provoquen los incendios. Eso debería distraer a varios de los soldados que haya en el patio. Mi padre sospechará lo que está ocurriendo (que es un ataque de los tres vampiros), pero, como a mí me sigue viendo como una dhampira inútil sin poderes, no estimará necesario mantener las fuerzas de seguridad a su alrededor, porque nunca ha necesitado ayuda para lidiar conmigo.

Solo tendré una oportunidad.

El primer atisbo de luz del amanecer empieza a ahuyentar la oscuridad del cielo cuando Malachi me deja con cuidado en el suelo. Me abraza con fuerza y dice:

—Esto no es un adiós.

Puede que sí lo sea. Hay más probabilidades de que el plan salga mal que de que salga bien. Pero nada de eso importa ahora. Hemos llegado demasiado lejos como para echarnos atrás ahora, así que este no es el momento ni el lugar para dudar. Le atraigo hacia mí y le doy un beso rápido.

—Nos vemos pronto —me despido.

Malachi se aleja y su lugar lo ocupa Wolf, que me sujeta mientras da un giro y me tira para atrás para darme un beso de película.

—Dales caña, amor.

Después se acerca Rylan. Me coge las manos y se las queda mirando unos cuantos segundos.

—El miedo y el dolor pueden ayudar a motivar un cambio.

El pánico, en cambio, no. —Me da un apretón en las manos—. No estás indefensa, Mina, nunca. Nuestros poderes corren por tu sangre. Confía en ellos, confía en ti. —Me da un beso rápido—. No mueras.

Hay un instante de vacilación, como si todos estuviéramos esperando a que alguien diga algo y cancele los planes. La tentación está ahí, no voy a fingir que no, pero me quedo callada, igual que ellos tres. Uno por uno, se dan la vuelta y desaparecen entre los árboles. Me quedo unos instantes siguiendo a través del vínculo la distancia creciente que nos separa y luego me dirijo a la colonia.

Inspiro el aire frío de la montaña y me permito sentir todas las emociones encontradas que me provoca este lugar. Ira, tristeza, una especie de nostalgia agridulce. Vivir aquí bajo el control de mi padre fue un infierno en su mayor parte, pero también hubo pequeños resquicios de luz en esos primeros veinticinco años de mi vida.

Mi madre es un recuerdo confuso y lejano. Murió cuando yo era muy pequeña, como tantas de las amantes que mi padre tenía en la colonia para cumplir un único propósito: dar a luz a sus hijos dhampiros. Está obsesionado con su progenie, con sus linajes. Por eso se tomó mi aparente ausencia de poderes como algo personal. Por eso y porque yo nunca desaprovechaba la ocasión de desafiar su autoridad. Nos hemos visto abocados a este final desde que nací. Ahora que ha llegado el momento de actuar, mis nervios se calman y lo veo todo con claridad.

Si fracaso, no seré la única que pague los platos rotos.

Me llevo una mano al vientre. Han pasado tantas cosas en estos últimos días que ha habido momentos en los que se me ha llegado a olvidar que estoy embarazada. Es demasiado pronto para apreciar cambios físicos, y gracias al escudo temporal de Azazel la peor parte de los síntomas se han aliviado.

Si me quedo embarazada de nuevo, tendré que aprender a protegerme yo misma. Sacudo la cabeza y consulto el reloj. Ya me preocuparé por el futuro mañana. Ahora no puedo permitirme ninguna distracción. Respiro hondo una última vez y me acerco a la colonia.

Me esperaba que alguien me detuviera. No hay muchos guardias fuera de las murallas, pero solo un idiota dejaría los alrededores sin vigilancia alguna. Al fin y al cabo, los sentidos de los vampiros tienen sus límites, y un sistema de alerta temprana podría suponer la diferencia entre la vida y la muerte en una batalla. Mi padre será muchas cosas, pero tonto no es.

Definitivamente no debe de verme en absoluto como una amenaza. Es la única explicación que se me ocurre. Recorro sin problemas el camino de tierra hacia las puertas de la colonia. Tienen un buen tamaño, de sobra para que quepa un vehículo de grandes dimensiones... y están entreabiertas.

—Menuda bienvenida —murmuro.

De repente me entra el impulso de darme la vuelta y salir corriendo. No somos los únicos con la intención de tender trampas hoy.

Alzo la barbilla y empujo la puerta para abrirla del todo. Dentro, todo es tal y como lo recuerdo. Edificios bajos y cuadrados, de un gris uniforme, casi imposibles de distinguir entre sí. Si lo pienso, soy consciente de que no hace ni un año que me marché, pero siento como si hubieran pasado varias vidas desde la última vez que me moví por este lugar.

Como no aparece nadie para pararme, atravieso las casetas que hacen las veces de portería y de garita, esto último sobre todo cuando hace mal tiempo. Las dos parecen estar vacías.

Veo el humo antes de percibir el olor a quemado: tres columnas grises que se alzan hacia el cielo. Mis tres hombres tienen los escudos bien puestos, así que apenas los siento luchando mientras me adentro en el patio. Aparto la atención de ellos; no puedo distraerme ahora. No cuando tengo un papel que cumplir.

Extiendo los brazos y exclamo:

—¿Dónde estás, padre? He venido a negociar.

Todo el plan depende de que mi padre venga a mí. Si va a pelear con uno de mis vampiros primero, estamos jodidos. Podría obligarlo a luchar contra los demás del grupo, y los otros dos no se atreverían a usar sus poderes por miedo a herir a la persona hechizada. Echaría por tierra cualquier posibilidad de triunfar, porque yo no soy rival para ninguno de ellos. No, tengo que asegurarme de que venga a mí primero.

Voy dando vueltas con los brazos todavía extendidos mientras sigo hablando:

—He venido para postularme como tu heredera. Has conseguido lo que querías. —Alzo la voz—. Estoy embarazada de un vampiro de estirpe. ¿Vas a cumplir con lo estipulado o vas a retractarte como un cobarde?

Lo siento antes de verlo. Se está acercando a mí, rodeándome, siempre a mis espaldas. Perfecto, porque justo ahora estoy de cara a las puertas de entrada. Me giro despacio y lo veo salir de entre dos edificios. Para ser un hombre tan monstruoso, mi padre parece casi tan normal como Lizzie. Pelo castaño canoso, rasgos vagamente atractivos que no llamarían la atención si no fuera por el carisma que rezuma allá adonde va... Ahora lo usa como arma. Me golpea con una fuerza que casi me derriba, y va ganando intensidad con cada paso que da en mi dirección.

Mi padre esboza una sonrisa encantadora.

—Venga, Mina. Tienes que saber que tú nunca podrás ser mi heredera. Mi gente no te aceptará.

—No te preocupes, ya me encargaré de eso yo —mascullo.

Ni siquiera me ha hechizado todavía, pero me cuesta hablar. Cada respiración me arde en los pulmones mientras su magia trata de colarse en mi cuerpo. Odio esta sensación, como si cada vez que cojo aire le estuviera cediendo más control sobre mí. Como si estuviera buscando una forma de meterse en mi cerebro.

—¿Vas a respetar tu palabra? —insisto como puedo.

Él niega con la cabeza y chasquea la lengua.

—¿Cómo sé siquiera si eres hija mía? No tienes los poderes de mi estirpe, y eres clavadita a tu madre. ¿Quién me dice que no me fue infiel con cualquiera y se quedó embarazada de ti? Ninguno de mis hijos ha sido una decepción constante como tú.

¿Cómo pueden seguir hiriéndome sus palabras después de todo lo que ha hecho? Dejo caer los brazos.

—Vaya, que vas a faltar a tu palabra.

Mi padre se acerca un poco más. Su expresión sigue pareciendo benévola, pero sus palabras son cada vez más ofensivas conforme va bajando la voz.

—No sé a qué te crees que estás jugando, maldita zorra, pero no va a funcionar. Perder a los tres vampiros de estirpe no fue más que un pequeño contratiempo, ya me los has traído de vuelta. Y si de verdad estás embarazada, no dudaré en arrancarte el bebé de las manos en cuanto pueda sobrevivir por su cuenta. —Ya no sonríe—. Tú, por supuesto, no saldrás con vida.

Por encima de mi cadáver.

Lo fulmino con la mirada.

—Estás cometiendo un error. Nómbrame tu heredera y...

—*Arrodíllate*, zorra. —Su poder me fuerza a obedecer en contra de mi voluntad—. No sé cómo te las has arreglado para hacerte con tres, pero te doy la enhorabuena por estar tan dispuesta a abrirte de piernas para darme lo que quiero. Supongo que ya descubriremos quién es el padre cuando nazca. —Se inclina un poco hacia mí y habla con la voz cargada de poder—. ¿Estás embarazada de verdad? *Sé sincera.*

—Sí —escupo.

No podría haber mentido aunque quisiera. Odio esta sensación, como si fuera una marioneta que controla a su antojo. Estoy gritando en mi mente, pero de mis labios no sale ningún sonido, solo lo que él quiere. Da igual que me haya hecho esto antes, no es algo a lo que me pueda llegar a acostumbrar.

Si el plan funciona, no volveré a experimentarlo jamás.

—Los incendios. ¿Los han provocado tus hombres? —Así como aprieto la mandíbula, él deja de fingir amabilidad y frunce el ceño—. *Contéstame.*

—Sí.

—¿Qué plan tienen?

Cuando era adolescente, descubrí el truco para lidiar con su poder de sonsacar respuestas a personas que se negaban a hablar. Con la mayoría de la gente, su método es hacerles creer que quieren contarle la verdad, y así le entregan toda la información por voluntad propia, para agradarle. Conmigo, en cambio, siempre ha usado la fuerza bruta. Duele, pero al mismo tiempo deja algo de margen de maniobra, dependiendo de lo imprecisas que sean las preguntas.

—Provocar incendios —respondo.

Él me mira como si quisiera arrancarme la cabeza de cuajo.

—¿Cuál es su plan? *Sé clara y concreta.*

Me esfuerzo por resistirme a su poder. No hay nada más que pueda hacer. No sé a qué está esperando Lizzie, pero voy a darle todo el tiempo que pueda. Noto un sabor a sangre en la boca y sonrío devolviéndole la mirada a mi padre.

—Provocar incendios —repito.

Él aprieta los puños con fuerza; luego los relaja.

—¿Y después de provocar los incendios? —pregunta entre

dientes, pronunciando cada palabra como si quisiera atacarme con algo más que su poder.

—Luchar.

—Te juro por los dioses que como no dejes de ser una impertinente te mato aquí mismo, estés embarazada o no. —Como no contesto, levanta las manos—. ¿Y bien?

—Eso no cuenta como pregunta —replico, y un hilillo de sangre empieza a caerme por la comisura de la boca. No sé de dónde sale la sangre cuando me hace esto; no hay ningún corte ni herida visible, pero siempre sangro cuando me resisto a él.

Me pongo de cuclillas un momento y levanto la mirada. Me viene un mareo, pero cuando se me pasa casi lloro de alivio. Un puntito rojo aparece en su cuello.

—¿Padre?

—¡¿Qué?!

—Espero que esto te duela. —Alargo la mano a mi bota, al largo cuchillo que llevo escondido ahí, cortesía del macuto de Grace.

—He cambiado de idea. Vas a morir aho...

La garganta le explota.

18

Me pongo en pie antes de que el chorro de sangre caiga. Mi padre es muy longevo, se regenera demasiado rápido como para permitirme dudar ahora. Por eso no podíamos arriesgarnos a dispararle en la cabeza. Si siguiera siendo capaz de hablar, detendría cualquier ataque antes de que pudiera llevarlo a cabo.

Su poder sigue flotando en el ambiente, pero ya no siento como si me tuviera inmovilizada. Me abalanzo sobre él y lo tiro al suelo mientras trata de detener la hemorragia. Su boca se mueve, pero no sale ninguna palabra. ¿Cuántos segundos tengo? ¿Treinta? ¿Veinte? ¿Diez?

El miedo me da las fuerzas necesarias para atacarlo con el cuchillo. Le alcanzo a las manos una vez, y luego otra, y por fin se las aparta del cuello. Con un vistazo a su garganta me doy cuenta del poco tiempo que tengo. Se está cerrando delante de mis propios ojos.

—¡No! —Levanto el arma por encima de mi cabeza y la bajo con todas las fuerzas con la intención de atravesarle el cuello. Le resultará imposible regenerarse si tiene un cuchillo clavado.

No lo consigo.

Atrapa la hoja con las palmas de las manos, que se desliza con facilidad hasta que la empuñadura se queda atascada. Me quedo un instante paralizada por la impresión, y luego es demasiado tarde. Me quita el cuchillo de las manos, y la inercia hace que salga volando lejos de nosotros. Sigo la trayectoria con la mirada mientras el pánico empieza a invadirme al darme cuenta de que cae demasiado lejos. Si voy a por él, para cuando vuelva ya se habrá curado del todo.

Entonces la voz de Rylan me llega desde el fondo de mi mente, o de mi memoria, o de lo que sea.

«No estás indefensa. Tienes armas».

«No te dejes llevar por el pánico».

Grito cuando mi padre arremete contra mí. Levanto las manos por puro instinto para impedir que me golpee en la cara. El miedo por poco hace que no note el cosquilleo que empieza a extenderse por mis dedos y mis manos. Contrataco y parpadeo al ver que sale sangre a chorros de donde le acierto.

Mis manos se han... transformado. No es como antes, no son garras elegantes que, si bien son afiladas, no servirían de mucha ayuda en una pelea. No, mis garras son como las de Rylan cuando se convierte en lobo. Son enormes, curvadas y puntiagudas.

Mi padre abre mucho los ojos. «No», articula con los labios.

—Sí —contesto.

Esta vez, cuando ataco, me da igual que esté tratando de protegerse con las manos vacías. Con una arremetida, lo dejo sin manos también. Otro zarpazo y lo dejo sin garganta. Sigo una y otra vez, impulsada por el miedo, hasta que su cuello desaparece por completo y se le cae la cabeza, que se aleja rodando por el suelo.

Solo entonces, cuando ya estoy segura de que no puede hacerme daño, me detengo.

Solo entonces levanto la mirada y veo que el patio ya no está vacío.

A nuestro alrededor se apiñan muchos de los secuaces de mi padre y varios hermanastros míos. Todos y cada uno de ellos me miran con pavor. Me pongo de pie muy despacio y unos cuantos se encogen de miedo. Lo odio. Nunca he querido gobernar así, pero mis hombres tienen razón: el miedo es una garantía de supervivencia. No hay ningún soldado presente, y me alegro. Mis hombres se ocuparán de ellos. Ahora depende de mí terminar lo que hemos empezado de una vez por todas.

Cojo la cabeza de mi padre y la sostengo en el aire. Se oyen gritos de espanto, pero los ignoro. Doy la vuelta lentamente sobre mí misma, sosteniéndoles la mirada a todas las personas que puedo hasta que apartan la vista. Levanto la cabeza de mi padre y alzo la voz.

—Soy la heredera legítima de Cornelius Lancaster en virtud del bebé que llevo en mi vientre. Por tanto, su muerte me convierte en la jefa de la colonia, en la matriarca de la familia. Retadme ahora o arrodillaos ante mí.

Uno de mis hermanastros, William, da un paso adelante. Abre la boca, pero cambia de idea cuando ve fuego saliendo de la palma de mi mano, un fuego que reduce la cabeza de nuestro padre a cenizas. Le sostengo la mirada mientras dirijo el fuego al cuerpo para quemarlo también. Las llamas son abrasadoras, arden con tanta intensidad que secan la sangre que me cubre el cuerpo, y la multitud se ve obligada a retroceder varios pasos. William sacude la cabeza e hinca la rodilla.

«Realmente el miedo es una herramienta muy poderosa para un líder». El pensamiento me revuelve el estómago, pero sé que estaría dispuesta a hacer cualquier cosa con tal de proteger a la gente que me importa. No quiero tener que masacrar a mis hermanastros para mantener el poder, pero lo haría si no me dejaran otra elección.

Sin embargo, el gesto de William provoca un efecto en cadena. Uno por uno, todos los presentes en el patio se arrodillan e inclinan ante mí. Doy una vuelta lenta sobre mí misma, pero ninguno de ellos se atreve a mirarme a los ojos, y mucho menos a retarme. Gracias a los dioses. Me niego a dejar que el alivio se refleje en mi cara.

En vez de eso, me giro hacia William y alzo la voz de nuevo.

—Trae a todo el mundo. Ha llegado el momento de hacer la proclamación.

No parece contento, pero asiente. Se gira hacia un grupo de personas que hay a su lado y dice:

—Ya habéis oído.

Quince minutos más tarde, todos los habitantes de la colonia están reunidos en el patio. Mis manos aún no han vuelto a su forma normal y sigo cubierta con la sangre de mi padre, pero me da igual. Nadie me reta tampoco mientras me declaro su líder.

Más adelante habrá desafíos, sin duda, tanto explícitos como velados, pero pasarán unos días antes de que nadie reúna el valor para intentar oponerse a mí. Unos días es todo lo que necesito para consolidar mi posición aquí. No digo que los conflictos vayan a ser fáciles, pero después de enfrentarme a mi padre ya no estoy tan preocupada como antes. Ninguno de mis hermanastros es tan poderoso como él. He podido resistirme a sus hechizos, lo cual significa que puedo ganarles la pelea.

No obstante, antes hay otro asunto del que ocuparse.

—Permitidme que os presente a mis parejas. —Hago un

gesto con la mano al lugar donde siento que están Malachi, Rylan y Wolf esperando.

Saltan por encima de la muchedumbre y aterrizan a mis espaldas, una maniobra llamativa que casi me hace sonreír, sobre todo cuando veo la sorpresa de la gente. Al final va a ser verdad que los secuaces de mi padre tienen el cerebro lavado para seguir a quien sea con tal de que se trate de un líder fuerte. No tengo intención de convertirme en una déspota como él, pero no veo mal aprovecharme de la situación que ha dejado.

Seré para ellos la líder fuerte que desean que sea. Aunque, al contrario que mi padre, no pienso abusar de mi poder. Pretendo ser una reina querida con el tiempo, o al menos respetada.

—Obedeceréis a estos hombres como me obedeceríais a mí. —Espero a que asientan en voz baja antes de continuar—. Ahora regresad a vuestras casas y descansad. Podéis tener por seguro que conmigo estáis a salvo. Vuestras vidas no se verán afectadas negativamente por este relevo en el poder.

Odio darme cuenta de que estoy imitando el tono de voz que usaba mi padre para hablar en público, usando las mismas cadencias que él para asegurarme de que me rinden pleitesía. Nunca ha querido gobernar, pero si me marcho y dejo que William o uno de los otros se hagan con el poder, me perseguirán igual que hizo mi padre. Me he convertido en una amenaza demasiado grande como para poder permitirme el lujo de hacer otra cosa que no sea ocupar el puesto de mi padre. Es el único modo.

—No me obliguéis a usar la fuerza. —Los recorro con la mirada—. Marchaos. Dormid. Nos dedicaremos a arreglar los desperfectos cuando todos hayamos descansado.

La multitud se inclina mientras me doy la vuelta y me adentro en la colonia. Solo cuando giro una esquina que me resulta muy familiar me doy cuenta de que estoy yendo a mi antigua habitación por costumbre y que no sería apropiado dormir ahí si se supone que soy la líder. Bueno, no pasa nada. No guardo buenos recuerdos de ese cuartucho, y no es para nada lo suficientemente espacioso para que quepamos los cuatro.

Con un suspiro, doy media vuelta y dirijo mis pasos a la casa de mi padre. Cuando entro por la puerta, aun teniendo a mis hombres detrás, siento como si me hubiera teletransportado a un pasado del que no quiero formar parte. Me fallan las rodillas.

Pero no llego a tocar el suelo. Malachi me sostiene.

—¿Vamos al baño?

Trato de hablar, pero no me salen las palabras. Rylan me acaricia la cabeza.

—Voy a preparar la ducha —dice, y desaparece por una puerta que conduce al interior de la casa.

Wolf analiza la habitación.

—Espero que no le tengas mucho cariño a la decoración. —Niego con la cabeza, taciturna, y él sonríe—. Deja que Mal te cuide, nosotros nos encargamos del resto. Lo has hecho genial, amor.

Malachi me conduce por la casa hasta el enorme cuarto de baño que Rylan ha encontrado. Ya hay vapor en el aire, y me permito respirar por lo que me parece la primera vez en horas. Lo hemos conseguido. No sé cómo, pero lo hemos hecho. Mi padre está muerto y ahora soy la líder de la colonia. Madre mía. No sé ni cómo empezar a procesarlo todo. No sé por dónde empezar.

—Ay, no. —Mi cuerpo comienza a sacudirse con temblores violentos—. Me duele. —No sé a qué me refiero exactamente, solo sé que es verdad.

—Lo sé, pequeña dhampira. Lo sé.

Rylan se queda con nosotros el tiempo suficiente para usar sus garras a fin de despojarme de mi ropa y luego se marcha, cerrando la puerta con suavidad tras él. Mal se pone debajo del chorro de agua sin dejarme en el suelo.

—Respira —murmura—. Lo has conseguido. Ya ha pasado lo peor.

—Nunca he querido gobernar —susurro—. Solo quería ser libre.

—La libertad en nuestro mundo solo se consigue a la fuerza. Esta era la única opción. —Me estruja entre sus brazos—. ¿Puedes mantenerte de pie?

—¿Creo que sí?

Me suelta con cuidado y me limpia la sangre del cuerpo y el pelo. Cuando llega a mis manos, me examina las garras.

—Son alucinantes —comenta.

—No sé cómo lo he hecho. Solo he oído la voz de Rylan en mi cabeza y entonces la magia me ha hecho caso al fin.

—A veces ocurre así. Cierra los ojos.

Hago lo que me pide, y luego sigue hablando con esa voz suave y tranquila:

—Visualiza tus manos normales, sin garras ni pelo.

Abro los ojos de golpe.

—¡No tengo pelo en las manos!

—Y ahora garras tampoco —repone con una sonrisa.

Pues sí, tiene razón. Meneo los dedos de una mano perfectamente humana. Tienen un aspecto normal y no siento nada raro. Curioso.

—Qué fácil ha sido —murmuro.

—Ya te dije que cada vez te sería más fácil.

—No creía que fuera a pasar tan rápido. —Respiro hondo y me vuelvo hacia la puerta—. Mañana van a estar esperando información, declaraciones y cosas oficiales, ¿no?

—Sí, pero no vas a hacerlo sola. —Me pone una mano en el abdomen—. Nos tienes a nosotros, lo de anoche lo decía en serio. Vamos a hacer que esta colonia sea el lugar más seguro para criar a nuestros hijos. Como alguien se atreva a amenazarnos, no vivirá para contarlo.

Hubo un tiempo en el que esa frase me habría resultado demasiado despiadada, pero ese tiempo y esa persona ya no existen. Asiento con la cabeza y digo:

—Pues supongo que será mejor ponerse manos a la obra.

—Mañana, Mina.

Cuando salimos del baño, limpios y agotados, nos encontramos con que Rylan y Wolf han desmantelado la casa. Echo un vistazo a mi alrededor con los ojos como platos. ¿Cómo han podido hacerlo tan rápido? El salón está completamente vacío salvo por un colchón con lo que parecen ser sábanas limpias en el medio de la estancia.

—¿Qué es esto?

Wolf entra por la puerta con parsimonia.

—No podíamos rehacer la casa entera con el tiempo que teníamos, pero nos imaginamos que no te apetecería estar rodeada de cosas que te recordaran a ese monstruo. —Lanza una mirada desdeñosa al colchón—. Es el más grande que hemos encontrado.

Me tiembla el labio inferior al sentirme tan cuidada. Es verdad que no quiero estar en esta casa si todo me hace pensar en mi padre, sobre todo con lo reciente que tengo el recuerdo de su sangre caliente sobre mi piel, de la facilidad con la que mis garras le rebanaban la carne. Me da un escalofrío.

—Gracias —murmuro.

—Por ti lo que sea, amor —contesta Wolf, y se deja caer en el colchón.

Rylan entra en la casa y cierra la puerta con firmeza tras él.

—Dudo que esta noche haya ningún problema, pero estaremos alerta por si acaso. —Ve a Wolf y frunce el ceño—. No te acuestes en las sábanas limpias hasta que no te hayas dado una ducha.

—Ups, es verdad. —Se levanta de la cama con un movimiento ágil y pasa por mi lado en dirección al baño. Me acaricia el brazo con el dorso de los dedos y desaparece. Unos segundos más tarde, oigo la ducha de nuevo.

Rylan se acerca a mí.

—¿Cómo te encuentras?

—Pues agotada y abrumada. No paro de temblar. —Intento esbozar una sonrisa—. Pero estamos todos vivos, así que bien. Muy bien. —Vacilo un instante antes de preguntar—: ¿Sabemos algo de Lizzie?

—Se ha ido. Estoy seguro de que en algún momento volverá a reclamarte el favor, pero la familia Radu hará lo mismo que los demás clanes ahora que has relevado a tu padre. —Como lo miro con expresión interrogante, me dedica una sonrisa burlona y me explica—: Observar. Analizar. Tradicionalmente, hay un periodo de gracia de un año cuando alguien asciende a jefe del clan, así que tenemos ese tiempo para reforzar nuestras defensas y nuestras alianzas, y de ese modo asegurarnos de que nadie puede plantarnos cara.

—Vaya —digo con voz débil. No había oído hablar del periodo de gracia, pero es que mi padre llevaba ostentando el cargo muchísimos años. Además, era dado a guardarse información para poder así controlar a la gente; yo no pienso hacer eso. Inspiro hondo—. Supongo que tendremos que ponernos a ello pronto.

—Mañana —sentencia de nuevo Malachi—. Todo puede esperar hasta mañana. Ahora mismo, vamos a cuidarte y a celebrar que estamos vivos y que hemos ganado.

Me sorprendo sonriendo mientras me lleva a la cama.

—Me gusta el plan.

—Me lo imaginaba. —Me devuelve la sonrisa y, por primera vez desde que nos conocemos, el gesto es puramente alegre y sin reservas—. Te quiero, pequeña dhampira.

—Yo también te quiero.

—Para siempre.

Me pongo de puntillas y lo beso.

—Para siempre.

19

Cuatro años después

Cuando doblo el pasillo en dirección al cuarto de los niños, me llega el olor a humo.

—Otra vez no —farfullo. Acelero el ritmo hasta dar los últimos pasos casi corriendo y abro la puerta bruscamente, sintiendo la magia en los dedos y preparada para apagar el fuego. La escena que me recibe me deja de piedra.

Rylan está dormido en la mecedora con los gemelos en brazos. Aún son muy pequeños, solo tienen tres meses, y parecen haberse tomado como un reto personal ver cuánto pueden agotarnos a los cuatro. Me encuentro más cansada de lo que me imaginaba que sería posible, pero es un cansancio bueno. Están dormidos, para variar, así que no son ellos los causantes del humo.

No, los causantes son Wolf y Asher, que están en el suelo uno frente al otro disparándose bolitas de fuego. Empiezo a gritarles cuando Wolf lanza una llama en espiral a nuestro hijo de tres años, pero el pequeño la extingue con su magia antes de que llegue a tocarlo.

Wolf se gira y me dedica una sonrisa impenitente.

—El fuego se le da aún mejor que a ti, ¿te lo puedes creer?

—¡Mamá! —Asher se pone en pie de un salto y viene corriendo hacia mí, moviéndose tan rápido que apenas he podido extender los brazos antes de que se abalance sobre ellos.

Le doy dos vueltas en el aire y lo achucho fuerte.

—Hola, mi trasto. —Le planto un beso en la cabeza cubierta de rizos oscuros—. Venga, vamos al salón para que los gemelos puedan dormir. —Les echo una ojeada—. ¿Crees que es sensato moverlos?

—Rylan no va a dejar que se caigan. —Wolf se levanta poco a poco—. Y ya sabes lo que ocurrió la última vez que tratamos de moverlos mientras estaban dormidos.

Pongo una mueca. Fueron horas de lloros y una noche entera en blanco.

—Pues ahí se quedan.

Espero que los tres puedan echarse una siesta larga y reparadora. Me giro y cojo en brazos a Asher para llevarlo al salón. En los años que han pasado desde que me hice con el mando de la colonia, la casa ha cambiado por completo. El estilo tosco y dominante de mi padre se ha visto remplazado por muebles prácticos y acogedores de colores bonitos. Es la primera vez en mi vida que siento esta casa como un hogar, y no es solo por la redecoración.

Malachi entra por la puerta principal mientras nos acomodamos en el sofá. Va vestido con vaqueros y una camiseta negra y nunca ha estado tan guapo. Sonríe al vernos.

—Me han dicho que olía a humo, y me he imaginado que sería Asher haciendo de las suyas.

—Wolf le ayudaba —le delato.

Le echa una mirada de reojo a Wolf.

—¿Por qué no me sorprende?

La verdad es que esperábamos que Asher solo desarrollara

un poder, cortesía de quienquiera que sea su padre biológico, pero en los últimos seis meses ha dado muestras de poseer los poderes de las cuatro estirpes. Todavía no sabemos si se debe al vínculo que comparto con mis hombres o si es una peculiaridad de los serafines, pero ya me voy preparando para el caos que va a ser cuando se manifiesten los poderes de los gemelos. Espero que salgamos vivos.

Malachi se acerca para besarme a mí primero y luego a Wolf, y le alborota el pelo a Asher.

—¿Y los gemelos?

—Echándose una siesta con Rylan.

Su sonrisa se ensancha.

—Tiene un don para cuidar de ellos —comenta.

Es verdad, se duermen mejor con él que con nosotros tres, aunque tampoco es mucho decir.

A mi lado, Wolf se aclara la garganta antes de hablar.

—Me ha llamado Lizzie.

Me giro para mirarlo.

—¿Cómo? ¿Cuándo?

Se presentó en la colonia exactamente un año y un día después de que me hiciera con el cargo, según ella para darnos la enhorabuena por crear una comunidad tan fuerte y estable. En los tres años que han pasado desde entonces, no ha vuelto a aparecer por aquí, ni tampoco me ha pedido el favor que le debo.

—Antes.

Analizo su cara en busca de alguna muestra de angustia y al mismo tiempo centro la atención en mi vínculo con él. Wolf retira los escudos un instante para dejarme ver que su tranquilidad no es fingida. Me relajo y dejo de husmear.

—¿Qué quería?

—Cobrarse su favor. —Antes de que pueda decir nada, levanta una mano—. Estoy bien, las cosas son muy diferentes ahora de como eran hace cuatro años. Tenemos gente con nosotros.

Eso es cierto. Aunque hubo un pequeño éxodo de gente durante las semanas siguientes a que me hiciera con el puesto, la mayor parte de los ciudadanos se quedaron. En este tiempo hemos construido algo muy especial. El miedo que antes los mantenía atados a la colonia poco a poco se ha ido transformando en un respeto y una admiración mutuas. Wolf tiene razón. Somos más fuertes que nunca. Aun así, Lizzie siempre trae problemas.

—¿Qué favor?

Esboza una sonrisa carente de alegría y contesta:

—Quiere que invitemos a la familia Radu a pasar una semana aquí.

—No. Ni de broma.

—Sí. —Me cubre la mano con la suya—. Ya tienes su palabra de que no van a causar ningún tipo de daño a ninguno de los nuestros, y mi madre también nos la dará. Todo saldrá bien.

Amusgo los ojos.

—Te lo estás tomando demasiado bien —señalo. Mucho mejor que cuando vino a visitarnos la madre de Rylan. Me da un escalofrío con solo recordarlo. No hizo nada fuera de lugar, pero jamás había conocido a nadie tan aterrador. No tengo ganas de que se repita la experiencia con la madre de Wolf—. Creía que querrías librarte por todos los medios.

—Creía que se presentaría al segundo año. Que haya tardado tanto ya es una bendición. —Se encoge de hombros—. Y, como he dicho, ahora tenemos gente con nosotros.

Me giro hacia Malachi.

—¿Tú qué opinas de todo esto?

—Que tiene razón. Somos demasiado fuertes, nadie va a atreverse a jodernos.

—¡A jodernos! —repite Asher.

Fulmino a Malachi con la mirada y le digo al pequeño:

—No, cariño, eso son palabras de mayores y solo los mayores pueden usarlas.

—¡Joder, joder, joder! —Asher se contonea para zafarse de mí y prácticamente se pone a saltar de un mueble a otro—. ¡¡Joder!! —Lanza una bolita de fuego minúscula a un cuadro que compré el año pasado durante uno de nuestros viajes.

Malachi la extingue enseguida.

—Ya es suficiente. —Me da un último beso y coge en brazos al pequeño—. Hora de bañarse. Se acabó jugar con fuego y se acabó decir palabrotas, ¿entendido?

Asher lo mira con cara de querer probar sus límites, pero al final decide que bañarse es más importante. Sonríe como un niñito perfecto y adorable que no se hubiera pasado los últimos minutos lanzando bolas de fuego y soltando tacos.

—Sí, papá.

—Bien. —Se detiene en la puerta—. Tenemos tiempo para pensar qué hacer con el tema de los Radu, pero no te preocupes, pequeña dhampira. No hay nada que temer.

Inspiro hondo y exhalo despacio mientras desaparece por el pasillo con el niño. Tiene razón. Le cojo la mano a Wolf y le doy un apretón.

—¿De veras estás bien con esto?

—Más o menos. —Se encoge de hombros—. Tenía que ocurrir tarde o temprano. Por muy loca que esté mi familia, les encantan los niños. Solo quieren meter las narices en nuestros asuntos y tantear nuestras defensas, pero no va a pasar nada. —Pone una mueca—. Puede que eso cambie cuando los niños sean adultos, pero ya nos ocuparemos de eso a su debido tiempo.

—Oye, te quiero. —Espero a que me mire a la cara para seguir hablando—. Si vienen aquí y se pasan de la raya, los mataremos. Así no tendrás que lidiar con ellos nunca más.

Wolf suelta esa risa espléndida que tanto me gusta.

—Ahí está mi chica violenta. —Tira de mí para que me ponga en su regazo—. Yo también te quiero. Sobreviviremos a la visita sin necesidad de matar a nadie. —Me dedica una sonrisa radiante y afilada—. Aun así, valoro la intención.

Jamás pensé que podría ser feliz en esta colonia. Y desde luego nunca me imaginé que construiría una vida con tres hombres. Pero lo cierto es que nunca he sido tan feliz. Antes, la idea de vivir cientos de años me aterrorizaba, pero ahora cada día me trae algo nuevo y maravilloso. Incluso las cosas malas no son tan catastróficas, porque no me enfrento a ellas sola.

Jamás tendré que enfrentarme a nada sola.

Y mis hombres tampoco.

Epílogo

El reino de los demonios

Todo estaba en su lugar.

Azazel dio un último repaso a la sala. En la parte delantera se encontraba la tarima, del tamaño justo para que cupieran cinco humanos uno al lado del otro. La sala estaba dispuesta con cuidado, con las mesas lo suficientemente separadas entre sí para reducir el riesgo de confrontación, todas colocadas en un semicírculo alrededor de la tarima. Los juegos políticos le aburrían, pero de vez en cuando eran necesarios.

Como en ese momento.

Después de esa noche, tendría por fin lo que más deseaba. Además de eso, los cuatro líderes de los otros territorios de este mundo le deberían un favor. Las mujeres estaban listas y conformes con los contratos. Lo único que faltaba era subastarlas, conseguir que se firmase la segunda tanda de contratos y cerrar los acuerdos.

Entonces podría centrarse en su recompensa.

Thane fue el primero en llegar, y vino solo. Hizo un gesto de asentimiento con la cabeza al ver a Azazel y se sumergió en la piscina. El agua oscura, casi del mismo color que su piel gris, ocultaba los tentáculos que conformaban la parte baja de su cuerpo.

Después entró Bram, con las alas pegadas al cuerpo. Miró

de reojo a Thane y se esforzó por mantenerse lo más lejos posible de esa zona. El aire y el agua no suelen llevarse bien, pero lo suyo rozaba lo ridículo. Por fin se dejó caer en una silla sin respaldo, preparada para él.

—Más vale que haya merecido la pena venir hasta aquí, Azazel —masculló.

—Uy, sin duda.

Unos pasos estruendosos indicaron la llegada de Sol. Azazel sabía de primera mano que el dragón podía caminar sigilosamente si quería, pero ¿por qué molestarse en hacerlo cuando podía sacudir el edificio entero? Entró por la puerta, echó un vistazo a su alrededor y fue directo al taburete con una hendidura en la parte de atrás para acomodar su gruesa cola.

Rusalka, por supuesto, fue la última, siempre gustosa de hacerse de rogar. Entró por la puerta con el cabello flotando de un modo inquietante. Detrás de su piel las llamas ardían con tanta intensidad que casi dolía mirarla. Era prácticamente tan alta como Sol y tenía el cuerpo más humano de todos... siempre y cuando se ignorara la piel ardiente capaz de calcinar a quien la tocara sin su permiso. Azazel lo había presenciado; Rusalka se desternilló de risa mientras el pobre diablo moría a sus pies.

—Gracias a todos por venir —dijo el demonio en voz alta—. Espero que la oferta de esta noche sea de vuestro agrado.

Aunque era muy improbable que nunca hubieran degustado nada parecido. En su mundo, los humanos se contaban con los dedos de una mano. Los humanos (y sus linajes) eran un bien lo bastante escaso como para lograr que todos aquellos líderes se reunieran en una misma sala por primera vez en varias generaciones.

—Eso sí, el precio será el mismo con independencia de a quién escojáis.

—Por supuesto. —Rusalka se cruzó de piernas y empezó a dar golpecitos en el suelo con la pezuña—. No vamos a dar nuestras tierras a cambio de una tía buena, no te flipes.

—No quiero vuestras tierras. —Ser el líder supremo de este mundo supondría más problemas que alegrías—. Lo que quiero es la paz. Las guerras constantes están consumiendo nuestros recursos a un ritmo insostenible. Todos lo sabéis; de no ser así, no estaríais aquí. Es hora de que esta nueva generación de líderes hagamos las cosas a nuestra manera. —Hizo un gesto a la puerta que había a un lado de la tarima—. Aquí vienen las ofrendas de paz.

Una por una, cinco mujeres entraron en el escenario. Azazel se giró a los líderes allí congregados.

—Ahora llevaremos a cabo la selección.